美人記

9

目次

壹之章　重陽追妻定良緣

姑娘家成親前議親議個幾家本是尋常事，就是男孩子，拿重陽來說，蔣三妞也沒少幫他相看。陸家這事原不算什麼，只要陸大姑娘回轉過來，以後一樣安安生生過日子，可事情也不知怎麼就這麼巧，趕上學裡休沐的時候。

阿曦好吃，約了宮媛和蘇冰去太平寺吃炸油果子，何子衿覺得那炸油果子買回來吃還不是一樣，阿曦道：「我們還要逛一逛太平寺，看看梅花，再去荷花湖邊的賞荷樓吃飯。」

何子衿叮囑道：「現在沒荷花可賞，吃就好生吃，外頭冷，別吃了風。」

阿曄懶得跟阿曦一起，他自己也有活動。阿曄他們學裡組織了詩社，他請別人到家裡賞他娘種的水仙，準備作水仙詩，可阿曦出門沒個男性兄長跟著，他又不放心，就託了重陽。

阿曦在朋友面前再三誇重陽哥好，道：「重陽哥比我哥好一千倍。」

宮媛對此話不發表評論，但也知道胡重陽雖然嘴巴不大好，但人品尚可，起碼沒把她是紅塵居士的事兒說出去。

蘇冰道：「我知道，我哥今天也到妳家去了，他們今兒作詩。」

「成天詩啊乾的，我哥作的詩可酸啦，一點都不好。」阿曦道。

蘇冰抿嘴笑，「我哥也是，成天樂呵呵的，一作詩就傷春悲秋，假得很。」

宮媛總結道：「這是才子病，才子都得傷春悲秋，不然就不能叫才子了。」

到了太平寺，重陽給添了香油錢，幫她們安排好暖融融的禪房，就有知客僧引著幾位姑娘去寺裡賞新開的梅花。賞過梅花，三人還迷信地抽了回籤，都是上等好籤，請法師解籤。反正是好籤，三人都很高興，就回禪房休息，喝茶吃新炸的油果子。

阿曦不忘幫重陽哥也備一份，重陽道：「妳們只管自己吃，我去尋老和尚要幾枝梅花，曾祖母最愛這個。」

重陽去幫曾祖母折梅，卻陰錯陽差撞見了一齣梅林幽會，而且是從頭看到尾。說是梅林幽會也不盡然，陸大姑娘與高公子也沒什麼逾禮之事，甚至高公子也沒說什麼逾禮之話，倘不是重陽從頭看到尾，他還真得以為是表兄妹之間相約來賞梅呢。主要是，先時那幾句話太叫人難忍，重陽之所以留意，就是先聽到兩位姑娘之間的談話。

一位姑娘道：「表哥雖這次秋闈失利，到底是秀才案首，正經廩生。先前表孀不樂意，無非是覺得表哥還有大前程，如今表哥秋闈落榜，表孀難保沒後悔先時之事。姊姊到底未曾訂親，何必捨表哥這樣的案首，下嫁那商賈之子？」

另一女聲道：「婚姻者，父母之命，媒妁之言，再說……」再說沒說完，就是輕嘆。

剛那姑娘便勸道：「我看到表哥與表孀也來了寺裡，就是不為姊姊心中這番情誼，表哥剛剛落榜，咱們也當過去安慰幾句。」

另一女聲明顯躑躅，「這不妥吧？」

「有什麼不妥的，不要說姊姊親事未定，就是姊姊成親嫁人，咱們與表兄照樣是親戚，難道還不能走動了？」

聽到這裡，重陽以為看到了紅塵居士話本裡的橋段，還聽得津津有味，打算去梅園繼續偷聽，結果那兩位姑娘一出來，重陽偷眼一瞧，靠，越看越眼熟！重陽腦袋綠了一半，他未婚妻和他未來小姨子，就是傻瓜也曉得是哪個同表哥有意了。

重陽已是聽明白，自己就是陸二娘嘴裡那陸家因攀不上高家案首而屈就的商賈子。重陽可沒覺得行商有什麼低人一等的，結果竟被人如此輕看侮辱。重陽當下就想要跳出去抽死這兩個小賤人，妳們不願意我胡家又沒逼婚，竟到這兒來給老子戴綠帽？妳們能忍著嫁給老子這商賈，老子還不樂意呢！

高琛雖然有個噁心的娘，對陸大表妹還是極有禮數的，見她獨自過來，身邊連個丫鬟都沒帶，立刻喊來自家丫鬟，與陸大表妹道：「還是快些尋二表妹去吧，來賞梅的人多，二表妹年少，找不著妳，定會心急的。」

陸大姑娘吶吶道：「表兄還好嗎？」

哪怕重陽氣個半死，也得說兩人真不是一個檔次的。陸大姑娘蠢得要命，明顯連紅塵居士的話本都沒好好讀過。這男人要是對妳有意，他能見妳一人便立刻喚來丫鬟以證清白嗎？這陸大姑娘一露面，高案首想必就心中有數了。

如今陸大姑娘真個連句話都不會搭了，高琛只作未聞，吩咐自家丫鬟道：「妳陪著表姑娘去尋二姑娘，我去母親那裡看看。母親上了年歲，身邊不能沒人服侍。」抬腳便去了。

高琛這等姿態，倘陸大姑娘明白，就當及時抽身。高琛要走，偏生那陸二姑娘不必人找就出來了，還與高家丫鬟道：「妳去折幾枝梅來，表嬸最是喜歡的。」

高家丫鬟看向高琛，高琛道：「我家裡就有梅樹，不缺梅花。二表妹既然找來了，也就不消我擔心了，二位表妹慢慢賞玩，我先去母親身邊服侍了。」

陸二姑娘笑，「是表嬸讓我過來，說是叫表哥一起去禪房吃杯茶。」

高琛面色微沉，「那表妹們去吧，我還要去給菩薩上炷香，就不陪表妹們了。」

陸二姑娘看滿面傷心的姊姊一眼，想著姊姊無能，還需要她這妹妹代為出頭，便道：「姊姊先同丫鬟們去吧，我同表哥有幾句話要說。」

陸大姑娘見表哥如此冷淡，明擺著對自己無情，既傷感又害怕，連帶著隱隱有些羞臊之意，不敢再多留，連忙同丫鬟們去了。

陸二姑娘見周邊清靜了，方同高琛道：「表兄好狠的心。」

「不知表妹話從何來？」高琛淡淡道。

「表兄難道不知我姊姊對你的心意？」

高琛冷聲道：「二表妹慎言！我與表妹清清白白，表妹親事已定，表妹夫亦是人中龍鳳，我只有為表妹高興的！二表妹此話，還需謹慎，不然我堂堂男子不過是多樁風流韻事，可這話出自妳口，妳將大表妹名節置於何地？我敢對天發誓，倘我曾對大表妹心有不軌，便叫我科舉終身無望！」

高琛一毒誓發出來，陸二姑娘畢竟年紀小，頭也懵了，臉也白了，喃喃道：「你要是對我姊姊無意，那先時為何收我姊姊做的衣服？」

「我生辰，表妹們送些針線做生辰禮並無不妥。不說大表妹，二表妹不是也送過我針線嗎？」高琛道：「大表妹性子和順，三叔三嬸姑祖母姑祖父都不會害她，二表妹妳偏要生出是非來，倘大表妹以後有個不是，皆妳之過！妳以為妳在做什麼？妳以為妳是為大表妹好？我告訴妳，也就妳我兩家是正經親戚，我非無賴之人，不然壞了大表妹的名聲，妳拿什麼補救？還不速速離去嗎？」

陸二姑娘自詡能幹，攛掇著陸大姑娘行此不妥之事，但對上高琛，還真是分分鐘炮灰。陸二姑娘生性好強，咬牙道：「今天表嬸見到我，知道我姊姊也在這寺裡，很是歡喜。」

高琛淡淡道：「府上對我有恩，家母也是妳們的表嬸，見到妳們，為何不喜呢？」

「你也知道，表嬸後悔了吧？」

高琛面色不變地掃陸二姑娘一眼，「後悔什麼？家母不過是無知婦人。我不怕直言，當初是我不想議親，並非大表妹不好，是我對大表妹只有兄妹之情，並無他意。再者，我一意在科舉之上，不願早早成親，不然妳以為家母能做我的主？倒是二表妹，我聽說胡家待大表妹頗重視，這原是胡家尊重陸家之意，聽說胡家還出銀子讓二表妹去女學念書。做人，不說別個，知恩圖報是人的基本良知吧？胡家如此厚待於表妹，表妹就是這樣回報胡家的嗎？」

陸二姑娘嘴硬道：「胡家雖對我有恩，到底我姊姊的終身更重要。」

「大表妹的終身可不在我這裡，還請二表妹好自為之吧！」高琛說罷，拂袖而去。

高琛一走，陸二姑娘劈手扯下一枝梅枝，三五下折得七零八落，扔至腳下，狠踩幾腳。

重陽熱血少年一個，要不是看高琛實在與此事無關，他非衝出去連高琛都打一頓不可。今見高琛一走，重陽幾步上前，拎起陸二姑娘就是兩記耳光，抽得陸二姑娘慘叫一聲。

高琛沒走遠，聽到慘叫聲，擔心陸二姑娘出事，想她身邊無一丫鬟，連忙折回來救人，正見重陽對陸二姑娘出手，高琛喝道：「你是何人？」

這話一喊出來，高琛也將重陽看了個清楚。重陽念書不大成，也沒考秀才的本領，卻是在官學念過書的，高琛也在那裡念過書。高琛見重陽把陸二姑娘臉都打腫了，心中一沉，立刻就知重陽怕是聽到剛剛之事。

高琛深覺難堪，他真是無妄之災。陸家與他有恩，先時陸家在帝都，兩家離得遠，母親念叨過陸家表妹。後來陸家回了老家，高琛向姑祖母請安，自然見著了幾位表妹。要說他對陸家沒動過心，那是假話，但動心也僅限於未見到陸家表妹之時。相處久了，他當真是對大表妹無意，不然哪怕有半點心動，為著陸家恩情，還有姑祖母的暗示，他也會娶陸家表妹。

可這成親是一輩子的事，高琛年紀也不大，陸家對他有恩，他對表妹並無男女之情，這麼娶了表妹，豈不是誤了表妹？

不得不說，窮人孩子早當家，高琛年紀不大，心境卻頗為成熟。甭想那種秋闈不利吃回頭草的事，那種事也太掉價了。

今見重陽動手，高琛難堪也得勸著。

「胡公子，有話好好說，咱們男子漢大丈夫，莫要與姑娘家動手。」

重陽指著陸二姑娘怒道：「我要不是看她是個女的，我早一巴掌抽死她了！」一下子將陸二姑娘推地上，又回頭啐一口，過去一肩將高琛撞了個趔趄，抬腳走了。

陸二姑娘還認得胡姊夫的相貌，一見胡姊夫竟知曉此事，又慌又怕，嚎啕大哭起來。

重陽氣得半死，花兒也沒折。好在他主要是生氣，傷心倒沒多少。他先時跟陸大姑娘又不認識，就是親事定了，見面的次數也一巴掌數得過來，沒啥情分。他生氣的是陸大姑娘不守本分，陸家也不地道，你家裡閨女不樂意，你自己不曉得？害他大丟臉面！

這虧得是婚前瞧見此事，要不是他遇著，他這算娶個啥媳婦啊？

重陽一肚子氣，回來見阿曦幾個人還在屋裡有說有笑地喝茶吃果子，案上正供著兩瓶紅梅，重陽問：「哪兒來的紅梅？」

阿曦道：「宮姊姊著人跟寺裡討的。」又問：「重陽哥，你不是去折梅了嗎？」

重陽道：「我看那梅花開得好好的就沒折，讓它們在樹上長著吧。」

阿曦與蘇冰年紀都小些，並未留意重陽這話，倒是宮媛年長幾歲，輕描淡寫地掃重陽一眼，看他似微帶怒意，想著定是在外遇到什麼不痛快事了。

重陽中午吃了頓好的，心中鬱悶稍解，待得下午回家，方同母親說及此事。

蔣三妞氣憤難當，怒氣沖沖道：「欺人太甚！我這就去陸家要個說法！」

她是相中了陸家，可也沒想到陸大姑娘那般溫柔之人能辦出這樣的事，這不是給她兒子腦袋上戴綠帽嗎？甭說陸家只是個翰林門第，她就是皇上家的公主，她也不能給兒子娶啊！

重陽道：「要不，跟曾祖母商量一下？我初時也氣得狠，給了陸家二姑娘兩耳光，可事後想想，鬧大了對咱們兩家都沒好處！」鬧大了，兩家都沒臉。

重陽這半日已冷靜下來了，想著陸大姑娘本就生得不夠美貌，比阿曦那胖妞還不如呢，人也笨，這是從此次梅林事件看出來的。門第好有啥用，陸大姑娘本人有限，再加上重陽與她也無情誼，乾脆就想把親事退了，再叫陸二姑娘吃些苦頭，便也罷了。

蔣三妞道：「你曾祖母這把年紀，知道這事，豈不生氣？」

「有什麼好氣的？虧得沒娶，要娶回家才有得氣生！」重陽道：「沒娶咱們是賺了！」

蔣三妞恨恨地捶了兩下桌子，罵道：「沒臉沒皮的小婊子！」

這事最終以陸太爺帶著陸老太太陸三老爺陸三太太過來賠禮道歉告終。兩家親事是再不必提了，先時胡家走的禮、給陸家兩位姑娘出的學費，也都折成相應的禮物銀兩退回來。接著陸家就把陸大姑娘送廟裡清修，陸二姑娘和陸三姑娘也不必上學了，都回家待著吧。

陸太爺因此事氣得病了一場，險些要了老命。

胡家沒鬧出來是人家要臉，這事究竟如何，陸家人心如明鏡一般，但凡要臉的人家，自己心裡就得覺得羞恥。

陸家不好過，胡家何嘗好過？重陽倒是心寬，氣了幾日就沒事了。蔣三妞心裡過不去，同何子衿哭了好幾回。蔣三妞道：「要不是我心氣高，非要給重陽說個書香門第，重陽也不能受這樣的侮辱！」要不是她識人不清，兒子也不能受這樣的委屈。

「誰心氣不高？就是以後我給阿曄說親，難道不樂意他娶個樣樣都好的姑娘？」何子衿勸道：「要我說，陸家這樣的也是稀罕。陸大姑娘沒個主意，都是被陸二姑娘挑唆的。其實這事兒沒成也好，這會兒兩人還沒什麼情分，倘親事成了，做了夫妻，有了情分，再生出這樣的事來，重陽哪裡受得住？」

蔣三妞一抹淚，恨恨道：「我雖也時時這般寬解自己，到底這口氣難嚥？」

「只要咱們重陽以後有出息，悔的就不是咱家。」何子衿道：「以前重陽還小，心性也跳脫，如今我看他已是穩重了。那書鋪原也不必他一天到晚守著，重陽雖未科舉，也念了這些年的書，術數學得最好。阿念眼下事多，身邊需要打下手的，要是姊姊願意，不若叫重陽去阿念身邊跟著幫忙。倘他是這塊料，以後捐個官兒，也有個前程。雖是不比那正經科舉出來的，可妳看周通判，也管著府城大宗事呢。」

蔣三妞如何不願，當下也不傷心兒子險被戴綠帽子的事了，自然是兒子的前程為重。

蔣三妞道：「成，我這就回家跟重陽說去。叫他作錦繡文章，他興許不成，這跑跑顛顛打個下手啥的，他還是成的。就是以後不做官，跟著阿念，也比行商要強。唉，妳看這世道，重陽難道就不如那高案首嗎？陸家不過是瞧妳姊夫是行商的，就這般慢待咱家。倘咱家是為官做宰的，陸家焉敢有此羞辱之事？」

蔣三妞自來好強，哪怕自己做不了人上人，也希望子孫比自己更強，走得更遠。

蔣三妞對子衿妹妹充滿感激，覺得子衿妹妹真是時時刻刻關心她家重陽，這不，看這該死的陸家眼皮淺，立刻就幫重陽安排了好差使。

相對於讓兒子做生意，她自然更願意重陽去阿念身邊打下手。

阿念現在可是知府，跟在阿念身邊，哪怕是跑個腿，也能長不少見識。像子衿妹妹說的那般，倘重陽是那塊材料，到時說不得還能捐個實缺，自己去做官呢。

回家先同丈夫商量，胡文這些天也很為陸家之事惱怒。孩子是自家的好，哪怕陸家姑娘心儀的是高案首，胡文也不覺得兒子品行就不如高案首了。而且，妻子暗地裡哭過好幾遭，胡文既擔心媳婦又操心兒子，又怕祖父母跟著生氣，氣壞了身子，這些天就多在家裡照顧家人。今見媳婦滿面喜色回來，他就知必有喜事，笑道：「這般歡喜，莫不是撿了銀子？」

「比撿銀子高興一百倍。」蔣三妞連茶都顧不得吃一口，就把子衿妹妹的話同丈夫說。

胡文思量道：「重陽成嗎？我先時倒也想過，想他大些，性子定下來，不論是阿念身邊，還是叔叔身邊，都能給他尋個事務。我總覺得，他現在還小呢。」

胡文自然想過長子前程之事。其實論親疏，重陽有大伯也在外做官，可實際上大伯離得遠不說，胡家需要提攜的人也多，二房已將一子送了過去，重陽顯然靠自家大伯靠不上的。胡文與父母關係一般，同長兄也親近不到哪兒去，相對於自家同父異母的長兄，胡文乾脆把想頭兒落在了岳家這邊。只是，兒子還小吧？

蔣三妞吃了半盞茶，神采奕奕，「小什麼呀？你看咱們這次回老家，路上都是重陽張羅打點，我看他有模有樣的。何況，也不是做具體差使，就是先讓他在阿念身邊打打雜，難道這個咱們重陽也幹不了？」她對兒子極有信心，兒子除了讀書不大成，庶務上是一把好手。再說有阿念看著指點著，哪裡就不成了？

「子衿妹妹都說了，反正不是外處，重陽有什麼不妥當的，只管叫阿念管教他。」這守著兒子，還有江念在，胡文想想，也就放下大半的心。

「就是這話。」蔣三妞眉眼間俱是歡喜，先時陰霾一掃而淨。

胡文先去與祖父商量，胡太爺做了這些年的官，見識只比孫子更高遠，聽完此事不由暗暗點頭，深覺江家厚道。胡太爺輕拈長鬚，緩聲道：「重陽這孩子，我細看來，是個懂事的，心胸也開闊。既子衿與你媳婦說了，今天你過去問一問阿念，晚上同重陽說說，明兒就叫重陽過去。這官場上的事兒，做上幾年也就懂了，以後捐官亦是一條出路。只是一樣，重陽畢竟年少，阿念自不是胡來的人，可官場中陋習亦是頗多，你得給重陽提個醒兒。」

待得傍晚，胡文就過去江家，與江念細談一回，交了兒子的底，也就能跑腿辦些瑣事。江念不是頭一天認得重陽，只管叫胡文放心就是。胡文回家難免又同兒子交代一番，重陽還有些懵呢，問道：「那我書鋪怎麼辦啊？」

胡文道：「書鋪原也不必你成天看著，先在你姨丈身邊跟著跑個腿，那書鋪怎麼照管不過來？你是東家又不是夥計，難不成什麼事都要你親力親為？」

重陽想想也是這個理，當下就應了。

陸家那事，即便不傷心也傷自尊，重陽難免也生出奮鬥之心來。想著待自己封侯拜相，自有陸家悔青了腸子去。嗯，封侯拜相啥的，純粹少年妄想了。要知道，捐官哪怕是實缺，你做官做到頭，頂頭也不能越過三品，所以，封侯拜相全是做夢啦！

重陽聽他爹細細交代他該注意之事，無非是做事要有眼力，心思要細緻，雖是江知府的外甥，跟人相處起來也不許拿大，更不要擺少爺架子。還有就是，那些喝花酒吃回扣啥的，意思意思就成，別當真，更不要索賄，家裡不差那幾兩銀子。

重陽耐心聽他爹說完，道：「爹放心吧，我都曉得的。」有什麼花酒可吃啊，重陽眼光高著呢，一般二般的花娘，他根本看不上。

重陽第二天就去姨丈家報到了，江念說叫重陽跑腿，完全不是客氣話。重陽剛來，就是跑腿，一則重陽年紀尚小，二則也是叫他熟悉一下知府衙門。

重陽雖是個跑腿的，胡家上下也都很高興，尤其胡老太太，深覺當初孫子有眼光，相中了蔣三妞。這不，非但孫媳婦會過日子，把孩子們教導得懂事不說，親家這邊的親戚也都是實誠人，不吝於提攜後輩。江念這官做得順風順水，尚未到而立之年，已是知府之位，日後前程難以限量。長孫跟著江念，只要知道爭氣上進，就不怕以後沒有前程。

重陽有了新差使，胡家就把陸家之事拋腦後去了。明顯自家孩子以後前程可期啦，只要家裡孩子有本事，還怕娶不到好媳婦嗎？

胡家這麼快走出陸家陰影的原因還有一個，便是當事人重陽完全不大傷心。重陽就是氣了幾日，便將事丟開不提了。看他那模樣，是真的沒上心。陸家的親事退掉後，重陽明跟他娘說了，再說親一定要說個好看的。可想而知，先時重陽對陸大姑娘也不是那麼滿意。

蔣三妞自己也想通了，不急著為兒子說親了，經陸家這教訓，說親實不能只看門第，也不能只看個閨女大面，她先前根本沒怎麼同陸家姑娘相處過，就看人家溫柔，相貌清秀，再瞧著陸家大人們都是懂禮的，便願意了。她如今不這般想了，她慢慢給兒子尋親事，有了合適的，冷眼多留意幾年，細觀這姑娘為人處事，也得實實在在問一問兒子的意思。好吧，還是她的好強心，重陽跟在阿念身邊，這就是在知府大人身邊做事，待重陽學些本領，再給兒子說親。時人眼皮淺，瞧她兒子在知府大人身邊，也得高看兒子幾眼呢。

如此思量，蔣三妞就不著急重陽的親事了，倒是時常回娘家走動，有空便往子衿妹妹這裡來說話。蔣三妞深切地明白一個道理，有事就能瞧出來了，幫你的還是自家人。

其實把重陽要來江念身邊做事，還真不是何子衿的主意。依何子衿看來，十幾歲的小屁孩正是該玩耍的年紀，重陽又有自己的事業，故此，雖為陸家之事惱怒，還真沒想讓重陽到江念這裡做事。這事是江念提的。

江念道：「陸家之事雖令人惱，重陽卻比我想得更穩重。」

陸家大娘固然可恨，重陽遇個正著，還能如此理智處理，江念就覺得，重陽是個可塑之才，便把他召到身邊了。倘重陽自己爭氣，以後提攜一二不算什麼。

江念每天的行程，重陽都清清楚楚，要去哪裡提前備好車馬，還有江念的一些習慣，重陽常來子衿姨媽家吃飯，也知道不少。

此外，重陽很懂得避嫌，在外頭就不叫江念姨丈了，都是稱大人的，與下頭人相處亦是融洽，一則他本身是江知府的外甥，這是實打實的親戚，消息略靈通些的都知道。江知府要外甥在身邊做事，誰有意見嗎？沒人有意見，這是現在的常態，一般為官做宰的，哪個身邊沒幾個自己人呢？重陽自己也會做人，出手大方，江念手底下那些人，自然樂意與他交好。

所以，重陽是順順利利就在江姨丈身邊站住了腳。

他每天跟著江姨丈，江姨丈有外務時跟在外頭跑，安排飯食瑣事，江姨丈在衙門辦公，他就在外守著，幫著安排那些等著見江姨丈的人，打發人給那些人上茶水。可想而知重陽這個位置，雖無官無職，卻十分吃香。重陽跑腿第三天就有人塞銀子給他，重陽哪裡肯要，倘是人人都有的，他不收不好，可這種銀子他收來做什麼，沒得低了身分。

重陽自己幹得十分起勁，在江姨丈身邊，見的人多，見識更廣。

蔣三妞不禁偷笑，與丈夫道：「看重陽這勁頭，比以前背著我開書鋪時還有精神呢。」

胡文也覺好笑，道：「這可真是現官不如現管，重陽這去了沒幾日，我在外遇著那些知府衙門的小官小吏，人家甭提多親熱了。以前他們待我倒也客氣，卻也沒這般親近的。」

「世人多如此。」蔣三妞自己有時也難免勢利，如今長子順利，她就心裡高興。

胡文換個話題，問：「俊哥兒不是說要去帝都嗎？定下什麼時候去沒？」

「定了，月底就走。」

「他這去帝都，東西少不了要帶，費事占地方的別給俊哥兒預備了。備些藥材，讓俊哥兒給阿冽他們帶去。他們在帝都，不比咱們這裡來得便宜。」

蔣三妞應了，又問道：「給俊哥兒備些什麼才好？衣食用物孃子那裡肯定都預備的，子衿妹妹也少不了準備。」

「拿五百兩的銀票來，我私下給俊哥兒。他這去帝都，少不得交際，手頭上別緊巴才好。」胡文現在是財主了，索性直接給錢。

蔣三妞道：「我再叫繡坊做幾身鮮亮衣袍，帝都那地方，穿得低調了，就叫人小瞧。」

胡文點頭，「這話是。」

總之，俊哥兒出發時，完全不比何冽當年輕車簡行，帶了一車東西。當然，有半車是家裡給帝都的大哥和舅舅家的，還有就是姊夫讓他帶去給帝都朋友的。

俊哥兒也如當年他哥那般，尋了同科的舉子一起前往帝都。這路俊哥兒去歲走過一回，再熟悉不過，辭了父母親友，就與其他舉子歡歡喜喜啟程。

俊哥兒一走，北昌府的冬天就到了。

這是胡老太太、胡太爺來北昌府的第一個新年，熱鬧自不消提。兩位老人家也深深體會到了北昌府的冷，所幸北昌府的毛皮很是軟和保暖，胡老太太都與何老娘說：「先時阿文託人捎回去的皮毛，我們就都說好。」

「是，比咱們那裡的要厚實。」

「可不是嗎？這天兒冷也是真冷，咱們那裡冬天要是下一場大雪，就是難得的了。這北昌府，八月天就開始下雪了。」

「是啊，剛來頭一年，我都覺得稀奇。」

難得胡太爺與胡老太太頭一年就能適應北昌府的天氣，身子委實不算不硬朗了。今天胡老太太過來何家，就是與何老娘一處，等著竇大夫過來診脈。這是何子衿厚著臉皮請的，每個月請竇大夫來一次，幫家裡的長輩診脈。如江老太太和江太太也會過來，胡老太太還不曉得這竇大夫是個啥大夫，但大家都一處，她也就來了。

胡太爺是個有見識的，尤其是同孫子打聽了朝雲道長之事後，就很後悔沒多帶幾個孫子重孫過來。當然，後悔也沒用，先不說胡文對家裡的堂兄堂弟都尋常，更甭提子侄輩了。再者，就是帶來也沒用，朝雲道長鮮少見外人。每每想到朝雲道長這尊大神，胡太爺就深覺何子衿實在是有運道。

胡太爺聽說來的大夫姓竇，就知必是帝都竇太醫家的人了，言語間很是客氣。

竇大夫倒沒多想，反正閒著也是閒著，平常有空還會參加府城組織的義診。醫術就是這樣，不進則退，竇大夫為了不使醫術倒退，基本上朝雲道長一府人的身體健康他都包圓了。雙胞胎為什麼身體倍兒倖吃飯倍兒香，就是竇大夫三天給他們把一回脈，權當練手。

竇大夫頭一回為胡家老太太、太爺診脈，就幫著開了幾個調理方子，他醫術不凡，兩位老人家用過後很是見效，覺得比在老家時身子骨兒還要輕省。當然，這一方面是竇大夫醫術高明，另一方面則是，甭看北昌府論氣候環境不若蜀中，但兩位老人家在北昌府過日子，絕對比在老家時要輕鬆順暢。

何子衿送竇大夫出門時，與竇大夫商量凍瘡膏的事情。北昌府這地界冷得很，人極易凍傷，大戶人家自無此擔憂，但城中駐軍、衙門的衙役多是外差，凍傷的多。再說，每年總有食不果腹者，江念在沙河縣時會號召這批人做工，以工分來掙糧食，以免凍餓致死。

何子衿想請竇大夫研究些有用的凍瘡膏，竇大夫樂意做這事，還很注意節省成本。只是有一樣，這凍瘡膏的製作是個問題。這年頭可不是弄個藥方就能獻給朝廷的，這是竇大夫的祕方，故而，成藥還是與竇大夫商量。竇大夫為啥肯給何子衿面子，給何家人來診脈，一則他現在的確事務不多，二則何子衿在朝雲道長那裡有面子，三則就是何子衿做事講究。從這藥方的事就能看出來，這是何子衿請他研製的，卻不要求他交出配方，這就是明白人做事了。

竇大夫並不小氣，笑道：「這方子極簡單，我著人送到妳府上就是。」

何子衿道：「這是您的心血所成，我收了算什麼？我這裡也沒懂醫藥的，小竇大夫來好幾年了，您身邊還有藥僮，不若您開出單子來，讓他們採買藥材，製成成藥。官府這裡，先出訂金，待得藥成，再付餘款，如何？」

小竇大夫說的是竇大夫的兒子，自帝都過來在竇大夫身邊服侍的。

竇大夫一笑，「成，也讓孩子們鍛煉一二，就這麼辦吧。」

竇家在北昌府的藥行就這麼開起來了，起先就是做凍瘡膏的。竇大夫為了鍛煉兒子的醫術，與聞道商量了，得朝雲道長允准，就請江念幫著盤個小鋪面，讓兒子坐診，先在百姓身上練一練醫術啥的。

說著就是年節了，年前事務多，何子衿忙得腳不沾地，就說年禮，如今江念只管幾家上峰的走禮，其他都是何子衿擬好禮單，讓阿曄去送。知府衙門事情也多，各衙門都要有個年終總結，再者，年前北昌府轄下各縣的縣令，也要來府裡請安述職。再有府裡各項事務，江念既是現官又是現管。

何子衿的女學臘八就放了假，然後這過年過節的，學裡女先生們掌事嬤嬤們，還有為女學出大力的紀嬤嬤等人，大年下總要一人一份年禮再加獎金，這又是一樁事務。

何子衿乾脆把阿曦找來當苦力，阿曦倒不覺得辛苦，非但給她娘當苦力，還時時去朝雲祖父那邊，幫著整理朝雲祖父過年的事務。

阿曦表現出一種「如果家裡沒有我，你們日子可怎麼過」的架勢來，令人忍俊不禁。

就在臘月的忙碌中，何家收到何冽自帝都託人送來的書信。

沈氏特意叫了閨女回家來念叨了一回，何冽信中說了二兒子百日宴的事。是的，何冽到帝都，效率很高地生了老二，還是個兒子。何冽的歡喜浮現在信中，只是惆悵沒閨女，這可怎麼跟姊夫家做兒女親家啊？

沈氏瞧著兒子的信直樂，與閨女道：「阿冽這腦子也是不轉彎兒的，他沒閨女，以後還不許妳再生個小閨女啊，總有能合適的。」她一直很看好閨女與兒子兩家姑舅做親，覺得要是有個小外孫女嫁給自家孫子，想想就能笑彎了眼。

何老娘跟著幫腔：「可不是嗎？」又與沈氏道：「給阿冽回信時與他說，別急著生丫頭，再生個兒子，然後再生丫頭不遲。」

何子衿翻白眼，「生那麼多兒子，以後拿什麼養？」

何老娘眉毛一挑，「妳還不是有三個小子，怎麼就嫌侄子多啦？」

何子衿裝模作樣嘆口氣，「我也很發愁以後養他們的事。」

「淨胡說，咱家日子正好，還能養不起孩子啦？別說三個小子，就是十個也養得起！」何老娘極是豪邁，心中盤算著，她三個孫子，一個給他生三個重孫，就有九個重孫了，這得是何等興旺啊！

「多子多孫多福分。」沈氏很是認同婆婆的觀念，笑與閨女道：「阿念人丁單薄，妳正該多替他開枝散葉。」

何子衿半點都不急，「這也得看兒女緣分。」

何老娘曲指一算，「妳三胎還早著，怎麼著也得等阿昀和阿晏五六歲上。」孫女在生子上像兒媳，總是要隔個五六年才能再有動靜。好在孫女效率高，都是一生生倆。說來，這本事也沒誰了。何老娘每每想到，就十分自豪。何老娘不知想到什麼，忽然改口，同沈氏道：「與阿冽說，下胎生個閨女也不錯。都說養女隨姑，要是像咱們丫頭多好。」

沈氏笑道：「是啊，這兩個孫子了，還沒見過孫女的面兒呢。」她倒不似何老娘這般盼孫子，覺得有個孫子安了心，生幾個小孫女也不錯。

說一回何冽的次子，就說起俊哥兒在帝都的課業。俊哥兒現下也很是用功，據何冽說，俊哥兒說了，趕緊把春闈考出來他就解脫了。反正吧，那話叫何恭知道必要訓斥的。聽沈氏說，何恭一看長子這信，就把俊哥兒念叨了幾句。

再者就是沈素來的信了，信中並無他事，無非就是記掛姊姊一家，又說兩個外甥在帝都皆好。自從江何兩家北外放昌府，一晃十來年了。沈素牽掛著沈氏，沈氏何嘗不牽掛娘家。

過了年，賞過上元節的冰燈，江念就張羅著給子衿姊姊準備三十壽辰。

何子衿本是龍抬頭的生辰，偏生不巧，這事一般知道些歷史的都曉得，朝雲道長唯一的姊姊，謝太后的親娘魏國夫人，就是死在這一日。何子衿當年在帝都聞知此事後，多是讓出龍抬頭之日，另選個近些的日子過生辰。這回何子衿就如往年，選了個休沐日，二月初十。

這一年是整壽，江念又是在知府任上，自然熱鬧。

可以說，這是何子衿到北昌府後過得最氣派的一個生辰了，足足熱鬧兩日。就這麼著，輿論界都說江太太節儉，因為這年頭，整壽生辰大辦個三五天的大有人在。何子衿這個，當真算是排場小的了。

何老娘還念叨：「待得俊哥兒中了進士，就是喜上添喜。」

好吧，您老人家是不是忒自信了？

接著，三月底春闈榜單一到，帶給何老娘不小的打擊，俊哥兒榜上無名。何老娘一個勁兒嘀咕：「明明拜了菩薩的……」還添了在筆香油錢，咋地不靈了？

何恭倒是沒啥，在何恭看來，次子去歲秋闈排名就不高，此次春闈便是中了，怕也就是個同進士。今次落榜也無妨礙，繼續用功就是。

何恭道：「哪裡就有一次中的，那樣的畢竟是少數。」

何老娘想一想，阿冽秋闈考了兩回，俊哥兒秋闈順利，不想春闈沒中。不過，對比一下兒子當年秋闈之艱難，何老娘道：「我就怕俊哥兒在這考試運上隨了你。」

何恭：……

幸而何恭性情寬厚，並不介意，微微一笑道：「就是像我也沒什麼，我這也算早的。」何恭從沒覺得自己哪裡不順利，他三十幾歲就中了進士，當真不算老，只是不能與江念這樣的相比罷了。在何恭看來，江念這樣的能有幾個，說不得真如他娘所說那般，江念這種屬於文曲星下凡，一般人比不得。長子能二十出頭中進士，何恭就很高興了。

何老娘可不是兒子這性子，她老人家在一旁掰著手指琢磨著要不要叫丫頭過來給二孫子算上一算，結果，不必叫何子衿過去算了，四月中何冽的信就到了，俊哥兒準確地說不能算落榜，因為他根本沒去考。

倒不是俊哥兒突然之間厭學棄考，實在是俊哥兒在考前頭一天出門，也不曉得怎地那般巧，在朱雀大街見人驚了馬，他為了救人，手給擦傷了，沒法兒提筆寫字，就沒去考。

何老娘知道這事兒，一方面惋惜二孫子沒能下場誤了一科，但心裡也曉得，遇著了，能救當然得救了，一條性命呢。何老娘問沈氏：「信上說沒，俊哥兒的手可大好了？」更擔心二孫子的身體，又問：「俊哥兒沒叫馬撞著吧？」

「沒撞著，他手也養得差不多了。」沈氏看著信道：「俊哥兒說了，他要留在帝都繼續攻讀，就不回來了。」

「不回來了啊？」何老娘極是思念二孫子，聽說二孫子不回家，頓時失落得不得了。

沈氏勸道：「在帝都也好，有阿素瞧著。俊哥兒一向跳脫，這會兒說不回來，多半是想好生在帝都逛一逛，說不得哪會兒他就又回來了。」

聽此話，何老娘心裡方好過了些，「這倒也是。」

不過，俊哥兒因此事倒出了個小名，被國子監祭酒知曉，讓他去國子監念書了。

待得四月底，姚節著人送來喜信，江贏生下長女。

何子衿看家裡沒什麼事，親自過去吃了滿月酒。江贏與姚節的長女，玉雪可愛。紀將軍無女，對這個名義上的外孫女很是喜歡。

姚節更不消說，喜得見牙不見眼，與子衿姊姊道：「先時阿冽生了兒子來信與我說，就盼我生閨女。此番正好，倘我再有閨女，就與子衿姊姊做一門兒女親家，如何？」

姚節真不愧何冽是至交好友，兩人都有給孩子們訂娃娃親的癖好。江贏也頗有意，主要是她認識雙胞胎，也很喜歡雙胞胎。何子衿不好拒絕，想著江贏與姚節都是好相貌，以後孩子就不會醜，再者，兩人也都是明理之人，又有江夫人這樣的外祖母，相信教養出來的女孩子也不能差了。何子衿點頭，「成！阿曄年紀大些了，要是你們再有女兒，雙胞胎任你們選一個，就看到時與誰投緣了。」

何子衿還是沒把話說死，因為她想到陸家之事，就琢磨著，要是這親事定了，她可得好生關注未來兒媳婦的成長才行。

姚節道：「姊姊下次再來，把我女婿帶來才好。」

女婿……何子衿唇角直抽抽，道：「你女婿現在還在尿床呢。」

眾人哈哈大笑，何子衿也不禁笑了。

於是，何子衿回家就給雙胞胎之一帶回了一樁親事。

何子衿同江念道：「原該先同你商量，可當時阿節提了，贏妹妹也挺高興的，我想著，他二人的女兒當是不差的，就做主應下了。」

江念並無意見，探花腦袋轉得格外快，道：「無妨，這親事不錯。」說著就具體分析：「阿節現下已是從四品，論官階比我還高半品，咱們兩家算得上門當戶對。何況，喜歡江夫人的性情好，阿節媳婦也是明理之人。倘阿節次女能有江夫人的品格，就看阿昀與阿晏誰有這福分了。」他覺得子衿姊姊當機立斷，這親事定得好。

雙胞胎之一定下了未來還在娘胎裡的小媳婦，不過，他們的親事還早得很，姚節不過剛有了長女，次女還不曉得什麼時候生出來。倒是重陽，有了意中人，人選是重陽親選的，央磨著他娘去幫他問問。

蔣三妞對於重陽選的人倒也認識，就是不大熟，正是宮財主家的宮媛宮姑娘。宮家是鹽商，胡家是糧商，兩家生意沒啥交集，來往有限。

兒子跟他提宮媛，蔣三妞雖有些吃驚，可想著兒子年紀也不小了，就先問兒子如何相中了人家姑娘。重陽吭吭哧哧的，難得有些不好意思，含糊道：「她先時在姨媽的女學裡念書，跟阿曦妹妹是好朋友，我見過幾回，心裡很是中意。」

「你中意人家，人家可中意你？還是說，你們彼此有意？」

「沒，話都沒說過幾句。」重陽十分遺憾，「她都不大理我。」

蔣三妞有些不能明瞭，「那是你相中人家了？」

重陽點頭，蔣三妞繼續問：「你相中那姑娘啥了？」

重陽斬釘截鐵，「長得好！」又補充一句：「人也好。」

看兒子這斬釘截鐵的勁兒就知有多上心了，蔣三妞道：「我先打聽一二再說。」

「娘，您可快些，我聽說她家正給她說親呢。這要是遲了，許出去可如何是好？」重陽為了終身大事，暫且擱下臉面，催促起他娘來。

蔣三妞覺得好笑，「知道了。」

蔣三妞先去找何子衿打聽，何子衿身為女學山長，自是曉得宮媛的，笑道：「她是個好姑娘，在學裡念書時功課就不錯，難得最是個明白人。今年是她及笄之年，家裡要議親，就不再來上學了。及笄禮時，阿曦還去了呢。」

蔣三妞道：「我記得以前宮家有個拐子的事兒，是吧？」

「對。所以我說宮姑娘是個明白人，要是尋常姑娘，多有給人糊弄了的。」

蔣三妞極是認同，「可不是嗎？非得自尊自愛，不然那些拐子的手段，不要說小姑娘，小媳婦還有上當的。」就憑宮媛不上拐子的當，還把拐子繩之以法這一點，蔣三妞就對她很有好感。哪似前頭陸家那個，倒貼人家都沒要。

蔣三妞細打聽了宮媛在學裡的事兒，聽說人緣不錯，就知道是善與人相處的。除此之外，她還同阿曦打聽一二。阿曦今年十歲了，這年頭十五就能議親，故而孩子多早熟，何況阿曦還有個教育小能手的娘。阿曦道：「宮姊姊一點都不喜歡重陽哥啊！」

蔣三妞心涼了一半，不待蔣三妞問，阿曦就說：「上回我們出門，重陽哥見路邊有個又瞎又癱的人在乞討，就拿了一塊碎銀給了那乞子。宮姊姊私下與我說，重陽哥是不是傻啊，那一看就是騙錢的。我還不信來著，宮姊姊取出一小塊碎銀，輕輕一丟，故意把銀子丟得離那乞子三尺遠的地方，不想那乞子蹭就跳起來，撿起銀子拎起破碗就跑，轉眼就跑沒了影兒。重陽哥半天臉都是青的，宮姊姊還說他是冤大頭來著。」

「重陽哥不忿，說宮姊姊也給那乞子丟了銀子，就是算冤大頭，宮姊姊也算一個。他倆拌了好幾句嘴，要不是我勸著，非打起來不可。」

蔣三妞直樂，「還有這事？」

「可不是嗎？重陽哥怎麼會喜歡宮姊姊啊，宮姊姊可不喜歡笨人。」

「誒，妳重陽哥又不笨。」

好吧，春天已過，秋日將至，重陽的桃花偏生開了。

重陽這桃花開得很有些不可思議，因為任誰也沒看出重陽對宮媛有意來，尤其是與宮媛頗為親近的阿曦。

阿曦因為經常幫著她娘跑腿，再加上重陽哥先時議過一次親了，阿曦對於男孩女孩長大要說親的事很有些意識的。宮媛及笄禮後，有很多人去宮家打聽，阿曦都曉得，還問過宮媛親事的事呢，但就是沒看出重陽哥喜歡宮媛來。

阿曦說：「我看他們每次見面都會拌嘴，我還以為重陽哥很討厭宮姊姊呢。」

何子衿總結道：「難道這就是傳說中的歡喜冤家？」

於是，阿曦學了一個新詞。

她是個活學活用的孩子，有一次去朝雲祖父那裡，見朝雲祖父與羅大儒拌嘴，當下將手一攤，無奈道：「難道這就是傳說中的歡喜冤家？」

然後……朝雲祖父與羅大儒當天午飯都噁心得沒吃多少。

總之，重陽非說自己是相中宮媛了，央磨他娘去幫他提親，真個愁死他娘了。

蔣三妞與丈夫商量：「重陽相中了人家宮姑娘，聽阿曦說，他倆是見過幾面，但一見面就拌嘴。這要是真成了親，以後總是拌嘴可怎麼辦？」

胡文笑道：「妳看重陽也沒跟別個女孩子拌過嘴，說不得他就喜歡這愛拌嘴的。」

蔣三妞看向丈夫，「重陽這是也跟你說了？」

「說了，讓我快些著，不然要叫別人家定了去。」胡文道。

蔣三妞有些猶豫，道：「前些天，范舉人娘子帶她家閨女來了幾趟，在老太太面前說話，瞧著也是溫順懂禮的女孩子。」

「就是天仙，也不比自己相中的。」胡文在這方面很有主見，「我少時一眼就相中妳，可不就享一輩子福嗎？我看重陽這眼光與我相仿。」因自家也算書香門第，胡文對這四字看得再清楚不過。那范舉人不過是一窮戶，多半是看他家裡有銀子，又與江念相近，這才動了心的，胡文卻是不大看得上這樣的人家。

經陸家之事，蔣三妞對書香門第四字也不大執著了，點頭道：「成，那我尋個由頭，先瞧瞧這位宮姑娘如何。聽子衿妹妹說是個極聰明的女孩子，跟阿曦也很好。」又與丈夫道：「你在外也打聽一下宮家人品如何？家風可正派？千萬不能那等一屋子小妾通房的。」接著又自言自語道：「忘記問了，不曉得這宮姑娘是正出還是庶出？」

胡文道：「宮財主家裡就一老妻，怎麼可能是庶出？他家二子二女，兩個兒子都娶親了，兩個閨女小些，一直在子衿妹妹的女學裡念書。」

蔣三妞聽說宮財主家裡就一老妻，心裡就願意了一半。因鹽商多豪富，許多商賈又不守禮法，不要說妻妾分明了，多少稀奇古怪的亂事都有。宮財主家只有一位老妻，可見這宮財主就是個正派人。蔣三妞打定主意，第二日就去子衿妹妹那裡，讓阿曦邀宮姑娘過來玩耍，她好藉機看一看這位宮姑娘。不想宮媛就在江家呢，她是過來送東西的，她爹宮財主不知道從哪裡弄了兩筐筍乾過來。

宮媛道：「我家人不會吃這個，我想著以前在山長家裡吃過筍乾燒的菜，索性就送過來給山長了。」除了筍乾，還有一些乾果，她收拾了好幾匣子，一併送來給何山長嘗嘗。

何子念謝過宮媛送來的東西，師生二人正在說話，蔣三妞來了。就是何山長也得說一聲來得巧了，當下請蔣三妞坐下，為二人介紹。

宮媛一看山長家裡來了親戚，就欲起身告辭。

何子衿笑道：「妳只管坐著，這不是外人，是我姊姊。」

蔣三妞笑道：「以前在繡坊鋪子裡見到過妳家訂的衣裳，只是沒見過妳本人。」又誇宮媛生得靈秀。要蔣三妞說句實在話，不怪她兒子偷偷相中了人家，這宮姑娘生得柳眉杏目，美貌非常，較之陸大姑娘強出三條街不止。

何子衿引起個話題來，說到宮媛送筍乾之事，笑道：「三姊姊也愛吃這個，一會兒拿些回去，煲湯是極好的。」

蔣三妞笑，「那我今兒可有口福了。」

宮媛道：「先前我在山長家吃過筍乾鴨煲，那筍乾吃在嘴裡又脆又嫩，在我家一做就不是那個味兒了。」

蔣三妞道：「這筍乾發一發，把老的地方斬去，如做鴨煲，煲到兩到三個時辰，就可以入味了。這道煲有個竅門，裡面再放一兩塊火腿，味兒更好。」

宮媛認真聽了，蔣三妞道：「看宮姑娘也通廚藝。」

宮媛道：「如今天冷，正是煲湯的好時候。以前在山長這裡，常見煲一鍋好湯來做熱鍋子的底，味兒也很好。」

蔣三妞微微頷首，「那妳可是對了妳家山長的性子，她燒的菜，我們一家都喜歡吃。」

宮媛笑道：「是，山長這裡許多菜都讓我學了去。」

何子衿笑道：「阿曦在這燒菜上沒什麼興趣，難得有願意學的。待得那筍乾，我整理幾道菜譜給妳，妳試去做做，要是哪裡不懂，只管問我就是。」

三人說一回話，宮媛瞧著時辰不早，便起身告辭了。

待宮媛走後，蔣三妞方悄與何子衿道：「這姑娘生得真好。」

「學裡的女孩子，宮姑娘是數一數二的了。」何子衿好笑，「難怪重陽相中了人家。」

蔣三妞道：「我看她說話就很大方，不似那等靦腆不得見人的。」先時陸大姑娘就是個寡言的，當然，原因可能是人家根本不樂意胡家的親事，但正因受過陸家的傷害，蔣三妞現在最煩的就是不愛說話的。宮媛容貌既美，說話也透出大方明快來，又是自己兒子相中的，她心中便又多了幾分喜歡。

蔣三妞看何子衿含笑望她，自己也笑了，道：「妳不曉得，重陽現在都快急死了，跟娶不上媳婦似的。託了我，又去託他爹。妹妹，妳與我實說，妳覺得宮姑娘如何？」

「千金難買心頭好。」何子衿道：「她在女學四五年，不論女先生還是學裡的女孩子，沒誰說她不好的。何況，重陽這麼相中了人家，三姊姊妳要有意是得加快些，宮姑娘生得模樣好，媒人一天往她家跑八趟。」

蔣三妞道：「我想著，要不過幾日妳這裡做個老鴨煲什麼的，叫宮姑娘過來吃飯，我也過來，再說說話，如何？」到底是兒子的終身大事。

何子衿笑道：「也好。」

蔣三妞非但是託了何子衿請宮媛吃飯，還託阿曦問問宮媛對重陽的意思。

阿曦辦事很快，沒幾回就回覆姨媽了，道：「宮姊姊說，她以前都不曉得姨媽是重陽哥的娘，還說姨媽性子好，就是重陽哥討厭。」

蔣三妞道：「妳沒替妳重陽哥說幾句好話分辯一二？」

阿曦道：「說啦，不過我說了也沒用，宮姊姊可討厭重陽哥了。」

蔣三妞這心就有些不是滋味，怕兒子這事難成，回家同丈夫說了自己的擔憂。

胡文道：「不要急，我去探探宮財主的口風。」

為了長子的親事，夫妻倆齊上陣。

胡文與宮財主都是北昌府的富戶，雙方來往雖不多，倒也是認得的。大家在一處，生意上沒得聊，便聊兒女。彼此互誇兒子，胡文說宮家子穩重，宮財主就誇胡家子妥貼，尤其胡文因著在江姨丈身邊跑腿，如今在北昌府人面頗廣。

宮財主道：「上遭我去知府衙門辦事，以前去了，排隊等著，亂哄哄的坐沒個坐處，站沒個站處，如今可是井井有條，還有人端來茶給咱們吃。我聽說就是您家公子安排的，別看年輕，我瞧著，您家公子定是要青出於藍的。」

胡文笑，「他也就是跟著他姨丈跑個腿。」以前胡文都要兒子低調，不要在外顯擺與江知府的親戚關係，如今胡文在宮財主面前是半點不低調了，道：「先時還怕他年輕，知府衙門上上下下人多事多，我還擔心來著。現下瞧著，倒還沒誤過事。」說著嘆口氣，「只是，一家有一家的難，宮兄你光看他好的地方了。」

宮財主端起茶吃一口，道：「哪裡是我光看他好的地方了，你家公子的好，長眼的都看得到。胡老弟你還有何可愁的。」

「可不就是那孩子的親事。」胡文嘆道：「眼下都十七了，豈不叫人急？」

「你還急什麼，只怕你眼光高，等閒人看不上。」

「我家的事，宮兄你也曉得，我是不打算讓兒子攀高枝的，門當戶對就好。」說著露出微微惆悵，「我家重陽除了念書不大成，別個我瞧著，倒也不比同齡的孩子遜色。再說，我只有髮妻一人，就是從我這裡，以後我也不叫兒子納丫頭納妾的。就是拙荊，亦非刻薄之人，結果，還是在親事上這般坎坷。」

宮財主想著自己與胡財主交情不深，怎麼胡財主就說起他家長子的親事來了。宮財主因長女過了及笄禮，正是說親的年紀，媒婆天天來，故而在這上頭也比較敏感，微一琢磨，就有些明白了。宮財主先想了想重陽這孩子，重陽現在是江知府身邊的小紅人，他自然是曉得的，也見過重陽行事，並不因是江知府的外甥就有驕狂之舉，言談舉止挺招人喜歡。就是重陽的模樣，現在想想，也是個俊朗的少年。至於胡家家境，比他家不差，而且，胡家底蘊可非他家能比。何況，胡財主還說了，他家兒子不納小，這一點，宮財主便頗為意動。只是一樣，胡家並非北昌府人氏，而是蜀中人氏。這要以後萬一回蜀中，他怎麼捨得閨女？

宮財主一時想得遠了，連忙笑道：「這老話說的好，好飯不怕晚，興許是緣分未到。」

「是啊！」胡文道：「就不知他這緣分在哪裡了。」

兩人都沒把話挑明，只是親親熱熱吃了回酒，就各回各家了。

宮財主一回家就同老妻說了胡家這事，宮太太覺得丈夫是不是聽差了，「胡太太我曉得，她家原是書香門第行了商的，聽說胡家太太是要為兒子尋一門書香門第的好親呢。」

「這我還能聽差？」宮財主道：「絕對沒差！我瞧著，胡家怕是相中咱家大丫頭了！」

宮太太挑眉，「真的？」

「八九不離十。」

宮太太搓搓手，道：「這可真是想都想不到的親事呢。我聽說，范舉人娘子成天帶著她家閨女去胡家說話呢。」

「范姑娘能同咱家閨女比？」宮財主小細眼一瞇，不是他吹牛，他覺得滿北昌府商賈家的閨女，都沒有他家閨女好。

宮太太道：「我是瞧著不如咱們大丫頭了，但人家爹是舉人，這如何一樣？」

宮財主問老妻：「先時胡家那親事因什麼吹了，妳知道不？」

宮太太道：「這事誰會往外傳呢？陸家說是陸老太爺身體不好，找香門的看了，讓家裡孫女去廟裡祈福，怕耽擱了胡家，親事就此作罷，胡家也沒說過什麼。」

「看來，錯不在胡家啊！」宮財主道。

宮太太點頭，「我覺得也是，不然倘是男方的錯，陸家定不能叫自家閨女去廟裡。」

宮財主道：「胡家能不將此事外傳，也算厚道了。」什麼樣的過錯才能讓兩家進行一半的親事斷然退掉，想也知絕不是什麼好事。胡家便是一怒之下將此事宣揚出去，也沒人會說胡家的不是，而胡家卻未在外說過陸家不是，便是胡家厚道了。

宮太太深以為然，道：「胡財主和胡太太在咱們北昌府也是出了名的精明能幹了。先時我裁製衣裳都是去千針坊，如今誰不是去胡太太的繡莊呢？」

宮財主道：「他家還有樁好處妳不曉得呢。」

「啥好處？與江知府家是親戚？這誰不知道？我聽說胡太太是自小在知府太太娘家，與知府太太一起長大的。胡太太跟知府太太親姊妹一般，就拿何學政家當娘家的。」

宮財主就把胡家只娶正妻無通房妾室的事說了，宮太太眼睛一亮，「當真？」

「自是真的，胡財主親口與我說的。」

宮太太不愧與宮財主是夫妻，仍是猶豫了，「咱們就他們兄妹四個，這胡家可不是北昌府人氏，以後怕是要回老家的，這我如何捨得？」捨不得閨女。

「我也這般想呢，不然胡家當真是極好的人家。」門第略高些，也不算離譜，難得還有這好幾門顯赫親戚。再者，胡家長子亦是穩重之人，胡財主又說了家中無妾室通房，可見其家風亦是清明。就是北昌府本地人家裡，這樣好的也沒幾個。

胡文一回家，就把同宮財主露口風的事與妻子說了。

蔣三妞問：「你看宮財主意思如何？」

胡文道：「看他頗有些意動。」

蔣三妞遂放下心來，只是胡文猶疑著，還是問了出來：「那宮姑娘當真貌美？」

「這叫什麼話？重陽的眼光還能差了？」

「那還好。」胡文想到宮財主那雙瞇瞇眼，又問：「那姑娘眼睛大吧？」解釋一句：「宮財主那眼小得，就一條縫。」

蔣三妞道：「宮姑娘是大杏眼，不比重陽眼睛小。」

蔣三妞是雙管齊下，丈夫這裡同宮家露個意思，她就去何子衿那裡讓何子衿安排請宮媛吃飯的事，重陽還特意提醒他娘一句：「她愛吃筍乾煨肉。」

蔣三妞道：「哎喲，你連人家愛吃啥都打聽出來了？」

重陽道：「有一回在姨媽家吃飯，這道菜她跟阿曦兩人就吃了大半盤。我叫她們丫頭家要少吃肉保持苗條，結果人家還不識好人心來著。」險些被那宮丫頭懟死！

蔣三妞無語，看兒子半日方道：「就你這樣的，人家能中意你才怪哩！」

蔣三妞對於長子的認知向來是：除了讀書不大成，其他樣樣不輸人。

今日看來，蔣三妞認為自己錯了。

哪裡有這樣對心儀女孩子示好的？

蔣三妞很憐惜地看向長子，覺得他再這麼作下去，很可能會把自己作成一條老光棍。

蔣三妞糾正兒子的戀愛觀，道：「你既對人家有好感，怎麼能這樣說話？你平日裡不也挺會說的，怎麼對宮姑娘反說不出好話來了？」

重陽很實在地道：「我也是關心她啊，胖了就不好看了。」

「你平日裡一吃肉吃一碗，我也沒叫你少吃一口啊！」蔣三妞道：「再說，人家宮姑娘哪裡胖了？那腰身跟春天的嫩柳似的，你瞎操什麼心？她愛吃筍乾煨肉，你就該多送些去給她吃才好，你反不叫人家吃，怪道人家不待見你。」

蔣三妞又道：「你總說人家好看，可要知道，女孩子也有老的那一日，以後你要是遇著比她更好的，又要如何？」

重陽很有自信地道：「怕啥？比她好看的，沒她聰明。比她聰明的，沒她好看。」

蔣三妞道：「你知道就好，咱家可不興納小那一套。」

「我曉得。」重陽跟他娘打聽：「娘，您到底有沒有去提親啊？」

「這哪裡是急得來的？」蔣三妞抿抿唇，重陽立刻端來溫熱的桂圓茶給他娘，蔣三妞笑睨兒子一眼，「這不挺有眼力的嗎？你要是把在我這裡孝順的這份眼力用到宮姑娘身上，她沒個不心喜你的。」

重陽道：「她哪裡有娘您的眼光啊，她要有娘您的眼光，早就瞧出我的好處來了。」

重陽與宮媛打過幾回交道，方起了心思，偏生看不出人家姑娘對他有半點意思來。重陽既覺得宮媛是個有本分的姑娘，又難免有些失落。

蔣三妞笑道：「你堂堂男子漢大丈夫，就得比女孩子大度才好。這事你也不要急，咱們兩家原本不大熟的，如今宮姑娘正在議親，你爹把咱家的意思稍稍露了些過去，人家總要考慮一二的。過幾天你姨媽設宴，請宮姑娘過去，我也過去與她說說話。咱家的好處就擺在明面上，宮家要是樂意，自然是樂意的。」

別看重陽一見到宮媛總要拌嘴，到底不是笨人，尤其蔣三妞還叫丈夫指點了兒子一回。

「我同宮財主稍稍暗示了，你也要記得過去表現一二。」胡文教兒子：「你中意誰，不能總挑人家的不是，你得哄著人家。人家姑娘喜歡吃什麼你就買什麼，人姑娘喜歡穿什麼你就送什麼。這送東西也有講究，初時送東西不能送太貴的，除非是那等眼皮淺的人家，不然東西太過貴重，反顯得生分疏離。再者，咱兩家哪是缺東西的，要緊的是你這份心。你這真心如何叫人家知道呢，你得有眼力。你喜歡人家，以後姑娘家的親人，你一樣得當親人待。雖比不得自家親人，也得知道多關心。」然後，胡文就很自得地同兒子講起當年他如何從不認識到娶得媳婦回家的過程，聽得重陽大為佩服，豎著大拇指拍他爹馬屁，道：「薑還是老的辣啊！爹，我可是真服您了！」

胡文嘿嘿一樂，打發兒子去了。重陽回屋琢磨半宿，若有所悟。

重陽開悟後行動很快，先是一次偶遇後就同宮家大郎交上了朋友。好吧，重陽是江知府跟前的小紅人，想與他交朋友的不計其數，宮大郎便是其中之一。宮大郎與重陽來往過幾次後，回家忍不住讚了重陽幾句，說他年歲雖小，卻是個穩重性子。

藉著與宮大郎相交，重陽就時不時去宮家拜訪了。

重陽這一登堂入室，宮太太雖說沒有把閨女遠嫁的意思，還是不由自主多打量了重陽幾眼。這一打量不要緊，宮太太真愛他愛得跟什麼似的。小夥子相貌俊，家裡有錢，穿衣裳卻很低調，不花裡胡哨，精緻都在細處。再者，小夥子說話，實誠中又帶著那麼些個分寸，也不知他從哪兒曉得宮太太喜歡吃蜜糖糕，就時不時帶些來，還有些是家裡做的，重陽道：「我家裡曾外祖母上了年紀，這是姨媽尋的方子做的糕，加了茯苓、白扁豆、蓮子肉、薏米，還有麥芽和山楂。蜜糖糕是甜口的，這個因有山楂，帶了絲酸甜，伯母嘗嘗。」

宮太太一聽，曉得這糕是好東西，難得她有福氣嘗上一嘗。

宮太太私下與丈夫道：「這胡大公子當真不錯。」

誒，更矛盾了好不好？到底要不要把閨女嫁去胡家啊？

重陽一邊在宮家刷好感，一邊開始改進自己在宮媛面前的表現，宮媛都發現了，怎麼她每次來找阿曦都會遇到這胡家公子？

宮媛同阿曦打聽：「妳哥不是在師公身邊當差，怎麼休沐日還過來啊？」

何山長是老師，於是，江知府就成了師公。

阿曦裝得跟沒事人一樣，「今天我娘要親自下廚，重陽哥可不就來了嗎？」看到重陽哥手裡還捧著枝梅花。想著重陽哥為著見宮姊姊一面也夠拚的，只要宮姊姊來，就總是送東西。

重陽捧著一枝半開的臘梅走來，很注意地擺了個好看的身姿，儘量顯得坦然，道：「經過太平寺，跟寺裡老和尚討的，給妳們插瓶吧。」

阿曦很識趣地道：「我不要，我屋裡已經有好幾盆紅梅。」

重陽就望向宮媛，笑道：「那就給宮姑娘。以前咱們年歲小，時常拌嘴，如今都大了，這個就當我為以前的事賠不是。」

宮媛本就喜歡梅花，見重陽這枝梅花不論造型還是審美都很過關，心裡就喜歡。重陽又說出「賠不是」的話來，她也不是那得理不饒人的，輕輕一笑道：「哪裡就用賠不是了？這花兒很好，我很喜歡。」

重陽趁機道：「我也喜歡梅花，冬天供一枝在屋裡能香好些天，比什麼香都好聞。」

「這是梅花的自然香，自是與香料的香氣不同了。」宮媛不與重陽多言，同阿曦道：「太平寺的梅花開了，多半也要開始炸油果子了。」

阿曦連忙點頭，還不待阿曦說話，重陽就參與了話題討論，道：「已是開始炸了，老和尚送了我一籃，我已交給丸子姑姑了，一會兒就能吃到。」又讚太平寺的油果子炸得好吃。

阿曦道：「可不是嗎？又香又脆。」

宮媛道：「別的地方也炸，就沒太平寺炸的這味兒。」

「是啊！」阿曦深以為然。

宮媛道：「城外三十里地的高北鎮有個平安寺，他家的醬豬頭也是一絕。」阿曦沒聽說過這個平安寺，宮媛細與阿曦說了平安寺的情形。

當天在何山長這裡吃飯，雖然重陽很想跟阿曦妹妹一席，但也曉得自己是外男，尤其阿曄都去男席，他實在沒理由在女席這裡賴著，只得依依不捨去男席了。

宮媛下個休沐日就吃到了平安寺的醬豬頭，重陽天黑了才送到宮家，嘴上還道：「有個夥計出門，見這寺裡的醬豬頭味兒好，就帶了幾個回來。前番聽宮妹妹提過，我就給妹妹、伯娘送來了。現下還溫著，眼下天兒冷，還是在灶上熱一熱再吃的好。」

人家特意送個醬豬頭來，宮太太哪裡就能讓重陽這樣走呢，死活留他在家吃飯。

這醬豬頭吧，據宮財主說還有一樁典故，有一年宮財主出去販鹽，大冬天的，因記掛家裡將要臨盆的媳婦，就想快些趕路回家，偏生不巧路上下了大雪，一行人都要凍死了，就瞧見了平安寺。在平安寺住了一夜，吃了一碗平安寺的醬豬頭肉，也是稀奇，晚上就夢到一頭小豬在他懷時拱啊拱，結果，一回家，媳婦就生了長女，便是宮媛。

重陽聽了這段典故險些笑噴了，一邊給宮財主把酒斟滿，一邊笑道：「夢到豬好啊，豬是財神，屬豬的人也多有福。」

宮財主道：「我家大丫就是屬豬的。」

宮媛恨不得把她爹的嘴給堵上，怎麼啥都往外說啊？

宮財主心情很不錯，與重陽多吃了幾盞，最後還是重陽說明兒一早要去衙門當差，宮財主方放下了酒盞。一進秋天，天黑得便早，在宮家吃過飯，重陽就告辭了。

吃過重陽送的醬豬頭，宮媛算是明白了，胡重陽這定是瞧上自己了。那天她故意一說，這到休沐日就巴巴去弄了醬豬頭來，還說什麼夥計帶來的。要是打發夥計，啥時候不能去，怎麼還非要到休沐那日？一看就是重陽自己親自去的。

確定了胡重陽的心儀之意，宮媛心裡覺得怪怪的。怪道對她這樣好，又是道歉又是送花的，這要不是重陽有家有來歷，她又得將他當成拐子不可。

宮媛同她娘打聽此事時，宮太太如實說的話，讓宮媛對重陽並無惡感。宮太太道：「胡財主在妳爹那裡露過一絲口風，近來我見著胡太太，胡太太待我也很親切。胡家想是真心實意的，他家與咱家也算門當戶對。說句老實話，論家財，咱家不遜於他家，但論底蘊，就要差一些了。」長女一向聰明，宮太太也不瞞閨女，道：「胡家頗是心誠，胡財主都委婉同妳爹說了，他家門風與咱家一般，家裡就是清清靜靜的兩人過日子，再沒有多餘的事。」

每想到這裡，宮太太就覺得胡家這門親事不過，只是望著女兒秀美臉頰，又道：「胡公子人品，妳也瞧見了，穩妥又細緻。就是一樣，他家畢竟不是咱們北昌府人，咱家就你們兄妹四人，我就怕他家以後萬一要回老家，那可是蜀中，我如何捨得？」

宮媛一思量，見重陽是先請父母出過面，就知他不是那等唐突浪蕩之人。在她看來，親事自當如此，對誰有意就得先知與父母知曉，不說正式提親，也得雙方父母心裡有數，這才算正經人。在這一點上，重陽還算不錯。

宮媛正想著重陽呢，就聽她娘道：「前幾天妳二姨媽過來，也是說令妳遠嫁不妥呢。」

宮媛一聽二姨媽就心煩，「娘，您又不是不曉得，二姨媽想我給她做媳婦。眼下還有桃表姊的親事未定，您與二姨媽說這個，說不得二姨媽得說，我不好遠嫁，叫桃表姊去應承胡家的親事呢。」一想到這裡，宮媛更心煩了。

「我又沒應承妳姑媽，何必為這個惱來著？」宮太太連忙道。

宮媛道：「娘，您有事尋明白人商量才好，二姨媽那人，哪是個能商量事的？」

宮媛的二姨，嫁的是個姓陳的小雜貨商。陳家也不是過不下去，可就因宮家有錢，陳太太是一年四季到宮家打秋風。宮媛不喜歡這樣的人，更甭提陳二姨早就有兩家做親的意思。當初就想把閨女嫁給宮二郎，宮太太沒應，眼下又想娶外甥女做兒媳婦，這個真是……

「就是她趕得巧，那天不是重陽帶了那八珍糕給我嗎？妳二姨哪裡見過這糕，一口氣吃大半盤，把我給心疼壞了。她又打聽這糕是誰送的，我就說了。」宮太太絕不承認，當初她很有些小顯擺的意思同妹妹說重陽送糕的事兒。

宮媛沒再多說，不想陳二姨當真是動了把閨女許給重陽的念頭，來宮家來得越發勤了，鬧得宮太太都有些煩妹妹，我可沒拒絕胡家的親事呢！

宮太太不想重陽瞧出陳二姨的那念頭，這得叫人家孩子如何想呢？再加上重陽這總送東西過來，宮媛道：「娘，您別總收人家東西，這不大好。」

宮太太道：「這要是他送什麼金珠玉寶的，咱不好收，可每次來不是帶糕點，就是送些吃食，這怎好推辭？放心吧，我都叫妳二哥回禮了。」

宮媛道：「看吧，就知道咱家得回禮，這一來二去的，豈不就親近起來了？您和爹又沒將我許與他的道理，這兩家來往得這般親熱，人家胡家不曉得，還以為咱家樂意這事呢。」

宮太太連忙問閨女：「妳真不樂意啊？」

宮媛不答反道：「娘，您不是說不捨得把我往遠處嫁嗎？」

「是啊，可妳說重陽相貌好，又懂禮，行事也周全，心還誠，家裡更是清靜的，這樣的能有幾個？」宮太太也有為人母的難處，誰不想為閨女說一門頂頂好的親事。宮太太為了栽培女兒，那真是不遺餘力，江太太那女學初辦，就把閨女送去念書。閨女也爭氣，如今到了說親的時節。宮家有錢，但就像宮太太說的，富一代沒啥底蘊，又是商賈之家，想給閨女尋個書香門第，上等書香門第人家肯定看不上他家，那些窮家破戶的秀才倒願意娶財主家的閨女，宮家卻不捨得把閨女拿去糟蹋。還有陳二姨這種，便是親戚，宮太太也不能叫閨女去親上加親，所以高不成低不就，好在宮媛自己也沒那攀高枝的心。往商家尋，這範圍就大了，宮媛生得好，上過好幾年女學，北昌府的商賈沒幾家不樂意她的。別人樂意宮家，宮家也有自己要求啊，第一起碼不能太窮，不然養不活妻兒，難不成闔家去喝西北風。第二是最要緊的，得家風清正，宮太太可不打算把閨女嫁到那亂營似的人家去。就這兩條，第一條還不是那麼打緊的，畢竟宮家有錢，只要人好，到時多給閨女陪嫁些則個。就第二條這一個條件，想挑個出挑的公子就難得很。

宮太太這冷眼選好幾個月，也沒選出個真正稱心的來，直至重陽上門。

哎喲，重陽簡直就是按宮太太心目中的標準而生的好女婿啊！

儘管捨不得閨女遠嫁，但有重陽這個最佳人選擺跟前，宮太太越發相不中別人了。

宮家左右為難，胡家卻覺得進展神速，就如宮媛說的，總這般你來我往，兩家越發的親近，人家可不就得以為咱家願意嗎？

蔣三妞去何子衿那裡說話，何子衿誇起重陽送來的醬豬頭味兒好，還說：「聽說是從城外老遠的地方弄來的？」

蔣三妞含笑，「這小子心實，人家宮姑娘提了一句，他就巴巴地弄了一車回來。」

何子衿這才知道醬豬頭還有這等緣故，不禁笑道：「看來，咱們沾了宮姑娘的光。」

「可不是嗎？」蔣三妞道：「不過，的確醬得不錯。那天這醬豬頭弄回來，重陽就給宮家送去了一個，宮家留他吃飯來著。」

何子衿問這親事如何了，蔣三妞笑，「我瞧著宮家是樂意的，不然重陽這總是去，他家也沒說什麼，反是每次重陽送東西都有回禮。我與宮太太也能說到一處，妳姊夫同宮財主亦是投緣。我正琢磨著，要不，就請個媒人上門提一提這事。重陽的年紀也不小了，今年把事定下來，明年就好成親了。」

何子衿說：「要是宮家也有意，不妨提一提。」重陽這般殷勤，有眼睛的多半都能看出來了。此事含糊著，對重陽倒沒什麼，對宮姑娘卻不大好。沒名沒分的，算怎麼一回事呢？

蔣三妞便請媒人到宮家提親，宮太太這時真後悔吃了重陽那麼多點心和醬豬頭，她倒也機靈，與媒人道：「此事我一人做不得主，待我家老爺回來，再與老爺商議一二。」

媒人笑道：「那我就等太太的好信兒了。」接著又把兩家一通誇，尤其是誇完兩家還著重誇了宮媛與重陽，直把兩人說得天造地設，宮太太聽著竟也深覺有理。

宮太太與宮財主心裡掙扎，宮大郎和宮二郎也捨不得妹妹嫁到蜀中去，宮家兩個媳婦遠了一層，反沒這麼多心思，故而，態度更加客觀。宮大奶奶與丈夫道：「胡家公子這樣殷勤，他又是這般的人品，往日間胡公子與大爺交情就好，哪怕咱家捨不得妹妹，也該叫胡公子知道咱家的難處，莫因此叫胡家誤會方好。」

胡大郎頷首，「妳這話在理。」又道：「誒，真是極好的親事。」

「可不是嗎？」胡大奶奶也深以為然，想著也就婆家這般疼閨女的，換第二家，怕早巴不得把閨女嫁過去呢。

人家胡家正經八百請媒人來說親，宮家想婉拒，這樣的事，自當一家之主出面的。

宮財主親自在北昌府最大的酒樓太平樓設宴請胡文吃酒，委婉地說了不想閨女遠嫁的心思，胡文接到帖子時就猜到這親事或者有些意外，不然宮家當是直接請媒人答覆他家，更不必到太平樓設酒。只是，胡文卻也沒料到宮家是因這麼個緣故。胡文道：「要是別人與我這般說，我定會說這是託辭。宮兄你的話，我卻知是真心。」因為如果是託詞，比這個有理有據叫人說不出別個來的託詞太多，唯獨這捨不得女兒遠嫁，是最不似託詞的了。

宮財主十分懇切，道：「我很喜歡重陽這孩子，說真的，就是再給我家閨女尋女婿，也不一定有重陽這樣好的了。」

胡文道：「我沒閨女，可我想著，倘是我有閨女，定也是跟宮兄一樣的心。」

這話何其熨貼，宮財主越發覺得胡家是再好不過的人家，就聽胡文道：「其實要我說，宮兄你想的多了。我這做生意與阿念做官不同，他做官得聽朝廷的，朝廷讓到哪兒到哪兒。我做生意，好不容易在北昌府打下這一番基業，哪裡就輕易放棄呢？要說我們回老家的事，宮兄你更是想得遠了。重陽跟在江念身邊，只要江念做官，怕是回不了老家的。再說他日後的前程，不論是回來接掌我這裡的生意，還是他有別的打算，我都隨他的。我也不能保證他以後就在北昌府待著，但眼下他是在北昌府的，而且，宮兄你想想，不論你為閨女尋什麼樣的婆家，若是商賈之家，商賈沒有不出去跑生意的理。倘是書香門第，但有出息的學子以後都要考取功名，朝廷規矩，沒哪個能留在老家為官的。北昌府不是沒有守家的子弟，恕我直言，縱使咱兩家不做親，賢侄女的出眾，我也是有所耳聞的。倘不能為賢侄女尋一樁堪配她的親事，豈不是委屈了她？」

胡文身子微微傾身向宮財主，推心置腹道：「再者，你我皆是不染二色之人。我說句實在話，嫂夫人與宮兄你都是縣裡人，按理說離北昌府不遠，今宮兄你們在府城，嫂夫人與娘家人可時常相見？何況，女人這一輩子過得好是不好，還得看嫁得人好與不好。倘因日後重陽可能不在北昌府之事而另選他人，宮兄不會遺憾嗎？」胡文對兒子還是很有信心的，對自家也極有信心，他相信，宮家拒了他家，短時間內絕對是找不到比他兒子再好的了。

胡文一番話，把宮財主說得險些一口將事應承下來，宮財主苦笑，「我本就很喜歡重陽，胡老弟你這樣一說，我更不捨他了。」

與宮財主說話間，胡文已有了法子，他微微笑道：「宮兄為人父之心，我深知啊。我倒有個主意，宮兄不妨聽聽看。」

「請講。」

「宮兄不捨愛女遠嫁，除了捨不得她之外，怕就是擔心以後離得遠，閨女有什麼事幫不上忙，或者閨女在婆家受欺負，娘家不曉得。」胡文道：「賢侄女是在女學念過書的，何家表妹正是賢侄女的山長。若宮兄願意，不妨我牽線，讓賢侄女認何表妹做個乾親。如此，以後縱賢侄女不在你跟前，也有何表妹為她做主，如何？」

胡文這腦袋，宮財主都得佩服，想著到底是書香人家出來的，咋地這般機敏呢？

胡文這主意，宮財主覺得猶如被打通任督二脈，胡文這就相當於給他閨女尋了個靠山。雖然何家與胡家是實在親戚，宮財主也相信閨女不是那等笨到讓人欺負的，但有知府太太做靠山，就是令人覺得有底氣了。胡家都說到這地步了，胡家這樣的人家，重陽這樣的人品，配自家閨女也配得上，宮財主一咬牙，「就依老弟。」

胡文大樂，拊掌讓夥計撤下殘席，再換一席新酒。胡文笑，「今日當不醉不歸。」

宮財主握著胡親家的手，語重心長，「親家，你以後可千萬別生閨女，你不曉得，這閨女嫁人，當真是挖我心肝。」

胡文道：「親家莫要如此想，我把我心肝送你，從今往後你只管把重陽當自家兒子。」

宮財主想一想重陽，的確是個好女婿，便也笑了：唯有這般家風，方不委屈閨女啊！

此事既成，兩家皆大歡喜。

重陽過了明路，就時常尋機會見一見未婚妻，重陽還說：「我爹與我說岳父不捨妳遠嫁，可把我驚出一頭汗來。」

宮媛笑道：「現在好了吧？」

親事成了，重陽自己歡喜得不成，見宮媛完全沒有那種興奮勁兒，有些失望，道：「妳怎麼沒有很歡喜的樣子啊？是不是不樂意我？」

「樂意什麼，醬豬頭啊？」宮媛道：「那天不過是拿醬豬頭試你，果然你就去弄來，我還不知道你這心？我娘早跟我說了，我又不是頭一遭曉得，還要如何歡喜？」

「妳就不曉得當初岳父岳母是不想把妳許給我的？」

「吃人嘴短，你成天給我家送東西，我爹娘嘴上說捨不得，早就愛你跟什麼似的。他們心裡一早就樂意的，再說，你要是真心，就是我家有些猶豫，你也不當那麼容易放棄。」宮媛說得頭頭是道，重陽道：「妳就這樣不好，總顯著自己多聰明似的。」

「我用顯得嗎？我本來就比你聰明。」宮媛道：「上遭被個乞子騙的，是你吧？」

「是我什麼啊？妳這麼自詡聰明，難道就沒瞧出來，我那是想展示一下我的善良，我才給那乞子銀子的，不然妳以我沒看出來啊？」重陽氣得埋怨未婚妻：「妳那麼聰明，就沒看出我對妳的心來？」

「孔雀都開屏了，我能沒看見？」宮媛笑，「我就是覺得奇怪，看你做生意有一套，怎麼那樣容易被個乞子騙，原來是想在我面前顯個好啊，怎麼用這麼笨的法子呢？」

「我那不是沒經驗嗎？以前也沒想對哪個姑娘好，後來慢慢摸索，才算用對了法子。」

「少騙人，你那是慢慢摸索的？之前只會與我拌嘴，突然之間大轉變，知道跟我說好的送花了，還總往我家跑，你這定是受了高人指點。」

這都能猜出來，重陽真是服了他媳婦。

重陽問：「妳也是中意我的吧？」

「真個傻話，要是不中意，還會讓你去買醬豬頭啊？我不大喜歡吃那個，那主要是我爹愛吃。」宮媛笑道：「看你手段拙劣得，叫阿曦在我面前說你好話。阿曦才幾歲，你真想得出來。你說你吧，人笨還不多看書，我那書裡都寫了書生如何追求小姐的，一看你這就是沒看過我寫的書。」把重陽追求她的手法從頭批評到腳。

重陽鬱悶極了，「虧得一輩子只娶一回媳婦，這要有個二趟，還不得累死。」

宮媛原本還很有優越感地指摘未婚夫，一聽這話，頓時柳眉倒豎，「你說什麼？二趟？一趟還沒有呢，你就想二趟了？」

「沒沒沒，妳聽差了，不是那意思！」

這回沒拌嘴，重陽是被單方面說教了一頓。

重陽覺得，這親事一定下來，他在這丫頭面前，地位怎麼就直線下降啊？

當然，中午得到補償，重陽一看，滿桌有七八樣都是自己愛吃的。以往在宮家，可並非如此。重陽瞅媳婦一眼，宮媛微不可見地給他個眼神，重陽一樂，想著媳婦到底心裡有我，不然哪裡會知曉他的這些喜好。

說來還有樁趣事，胡宮兩家親事既成，卻是叫陳太太發了筆小財。陳太太非說當初宮太太原不樂意胡家這門親事，允了她把她家閨女說給胡家公子的，不想宮太太這做大姊的，竟這般戲耍於她，叫她閨女以後如何做人，很是抱怨哭訴了一番。宮太太無法，只得拿二百銀子，說是給外甥女以後成親的添妝。

陳太太發了筆小財，立即改了口風，誇讚起胡宮兩家的親事來。

有這樣的妹妹，宮太太也唯有一聲嘆息了。

胡宮兩家訂親，發財的，除了陳太太，就是阿曦啦。

阿曦自詡為二人的小媒人，非要重陽給她謝媒禮。重陽人逢喜事精神爽，自然照辦。

何子衿倒是有些意外胡文想讓宮媛拜她做乾親的事，「就算宮姑娘拜我做了乾娘，可論起來，仍是重陽更親近啊！」她哪怕收宮媛做乾閨女，難道待她還能越過重陽去，重陽可是自小看著長大的。不論親緣，這情分就不一樣。

胡文笑，「子衿妹妹，妳這就想岔了。這個道理，宮家自然也是明白的。其實宮家既是允親，就是信得過咱家。宮家要防的也不是咱們家，不過是想著日後罷了。子衿妹妹也曉得，我族裡人多事多，我又是庶出，宮家這是怕以後閨女在婆家族中吃虧，畢竟娘家離得遠，沒辦法幫襯。這要是認妳做乾娘，以後媳婦在族裡說起來，也顯得腰桿硬不是？」

何子衿這才明白過來，笑道：「我一時竟沒想到。」便將此事應了下來。

胡文連聲道謝，何子衿道：「這有什麼，阿媛原就是我學裡的學生，平日裡就看她好，重陽不算沒眼光了，這也只是舉手之勞。」

胡文道：「於子衿妹妹是舉手之勞，於我那親家，便能多一些安心。」

何子衿覺得宮家也是想得遠了，不過，人家拿著閨女看重，自然就得處處周到，以免閨女將來吃虧。何子衿自己也是有閨女的人，遂道：「嫁閨女多是這般的，尤其咱們老家離北昌府也著實遠了些，不怪宮家不放心。」

何子衿就又問了訂親的日子，胡文道：「誒，上回那般不順，興許就是日子卜得不好，要不就勞妹妹幫我們卜個吉日。」

這個倒是無妨，不過，何子衿自有規矩，「阿文哥可不要往外處說去。」

「放心放心，我嘴緊得跟蚌殼似的。」知道子衿妹妹自重身分，不欲以占卜之事揚名。

重陽這次眼光真正好，非但宮媛合心合意，就是宮家亦是極本分的人家，縱宮媛認何子衿為乾娘，宮家也不在外說去，就兩家人吃了個飯，便將事情定下了。這也是有緣故的，江念畢竟為一地父母官，多少眼睛盯著他，這事大擺排場，會將宮家抬到了風口浪尖上，反是事多，不如安安生生的。宮胡兩家既成親家，能看顧的，江念自然也會多照顧他家一些。只是，江家親戚也有三家人，岳家何家，還有江仁一大家、胡家。大人們倒還好，關鍵是孩子多啊。相對的，宮家人口反是有限，宮財主兄弟姊妹大多在老家呢，宮財主也沒通知他們。宮財主就是瞧著滿眼孩子們高興，與胡親家道：「子孫繁茂，一看就是興旺之家。」

宮媛向乾爹乾娘敬了茶，何子衿給了宮媛一套精緻的金首飾做見面禮，這事就算成了。其實也沒啥變化，阿曦本來就叫宮媛為宮姊姊，現在還是如此。宮媛早有準備，給了阿曄幾人各一份見面禮。阿曦的是一對金嵌寶的小鐲子，阿曄與雙胞胎都是上等文房四寶。

宮太太回家都念叨好幾回，直說知府太太是個慈善人，為人也好，一點也不會瞧不起他們商戶。宮太太家裡絕對比知府家要有錢，閨女更不缺一套金首飾，關鍵是這東西是閨女的新乾娘給的，可見對閨女的看重了。

過了認親禮，胡宮兩家就開始商量六禮的事了，宮家極好說話，用宮財主的話說：「本是喜事，自然要歡歡喜喜的才好，咱兩家商量著，怎麼痛快怎麼來。」

這一點又叫蔣三妞私下道：「比那些酸文假醋臭講究的強百倍。」其實這也是宮家原就是土鱉暴發戶起家，對這些禮數便是想講究，怕也不懂那些繁文縟節。先時陸家書香門第，自然就繁瑣一些，但人都是向前看的，現在蔣三妞就覺得準兒媳宮媛好，行事大方，關鍵是兒子上心。蔣三妞絕不是那種見不得兒子對媳婦好的婆婆，蔣三妞自己與丈夫情分極深，自然是盼著兒子得一心儀之人。

宮家對胡家也沒啥要求，宮媛喜歡梅花，她看好方位，叫補種了兩株梅花罷了，至於屋子糊裱之事，屋子糊出來都差不多，新房的家具自然是要女家陪嫁的，這些宮家都有準備。

蔣三妞自此深悟婚姻之事，與何子衿道：「我算是明白了，先時我心高，想著給重陽說個書香門第的姑娘。如今想來，先前陸家，重陽雖沒說不樂意，可哪裡有現在的精氣神。這親事啊，什麼叫好呢，他們小兒女真心喜歡就是好了。」

「是啊，重陽也是有福，眼光好。咱們私下說句心裡話，阿媛也就是出身商賈門第，其他的，半點不遜於學裡那些出身書香門第的閨秀。」何子衿道。倘若宮媛不好，她也不可能放任阿曦總與她在一處玩。

蔣三妞更加滿意，笑道：「這也是緣法，先時咱們哪裡想得到呢？」

「重陽這孩子，以前總跟人家拌嘴，現在可還拌嘴？」

蔣三妞笑，「誰曉得他們，隔三差五總往人宮家跑，我都說他，常去可就不值錢了。」

重陽這第二次親事都定下來了，俊哥兒的媳婦還沒影兒呢，沈氏瞧著重陽訂親就滿眼滿心的羨慕，連何老娘都說：「該給俊哥兒相看個媳婦了，俊哥兒比重陽還大呢，這沒媳婦怎麼成啊？」很是擔心孫子的終身大事。

沈氏也想給二兒子訂門親，奈何二兒子不在跟前，她做親娘的也不好不與二兒子說一聲就給他定下媳婦。沈氏道：「母親，趕明兒天氣好，咱們去廟裡拜拜月老吧。」讓月老給二兒子在桃花運上加把勁兒。

何老娘雙手一拍，「正是這話。」又說：「非但月老，文殊菩薩也要拜一拜。」親事自然重要，但二孫子的前程一樣重要，只要二孫子前程有了，還怕沒有媳婦嗎？

婆媳二人正念叨俊哥兒，俊哥兒就頂風冒雪地回來了。

真的是頂風冒雪，俊哥兒回來那一日，飄著鵝毛大雪。俊哥兒這一回家，把全家裡都驚著了。俊哥兒去了狐皮大氅，沈氏幫他拂去髮間的雪花，道：「你怎麼這時候回來了？」

俊哥兒一副理所當然的模樣，「回來過年啊！」

俊哥兒的性子，既不是其父何恭那種溫文寬厚，也不是其兄何洌那般穩重妥貼，俊哥兒的性子，更似魏晉時期那些人，放達隨性。想回來就回來，完全不想這路上得費多少時日。

不過，俊哥兒突然回家，委實給家裡帶來不少喜氣。自何洌一家三口去了帝都，俊哥兒其後跟著也到帝都春闈，家裡孩子就剩興哥兒一個，一直有些冷清。何老娘倒是想幫忙帶雙胞胎，偏生雙胞胎被朝雲道長霸占著，而且人家朝雲道長是自雙胞胎吃奶時就開始幫忙帶了，何老娘實在沒有那厚臉皮下手搶。當然，搶也不一定搶得過。

連何子衿這當娘的，偶然閒了想接雙胞胎玩，都會被朝雲道長以「今日課程還未結束」叫她等著，尤其這一兩年，雙胞胎年歲漸長，朝雲道長給他們啟蒙開始，鬧得何子衿這當娘的有啥事都得提前打聽雙胞胎的時間安排。

只是不知為何，經朝雲道長這一啟蒙，雙胞胎就特欠揍，特別是學了一句「唯小人與女子難養也」，便成天在阿曦面前念叨。阿曦是啥人，稍一動手就把雙胞胎揍得哭爹喊娘。就這麼著，還時不時要說上一兩遭。次數多了，何子衿都懷疑雙胞胎得了「皮癢症」。

江念聽子衿姊姊說了此事，不禁笑道：「阿曦有分寸著呢，雙胞胎就是想姊姊跟他們一塊玩罷了。」話說，江念落衙回家還沒見著雙胞胎呢，不由問：「孩子們呢？」

「阿曄打發小廝回來說，他去蘇家看曇花，要晚些回來。阿曦在屋裡看禮物，阿珍託俊哥兒給阿曦送了好些東西來。哎喲，阿珍寫的信比書還厚，不曉得都寫了些什麼，雙胞胎也在阿曦屋裡看禮物。」何子衿忍不住操心閨女，道：「這阿珍，每年都給阿曦捎這許多東西，可算怎麼回事？」

江念明顯比子衿姊姊想得開，道：「看緣法吧，反正阿曦小，我看她還懵懂著呢。」

何子衿道：「你忘了，雙胞胎可是跟阿節次女定下親事的。」

江念道：「雙胞胎都四歲了，阿節這次女還沒影兒呢。」

紀珍自出身到性情，何子衿看得頗為順眼，有這麼個不大不小的男孩子對自家閨女好，她倒也不是太介意。雙胞胎卻是對這位記憶不深的紀珍舅舅充滿意見，一時，雙胞胎和姊姊出來，姊弟三人向父親行禮。江念看雙胞胎翹著嘴巴的模樣，就問他們：「怎麼了？不是在你們姊姊屋裡看禮物，怎麼不高興啦？」

阿昀憤憤地道：「珍舅舅給姊姊一屋子東西，就給我們一人一套筆墨紙硯。」

江念一聽這話就沉下臉來，這要叫人聽到，還得以為雙胞胎是那等沒見識的孩子呢。人家好意送你東西，怎麼還嫌少了？

不待江念教育他們，阿晏就奶聲奶聲接話，一副老氣橫秋的口吻，不用問也曉得是跟誰學來的腔調：「爹，我們不是沒見過好東西，珍舅舅給大哥的也是筆墨紙硯，我們就是覺得珍舅舅這也忒厚此薄彼了吧？」

江念道：「你們姊姊是女孩子，男孩子平日裡要讓著女孩子些，要多照顧女孩子。再說，你們還不記事的時候，你們姊姊就同阿珍認識了。他倆的交情，自然比你們深了。」

雙胞胎已經四歲，是會思考的年紀了，阿昀就問道：「大哥和姊姊一樣大，大哥和珍舅舅好不好？」意思是，珍舅舅送給大哥的也比不上給姊姊的九牛一毛啊！

江念道：「書上怎麼說的，君子之交淡如水。我問你們，你們是君子不？」

阿昀很響亮地回答他爹道：「大哥說他是君子，我跟阿晏年紀小，是小人，我們要等長大了，才能長成君子。」

長子這都教弟弟們什麼啊，江念糾正雙胞胎：「你們雖然年紀小，卻不是小人，應該說是小君子，是不是？」

哥哥與父親的話，當然是聽父親的了。雙胞胎點頭，承認自己是小君子，然後江念就同雙胞胎講了一通君子之間的交際應該是什麼樣的。經過親爹一番忽悠，雙胞胎總算明白了，原來君子之間送禮物就要簡單著來的。

阿昀的小臉上流露出了感慨的神色，與弟弟道：「君子好苦啊！」都不能收禮了。

阿晏跟著點頭，深以為然，「是哦。」

阿曦看他們那鬼樣子，道：「少作怪！你們再這般，就把從我這兒挑走的再拿回來！」

雙胞胎立刻不感慨了，反是拍起姊姊馬屁來。

原來雖則紀珍送了阿曦許多東西，阿曦卻是個大方的，挑了幾樣自己喜歡的，剩下的都隨雙胞胎選去。雙胞胎也不知是啥性子，自小就特會理財，當然，現在的理財僅限於兩人特會存東西，基本上他們的東西是只進不出的，摳門得不行。何子衿十分懷疑雙胞胎是遺傳了何老娘的基因，阿曦也說雙胞胎：「東西也不會挑，兩人四隻眼睛，不是盯著金就是盯著銀。有一件沉香雕的赤壁大戰的擺件，這對傻子嫌是木頭的，都不取呢。」認為雙胞胎沒品味。

話說，雙胞胎雖沒甚品味，但臉皮厚得很，一聽姊姊說這擺件珍貴，連忙狗腿地同姊姊打聽起沉香是啥來著。阿曦在品味上絕對是得朝雲道長真傳的，然後阿曦就對雙胞胎展開了長達半個時辰的審美教導。要不是吃飯時辰到了，阿曦還得再說上半個時辰不止。

就這般，阿曦都意猶未盡，與雙胞胎道：「吃過飯到我房裡來，我好生給你們講一講。咱家也是書香門第，就你們倆這只識金銀的傢伙，出門就是給爹娘和我抹黑。」

雙胞胎面上就顯出不服氣來，但為著沉香擺件，還是很能忍的，於是，悶頭聽姊姊一通說。待吃過晚飯，又聽他們姊姊念叨半宿，結果也沒把沉香擺件要到手。阿曦道：「這是給你們的教訓，叫你們記住，哪怕愛財，也得先練就一副好眼光，不然就墮入了暴發戶之流。」

把雙胞胎鬱悶得，好幾天不得展顏。

阿曦才不理他們，轉天就與蘇冰打聽起她家的曇花來，蘇冰笑道：「曇花原是濕潤溫暖地方才好生長的，我父親最愛此花，春天老家來人，就帶了兩盆過來，北昌府不大適合養，我爹待這兩盆花可上心了，出了夏天就在暖房裡養著。這不，好不容易要開花了，我哥就請了妳哥過來看，還有他們詩會的好幾個人，當天又作了許多小酸詩。我覺得沒啥好看，還不如紅梅呢，紅豔豔的，多喜慶。」

阿曦好奇問：「我沒見過曇花，曇花啥樣？」

「就白的花，這麼大，我覺得挺一般的。妳想看，下次曇花開，我請妳去我家賞花。」

阿曦道：「要是方便，妳再叫我去。倘是作詩的事就算了，還是他們的小酸詩要緊。」

「放心，我曉得的。」

阿曦請蘇冰在自家吃飯，蘇冰說：「要我說，種曇花啥的，還不如像山長種香蕈呢，冬天能吃到這等鮮菜，真是福氣。」這是位很務實的姑娘。

何子衿笑道：「種花那是雅事，我這是俗務。」

蘇冰道：「要不是有這些俗務，早把那些雅人給餓死了，他們還真能餐風飲露不成？」

大家說說笑笑，很是愉快地進了一餐。

蘇冰回家就把自家曇花明年的展覽權定下了，她是直接跟她爹說的：「阿曦沒見過曇花，我同她說，明年開了花，請她過來看。爹，您可別請人了，不然阿曦就不好意思過來了。」

蘇參政笑道：「成。今天也不是我請的人，是妳哥請他們詩社的人。」蘇參政雖有些愛花草的癖好，卻十分低調，不會請同僚來家裡賞花。上有所好，下必甚焉的道理，蘇參政自是知曉的。還有一詞叫投其所好，他這愛好傳出去，不曉得多少人就要投其所好了。

蘇冰道：「那這次我哥先請了他的朋友，下次換我來請我的朋友。」

「好。」蘇參政一口應下。

蘇參政對於江知府的家教是很讚賞的，尤其阿曄的詩文，兒子詩社成員作的詩，蘇參政都看過了，阿曄的詩雖然經常被阿曦稱為小酸詩，實際上，蘇參政覺得很不錯。當然，作詩不過小道，但是聽說人家江曄書念得也好，這一有力證明就是，江曄每年都能從官學拿回獎勵。這是胡財主對官學的贊助，胡財主每年贊助官學五百銀子，其中之一的要求就是，希望能拿出一些銀子獎勵給課業好的學子們。

於是，每年阿曄大寶二郎都會把胡文捐出去的銀子再拿一些回去，胡文對此表示極其欣慰，覺得這銀子給自家孩子揣回來，雖說一樣是自家的銀子，但臉上那光彩完全不同。

因著阿曄年年得學裡獎勵，無疑就是家長眼裡那類特願意讓家裡孩子與之結交的孩子，蘇參政就由阿曄的出眾，推斷到了江知府的家教上。

天地良心，孩子們出眾，江知府當真不敢貪這教導之功。這當然也有江家家教不錯的原因，但江知府清楚明白地知道，這首功絕對應該是屬於朝雲道長。

朝雲道長對於孩子們的出眾，一貫是這樣的態度：這不是理所當然的事情嗎？你們這些凡人至於這般激動嗎？

雙胞胎反正是激動得不得了，磨著朝雲祖父問：「祖父，我們啥時候能去念書啊？」

朝雲道長道：「這不急，總得待你們過了五歲才好去學堂。」

雙胞胎就一副特失望的模樣，朝雲道長很是欣慰地同阿曦道：「雙胞胎多好學啊！」

阿曦吐槽：「他倆不是好學，他倆是看到我哥從學裡得了獎勵的銀子，他們就也想著早些上學，好從學裡賺銀子。」

雙胞胎雖然有些愛財的毛病，但大約是自小在朝雲道長這裡受教育的緣故，很是有些朝雲道長愛面子的毛病，堅決且死不承認自己愛財。

雙胞胎異口同聲強調：「我們可是很冰清玉潔的，大姊，妳不要壞我們的名聲！」

知道雙胞胎老底的阿曦，對雙胞胎十分鄙視，朝雲道長卻是尋到了一個讓雙胞胎上進的好法子，那就是物質獎勵。真金白銀拿出來，讀書作業誰完成得好，誰就能得這獎勵。

雙胞胎有此激勵，頓時發奮圖強，也不想去學校了，因為他倆扳完手指扳腳趾地算過，他們大哥一年在學裡得的獎勵算下來，不如朝雲祖父出手大方。

對此，何子衿的感慨是：真不愧是她祖母的親曾外孫啊！

貳之章

兒女情事纏心尖

俊哥兒這次回來，帶回不少帝都的消息，尤其是關於兩個小侄子的。

俊哥兒道：「阿燦現在不得了了，做了哥哥，每天在阿炫跟前嘀嘀咕咕教阿炫說話。阿炫還是奶娃子呢，不會說話，阿燦就罵人家笨。」

阿炫，何炫，這麼酷炫的名字，不用懷疑，就是何恭幫二孫子取的。

「阿燦這算是遺傳。」何子衿聽得直笑，「你小時候，阿冽就這樣教你說話來著。」

俊哥兒原先還說得眉飛色舞，姊姊一句話就叫他啞了口，他面上有些不好意思，何子衿還笑咪咪地道：「就跟阿燦教阿炫一樣，你小時候還特別喜歡跟在阿冽屁股後頭呢。阿冽有時出去玩嫌你小不要你，你都是哭著回來，跟咱娘告狀。」

何老娘和沈氏哈哈大笑，俊哥兒道：「姊，妳那時候能有多大，就記得這麼清楚？不會是學了雙胞胎和阿曄的事來笑我的吧？」

何老娘連聲道：「你們小時候就這樣，你姊說的一點沒差。小時候剛學說話不清楚，哥不叫哥，都是叫得的。」

沈氏又問阿燦和阿炫身子可壯實，俊哥兒道：「都是胖嘟嘟的，每天早上一起床，見著我就一個兩個的要我舉他們，一舉就得十來次。有一回我說，他們再長胖可就舉不動了，阿炫聽不懂，阿燦現在聽得懂，生怕自己再長胖，晚上都不肯吃飯了。」

沈氏笑嗔：「你可真是做叔叔的，還嚇唬侄子。」

「我就隨口一說。」俊哥兒道：「小孩子，說什麼都當真。」

俊哥兒其實比何冽這位親爹更受阿燦的歡迎，俊哥兒道：「阿燦晚上都要跟我一起睡，哎喲，成天尿炕，虧得那炕長，我倆晚上睡時靠著東頭，阿燦一尿，就得挪地方，要是他睡前喝水，晚上尿得勤，我們能挪到炕西頭去。要不是嫂子捨不得，我就帶阿燦回來過年了。」

沈氏心裡也想孫子，只是到底更記掛孫子的身體，道：「阿燦還小呢。你一個大男人，哪裡會看顧孩子？如今天兒又冷，萬一路上冷著凍著的，你就要慌手慌腳了。」

說一回兩個小侄子，何子衿又問了舅舅家的情況，俊哥兒道：「阿絳也要娶親了，現在舅媽在張羅阿朱的親事。對了，咱們後鄰梅家把宅子賣了，舅舅買了下來。」

何老娘問：「好端端的，梅家如何賣宅子啊？」

俊哥兒道：「他家老太太、太爺過世了，可不就得分家嗎？聽說分家時鬧了一場。他家那宅子雖是舊了些，勝在地段好，索性賣了宅子，大家將銀錢一分，各處過活去了。」

「我就知道他家沒個好結果。」何老娘甭看上了年紀，記性很是不錯，「當初家裡閨女對小瑞勾勾搭搭的，一見有高枝立刻攀了去，如今怎麼著，小瑞現在已是六品武官了。要是跟著小瑞再熬幾年，誥命都能當上了。」

沈氏道：「這也是那女孩子沒福。」

「可不是嗎？寧給人做小，也不做官太太。」何老娘想到梅家那事就覺得，梅家有今日真個是報應。何子衿問俊哥兒：「這些年，只知道小瑞哥在西北，小瑞哥比我還大幾歲呢，可娶親生子了？」離得遠，各種不便。

俊哥兒笑道：「早就娶媳婦了，聽舅舅說，小瑞哥是在西北成的親，娶的還是當地一位百戶家的姑娘，現在一兒一女，還是舅舅給取的名字，兒子叫沈青，女兒叫沈紫。」

好吧，這名字一聽就是她舅取的。

知道沈瑞在西北一切都好，何家眾人便也放心了。

年前，姚節打發人送年貨時，何子衿聽得一個好消息，江贏又有了身孕。

江念道：「兒媳婦要出生了。」

結果，第二年剛入秋的時候，江贏產下一子。

這是江贏的長子，江贏已有一女，沒有不盼長子的，大是歡喜，姚節還在子衿姊姊來參加兒子滿月酒時，變通地同子衿姊姊商量：這兩家做親，也可待子衿姊姊再生得女兒，然後把女兒給他兒子做媳婦。因先時已口頭允了親事，姚節這般說，可見做親的心誠，何子衿便笑應了，又覺得姚節這事離譜，她生完雙胞胎後再無動靜，哪來的閨女嫁給姚節家的兒子？

江念一副神仙模樣道：「雙胞胎跟龍鳳胎差五歲，我算著，要是咱們命中再有兒女，必是這一兩年的事了。」

何子衿道：「三子一女也不少了。」

江念也認同子衿姊姊此言，哪怕他族中無人，三子一女也說得上人丁興旺了。再者，他把孩子養得很好。阿曄自不消說，在官學就是有名的成績好，每年過年都是拿獎勵的那個。如今雙胞胎也進學了，學裡先生拿雙胞胎當寶貝，班裡但有測試，雙胞胎穩占前兩名。

如今北昌府的人，哪怕不是為了拍江知府的馬屁，私下也得說一聲江知府教子有方，還有人奇怪：「咋他家孩子這般會念書哩？」

當然是朝雲道長教得好啦！

朝雲道長眼瞅是七十的人了，何子衿就同江念商量，給朝雲道長慶七十大壽的事。江念道：「朝雲師傅一向最愛清靜的，此事不必大作排場。姊姊提前預備，到了正日子，我把時間空出來，龍鳳胎、雙胞胎都請一日假，咱們一起過去向朝雲師傅賀壽。」

今年朝廷早早給朝雲道長送了十大車的東西，因是離得遠，壽桃壽麵之類的吃食不好帶，故而朝廷很土豪地送了七個大金桃來。

何子衿對於朝廷的土豪作風很是無語，倒是雙胞胎兩眼放光：這壽禮真實誠啊！

朝廷大張旗鼓地送東西，李巡撫有些不安，猜度許久都不知是何緣故。李夫人道：「咱們與江知府一家向來相熟，老爺何須如此煩惱，我私下問問江太太，老爺看可好？」

李巡撫叮囑道：「別叫江太太多想。」

其實哪裡是怕江太太多想，是不想方先生誤會他有打探之意。

「我曉得，這些年我可曾問過那位一句？只是今年瞅著這般排場，咱們方多問一句。倘江太太不願意說，便也罷了。」

李巡撫點頭，就是這個意思。對於方先生，李巡撫的態度一向是敬而遠之的，但也不能遠得好像眼裡沒人似的。譬如方先生住的街巷，治安什麼的，李巡撫就格外重視。其他的，方先生有什麼要求，當然，這些年方先生無甚要求，但李巡撫仍是十分重視，畢竟聽他媳婦說，太后就這麼一個舅舅，還年年送東西，這要是方先生心裡有個不順暢，別說仕途了，怕是他烏紗帽都難保。故而，李巡撫向來對方先生保持著一定的關注度，卻也不會輕去打攪。

李夫人出馬，何子衿並無相瞞，就把朝雲道長今年七十的事說了。李夫人既知道此事，便問了一句：「依妳看，我們老爺要不要表示一二？」

何子衿覺得，依朝雲師傅的性子，怕是不願意與北昌府官員有所接觸的。不過，李夫人這般問，她不能一口回絕，道：「我去問一問師傅，再給妳回話。」

李夫人笑道：「不論方先生是否願意咱們打擾，還得請妳代咱們傳達一下心意才好。」

李夫人顯然也不是個笨人，方先生若是想與官員有所來往，就不會這些年沒啥動靜了。換句話說，這些年都沒動靜，難道就會因七十大壽而有所動作嗎？

如何子衿所想那般，朝雲道長都想沒想就拒絕了北昌府官員賀壽之事。朝雲道長與女弟子道：「就是你們，也不必麻煩。生辰有何可賀的，這一天與別的日子沒什麼兩樣。」

何子衿笑，「師傅，您想賀不想賀的，我們是想藉師傅這大壽的名頭過來吃頓好的，雙胞胎還說要再過來看金桃呢。」

朝雲道長聽得一樂，「這兩個小子，在愛財這上頭當真是像妳。」

何子衿覺得自己幻聽，「我哪裡貪財？我每年都往我們夫人會裡捐五百兩銀子呢！」

朝雲道長見女弟子要炸毛，連忙道：「不是說妳現在，是妳小時候。」

「我小時候也不貪財。」何子衿強調，堅決不能讓朝雲師傅壞自己名聲。

朝雲道長只得道：「好吧好吧，不貪財不貪財。」就是每次得了銀子，哎喲，那個小眼神喲，現在想想都記憶猶新，跟雙胞胎見到金子時的眼神無二嘛。當然，女弟子有了銀子肯捐出來行善事，朝雲道長是很喜歡的，覺得女弟子這事做得有格局。

何子衿見朝雲道長高興，就說起過壽的事來。並沒有鋪張浪費，就女弟子一家過來吃頓飯。這般安排，朝雲道長還是比較滿意的，又提醒道：「今年也是羅老頭的七十整壽。」

何子衿笑道：「師傅的生辰在十月，先生的生辰在臘月，說來還是師傅您年長些。」

「是啊，奈何他不曉得尊重我這位兄長。」

也就羅大儒不在跟前，不然必得要辯一辯朝雲道長是否值得他羅大儒尊敬之事。

朝雲道長的壽辰，除了朝廷送的十大車東西，也收到了若干壽禮。

當然，這壽禮除了羅大儒的，就是江家一家人的。

何子衿與江念帶著孩子們向朝雲道長拜過壽後，眾人就送上自己的禮物。江念送的是一塊極品硯臺，何子衿是知道這塊硯臺的，是江念在沙河縣抄馬閻兩家時所得，據他說是極好的硯臺。朝雲道長看過後，也是賞鑒一番，可見的確是塊好硯。阿曄送的是自己親筆寫的百壽圖，阿曦則是給朝雲道長做了一身衣裳，朝雲道長讚道：「這針線比妳娘強多了。」

阿曦她娘表示：「她做東西慢，就這麼身衣裳做了一個月。要是我，一天就能得了。」

朝雲道長指指衣裳，「這就是一個月和一天的差別了。」

阿曦偷笑。

雙胞胎的壽禮是一起送的，一對小金人，把朝雲道長給驚著了，道：「如何送這樣貴重的東西？」雙胞胎可不是視金銀為糞土的性子，事實上，雙胞胎見著金銀就兩眼冒光。以前雙胞胎都是把自己送給朝雲祖父，朝雲祖父以為今年亦是如此，不想今年雙胞胎大出血。

阿昀道：「祖父，我們原是想把自己送給您的。」

阿晏點頭，「但是，姊姊說，我們送過很多次自己了，這回不讓我們再送自己，我們就湊了點金子讓匠人照著我倆的模樣，打了一對小金人送給祖父。」現在想想，雙胞胎都覺得肉痛。不過，這也就是祖父了，換成別人，雙胞胎是說啥也捨不得的。

阿昀叫祖父猜：「祖父，您說，哪個是我，哪個是阿晏？」

朝雲道長細細端量一二，直接就指出來了。

阿晏大為驚訝，「我爹我娘我哥我姊他們都沒猜對，祖父您怎麼一猜就對啦？」

朝雲道長道：「這個掌心有顆痣，怎麼會看不出來？」

雙胞胎唯一的區別就是，阿晏右掌心有一顆胭脂痣。

雙胞胎不禁對朝雲祖父十分敬仰，因為只有朝雲祖父注意到了。

朝雲道長對於雙胞胎這份壽禮十分感動，在知道雙胞胎有多麼愛財的情形下，雙胞胎還肯把自己攢的金子拿出來打對小金人送自己當壽禮，自己多年心血沒有白費啊！

雙胞胎叫朝雲道長感動了一回，何子衿就送自己的壽禮了。何子衿的壽禮是自己做的壽桃壽麵，是的，當天的壽桃壽麵是何子衿親自做的。這些年何子衿親自下廚的時候不多了，但其手藝絕對是有升無降的。就那壽桃，是借了桃脯的香味兒，聞著跟桃子一樣香，雙胞胎麵還沒吃，就先趁熱分了個壽桃吃。壽麵是雞湯麵，提前燉出雞湯，將雞湯和在麵裡，說來這還是朝雲道長食譜裡的方子。澆頭也是何子衿燒的，一種是朝雲道長喜歡的三鮮，羅大儒偏愛的酸菜肉絲，還有就是雙胞胎最愛的大排麵，龍鳳胎喜歡的山菇燉雞，江念與子衿姊姊吃的是清清透透的青菜麵。

羅大儒一人吃三碗，何子衿都怕他撐著。

羅大儒摸著肚皮道：「子衿啊，妳這手藝真是沒得說。」

何子衿笑道：「先生喜歡吃，我時常過來做就是。」

雙胞胎埋頭啃著大排，都不忘說話，齊聲道：「我娘做的炸雞也超好吃。」他們倆生辰，是從來不要吃麵的，而是讓他們娘做炸雞吃，北昌府一半的小孩子都喜歡吃江家的炸雞。

何子衿與他們道：「慢慢啃。」大排真不是很好啃，奈何雙胞胎愛吃，而且，他們要求一人吃兩塊，可不就有得啃了嗎？

這中午壽麵吃完，一席酒菜大家動的都不多，個個吃麵吃得滿足異常。

一家子直待到晚飯時間才告辭，朝雲道長心情很是不錯，待得一家子走時，還給了雙胞胎一人一個金桃，說是叫雙胞胎存著當私房。

江念剛想拒絕，雙胞胎已是歡喜不已地謝了祖父，一人一金桃險些砸腳面。金子很重，這金桃雖是空心的，但也好幾斤呢。雙胞胎玩命才抱在了懷裡，他們很想求助一下父母哥姊啦，但看看爹娘，爹娘正跟祖父說話呢。看看哥姊，哥姊只拿白眼瞥他們，肯定是嫉妒祖父只給他們金桃，而沒有給哥哥姊姊金桃啦！

朝雲祖父很想著人幫忙，偏生女弟子對他使眼色。

朝雲道長看雙胞胎那為難的小模樣也覺好笑，便假裝看不見了。

雙胞胎只得自力更生吭哧吭哧地自己把金桃抱回家。事後，據雙胞胎說，他們把金桃抱上車，到家時又抱下車，一路抱回自己屋中鎖箱子裡，把腰都累痠了。

朝雲道長還明知故問：「怎麼不叫你們爹幫你們拿啊？」

阿昀瞪大眼，小腦袋搖得跟撥浪鼓似的，「我爹說，要請他幫忙，就得分一半給他！」

阿晏跟著點頭，「我們寧可自己抱啦！」

這事兒讓朝雲道長偷樂半個月。

及至臘月間羅大儒過壽，江家也是一家子過來祝賀，亦是人人都有壽禮。這回雙胞胎就打了對小銀人送羅大儒，羅大儒故意問：「上回你們祖父過生辰是金的，怎麼輪到我就是銀的了，這也忒厚此薄彼了吧？」

阿昀很為難道：「可是……可是那金桃是祖父給我們的，不能動啊！」

阿晏連忙道：「羅爺爺，這小銀人與小金人是一樣的，都是我倆！等以後我發了財，保管給羅爺爺打個金的！」這位還不知不覺間點亮了吹牛哄人技能。

羅大儒故作勉強，「好吧。」

朝雲道長很是不滿地瞥羅大儒一眼，「行了，別逗孩子們了。」

羅大儒對於朝雲道長的拆臺行為很是不滿，道：「你今天不說話就當送我壽禮了。」人人都送了他壽禮，這方昭雲都沒啥表示，是什麼意思啊？

「哼哼！」朝雲道長哼哼兩聲以示羅大儒這種想法完全是在做夢。

羅大儒翻白眼，阿曦笑咪咪地道：「今天是羅祖父的生辰，就不要拌嘴啦！」

朝雲道長道：「說得好像誰願意與他拌嘴似的。」

「你不願意你還非要說話，只要你閉嘴，一準兒拌不起來。」哼！還說雙胞胎愛財！人家雙胞胎愛財還知道送他一對小銀人呢！這姓方的，自詡出身豪門，做起事來比雙胞胎還摳門！羅大儒認為，雙胞胎愛財，就是像姓方的！

阿曦瞧出來了，笑道：「祖父，您不會是想藉著拌嘴就不送羅爺爺壽禮了吧？」

朝雲道長眉梢一挑，「我是那樣的人？」

羅大儒別開眼，「是不是的，得看你怎麼做了。」方昭雲過壽，他可是提前一天就把壽禮送他了，結果，輪到他過壽，方昭雲磨唧到這會兒，還沒啥表示呢。

朝雲道長輕咳一聲，命聞道把自己的壽禮取了出來。朝雲道長手抄了一份經書，羅大儒是個佛教徒，接過經書時還說：「平日裡沒見你抄啊，什麼時候偷偷抄的，還不叫我知道？難得你這片心，以前那些事，我就不與你計較了。」

朝雲道長氣得，吩咐雙胞胎：「趕緊把經書給我搶回來！」

雙胞胎就是朝雲道長的狗腿子啊，朝雲道長一聲吩咐，兩人作勢要搶，羅大儒已是揣懷裡去了，逗得大家哈哈大笑。

羅大儒與朝雲道長相視一笑，這些年的磨難與坎坷，多少故人已去，唯他們彼此還能賀一聲壽，不能不說是福氣了。

羅大儒壽辰之後，接著就是新年了。

因著江念在北昌知府的位置穩固，這個年依舊是熱鬧無比。歡歡喜喜把年過了，江念就面臨一個問題，他三年知府的任期將至，到了知府這個位置，任期一滿就得去帝都走動。或是謀連任，或是謀平調，或是謀升遷，所以說，江念這眼瞅著就要去帝都了。

江念的意思是要帶著子衿姊姊一塊去的，畢竟去帝都可不是短時間的事。

何子衿倒沒什麼意見，只是，孩子們怎麼辦呢？

龍鳳胎都大了，個個都想去帝都見識一二。雖然他們生在帝都，但那時候小，還是奶娃子的時候就跟著父母來北昌府了，確切地說，就是長在北昌府的小土鱉，現在龍鳳胎的官話裡都帶著幾分北昌府的口音。雙胞胎的情況還不如龍鳳胎呢，他倆就是北昌府土生土長，比龍鳳胎還要土鱉的小土鱉，再者，憑雙胞胎那性子，定也想跟著去的。

這麼一想，定是要拖家帶口。

還有，何子衿要是去帝都，別的事情還好，女學的事定要提前安排好。

夫妻倆先慢慢準備著，此事且不急，畢竟就是江念要去帝都，也得先得朝廷同意，取得述職的名義，才好成行。待過了子衿姊姊的生辰，江念的摺子遞上去，過了一個月，帝都那邊便有旨意下來，並非讓江念去帝都述職，而是說江念任上表現良好，升了從四品按察使，不需要江念再去帝都。

得此聖旨，江念雖有些五味雜陳，卻還是鬆了口氣。

要是去帝都，一大家子不方便不說，就是江念，也不是很想去帝都面見今上。

江念捧著聖旨，想來今上對他的感覺亦是如此吧？

江念升了按察使，盡心盡力寫了封謝恩摺子。

待得江念升任按察使，北昌知府一職便是由周通判接掌。說來，周通判在北昌府的資格絕對比江念要老，只是周通判為捐官入仕，因文憑不夠硬，升遷起來格外艱難。江念則是正宗的翰林文憑，這位先生自探花、庶起士、翰林，一路升遷過來，屬於根正苗紅類型，所以儘管較周通判年輕許多，在仕途上卻比周通判順遂。周通判升知府，也是江念一力舉薦。江念認為，雖然周通判是捐官，但不論資歷、處事、人品都可執一府之位，周家頗為感激。

說來也非江念一家的功勞，周知府也是北昌府的老人了，他接掌知府之位，各方面都樂見其成，怕是蘇參政、李巡撫都為周知府說了話。無他，周知府上位，北昌府依舊是平平穩穩的正局，倒比那來個不省心的要強得多。

伴隨著江念升職，何恭兩任學政任滿，也順利升了從五品。

雖則升官速度不比女婿，何恭亦是心滿意足，想著他升了五品就能給妻母請封誥命了。何恭和江念做官十幾年了，如今官場上的規矩也懂了，知道這誥命朝廷三年一賞，何恭也就沒似上遭江念那樣急不可待地上摺子。何恭不急，何老娘可是急得不成，時不時就打聽誥命何時下來。得知還要等三年，何老娘就啥興頭都沒了，嘟囔道：「我都這把年紀了，還不曉得能不能再等三年。」

何恭忙道：「母親這才七十剛出頭，都說人生七十才開始，再過幾年，不要說宜人，兒子說不得能給母親掙個恭人呢。」

何老娘有些懵，「不是做安人嗎？」

「不是，安人是六品誥命，兒子現在已是從五品，母親誥命也當是五品宜人。」

沒想到自己這誥命都是宜人啦！

何老娘頗是驚喜，復歡喜起來，與沈氏道：「也是啊，這安人啥的，一聽就不大金貴。

當初阿冽他爹中了秀才，有人巴結我，就喊我老安人呢。就是咱們老家，秀才老娘、舉人老娘都能叫一聲老安人哩。還是宜人好，沒人隨便叫。」

沈氏笑道：「可不是嗎？」

何老娘說著又奇怪了，道：「這也不一樣啊，咱們的誥命還要等三年，怎麼咱丫頭的誥命就能跟著升呢？」她家丫頭現在就是四品恭人了。

「興許是順帶的吧，咱們子衿以前就是誥命了。」

何老娘想一想，也覺有理，與兒媳道：「咱丫頭自小就有運道，當初她那安人可是正經安人，不是隨便叫的那種安人。」

沈氏笑，「是啊，我是那會兒才曉得，原來安人還是誥命。」

「誰說不是呢？」這做官的名堂，甭看何恭做官十幾年了，何家仍是新手，許多官場的規矩，真是得到那個官階地位方知曉的。

反正只要何恭升官了，誥命是早晚的事，何家還是很歡喜地擺了一日酒。

一道吃酒時，何老娘問蔣三妞：「重陽的親事預備得如何了？」

蔣三妞道：「都妥當了。」蔣三妞原是想去歲給長子成親的，可去年宮媛年不過十六，宮家還是想多留女兒一年，再加上何子衿私下也勸蔣三妞，說女孩子太早成親，生育上反是艱難。蔣三妞是很信服子衿妹妹的智慧，為著孫子考慮，便與宮家商量好，定在了今年。

今年興哥兒要下場考秀才試，蔣三妞便將重陽的親事定在了秀才試之後。

沈氏想到重陽的親事，不禁誇一句：「重陽這孩子，真個懂事。」

蔣三妞很知表嬸的心事，笑道：「嬸子莫急，待得後年俊哥兒春闈得中，要什麼樣的親事沒有？我算是信了，這親事啊，都看緣分，兩人要是有緣，千山萬水也能做一家，倘是無緣，怎麼著都不成。」

這一兩年來，蔣三妞對宮媛越發滿意，宮媛自與重陽定了親事，重陽就將自己的書鋪交給未婚妻打理。宮媛原不想沾手，覺得還未成親，叫人瞧見，豈不說她手伸得太長？不過，重陽非說自己忙不過來，蔣三妞也叫她幫著管，宮媛就接手了。哎喲，宮媛做生意真個比重陽更有天分，把書鋪打理得紅紅火火。蔣三妞就喜歡會過日子的人，何況，蔣三妞夫妻給重陽定下的路線是跟在江念身邊做事，以後最好能捐個官，所以，重陽是要往仕途奔的。這走仕途還沒瞧出來嗎？江念和何恭都是清廉的，除了那些分內的銀子，餘者一文不取。要是官位大還好，分內的銀子就能過日子，官小的哪裡夠？這時就得女人會打理家業，把日子過起來，男人才能在外頭安心做官。宮媛這般會打理生意，蔣三妞瞧著就很好，起碼以後長子一家吃飯是不用愁的。

說到長子的親事，蔣三妞心中歡喜，卻也沒忘勸解表嬸一句。俊哥兒年紀比重陽略大，親事都還未議，要蔣三妞說，俊哥兒現下已是舉人老爺，還是功名要緊，得個進士功名，取個高門大戶家的小姐才好。好吧，蔣三妞那高門大戶的毛病又犯了。

其實這也不獨是蔣三妞一人的毛病，沈氏未嘗不是這般想，才容俊哥兒拖著親事。

何子衿端起米酒飲了一口，道：「娘，您還是先預備著興哥兒說親的事吧，我看興哥兒要是中了秀才，打聽他親事的肯定不少。」

沈氏連忙道：「妳如今這口氣越發大了，還沒考呢，哪裡敢說秀才不秀才的話？」如今丈夫調離教育系統，沈氏這才鬆口氣。以前因著丈夫先任學差後任學政，家裡長子次子功名順遂，就有不少小人說些閒話。

何子衿笑道：「這不都是咱自家人，我才這麼說的嗎？明年大寶就要下場，阿念說，大寶那孩子的課業也是極好的。這是咱們孩子書讀得好，待以後大寶他們這些孩子起來，包管就沒人說閒話了。就是有閒話，也是說咱家會教孩子。」

沈氏道：「那也得謙遜著些才好。」

何琪看向蔣三妞，問道：「我聽大寶說，二郎也想明年下場一試？」

蔣三妞道：「二郎是這麼說的。我總說他還小，多準備兩年，得個好名次豈不好？他基礎不比大寶牢靠，要是明年下場，中了就是僥倖。得一秀才尾巴，倒不如安安生生的，像阿冽和俊哥兒那般，考個廩生回來。咱家不差那一個月二斗米，難得的是這份體面。」

何琪道：「其實師妹不如應了二郎，不為別個，有個目標，念書就格外努力。」

「也看不出他哪裡努力來，還是那樣。」蔣三妞覺得自家孩子怎麼跟正常孩子不一樣，跟師姊打聽：「大寶晚上看書不？」

「不看，說晚上看書傷眼。」

蔣三妞道：「要不說他們都不如阿念，阿念這樣的文曲星下凡，小時候考功名，晚上用功到什麼時候。」

何老娘笑道：「阿念那會兒著急用功是急著考出功名來好提親事，大寶和二郎他們又不急著娶媳婦，不用那樣早三更晚半宿地熬，孩子們還小呢，熬壞了身子如何使得。」

蔣三妞與何琪笑了起來，都知道阿念當年是急著娶他家子衿姊姊才那般用功的。

何子衿都是四個孩子的娘了，哪裡還怕人笑，道：「那會兒阿念念書，晚上我都要給他做宵夜。他當時瘦得跟竹竿子似的，正是長個子的時候，半隻雞燉了，再下麵條，一大碗公，阿念都能吃個精光。」

何琪道：「長個子時就是如此，大寶那幾年挑食多厲害，如今到了長個子的時候，先時他不喜歡吃肉，這幾年都吃得歡多了。」

蔣三妞笑，「我看是阿仁的法子好使。」大寶先時挑食，後來江仁想的好法子，讓大寶自己收拾屋子整理院子。大寶興許是運動量大了，從此胃口大開，比吃啥補藥都有用。

何琪想到丈夫的辦法，也不由一笑，道：「自從這法子靈驗後，二寶和三寶都讓他們自己收拾屋子打掃院子。」

蔣三妞說：「讓孩子們幹些活不是壞事。」

何家升遷酒吃畢，就到了興哥兒考秀才的日子。

這次大家挺奇怪的，都是升官，江念的官位還要高一些，卻是沒擺升遷酒。蔣三妞私下問了何子衿一句，何子衿具體沒說什麼，蔣三妞便未再多問。

何子衿是知道江念的心，要是這次與別的官員一樣，任滿去帝都謀連任倒罷了，哪怕江念不怎麼願意去帝都，可他不會多想。偏生朝中一道聖旨升了官，人非草木，孰能無情，依江念的敏銳，自然是曉得今上那不如不見的意思。人是很複雜的動物，要說江念與今上，那真是除了同一個娘，絕對沒有別個關係了。兩人更是見都未見過一面，更不會有什麼感情，但他們必須承認，哪怕從未相見，哪怕沒什麼感情，但彼此之間，總有著彼此都不願意想起的一種複雜情緒。總之一句話，江念的情緒不是很好，就沒辦升遷酒。

不過，江念的複雜情緒也就到秀才試榜單出爐為止了，興哥兒在秀才試上像兩個哥哥一般順利，雖未得案首，倒也是正經廩生。何老娘早早就命人備下鞭炮，放了個痛快。

像何子衿說的那般，興哥兒中了秀才，北昌府媒人界那些對俊哥兒的關注目光，立刻轉了一半到興哥兒身上，畢竟俊哥兒的親事總不成，沈氏只得對外說次子要專心下科春闈，不然縱你是舉人老爺，這親事總不成，媒人界也會有閒話的。如今俊哥兒的親事不急，興哥兒也是秀才公了，媒人們就又朝何家紛湧而去。

興哥兒這個秀才公可不是何洌當年了，何洌當年純粹是運道好，余家實在是有意結這門親事，何洌得一好親事。到興哥兒這裡，他雖也只是秀才，但先論出身，其父已是從五品官兒了，在北昌府也算能拿得出手的出身。更要緊的是，興哥兒的兩個哥哥，一個是翰林老爺，一個是舉人老爺，興哥兒又是早早中了秀才，這往誰家一說，媒人都道：「何家現在文昌星正旺，他家老三以後功名妥妥的。」是的，媒人的嘴就是這樣不靠譜。

可是，信的人還真多。

興哥兒還有個優勢就是，他姊嫁得好，按察使太太就是興哥兒他親姊。興哥兒他親姊知道不？女學的何山長啊！對，就是她家，先是一對龍鳳胎，後生一對雙生子！哎喲喂，誰家有這樣的運道呢？

反正，興哥兒一躍成為北昌府女婿界的熱門人選。

沈氏想著，既然次子暫時還不想娶媳婦，不若就先說小兒子的吧。沈氏滿心滿意想為小兒子張羅，偏生小兒子來了一句：「我得趕緊準備明年的秋闈，哪裡有心看媳婦啊？要不，娘您先替我相看著，具體的事，等我考完秋闈再說。」興哥兒倒不似他二哥那般抗拒親事，只是興哥兒顯然很有計劃，他就想一口氣奔秋闈，別個都不急。

這小兒子的確年紀也不大，難為他又一意上進，沈氏哪裡有不允的道理。

媒人們聽說興哥兒要準備秋闈，紛紛遺憾地說一句：「待秋闈後，我再來向太太賀喜。太太那時有什麼吩咐，只管著人喚我就是。」

興哥兒做了秀才公，還很有運道地得了廩生。

廩生如今在何家眼裡，用蔣三妞的話說，一個月二斗米不算啥，難得的是這份體面。是的，廩生絕對比秀才體面。人家不是一個月二斗米，是一個月六斗米。

如今興哥兒做了廩生，重陽就邀請興哥兒跟他一道迎親，當然，還有俊哥兒這位舉人老爺，也成了迎親使之一。其他就是大寶算一個，另外三個迎親使，重陽請了其他朋友。雖然二郎二寶他們也很想做一做迎親使，但被重陽以乳臭未乾為由拒絕了。這令二郎二寶很是不服，已聯合了阿曄準備到重陽哥大婚那日要好生鬧一鬧洞房。

宮家這親事結得，著實叫同行眼紅，都覺得宮胖子真是走了狗屎運，咋給閨女說了這麼一門好親事呢？想來想去，許多心明眼利的突然就悟了：還是宮胖子奸啊，走在大家前頭，江太太那女學剛一開張，宮胖子便把閨女送去念書了。當時他們就想，女孩子念啥書，何況彼時當權的王鹽政太太與江太太不睦，他們這些鹽商就沒一個把姑娘送女學的，獨一個宮胖子。如今看來，人家可不是走在了前頭嗎？

當然，並不是說宮家耍了什麼手段，但宮姑娘在女學裡念書，倘是人品出眾，自然就給何山長瞧在眼裡的，這不，就有好姻緣了。

這些人完全不曉得，人家宮姑娘的姻緣完全是重陽自己求來的。何山長是搞教育的，又不是媒婆。但不論怎樣說，宮家這親事真叫人眼紅。

其實胡文在北昌府說來也不過是做軍糧生意，生意比胡文做得大的有的是，可架不住胡家有幾門的好親戚。胡財主岳家是官宦人家且不說，就是岳家的小舅子們也個個有功名。哎喲，宮家這是怎樣的運道啊？不見宮胖子也把孫子送官學念書了嗎？說不得這宮胖子如今已是打著改換門庭的主意了。不過，就你那豬頭樣，你家孫子是那塊料嗎？

宮財主才不管那許多，他一張胖臉笑得跟朵花似的，宮大郎和宮二郎忙成個陀螺，宮大奶奶與宮二奶奶更是裡裡外外幫著婆婆張羅，小姑子嫁得好人家，做嫂子的怎能不歡喜？二人給小姑子添妝都添得特厚重，如今這宮姑娘還沒從家裡嫁出去呢，就有人明裡暗裡同宮家打聽宮二姑娘的親事了。

總之，宮家雖是嫁閨女，也是從早上熱鬧到了晚上。

胡家就更不消說了，重陽是第三代中做大哥的，平日裡也挺有做哥哥的氣派，但他這成親的日子，架不住弟弟們一個賽一個的壞，重陽要不是多個心眼裝醉，洞房都得耽擱了。

重陽娶妻之後，每天是春風拂面。

蔣三妞雖做了婆婆，規矩並不重，只要兒子媳婦和睦過日子，她就高興，倒是娶了媳婦就叫媳婦學著管家了。這事叫宮太太知道，很是念佛，直說親家太太厚道。兒媳婦進門，都是先讓妳學著立規矩，好生立上兩年規矩，再生兒子，生了兒子，得熬到婆婆閉眼，方有管家的機會。看親家太太何其寬厚大方，閨女一進門就讓學管家呢。

宮媛笑道：「這有什麼，我們家裡就這幾口人，平日裡婆婆還要忙繡坊和烤鴨鋪子的事，也只是叫我搭把手罷了。」

「妳這就想得淺了，等閒媳婦進門，哪裡有這樣清閒？可見妳婆婆沒拿妳當外人，是真心教妳的。妳是長媳，以後這個家還是要交到妳跟女婿手上，可不就先讓妳學著管家嗎？」宮太太到底是過來人，細細分析給閨女知道這其中的道道。

宮媛初為婦人，眉宇間添了幾分麗色，也很認同母親的話，道：「二小叔子明年就要下場考秀才，以後必要走仕途的。」

「哎喲，妳家二小叔子才多大？」

「他年紀雖不大，念書卻好。」

宮太太問了問親家的事，難免又教導了閨女一通上敬公婆下愛丈夫，另外還要多關心小叔子的道理。用宮太太的話說：「做大嫂就要有大嫂的氣派與胸襟，兄弟間在一處，要是以後齊心協力，整個家族都是受益的。倘是兄弟反目，自己先鬥死自己，這樣的人家，又有什麼將來可言呢？」宮太太時常被陳二姨哭窮敲詐，卻真不是個小家子氣的人，親戚間能幫的她都幫，當然，這幫襯也是有個限度的。倒是宮太太有時寧可吃些虧，也不輕易與親戚交惡。

蔣三妞很滿意長媳，既乖巧又靈巧，同長子情分亦好，對兩個小叔子也很關心，她時常帶著長媳出門，頗覺榮光。

何琪打趣：「師妹沒媳婦服侍都出不了門，成天帶著媳婦在身邊炫耀，看得人眼熱。」

蔣三妞笑，「妳眼熱也是白眼熱，我給妳算了算，妳要想跟我似的享媳婦的福，還得再等個三四年呢。」

何琪道：「要是三四年能叫我享上媳婦的福，我也知足了。」

何琪能與蔣三妞做師姊妹，兩人性子還相投，便一樣是心氣足的。大寶極有念書天分，何琪的意思，倘大寶科舉順利，最好中了舉人再議親。大寶不似重陽要曲線救國走捐官的路線，大寶是要走正統科舉路線的，所以何琪想為兒子尋一門書香門第的親事以為助力。

其實蔣三妞的福氣，不要說何琪，就是沈氏都頗是羨慕，私下還與閨女說：「妳三姊姊少時坎坷，後頭卻是一路順遂。」

何子衿寬慰她娘道：「現在連興哥兒都做了廩生，誰不羨慕娘您的福氣呢？」

想到三個兒子都有出息，沈氏一笑，「這倒也是。」只要兒子有本事，不怕媳婦不孝順，就是長媳後來不也好多了嗎？這般一想，沈氏又覺舒心。

沈氏悄悄說與閨女一件機密事：「昨兒個阿冽著人送了信來，信中說了一樁事，上遭俊哥兒去帝都參加春闈，不是為救個孩子，摔傷了手，誤了那一科嗎？阿冽信中說，俊哥兒救的是大理寺卿杜家的孫子。當初俊哥兒能去國子監，也是那位杜大人託的人。阿冽說，那位杜大人家裡有一位姑娘，與俊哥兒年紀相當。阿幸在這上頭頗是機靈，就趁著這個淵源兩家走動起來，阿洌還說，杜家似是瞧中了俊哥兒。今年人家姑娘及笄，說親的人家不少。妳說，這樣的高門，咱們配得上不？我就擔心要是再娶個像阿幸那樣性子的。阿洌穩重，能降伏得了阿幸。要是換了俊哥兒，他哪裡是個哄人的性子？」

何子衿問：「那位杜大人官聲如何？」

「阿洌同妳舅舅打聽了，他自己也打聽過，說是位特別執正的人，最是公正不阿的，是有名的青天。」沈氏補充一句：「杜大人寒門出身，不似余家那樣的官宦世家。」

「聽著倒跟咱家差不多。」

「是啊，可這位杜姑娘是杜大人的老閨女，怕是生來就在富貴叢中了，沒有吃過苦。」

「俊哥兒又吃過什麼苦了？」何子衿聽說杜寺卿官聲不錯，就有些願意，道：「阿洌定是在帝都府打聽過了，倘不是好人家，阿洌也不會特意打發人送信過來。要是這樣，咱們確實該提一提親事。」

「妳爹也是樂意的，只是，俊哥兒畢竟先時救過杜家的孩子，這麼提親，像是以恩相挾似的，未免不美。」沈氏為難在這上頭，雖說長子娶親後她賭咒發誓再不給兒子娶高門之女，可次子既是有這機緣，她也不願放過這機會，大不了她以後不享媳婦的福就是了。

何子衿道：「是得想個好法子。」

將此事暫且擱下，何子衿問她娘：「俊哥兒可知此事？」

「我還沒問他呢。」

「您先問他的意思，不然咱們操半日心，萬一他不樂意，不是白操心嗎？」

想到俊哥兒的親事，沈氏不禁道：「別人家娶八個媳婦也沒他這一個費勁。」

何子衿笑道：「好事多磨，就是這個意思了。」

沈氏一笑，「就盼著應了妳的話才好。」

因次子總是抗拒親事，沈氏對次子的親事反而無甚要求了，哪怕俊哥兒相中的是個普通人家的姑娘，只要對方好，婆媳倆處得來，小夫妻恩愛，沈氏也是願意的。

沈氏就把這事問了次子，俊哥兒一聽，眉毛就豎起來，「啥？要說親啦？」

「你不曉得？」

「不曉得啊！」俊哥兒瞪圓了眼睛，想了想，道：「就杜大人那閨女，能嫁出去嗎？」

「你這是什麼話？何等輕狂！」沈氏訓斥道。先不說人家是正經大理寺卿千金，哪怕你對杜家孫子有救命之恩，也不能這樣說人家姑娘。

「娘，我不是故意說的。」俊哥兒道：「您不曉得，杜大人雖是文官，年輕時可是少林寺外門弟子，武功了得。這位杜小姑娘很得杜大人真傳，厲害得很。誰要是娶了她，萬一招惹她不快，定要挨揍的。」

「夫妻倆過日子，誰家不是和和氣氣的，誰就一定要招惹誰了？要真是哪個不對，挨揍也是沒法子的事。」沈氏拉著兒子細問：「你對杜家姑娘到底有沒有那方面的意思？杜家又是怎麼個說法？」

俊哥兒撓撓頭，道：「先時杜姑娘還小呢，我能有什麼意思啊？杜大人說我文章還欠些火候，要是想準備下科春闈，就得加把勁兒，還說了許多亂七八糟的話。」

「什麼亂七八糟的話？」沈氏追問。

俊哥兒道：「無非就是科舉啊，成家立業的話。」

沈氏心中就覺有門兒，倘不是杜家覺得俊哥兒不錯，哪裡會與他說科舉、成家立業的話呢？沈氏問：「那位杜大人喜不喜你？」

「挺喜歡我的吧，知道我練過拳腳，我們還對練過呢，也一起吃過酒。」

「你在外頭怎地這般不穩重？」

「我那是沒提防，您說，杜大人頭髮花白的年紀，還不停勸酒。他一杯不少喝，我也只得陪著，然後就喝多了。」俊哥兒道：「杜大人酒量是真好。」

沈氏這也沒法子判斷了，「你覺得杜家的親事如何？」

俊哥兒道：「杜家門第當然是好的，可是杜大人那樣的高官，杜姑娘又厲害，這要是做了親，我怕受欺負。」

「哎喲，這也是大男人說的話？」沈氏嘖嘖兩聲，「重陽還常與他媳婦拌嘴呢，你看他們就不好了？杜姑娘厲害，可人家又不是瘋子。我問你，杜姑娘平日裡可會無故打罵下人，還是說隨隨便便就撒潑？」

俊哥兒連忙道：「看娘您說的。像您說的，杜姑娘又不是瘋子，我就覺得，她跟個小辣椒似的，性子也是辣辣的，說話俐落乾脆。」

「這不挺好的？」

「是還不錯，可人家這突然要說親，明擺著對我無意啊！」

「真個笨的，女孩子到十五，哪個不說親的？倘不是杜家對你有意，你大哥就不能專門讓人快馬送信回來。」沈氏道：「你得後年才能參加春闈，要是你沒那個意思，難不成人家閨女還要空耗年華？」

俊哥兒也有些懵了，他一點都不笨，他明白，哪怕他下科春闈得中，能說到的最好的親事也就是杜家這樣的門第。當然，倘是公門侯府，或有庶女願意許嫁，俊哥兒卻是不願意娶庶女的。他不大了解庶出是怎樣一回事，總覺得怪怪的，所以還是傾向嫡出之女。

不過，俊哥兒到底是他爹的親兒子，也有其厚道的一面，就直接問他娘：「娘，要是咱家提親事，若是杜家不願，可我畢竟救過小杜，杜家會不會覺得，我是挾恩求娶啊？」

「這個你莫急，我尋你姊過來商議一二。」沈氏現在是有事就找閨女。

何子衿見她弟對杜家也有意思，想了想，打發丫鬟下去，道：「這裡就咱們母姊弟三人，這話我就說了，俊哥兒可曉得當初重陽為何與陸家退親？」

俊哥兒自是不曉得的，那會兒他剛中舉人，正忙活著去帝都府的事，何況這事關乎重陽和胡家顏面，誰會往外說呢？何子衿就將個中緣故與俊哥兒大致說了說，俊哥兒怒道：「陸家怎敢這樣欺負重陽？他們眼裡可還有咱家？」簡直是奇恥大辱！

「生這樣的氣可還有完？自家女孩子昏頭，陸家長輩又有什麼法子？」何子衿道：「這樣的事鬧出去，重陽又有什麼臉面？今兒也不是叫你為這個生氣的，就是與你說一說這位高案首，他因高家貧寒，陸家一直資助他，但他沒相中陸家姑娘就是沒相中，也沒有因恩情就應下陸家的親事。那杜大人，只要比高案首更明白，哪裡會因你救過他家孫子，就因此將閨女許配與你呢？倘杜家有意，自然就會允婚，倘杜家無意，也會有合理的理由說與你知道，所以我說這事你不必煩惱，只管把你的心意說上一說也就是了。」

俊哥兒氣了陸家一回，聽過他姊姊的分析，深覺有理。

俊哥兒是個行動派，道：「那我這就去帝都。」

沈氏捨不得兒子這般奔波，道：「寫封信不行嗎？這天兒正熱呢，你還要念書。」

俊哥兒道：「我去羅先生那裡說一聲，他說我文章還是要多練，我到帝都練，有舅舅在是一樣的。」對於終身大事，俊哥兒也是很積極的，畢竟過這村難有這店啦！

不過，俊哥兒走之前決定要去為重陽報仇，覺得陸家實在欺人太甚，這就是給他外甥腦袋上扣龜殼呢。俊哥兒偷偷摸摸去了陸家外頭，打算給他家大門砸個窟窿，結果事還沒幹，就聽陸家大門吱呀一聲開了。先說一下，俊哥兒為幹這事，不好明目張膽，他還起個大早。

薄薄晨霧間，就見陸太爺滿頭白髮佝僂著身子扶著一根老楠木拐杖出來，後頭跟著個小廝。陸太爺明顯老了，還未到七十的人，瞧著八九十似的，皺紋滿臉，眼神也不清楚了，看人時眼睛不自覺瞇起來，虛虛地瞧。較之先時那個風姿閒逸的致仕翰林，官學的書法先生，俊哥兒頭一眼幾乎沒將陸太爺認出來。

陸太爺這一兩年眼神越發差了，也沒看清是俊哥兒。

倒是那小廝認得俊哥兒，附在耳邊提醒了陸太爺一句，陸太爺看向俊哥兒。

俊哥兒躬身一禮，道：「陸先生早。」

「你早，這麼早就往你姊姊家來了？」陸太爺聽覺似也有退化，聽人說話時不由自主會將耳朵微微側傾。

俊哥兒見陸太爺老邁成這樣，哪裡還有報仇的心？就像母親姊姊說的那般，陸家因此事很不好過。俊哥兒略說了一兩句，就辭了陸太爺，往姊姊家去了。

到了姊姊家，俊哥兒才把書包裡的兩塊磚頭取出來，暗嘆一聲，這是做什麼啊？

俊哥兒私下與姊姊說起此事，頗是感慨，「陸家兩個小娘們兒丟人現眼，連累陸老先生這般自苦。」先時的那般怒火，在見到陸太爺時，便也都發不出來了。

「你沒做父母，不曉得做父母的心。如果是我，我也會懷疑自己為什麼沒把兒女教好，到底是出了什麼樣的問題。為什麼這樣盡心盡力教養孩子，孩子還會如此的辱沒門楣。」何子衿道：「陸太爺極重臉面，心中只有更為煎熬的。」

俊哥兒一嘆，不再說什麼。

俊哥兒很快收拾好行李，辭了親人師長們，就往帝都去了。

沒兩個月，陸家賣掉了這處祖宅，到鄉下過日子去了。聽說兩位陸姑娘都嫁往他處，自此陸家的消息就漸漸淡了，再未聽聞。

俊哥兒往帝都而去，江念笑了一回：「這追媳婦可真是積極。」

何子衿道：「這事兒再不積極，還有什麼事積極？別看俊哥兒嘴硬，他心急著呢，要不，能這麼急匆匆往帝都跑？虧他先前沉得住氣，沒露半點口風。」

江念道：「我看俊哥兒這事八九不離十。」

「祖母定又要燒香了。」何子衿扳了個杏子，分給江念一半。咬一口，滿嘴甜香，何子衿道：「我給她老人家算著呢，她花在這香火銀子上的錢，今年都有十兩了。」

「今年是有事，興哥兒這不是考秀才嗎？明年得花更多。今年還只是祖母燒香，明年三姊姊和阿琪姊都得跟著一道燒。」

興哥兒秀才試順利，已決定明年繼續下場舉人試，而明年大寶二郎都要下場秀才試。何子衿道：「其實大寶年紀比興哥兒還要大些，你不是說大寶文章不錯嗎？我以為大寶今年就會下場呢。」

「大寶這孩子心氣足，自阿冽起，雖則科舉順利，但無一人得案首。俊哥兒是最好的，得的是第二名，大寶文章火候差不多了，他把秀才試放到明年，就是奔著案首去的。」江念對於幾個孩子的功課都心中有數，當然，對孩子們的性情也是有相當程度的了解。

「今年考不一樣？難道怕壓興哥兒一頭叫興哥兒臉上不好看？興哥兒不是那樣的人。」

「興哥兒倒是沒什麼，只是怕外頭小人多嘴。」江念道：「再者，阿冽他們得不到案首，其實也有岳父為官的原因。科場上的規矩，若差距不大，案首通常都是給寒門子弟。」

「還有這樣的說法？」

江念點點頭，何子衿聯想到自家，「那以後咱們阿曄科考，也拿不到案首了？」

「這也得兩份考卷水準差不多，方先取寒門子弟。倘明擺著一份極出眾，一份稍遜色，主考官也不會這般泥古不化的。」

兩人說一回科考，何子衿就問起江念的三十壽辰來。江念本不想過，何子衿勸道：「升遷酒就沒擺，這整壽宴的酒再不擺，得叫人尋思你這按察使是不是有問題了。」

江念一笑，「成，就按前年姊姊生辰酒的樣子，擺兩日就可，莫太過張揚了。」

江念的官做得順風順水，他的生辰酒，李巡撫和蘇參政等人都過來了。遠在北靖關的何涵與姚節也特意命人送了壽禮來，再者就是沙河縣的莊典史及邵舉人，都親自過來了。

莊太太還帶著家裡長孫一起來，莊小郎小小年紀，已會背些蒙學書籍，奶聲奶氣的，極是可愛。何子衿命人拿個金鎖給他，莊太太千恩萬謝地收了。她現在也是富家太太做派，家裡自不會少了金銀，但這是按察使太太給的金鎖，如何一樣？莊太太倍覺體面，莊小郎年紀比雙胞胎略小些，何子衿讓雙胞胎帶他去玩了。

莊太太對這個長孫十分自豪，悄與何子衿道：「我那兒媳原是秀才家出身，我這孫子一生下就會念書。我琢磨著，我這孫子定是遺傳了我那秀才親家的文氣。」

何子衿笑道：「那可好，不正合妳的心意嗎？」

莊太太笑得眉眼彎彎的。

段太太也親自過來賀了一回，不過，因此次是江按察使的生辰，段太太並未如何子衿生辰那般待足一日，只是露個臉，就又去張羅生意了。

幾家親戚都過來了，何老娘深覺風光，孫女婿做高官，她老人家也是受到奉承無數。就是人人都喊她老安人是咋回事啊，她宜人的誥命只是還沒下來而已啊！

趁著江按察使的三十生辰，何老娘著實風光了一把。

江念和何子衿都是抓緊時機鍛煉孩子們，除了雙胞胎、三寶、三郎年紀尚小，重陽、大寶和二寶、二郎都拎出來在外頭幫忙，順便見見人。就是俊哥兒這先往帝都去的，也提前準備了給姊夫的壽禮。阿曦則是跟著她娘在內宅張羅，每逢此時，蔣三妞和何琪就會念叨：「咱們家就是女孩子太少。」

好在女孩子雖少，重陽這早早把媳婦娶進門的，就有媳婦能過來幫著張羅。宮媛早便認了何子衿做乾娘，操持起來更是名正言順。她本就伶俐能幹，尤其這樣的日子，真是一個頂倆。何琪私下同蔣三妞讚了好幾回，蔣三妞頗覺臉上有光。

先時何子衿尚是知府太太時，生辰便夠熱鬧了，遑論江念現在升了按察使，熱鬧上還得添個更字，用雙胞胎的話說：「招待小朋友都累得腰疼。」也不曉得招待小朋友與他們的腰有什麼關係，再者，小屁孩一個，你們有腰嗎？

有沒有腰，父親生辰宴結束，雙胞胎都要他們娘幫他們按摩。何子衿一人一個屁股掌，兩人就樂顛顛地跑起來玩了。

過了江念的生辰，這一年，何子衿的肚子依然沒動靜，何老娘還與兒媳說：「看來丫頭像妳，就是三子一女的命。」

沈氏笑道：「三子一女已是興旺了。這北昌府，誰不說咱們子衿有福，還有龍鳳胎、雙胞胎，誰見誰喜歡。」說著，想到一事，又道：「前兒鄭太太悄悄同我打聽阿曄的親事。」

「阿曄才十二，忒早了。」何老娘警醒道：「難道鄭太太是想把她家孫女說給阿曄？」

「不可能。」沈氏道：「先不說鄭家的門第，就是鄭太太那脾性，也不能做親。我看，她就是隨口一問罷了。說來，阿念就生得好，我覺得阿曄比阿念少時更俊。」

「可不是嗎？阿曄這孩子會長，專挑爹娘好看的地方長。」何老娘對於重外孫的相貌啊才學啊，很是有些驕傲，「阿洌也沒個閨女，咱丫頭這也沒動靜，要不，姑舅做親多好？」

怪道婆婆念叨起閨女的肚皮來，原來是這個緣故。沈氏笑著附和婆婆：「誰說不是呢？」婆媳倆話些家常，沈氏想起遠在帝都的次子，「不曉得俊哥怎麼樣了？」

何老娘如今很有自信，道：「不必說，咱俊哥兒那相貌那身量那氣派，只要有眼光的，沒有不喜歡他的。」她老人家身體力行地實踐了一句話，孩子是自家的好。

相對於婆婆，沈氏則沒這麼樂觀，杜家可是大理寺卿的門第。何老娘瞧出媳婦的擔憂，與媳婦道：「我早打聽了，大理寺卿是三品官，咱阿念是從四品了，再升兩級就是三品。」

「這外地官與帝都的官不一樣呢。」沈氏道：「外地三品官，到了帝都，怕是連個從三品都撈不上呢。」

「咦？這是怎麼說的，不一樣都是官嗎？」何老娘就不明白了。

沈氏道：「我也是聽阿洌他爹說的，帝都的官金貴著呢。」

這麼一說，何老娘也不放心起來，不過，何老娘有主意：「趕明兒咱們去廟裡給俊哥兒再燒燒香，加把勁兒。實在不行，我出十兩銀子，讓咱丫頭幫著卜一卜。」

為啥何老娘總是傾向於先燒香後占卜，實在是何子衿卜卦頗貴，要十兩銀子一卦，她老人家如何捨得？故此，非得極要緊的事，何老娘方會拿銀子請何子衿幫著卜一卜。

好在這回何老娘還未破財，俊哥兒就託人將信送了回來。沈氏看完大喜，信中說杜家已是允了親事，何洌和余幸幫著準備訂親禮了。

沈氏將這事一說，一家人盡皆歡喜。

興哥兒道：「我去跟姊姊說一聲！」

沈氏笑，「你先知會一下，今兒晚了，明兒叫你姊來家裡說話。」

興哥兒應了，騎馬往姊姊家走了一趟。何子衿當天傍晚就拖家帶口回了娘家，細問俊哥兒這親事，一家人就在娘家吃晚飯。沈氏笑道：「也是妳爹多了個心眼，提前寫了封求娶的信函，叮囑了俊哥兒，要是杜家願意，就將這信拿出來，請妳舅舅與阿冽一塊送去以示鄭重。要是人家不願，就莫要再提。」說著，沈氏眼角眉梢皆是喜色，把俊哥兒和杜寺卿的信遞給閨女及女婿，道：「看來俊哥兒還成。」

「自是成的。」何子衿也為弟弟高興，一目十行看過信，方道：「先時阿念就說，俊哥兒這麼著急往帝都去，這事八九不離十。」

沈氏道：「他這親事定了，再把興哥兒的媳婦相看好了，我這輩子的心也就放下了。」

「哪裡能放下，操心完兒子，還有孫子呢。」何子衿打趣一句，又問起俊哥兒訂親的事來，沈氏道：「這麼大老遠的，咱們過不去，好在妳外祖父和舅舅在帝都。妳祖母說了，託人捎三千兩銀子過去，就按這個數目，讓妳舅舅幫著給俊哥兒置辦聘禮。眼下還不急，杜家姑娘年紀小，俊哥兒也要準備後年春闈，待春闈後成親不遲，先過六禮。」

何子衿道：「娘，您什麼時候捎東西與我說一聲，我也有東西給俊哥兒。」

沈氏一口應下。

俊哥兒這門親事，皆大歡喜。何恭畢竟也是正統翰林出身，雖是寒門起家，相較於余家那樣的官宦世族，何恭心中還是更喜歡杜大人這樣的寒門清流，官聲清正的人家。

對於俊哥兒的親事，何琪深有感觸，私下與丈夫道：「俊哥兒這親事就叫人明白，只要把孩子教得好，不怕沒好親事。」

好吧，媳婦堅持給兒子尋書香門第，鬧得江仁現在都不敢提長子的親事了。

原本江太太、江老爺和江老太太、江太爺都有些著急大寶的親事，但何琪就是這樣了不起，她非但說服了丈夫，她連公婆、太婆太公都一併說服了。何琪說了，起碼要等大寶中了秀才再議親事。

據蔣三妞說，何琪這一向節儉的性子，為著大寶的秀才試，非但去廟裡文殊菩薩那兒誠心燒香，還捐了五十兩香油錢。好吧，蔣三妞總說何琪，她自己往廟裡捐銀子亦是大手筆，以致於那些廟裡庵裡的和尚姑子見著她們師姊妹就跟見著財神爺似的，親熱得不得了。興許是心誠所至，第二年秀才試，大寶不負眾望，拿下案首。就是二郎，也得了個廩生尾巴，蔣三妞深覺有面子。無他，二郎秀才試雖不及大寶，但二郎勝在年紀小。

這喜事也是扎堆的，大寶中案首、二郎考廩生的喜事未過，宮媛就診出了身孕來，重陽樂得馬都顧不得騎，先跑外祖何家報喜，又跑姨媽家，最後到了阿仁舅舅家，腿都跑酸了。

江仁都說：「甭看大寶和二郎考了秀才，在開枝散葉上，全都不如重陽。」

重陽笑，「我是做大哥的嘛。」

媳婦有了身孕，重陽還神祕兮兮地私下找子衿姨媽，想叫姨媽幫他算算媳婦肚子裡是丫頭還是小子。何子衿道：「看不出你小小年紀，還重男輕女來著？」

「冤枉冤枉，我哪裡重男輕女？」重陽死活不認，「我就是想第一個生兒子罷了。」

這還不是重男輕女？

何子衿才不理他，蔣三妞倒是盼著媳婦生個小孫女，蔣三妞道：「我這輩子沒見過閨女的面兒，就指望著阿媛給我生個伶伶俐俐的小孫女了。」

宮媛把重陽看透了，抿嘴笑道：「相公可是盼兒子盼得緊，取名兒就取了一整張紙，都是男孩子的名字。」蔣三妞笑，「不必理他，兒女都是天意，咱家缺閨女。」

宮太太很理解女婿，同自家閨女道：「先生個兒子，妳心裡也安穩，女婿也有了後。」

宮媛氣道：「又不是只生一個，頭一胎，閨女兒子有什麼差別啊？」總是兒子兒子的，她有壓力的好不好？

宮太太想閨女懷著身子，怕她動怒，連忙哄了又哄，卻是偷偷給送子觀音很是上了幾炷香，還在廟裡許了願，就盼著閨女給她生個外孫才好。

眼下宮媛的主要任務是安胎，好在她一向健康，這有了身子倒也不必大魚大肉，只是重陽不放心，成天給媳婦買好吃的。宮媛哪裡吃得下這許多，念叨丈夫：「二弟秋闈要下場，三弟也是念書的年紀，還有爹娘，你先送去給爹娘吃才好。」

「已是送去了，老二和老三也都有份。」重陽就喜歡看著媳婦吃，宮媛吃上幾口就不吃了，重陽就全都包圓進自己肚子裡。於是，宮媛這有身子的沒見胖，重陽卻長出雙下巴。

大寶說重陽：「你可真是宮老伯的好女婿，越長越像了。」

重陽正是臭美的年紀，對大寶翻白眼道：「你趕緊念書去吧，別這剛考了案首，還沒風光幾天，秋闈便落榜了！」

「你就不興給我念念好經？」

「念經要有用，我成天給你念！」重陽還真有些擔心自己長成岳父那圓滾滾的樣兒，照過鏡子，很是清湯寡水了幾日。一直到入秋，重陽幫著幾人準備秋闈用具，何子衿又被提前預定去做及第粥，還有加持運勢的金牌，一人一塊。一大早的，秀才們吃過及第粥，就由小廝們背著考箱，重陽親自送他們往貢院去了。

宮媛問丈夫：「為何一定要乾娘煮這及第粥？」

重陽道：「姨媽有法力加持，這粥就靈驗。」當下把何姨媽會占卜的事說了。

宮媛道：「以前聽人說過，我以為是謠傳呢。」

「當然不是謠傳，聽咱娘說，姨媽小時候，找她占卜的人都得提前排號。」重陽把手放媳婦肚皮上，等著兒子早上的胎動，一邊道：「不過，姨媽現在不喜歡人家說她會占卜的事，不然那些人有個好啊歹的就找姨媽問吉凶，沒得心煩。妳知道就成了，也別往外說去。」

然而，這次姨媽的及第粥也不能百發百中。

秋闈出來，興哥兒和大寶榜上有名，二郎卻是落榜了。

其實這也是意料之中，興哥兒與大寶文章扎實，二郎年歲小，這回就是下場見識一二。自貢院出來後，大寶還病了幾日，主要是大寶不會做飯，在貢院九天，煮個粥還險燙了手，他都吃乾糧過的，難為他還能中舉，真個上蒼保佑。興哥兒說他：「讓你提前練一練做飯煮粥的活兒你不練，看吧，大冷的天兒，吃好幾天乾糧，好人也得不舒坦呢。」

二郎也不同情大寶哥，「明年就是春闈，待你好了，還是學一學做飯吧。」

大寶一向是個心裡有數的，倚著軟榻靠著錦枕蓋著繡被，道：「羅先生說我這文章春闈還是勉強，我下科不入場，過三年再說。」

二郎算了算，道：「那等我下科秋闈，倒是能與你們一起。」

興哥兒也是打算再磨練三年的。

這次中舉的還有一人，就是上科案首高琛。高琛本就是北昌府有名的青年才俊，上科秋闈落榜，已令無數人惋惜，今次榜上有名，頗受矚目。不過，讓江念注意高琛的是，高琛做了一件事，他託媒人向宮家求親，求娶宮二姑娘。

宮財主樂得險些當場就應下，所幸宮財主到底也是人老成精，高琛這樣的年輕舉人，完全可以去府城書香門第尋一門親事，為何會來他家提親？宮財主與老妻商量了一回，商量不出個緣故，宮太太道：「你說，會不會是因著咱們阿媛結了一門好親？」

「胡親家雖好，可胡親家是胡親家，咱家是咱家。再說，胡親家與江大人家，這畢竟又隔了一層，高舉人娶了咱們二丫，能沾的光也有限。」宮財主想不通，就找來兩個兒子一道尋思，仍是尋思不出個緣故。最後宮財主叫媳婦將此事與大閨女念叨一二，宮財主道：「要是商賈間的事，咱們好打聽。高舉人這裡，實在打聽不出來，大女婿畢竟在江大人身邊做事，讓大女婿幫著打聽一下此人如何。就是閨女，要實在打聽不出來，不妨到江太太家問詢，江太太是個有見識的人。」

自閨女有孕，宮太太時常過去，聞言道：「前兒莊子上送了兩頭黃羊，正想給閨女送一頭過去，我這就帶去。」

「都帶去，叫親家慢慢吃。」宮財主道。

「一頭就行了，親家家裡就那幾口人。」

「真個笨的，多送些，吃不了也能給親戚家送。」關鍵時候，怎麼反是想不通了？

宮太太一笑，「這也是。」就把黃羊都帶去了。

宮太太將此事同長女說了，宮媛亦是尋思不透，道：「要是當初高案首只是秀才公時，往咱家提親，我倒敢信。如今他這中了舉人，什麼樣的好人家求不得，怎麼倒往咱家求親，豈不叫人多思？」

「我跟妳爹也想不透。」宮太太悄聲道：「可不可能是高舉人就相中妳妹妹了？」

「妹妹見過他嗎？」宮媛道：「我與相公那會兒是因阿曦妹妹的緣故，方時常相見，那高舉人如何說的？」

「就說仰慕妳妹妹賢良。」

「這話真夠假的。」宮媛輕哼一聲。

母女倆尋思了一回，猜不出個緣故，宮媛道：「娘，您也別急，待相公回來，我叫相公悄悄打聽一下，這事兒著實蹊蹺。」

宮太太既來了，還送了黃羊，蔣三妞就要留宮太太吃飯。胡家不是外處，兩親家一向處得好，宮太太便在胡家吃午飯。用過午飯，宮太太告辭離去。蔣三妞沒好問媳婦親家母過來可是有事，但看宮媛眉梢微鎖，不禁道：「有何事這般為難？」

因重陽要傍晚才回來，宮媛便打發了丫鬟，悄將此事說與了婆婆知曉，「這也實在稀奇，我家一介商賈，向來被讀書人看不起的，這怎麼會……」宮媛自己能嫁給胡文，就很叫別個商賈人家羨慕了，何況高琛是正經的年輕舉子。

見婆婆的臉沉了下來，宮媛的話都沒說完。

蔣三妞倒不是生媳婦的氣，畢竟媳婦知道什麼呢？蔣三妞是想到陸家那事，餘怒難消。見媳婦面有憂色，擺擺手道：「不是為妳。」又道：「虧得妳沒把這事與重陽說，倘是說了，又要有一場氣生。」接著低聲將當年陸大姑娘違禮的醜事與宮媛說了，蔣三妞道：「當年要不是看著陸太爺和陸老太太的面子，我定不能這樣算了的。如今咱家日子過得好，陸家也回了鄉下，我已是將此事忘了，妳提起高舉人，我方想了起來。按理這事高舉人也是無妄之災，說來他是這北昌府有名的青年才俊，這親事其實也不錯。」

宮媛何其伶俐之人，道：「要說親事自是好親事，只是高舉人哪是真心求娶我妹妹的。」

宮媛厭煩高舉人此舉，「這人也忒有心計了些。」

「沒些個心計，也辨不出這樣的事啊？」蔣三妞氣一回，心情也就平復了「這事莫要讓重陽知道，妳打發個人請親家太太過來，悄悄說與親家太太知道。也莫往外傳，咱家日子正好，倘再有閒話傳出，陸家已回老家，到底還是咱們臉上不好看。」

「母親放心，我曉得。」

何子衿得知高琛向宮家求親之事，倒沒多想，就是覺得有些彆扭。

何子衿道：「咱們摸著良心說，陸家之事與高舉人其實無甚關連，要是因此遷怒，對高舉人未免不公道，可陸家之事畢竟羞恥，倘離得遠遠的倒還好說，這要是與重陽做了連襟，彼此不嫌彆扭嗎？」

江念道：「高琛不是這樣的人。」要是怕彆扭，就不會託媒人去宮家提親了。

「我不是說他彆扭，我是說重陽彆扭。」何子衿更多的當然是考慮重陽的感受，「這高舉人倒也是個女婿的好人選，可聽說他娘很不怎麼樣，不曉得宮家會不會動心。」

自從宮胡兩家做了親，江念就不管宮財主叫宮胖子了，江念道：「宮財主啊，那可是個心裡有數的人。」

江念認為宮財主最讓人另眼相待的地方就在於，相對於錢權，這位財主把自己家人看得更重，不然當初胡家求親也不會那樣費事了。江念這些年與商賈打交道的時候不少，這些商賈知道他夫妻恩愛，那些手段無處使去，但據江念所知，為了攀附權貴，商賈家把女兒給人做小的都不在少數。有一些女孩兒做小的都算有下限的，還有那等無下限的，直接就將女孩兒送到高官府裡，就這麼沒名沒分的，日後如何，全看女孩兒自己的造化。可以說，當初重陽看上的倘是別個商賈家的閨女，估計親事一說就成的。

然而，正因宮家有這份骨氣，江念方格外高看一眼。

江念揣測著，宮財主倘知曉陸家之事，自己就能回絕高舉人的提親。

事實亦如江念所料，宮媛把當年陸家之事悄悄告訴母親，宮太太又與丈夫說了。宮財主沉吟片刻，道：「這親事還是罷了，不然以後兩個女婿要怎麼來往，反生事端。」

宮太太道：「高舉人能來提親，可見並不在意前事了。不過，看阿媛的意思，胡親家那裡有些過不去。」

「高舉人自然是無妨，他又沒吃什麼虧，但重陽臉面上如何過得去？」高琛現在又不是自家女婿，宮財主自然是要為重陽多著想，「再者，我總覺得高舉人所圖不小。他以後是要走仕途的，咱們小家小戶，還是過自己的小日子罷了。」

宮太太問：「高舉人是不是瞧著胡親家與江大人、何大人都是親戚，方來咱家提親？」

宮財主搖頭，「不好說。按理，高舉人這般少年俊才，想謀一門官宦人家的親事非難事。他與官宦人家聯姻，正經女婿，岳家焉能不提攜幫襯於他？」

「那也不一定，咱們北昌府讀書人本來就少，這諸多大人們都是外派的官，雖然江大人與何大人不是官職最高的，可說起來，我覺得其他官老爺都不比他們。」

宮財主好笑，「其實官老爺咱也不認識呢。」

宮太太嘆口氣，又說起高舉人來，道：「要是單看高舉人，委實是一樁好親事。」

「罷了，閨女做親，必要尋一心求娶的才好。高舉人論才幹，自然是一流，可做女婿，還是大女婿這樣的好。沒成親時就那般熱誠，成了親，咱們阿媛那臉上就沒露過一絲不痛快，回娘家也是小倆口一處來一處走，有說有笑的。女婿與大郎和二郎處得也好，一家子親親熱熱的。」宮財主道：「這樣的日子，縱不如何富貴，日子過得歡喜。」

「這也是。」宮太太雖有些許惋惜，仍是聽從了丈夫的決定，「其實高舉人雖好，他那老娘委實夠嗆，爹是個只曉得花錢的，娘呢，摳門得很，家裡又窮。要不是高舉人才學出眾，這門親事啊……」說著搖了搖頭，「一樣是做長媳，高家的長媳可不好做。」

事實上，說高家窮，是宮太太相對自家而言。高家也是有一二百畝田地的，何況高琛中了案首，官學還有一筆獎勵。總地來說，高家雖不富，但也是衣食無虞的人家。

當然，高琛要是想將家族從衣食無虞的階段帶到更高的社會階層，這其間所要付出的辛勞不是一星半點兒。如果是一家子明白人，宮太太倒也不怕閨女吃些苦，大不了他們家裡多幫襯些，可就是高琛那對父母，那可不是好纏的。

如此思量，宮太太便尋來媒人婉拒了這樁親事。

此事蔣三妞雖說不叫重陽知道，重陽又不是聾子瞎子，他成天在江按察使身邊，在北昌府認識的人多，家裡無人與他說，他在外頭也知道了，還問了媳婦一句。

宮媛有些意外，「你如何曉得的？」

重陽端起盞茶慢慢吃著，道：「我又不聾，聽也聽說了。」

宮媛看他臉色尋常，就與他說了，「我家裡就這幾口人，除了兩個哥哥，就是我與妹妹。家裡雖不是什麼權貴人家，爹娘也沒指望我跟妹妹去高攀。我娘打聽了，高舉人家裡就不好相處，弟弟妹妹倒還好，聽說高舉人他爹不通庶務，很不懂得經濟，家裡並不寬裕，還常亂花亂用。他娘又是個挑剔摳門的，我們倒不是嫌他家窮，可這樣的公婆，做媳婦的得多操勞啊。我爹和我娘商量了，就回絕了高舉人的提親。」

「回絕了？」

「是啊！」宮媛瞪丈夫一眼，「他雖是舉人，難道我家就一定要高攀啊？」

重陽陪笑，「話不是這麼說，現在他風頭正盛，誰說起來可都是乘龍快婿的人選。」

「好不好得看怎麼說。」宮媛一句沒提陸家之事，男人哪個不要面子，且事既已過去，又有何好提的。宮媛道：「我家結親，向來得先看親家門風人品的，我跟妹妹都不怕吃苦，就怕受氣。甭看高舉人家裡人口也簡單，可他爹娘難纏，也看不到高舉人有多大誠意，難不成我妹妹就為嫁給個功名？你也忒小瞧我家了。」

「我哪敢小瞧妳家啊，我跟岳父岳母多好，小姨子這親事雖然未成，後頭說不定會有更好的呢。」重陽就是一想到高舉人就想到陸家，想到陸家就有些不痛快。雖然心裡也知道與高舉人無干，但怎麼說呢，人就是這樣富有情緒的生物，這是情感反應，重陽也沒法子。

宮家回絕了高家提親，媒人雖有些瞠目結舌，覺得宮財主是不是腦袋被驢踢了，這樣的好親事都不應，打算怎麼著啊！就你宮家，有錢是有錢，可不是媒人說狂話，今日拒了這親事，包管打著燈籠再難尋。好在雖是拒了親事，宮太太還是給了媒人二兩銀子，沒叫媒人白跑這一趟，如此，媒人心中的怨氣方少了些。

高琛大概也沒料到宮家會婉拒親事，他給媒人備了份薄禮，亦未再多說什麼。就是媒人又說了幾家姑娘，高琛都含糊了過去。第二日，高琛就給宮家遞了張帖子。

宮太太見到高琛的帖子，有些驚訝，宮財主道：「那明兒我便見一見高舉人。」

宮財主甭看社會地位遜於高琛，可他畢竟在商界打滾了大半輩子，有功名的人見多了，就是北昌府的官老爺們，打過交道的也不少。

宮財主笑咪咪地拿出好茶好果招待高琛，一口一個高老爺，並不因高琛年輕便拿大。

高琛甭看年輕，出身也尋常，應酬功夫竟然不錯，與宮財主寒暄片刻方進入正題，高琛道：「我知不論我自己，還是我家，都有許多不足。您可能以為我提親誠意不夠，如果是那樣，那您就誤會我了。」

「高老爺啊，要是說現在北昌府的乘龍快婿，您絕對算一個。」宮財主極為懇切，「我一個土鱉商賈，要說這樁親事，也是我家配不上您。說這些話，您大概以為我宮胖子不實誠。高老爺您年輕幾歲，我宮胖子年長些，我與高老爺說一說我這些年的心事吧。」

「這在北昌府也不算什麼祕密，我高胖子原是縣裡一小吏，因剿匪時受了傷，沒法再在衙門當差，就轉行做了商賈。後來有了銀子，攢了家當，認識的人多了，經過的事也多了。不瞞您說，當年在老家剛換了大宅的時候，就有媒人想給我說個二房，家裡也有丫鬟暗送秋波的。別看我現在胖了，以前勉強也算英俊，男人對著鮮花嫩柳的女人，有幾個不心動的，可想一想，媳婦孩子那些年陪我吃過的苦楚，有銀子就納二房，雖則老妻說不出什麼，即便有了庶子庶女，比起老妻所出的，也是差上半個頭，可她心裡如何好過呢？我就告誡自己，當初想賺錢是為了讓家裡人過好日子。什麼是好日子，錦衣玉食？清粥小菜？許多人可能會說錦衣玉食就是好。」宮財主道：「我活了大半輩子，雖未讀過多少書，倒也有些感觸。窮時慕富貴，騎驢望走馬，待到了我這把年歲就明白了。這日子窮過富過，一家子歡歡喜喜，就是好日子了。高老爺不是哪裡不好，我說句心裡話，您是太好了。您與我這樣的只滿足於金銀富裕的人不同，您是有大志向的人中龍鳳。這並不是吹捧您，這世道我不過是行卑賤的商賈之事，這些年都不知經了多少苦楚。您的志向就意味著將來您要走的路，必有無數艱辛險阻。雖眼可見之榮耀，我卻是只願女兒過些簡簡單單的小日子。」

宮財主這般說，高琛不好再說什麼，最後只能起身告辭。宮財主一路相送至門口，待要出宮家大門，高琛忽然在宮財主耳際道：「不是因為胡公子吧？」

宮財主臉色一變，望向高琛，高琛也看著宮財主，宮財主坦言道：「有這方面的原因，但此事是我深思熟慮後做的決定。」

高琛微微頷首，告辭離去。

宮家回絕了親事，親事便到此為止了。

事實上，高琛也算是個奇人，一日，天氣晴好，江按察使帶著媳婦孩子們出城爬山的時候，竟然遇到了他。

何子衿並不認得高琛，可也瞧出來了，這人看向江念的目光似是有事。

何子衿笑與江念道：「雙胞胎累了，我帶他們到亭子裡休息一下。」

江念道：「好，山上風大，叫人用圍帳把風口擋住。」他有個會過日子的媳婦，自己也不吝於享受，故而哪怕爬山也頗有準備。下人們帶茶帶水帶著爐火還有圍帳，就是怕山上冷，歇腳時用的，其實還帶了些小吃。雙胞胎有個毛病，但凡出門的日子，定要在外頭吃飯，這飯吃得才香。雙胞胎已經在嘀嘀咕咕發表意見，想要吃小籠包了，這是出門時廚下蒸好的。

江念不願與高琛在這裡說話，怕掃了妻兒的興致，遂道：「這裡歇腳是好的，不過，最好的風景不在這裡。」

高琛連寒暄都來不及，就隨著江念繼續往山上爬了。高琛總覺得，他那些心思在江念這裡似乎已被看穿看透。好在他自認心懷坦蕩，倒還能平靜以對。

兩人沿著蜿蜒崎嶇的山路一直向上，深秋無景可賞，卻是有些未化積雪零落於樹蔭下，不成形更不成景。江念不說話，高琛原是伶俐人，就想尋些話題，所幸他沒談論天氣。

高琛道：「常聽人說大人休沐日喜歡到這裡爬山。」

「等了幾天？」江念問。

「我運道不錯，只等了半個月就等到了大人。」

「你秋闈的名次不錯，我還以為你會參加明年的春闈。」

江念知道他的秋闈名次，高琛並沒有什麼竊喜之處，他中秀才的年紀，江念當年已是探花。他今科只是名次不錯，但據他所知，江念當年案首之後第一次秋闈便是解元，及至帝都春闈，更是一榜探花。江念有過目不忘之才，知道他的名次有何稀奇的。就是他那在許多人眼裡還不錯的名次，在江念這位年輕的前輩面前，並沒有任何耀眼之處。

不過，江念的話還是要答的，高琛道：「我的文章在北昌府還算可以，但想在帝都與天下舉子一爭，怕還是要多加磨練。」

江念不置可否，及至山頂，雖有暖陽當空，但獵獵山風之下，高琛縱一身大毛衣裳，仍不由打了個噴嚏。江念看向五喜，五喜取了件大毛斗篷，江念示意高琛穿上。高琛倒也不矯情，道了聲謝，就接過衣裳披上。

這座山並不高，但自山頂向遠方極眺，整個北昌府盡收眼底。江念道：「跂高而望，不若登高之博見。」說著，看向高琛。

跂高而望，不若登高之博見。這句話意思是說，我踮著腳看遠處，不如我站在高處看得更高更遠。高琛自然知曉此句，但此時江念說出來，他就有些不明白了。江念倒沒弄什麼玄之又玄的事兒，他接下來就把話說明白了：「這座山高嗎？」

高琛道：「不算高山。」

「對，但從這裡已可以望見北昌城。」江念接著換了個話題，問道：「你這麼處心積慮來見我，不怕我著惱？」

高琛的聰明之處就在於，他沒有說什麼「大人胸懷寬廣」的廢話，他道：「我聽說當年陸家之事被些許小人知曉，有人想在我功名上動手腳以討好大人，倘當年非大人護我一護，怕就沒我今日了。」對陸家之事，高琛當真是無妄之災，可世間從不乏小人在，高琛當年雖是案首，但案首不過秀才功名，對於江念這樣的高官而言，收拾他一介秀才，不過舉手之事，但江念對陸家都未出手，何況一個高琛？

「原來是有所倚仗。」

「學生能倚仗的，無非就是大人的胸襟。」

真個拐彎抹角的馬屁，江念道：「你來見我，不是為奉承我而來。」

高琛搖頭，「說不清，就是心裡想來見大人。」

「你想來見我，但你的心事卻又不好說。」江念問：「你想從我這裡得到些什麼？」

這話問得，高琛是當真不好說了，江念道：「那我就隨便說幾句。」

「大人請講。」

「你心裡那說不清的感覺，就來自於你腳下這座不夠高的山，你只看得到北昌城，所以會有你心中的那些煩惱。早些去帝都吧，到了帝都就會明白，現在這座山委實太矮。高琛，你的眼界應該放得更寬闊高遠，那時就不會有這些煩惱了。」野心家該有野心家的舞臺。

打發走了高琛，江念下山，見亭中已生起炭火，雙胞胎正蹲在一旁烤肉。

江念笑道：「剛剛不是說要吃小籠包嗎？」

雙胞胎異口同聲道：「小籠包吃過了，還想吃烤肉。」

江念接過子衿姊姊遞來的熱茶，呷一口道：「嗯，多烤些。」

受到父親的鼓勵，雙胞胎烤得更起勁兒了，龍鳳胎想幫忙都插不上手。

何子衿問：「那位就是高舉人嗎？」她不認得那人，阿曄卻是認得的。

江念點點頭，未再多言。

及至回家，讓孩子們各去休息，何子衿與江念洗漱後坐在暖炕上說著家常話。何子衿有些不大理解這位高舉人，道：「他到山上等你做什麼呀？宮家回絕他的提親，難不成想託你向宮家說好話？」

「妳想哪兒去了，他可不是這樣的人。」江念臉色微沉，指尖在膝下輕輕敲動幾下，「他當是猜出了些什麼。」

「猜出什麼？」

江念輕聲道：「阿冽娶的是巡撫的孫女，俊哥兒定的是大理寺卿家的姑娘，高舉人是個有野心的人。」還有就是，他升官升得太順利，怕也是叫這位高舉人著重分析過了，不然今日高舉人要等的該是岳父，而不是他了。

何子衿想了想，道：「他頂多是看咱們家近些年順風順水想搭個順風車，要說別的，我不信他能猜出來。」

「那些他自是猜不出來的。」江念道：「不過，一個舉人都注意到了，想來注意咱們家的人不在少數了。」

何子衿道：「咱們已是很低調了。」

「管他呢。」江念拉了子衿姊姊一塊在炕上靠著枕頭，笑道：「在這北昌府自由自在的也挺好，我時常想，像余巡撫那般，在北昌府待個二三十年，或者到了不想做官的時候，咱們就致仕回鄉，如何？」

何子衿笑，「這自然好。」又悄悄問：「高舉人這種，無非就是自己在心裡忖度，以為咱們家有什麼大靠山。你說，余家是不是知道些什麼？」

江念點頭，「不止余家，就不曉得杜家是不是也知道了。」

「余家是太后娘娘的親戚，知道個一星半點兒不算什麼，杜家不是寒門出身嗎？他家能有上層的路子？」

「哎喲，我的子衿姊姊，那杜大人能做到大理寺卿，能是尋常寒門嗎？」

何子衿微一琢磨，也就明白了，感慨道：「你說，這些人怎麼這樣急？阿冽和俊哥兒說起來，總是遠了一步。」

江念並不抗拒聯姻，「阿冽和俊哥兒也沒什麼不好，與他們倆聯姻，更是近可攻退可守，阿曄幾個就太近了。再說，阿曄還小，雙胞胎更小，等他們長大，一樣要成親生子。」

「也會像阿冽和俊哥兒一樣，娶高門大戶家的小姐為妻嗎？」

「門第上我倒不大在意，先要他們自己喜歡才好，主要還是要看姑娘家的人品才幹。家族想要長久，靠的不是姻親，而是自己。」

「這話很對。」

江念一笑，攬子衿姊姊在懷裡，兩人靜靜地靠在軟枕上。

江念忽然道：「那個高琛的性子，很像徐禎。」

何子衿想了一會兒方想起那是誰，她道：「野心勃勃的人，什麼時候都不缺。」

江念只是突然感慨一句罷了，不過，還是希望高琛能走出一條平穩安全的道路來，至於太多的交集就不必了。

剛進十月，宮媛產下一子。

重陽這樣形容他兒子：「那眉眼，那鼻樑，還有那嘴巴，那臉形，跟我似一個模子刻出來的，不差半點。」

大家參加過小寶寶的喜三禮，阿曦很實在地說：「重陽哥眼睛是不是有毛病啊？小郎哪裡長得像重陽哥？一點都不像他，特別像宮姊姊。」

阿曦是女孩子，可以跟著她娘到宮媛的屋裡看小寶寶。阿曄等人，年歲稍大了，叔嫂有別，不好進去。雙胞胎倒能冒充小孩兒跟著去看小寶寶，也很贊同姊姊的話，點頭道：「根本不像重陽哥，像宮嫂子。」

待到小寶寶滿月酒時，大寶幾人瞧了，都說不像重陽。好吧，堅持小寶寶像重陽的，恐怕除了重陽，就是重陽的岳母宮太太了。宮媛因是頭一胎，且他們夫妻恩愛，故而對兒子閨女都不介意。胡文和蔣三妞也是這般，他們只有三個兒子，連個閨女都沒有，用蔣三妞的話說，倒是盼著媳婦生個小孫女來著。要說最盼兒子的，除了被媳婦訓得不敢當著媳婦的面提喜歡兒子的兒子他親爹重陽外，就是宮媛親娘宮太太了。宮太太是個很樸實的人，她很樸實地認為，只有閨女生了兒子，才算在婆家真正站住了腳，所以，宮太太是極盼望閨女給她生個小外孫的，如今可算天遂人願。宮太太當時在送子觀音面前許下大願，如今心願得償，光還願都花了五百兩銀子，可見其心誠。自有了小外孫，宮太太那眼神就跟重陽女婿一樣了，成天念叨：「哎喲，看我外孫這眉眼，多像女婿啊！」

好吧，這是一對眼睛有問題的岳母與女婿的組合。

不管怎麼說，重陽得了長子，那叫一個歡喜不盡，就是胡文、胡太爺，都不由多吃了幾杯酒。江仁夫妻有些羨慕，直誇重陽有出息。

在這個年代，能早早為家族開枝散葉，絕對算得上是有出息了。

其實不止江仁夫妻，江家一大家子都羨慕得不行，畢竟他家大寶也不過小重陽一歲多罷了。大寶這功名上倒是爭氣，可這親事上，就遠不如人家重陽非但早早娶了媳婦，現在連兒子都抱上了，何等樣的福氣。

何琪就跟丈夫商量起兒子的親事來，江仁到底是男人，拿得定主意，道：「親事原也不是能急的，妳看重陽先前，三妹妹急成啥樣，還有些波折，最後定了宮家姑娘就很好。妳慢慢尋摸著就是，有好姑娘莫要錯過。若一時沒有可心的，慢慢等就是。這親事啊，還是得講究個機緣。」像他當年，他娘給他說了好幾家，他就相中了媳婦。

「是啊，重陽機緣就好，你看重陽跟他媳婦，自成親到現下，臉都沒紅過一次，好得跟什麼似的。」何琪壓低了聲音道：「不是我說這話，就是原先陸家沒出那事，當真成了親事，怕也沒有如今這樣好。」

「這是陸家那姑娘沒福。」江仁道：「原先瞧著重陽打理鋪子就眼皮淺，眼下多少人都說宮家這親事結得好。」

何琪說一回重陽，又說回自家長子身上，道：「經了重陽，我就琢磨了，咱們大寶最好也尋這麼一個可心合意的，以後他們小倆口也和睦。」

「很是。」情分好的夫妻，給兒女尋親事時也是盼著兒女以後的婚姻生活能如自己這般方好。就是何琪瞧著重陽與宮媛小夫妻那蜜裡調油的日子，都把自己以往那好強的心稍稍收了些，想著兒子不算不爭氣了，以後也養得起妻兒，只要兒子喜歡，何琪就也願意的。

何琪這裡如此想著，再加上婆婆、太婆婆時不時念叨起重陽的兒子，還三不五時過去看望，何琪不由自主便加快給兒子說親的進程了。

無奈這事真不是何琪想快就能快的，與重陽當年很積極相親或者自己也知道留意周圍的女孩子不同，大寶完全一副和尚樣。就是對重陽家的小郎，大寶也就是看看，他生怕小郎會尿尿，尿他身上啥的，用何琪的話說：「瞎臭美。」

何子衿笑道：「這是大寶還沒開竅，看以後他有了兒女，就稀罕得不行啦。」

何琪無奈，「我都說他是念書念多了，這上頭就不如重陽明白得早。」

蔣三妞做了祖母，有孫萬事足，笑呵呵地道：「師姊，妳以前也不急，這是見著小郎，自己急著抱孫子，就催起大寶來。要我說，妳放緩些也沒什麼，一則大寶還未開竅，二則大寶現在全是讀書的心，他要是科舉順遂，能四年後春闈及第，屆時在帝都說一門親事，於他官場之上還能多些助力。」

「原本我是這樣想的，」何琪道：「可如今我已是明白了，什麼門第不門第的，我是把心放得太高了。有時回頭想一想，小時候過的是什麼日子，那會兒哪裡敢想有現下？就說大寶吧，如今是正經舉人，於我家已是光耀門楣，我家太爺、老爺都說什麼時候回鄉祭祖來著，我也當知足了。何況，見著重陽與他媳婦這般相敬相親，不瞞你們，我這心早就想開了。什麼叫好，他們小倆口高興就是好。要是小倆口不痛快，以後就是娶個公主，那樣的日子，也不能說得上一個好字。」

蔣三妞笑，「師姊這話在理。在咱們做父母的來說，孩子們好了，咱們也就好了。」

「就是這個理。」何琪笑著，說起北昌府的閨秀來，讓何子衿與蔣三妞幫她參詳一二。

做父母的有做父母的煩惱，孩子有孩子們的事，這一日，阿曄回來就跟他娘要老參，阿曄說起來十分生氣，道：「學裡隋夫子病了，我請小竇叔叔幫著診了脈，小竇叔叔說要用十年的老參配藥，娘，您拿根參給我，我送去給隋夫子。」

隋夫子是官學裡教經學的先生，何子衿以前去過官學，認得這位隋老先生，這還是位舉人老爺呢。隋夫子的兒子就在官學念書，年紀與阿曄差不多。何子衿命丸子去取參，道：「十年的參取兩支過來，再拿一匣紅參，瞧著當用的藥材都收拾一些來。」

丸子下去取東西，何子衿才問阿曄怎麼回事。

阿曄飲了半盞溫水，方道：「隋師姊前些天從夫家秦家回來了，好像是丈夫要娶小老婆，隋師姊氣壞了，小隋也氣得了不得。五天前隋夫子同學裡請假，去妹妹家說理。聽小隋說，他姑媽良心都壞了，為著個狐狸精，滿嘴說隋師姊的不是。隋夫子在臨江城就氣病了，請了大夫瞧了，吃藥也沒見好，這才回了家。我知道此事，就讓五喜請了小寶叔過去，小寶叔說不是太嚴重，但也得養上一段日子方好。」

丸子取了藥材來，阿曄看了一眼，見是參茸一類，尤其細瞧了那兩根十年參，帶上就往外走，還說不要等他吃飯。何子衿問丸子：「五喜和六喜跟著阿曄吧？」

丸子道：「跟著呢。」

何子衿就放心了，「明兒叫人去打聽一下隋家的事。」

丸子連忙應下。

隋家這事，倒不必特意打聽，連蔣三妞和何琪都聽說了。兩人來何子衿這裡說話就說起了此事，蔣三妞道：「這位隋先生不論人品還是教課都是極好的。」

何琪也說：「是啊，大寶的課業，隋先生幫他批改就格外仔細。大寶考秀才考舉人，隋先生可用心了。大寶中舉人的時候，我還特意備了禮，打發他去隋先生那裡致謝來著。」又罵隋姑娘的夫家，「真個沒心肝的，聽說隋姑娘嫁的就是嫡親的姑媽家。這可是親侄女，如何能這般作為？還真為個外頭小婊子，把自己親侄女這般作踐。」

蔣三妞悄聲道：「我聽說隋姑娘入夫家門三年沒動靜，那秦家就急了。重陽打聽了說，不是什麼外頭隨隨便便的女人，是隋家另一位姑太太家的姑娘，而且不是做小，是要兩頭大，效仿娥皇女英，娶做平妻。妳們想想這事，一個是兄長家的侄女，一個是妹妹家的外甥女，那秦太太能偏著隋姑娘才怪呢。要我說，要真是個明白人，也辦不出這樣的事，顯得自己娘家親戚多不值錢。怎麼是個姑娘就得往表哥屋裡送啊，叫婆家人如何想？要不是這樣的荒唐事，隋夫子怕也不會氣吐血。」

何琪不知此內情，乍然聽說，深覺匪夷所思，半晌方道：「竟然有這樣的事？這兩位隋家姑太太是怎麼想的啊？隋小姑太太就這樣讓自己閨女給外甥做小？」與何子衿相識的時間久了，何子衿早就給兩人普及過平妻這種不法生物。什麼平妻啊，完全是自欺欺人，律法上從來不承認平妻這種存在。說得好聽是平妻，實則那就是個妾。

蔣三妞對隋家兩位姑太太很是瞧不上，道：「要是有骨氣，自不會如此。那隋小姑太太據說家裡很不怎麼樣，不然哪裡會讓閨女這般。那女孩子也是不知所畏，寧可嫁個小門小戶過揚眉吐氣的日子，卻與表姊爭起表哥來。」

何子衿道：「隋夫子人品不錯，如何兩個妹妹都這般糊塗？」

「這裡頭的事說來就遠了。」蔣三妞消息靈通得很，道：「隋夫子與這兩位姑太太，原非嫡親姊弟，是隔房的堂姊弟。聽說是先隋大太爺無子，就把弟弟家的兒子過繼了來，就是隋夫子了。其實要我說，沒心肝的人，隔不隔房都是沒心肝，哪裡在於隔不隔房？拿至親骨肉秤斤論兩的畜生也不在少數，就更不必提這兩位隋家的姑太太了，大概是覺得現在用不著娘家兄弟了吧，不然哪裡會做下這般打臉之事？」

何琪嘆道：「可不是嗎？」

隋夫子家的事折騰了大半個月，阿曄還參與了一場打架，回來時嘴角都青了一塊，說是幫著小隋把秦家的人打跑了。

他娘幫他擦藥膏，阿曄還義憤填膺道：「簡直豈有此理，竟然敢送休書來？隋師姊一把將休書甩到姓秦的臉上，拽過那姓秦的衣領就是一頓耳光。秦家跟來的人要出手，我們也不能讓隋師姊吃虧啊！我個子小，虧得靈活，我打了好幾個，就挨了這一下。大寶哥才厲害呢，大寶哥跑出去拿了根這麼粗的棍子，真是一個頂十個，我當時也該尋些武器的。」

何子衿戳戳阿曄受傷的唇角，阿曄疼得皺眉，「娘，您輕點兒，不能戳。」

何子衿說他：「不論打架還是別個，人家畢竟是隋夫子的親戚，這麼人頭打成狗頭，你們隋夫子臉上豈會好看？」

阿曄道：「原也沒想打，就是想著小隋家裡人口有限，隋夫子和隋師母都上了年紀，隋師姊又是個女流，小隋也小，我們是想著幫忙壯個聲勢。實在是秦家人太可氣，哪裡有上門送休書的，送也當是送和離書，不然隋師姊以後怎麼著啊？這和離的跟被休的可是不一樣。」

哪怕如北昌府這樣民風開放的地方，女人仍屬於弱勢團體。當然，北昌府出頭露臉的女人也多，可真個談婚論嫁，那也是出身、性情、品貌等各樣都要拿出來明列比較的，而再婚的女子，和離的與被休的又完全是兩種概念。一般能和離出夫家的，世人就覺得女人本身並無大的過錯，而被休的女子想再尋一門好親事，不能說是做夢，但也是難上加難。

阿曄儘管想為隋夫子分憂，但他的主業還是要在學裡念書，隋夫子自己也不是個任人欺的。隋夫子在官學教學多年，總有自己的人脈，待隋夫子養好身子，親自去秦家談判，秦家最終還是出了份和離書，而且除了歸還隋姑娘的嫁妝，還補償了隋姑娘一百兩金子，約合白銀千兩。隋夫子豈會要秦家的銀子，但隋夫子涵養甚好，只是淡淡拒絕了。秦家卻也不想把隋夫子得罪得太狠，非要給。隋姑娘頗有氣性，將一盤金錁子摔在秦家人面前，冷聲道：「既撕破臉，還談什麼親情道義，不若就此一刀兩斷！」

這事阿曄知道得如此清楚，是大寶與他說的。大寶都考出舉人來了，他本就是隋先生的得意門生，今見隋先生家中有事，自然不會袖手。大寶在家裡調了些年強力壯的侍衛，一道陪著隋先生到秦家撕擄此事，故而，大寶算是個親歷者。

不管怎麼說，隋夫子家事理理清楚，也到了過年的時節。

阿曄特意跟他娘說，今年給隋夫子的年禮裡多放幾樣藥材，似乎自閨女和離之事後，隋先生身子就一直不大安穩。想想也是，五十幾歲的人了，怒極吐血，定是傷了根基，即便有小寶大夫時常把脈調理著，也不是一日兩日能好的。

好在隋先生有幾個不錯的學生，像阿曄、重陽、大寶幾個，時常打聽著隋先生需要什麼藥材，就給隋先生送去。

這年頭師生關係本就是極親近的，這樣的事算是尋常，並不如何惹眼。

何子衿見兒子小大人似的，笑道：「行，待擬好禮單給你看過。」

阿曄點點頭，跟他娘商量明年考秀才的事，何子衿道：「急什麼，明年你不過十三。」

阿曄道：「我這不是急著青出於藍嗎？」倒不是阿曄急，實在是他老子當年科考太凶猛，讓阿曄這做兒子的很有壓力。

何子衿道：「你爹當年是急著考出案首好自立門戶，要不是如此，他也不會急著那麼早考秀才了。要我說，你不用急，你爹是案首、解元、探花，你拚年紀不一定拚得過他，我可沒聽你爹說你有案首之才。你好生念書，爭取以後考個狀元，就算青出於藍了。」

「娘說的也在理。」

阿曦簡直聽不得她娘她哥這狂話，道：「娘，聽你們這般說，好似不是考狀元，好似吹口氣似的。那狀元是好考的？我爹都沒考中狀元，我哥就能考中？你們咋那麼狂呢？」

她娘與她哥表示：「狂嗎？」

阿曦道：「你們就差上天啦！」

阿曦同朝雲祖父說起她娘跟她哥來，「哎喲，在外頭謙虛得不得了，在家裡各種大話，都沒了邊兒，說得那狀元好像就我家囊中之物一般。」

朝雲道長微微一笑，「這有何稀奇的，妳娘小時候就這樣。妳爹考秀才試之前，別人在妳娘面前說妳爹有才學，妳娘都是『小孩子非要試一試，只當讓他長些經驗』，回頭就同我說『哎喲，我把我家阿念中案首放的鞭炮都買齊了，兩千響的小鞭炮，買了二十串，二踢腳一箱，到時可得好生熱鬧熱鬧』。」

朝雲道長模仿何子衿人前人後的兩個樣，那口吻維妙維肖，逗得阿曦哈哈大笑。

阿曦連聲道：「對對對，我娘就是這樣。」

朝雲道長笑呵呵道：「看來，阿曄還是更多像妳娘。」

「可不是嗎？我哥在外頭也謙虛得不得了，在家裡就一副他才學如何了得的嘴臉。」阿曦很認真道：「這樣多不好啊，就是心裡這樣想，也不該說出來才是。」

朝雲道長笑說：「嗯，阿曦像阿念。」

阿曦心裡很高興朝雲祖父這樣說，因為在阿曦看來，她爹比她娘比她哥都有格調，這當然是誇獎的話。不過，阿曦很會花言巧語地哄人，她仰著一張粉嫩圓潤的小臉，道：「我跟著祖父長大的，當然是像祖父了。」

朝雲道長被她逗得一樂。

為此，阿曄的評價是：「別看我妹每天好像多大義凜然似的，在家說句心裡話被她聽到她都會說你狂，不謙虛，其實她自己才是個馬屁精。」成天拍長輩馬屁。

阿曦是不曉得她哥對她的評價，若是曉得，兄妹倆必得拌一次嘴不可。

當然，自從知曉隋姑娘的事情後，阿曦現在不是拌嘴了，她改了口頭禪，現在都是：「小心我和你絕交喔。」

不過，阿曦是不會承認她受隋姑娘影響的，她現在已經給自己定位，要走淑女風，她還時常勸隋姑娘：「要溫柔，要溫柔，要溫柔。」

隋姑娘看她一副小大人似的模樣都覺得好笑，阿曄私下說他妹：「以前隋師姊可溫柔了，妳不還說人家無趣嗎？」

阿曦眨眨眼，「我以前見過隋姊姊嗎？」不會吧，她怎麼不記得自己以前認識隋姊姊。

阿曄道：「有一回妳去學裡找我，我要玩蹴鞠，就把妳託給隋師姊照顧，人家還請妳吃米糕來著，妳忘啦？」

「咦，那是隋姊姊啊？」阿曦終於想起來了，不由感慨道：「這秦家是怎樣的龍潭虎穴，怎麼把隋姊姊變成這樣了？」

阿曄心說，妳不就愛和這樣的人來往嗎？看她妹妹的好朋友，宮嫂子是一個，常把他重陽哥訓得一句話都不敢還嘴。還有蘇參政家的蘇冰是一個，何二郎多溫文爾雅的性子啊，那個蘇冰就跟個小辣椒似的，尤其那張嘴，還總笑話他們詩社寫的是小酸詩。話說，妳一丫頭知道啥是詩不？有時，阿曄都想反問蘇冰一句，奈何覺得那樣不大好，就憋著沒說。再有就是隋師姊了，人家溫柔如水的時候，他妹都吃過人家的糕了，還對人家視而不見。如今隋師姊和離了，還變成了半個母老虎，她妹就顛兒顛兒同人家做起了朋友。

就他妹這品味，還成天說自己如何溫柔好脾氣。也就是阿曄了，自小到大適應了他妹這種種口是心非的言行，不然早就找個沒人的地方吐上一吐。

這一年的新年，依舊熱熱鬧鬧，雙胞胎在新年許願，希望明年他們娘給他們生兩個小弟弟或是小妹妹，把大家逗得一樂。

阿曦問他們：「你們怎麼這樣盼弟弟妹妹啊？」

雙胞胎齊聲道：「有了弟弟妹妹，我們就能管人啦！」現在他倆在家裡屬於被管的地位。雙胞胎漸大，開始有自己的主意，對於目前自己的地位有些不滿，故而需要有比他們地位再低一些，可以被他們領導的弟弟妹妹出現。

何子衿一手撐著小炕桌拈松子皮，瞧著雙胞胎笑道：「現在你們一人二兩月錢，要是家裡有了弟弟妹妹，就出不了那些月錢，得把你們的月錢給弟弟妹妹分一些。」

擅長理財的人數學都不錯，雙胞胎一聽這話，心中立刻把這筆帳算通透了，然後雙雙表示，他們對於弟弟妹妹之事還需斟酌一二。那摳門的嘴臉，很令阿曦瞧不上。

雙胞胎可不覺得自己哪裡不好，他倆吃過年夜飯，待天黑了，就再穿一件厚棉衣，出去院子裡放煙火。外頭玩痛快了，便回屋與爹娘兄姊守歲，不過，雙胞胎因年歲小，未能守過子時，看他倆睏時，何子衿就叫他倆早些睡了。

要何子衿說，這年代有個好處，因為平時都是早睡早起慣了的，所以，新年這天早起，對孩子們來說根本不是什麼難事。一大早，孩子們就一人一身紅裝扮好了，江念與子衿姊姊也是各自穿紅，總之，一家子都穿得跟紅包一樣。只不過，江念與何子衿是發紅包的人，孩子們是收紅包的人。

雙胞胎尤其打扮得精神抖擻，二人與兄姊一道向父母拜年，收了紅包後，兩人又俐俐落落地向兄姊拜。這年可不白拜，阿曄阿曦都是大方人，平日裡阿曄還略窮些，阿曦可是小財主，她當初在重陽鋪子裡投銀子投的最多，一個人就占了三成份子。以前重陽那書鋪都是賠錢，自然沒有分紅，眼下今非昔比，書鋪生意紅火，阿曦每年分紅就有三百兩不止。再加上阿珍舅舅每年給阿曦送不少東西，吃的用的，還會送些花色別致的金銀錁子給她做零用錢。

阿曦手頭寬裕，與她娘少時愛做投資不同，阿曦一直是幫她娘看帳本，自己沒啥私房產業。再說，阿珍舅舅給的金銀錁子都好看得緊，不是拿來花的。再者，每次阿珍舅舅送東西給她，雙胞胎就狂拍她馬屁，阿曦就挑幾個喜歡的收藏，餘者都給不挑撿的雙胞胎搬回屋做私房。有書鋪的分紅，有阿珍舅舅給的東西，還有平時阿曦自己積攢的月錢，可想而知阿曦的私房多麼豐厚，連雙胞胎這麼善於理財的人，都很羨慕姊姊的私房。

阿曄阿曦給雙胞胎的紅包都很厚實，當然，比父母給的還要略遜一二的。

雙胞胎向兄姊拜過年，阿晏就要向阿昀拜年。阿昀比阿晏早出來半刻鐘，做了哥哥。阿晏出來得略晚，當了弟弟。阿晏要拜年，阿昀拉住阿晏的手，道：「不用拜。」

阿晏非要拜，阿昀就一句話：「拜了也沒紅包拿。」

阿晏就不拜了。

雙胞胎的種種，很令阿曄阿曦不恥。

其實龍鳳胎出生的時候，江念官位還小，家裡生活水準很一般。龍鳳胎雖然也會攢些私房，但總地來說，還是個大方的性子。及至雙胞胎出生，彼時江念已是實權縣令，甭看官位不大，該得的銀子比當初做翰林時強百倍。就是何子衿，在沙河縣也做起了胭脂水粉的生意，家境大大改善，雙胞胎在銀錢上偏生是個極細緻的性子，以致於何大仙都懷疑，她懷雙胞胎時是不是算盤珠子撥的太多，太過精打細算了。

甭看龍鳳胎對雙胞胎的愛財有些瞧不上眼，雙胞胎還覺得龍鳳胎是冤大頭呢，他倆都覺得幸虧家裡有他們，要都是兄姊那樣沒算計的，家業都得給敗了。

雙胞胎收過大紅包，就與爹娘兄姊一起吃餃子了。兩人不知道是不是就有這財運，都吃到了財運餃子。這種餃子是特意在包餃子時裡頭放上銅板，取其財源滾滾的吉祥之意。阿昀還不小心把將換的牙給硌了一顆下來，他找丫鬟要水漱了口，一邊用帕子擦著嘴巴，一邊用漏風的嘴吩咐丫鬟：「這是下牙，給我扔房頂上去。」再把他吃到的銅板給丫鬟，命丫鬟清洗出來，一會兒給串上紅繩用紅線打個絡子，掛他床邊。

阿曦道：「至於嗎？不就是一個銅板？」

「這可是新年餃子裡的銅板，一年的財運都在這裡頭了。」對於自己吃到財運餃子的事兒，阿昀很是高興。阿晏也吃到了，照此吩咐了自己的丫鬟，也與他大姊道：「大姊，妳看看妳，妳就每年都吃不到財運餃子。」

「是啊，我不如你們有財運。」

雙胞胎笑嘻嘻道：「大姊，咱們誰跟誰啊？我們的財運，就是大姊的財運啦。」他倆這剛收了大姊給的紅包，那好話像是不要錢似的往外倒。

接下來的拜年，雙胞胎簡直是搶了龍鳳胎的風頭，主要是龍鳳胎都十三歲了，自覺是半個大人，在家能幫爹娘做事了，哪裡還能像雙胞胎這樣豁出臉皮去討喜搶風頭。

雙胞胎一路拜年一路收紅包，從大年初一到大年初五，雙胞胎收紅包收到手軟。大過年的，許多江念的下屬和同僚來家裡拜年，但凡有招待客人這樣的事，不是太要緊的場合，江念都會帶著兒子們一起，讓他們多見見人。就是江念去蘇參政、李巡撫家裡拜年，也是帶著孩子們去的。阿曄與蘇二郎年歲相仿，蘇二郎雖略長兩歲，兩人這些年關係一直不錯，還同是詩社成員。也因這些年同在北昌府為官，幾家人都相熟，帶著孩子們顯得親近。同樣的，何子衿去別家吃酒，或是自家宴賓客時，也會帶著阿曦在身邊。

過年是孩子們最高興的時候，尤其雙胞胎，除了紅包，還有不少叔叔伯伯給的玉墜子啊小玩意兒啊，這些東西，這兩人回家就分門別類各自收起來，妥妥的都是自己的私房。

江念都說：「以後雙胞胎成親，他們的私房就夠置辦聘禮了。」

雙胞胎有些聽不懂父親這話，難道娶媳婦的聘禮要自己出？雙胞胎倒是不太擔心，他倆還小，還能多攢幾年，他們很有信心能攢夠自己娶媳婦的聘禮。他倆擔心的是他們大哥，阿昀很實在地道：「爹，那我哥豈不是娶不上媳婦了？」他們家他哥最窮，哪裡出得起聘禮？

一家人哈哈大笑，阿曄瞪雙胞胎一眼，「真個傻的，竟然聽不出來爹是開玩笑的。」

雙胞胎不樂意大哥說他們傻，哼一聲道：「大哥你本來就窮！」

「君子不說視金錢為糞土吧，也沒人跟你倆似的成天把錢放嘴邊的啊！」阿曄道：「出去還這樣，會叫人笑話。」

雙胞胎頂嘴：「我們只在家這樣。」

阿曄看雙胞胎那一臉囂張的樣子，琢磨著什麼時候得教導雙胞胎，這眼瞅著要造反啊！

不得不說，阿曄因為「窮」，居然受到了雙胞胎的歧視。

雙胞胎沒想造反的事兒，他倆過年發了一注「大財」。說來銀子不多，不過三五十兩，但相對於雙胞胎的眼界，三五十兩已算是大財了。

這事兒說來話長。

雙胞胎年歲與蔣三妞家的三郎、江仁家的三寶相仿，四人是同一年生的，只是生辰上差了幾個月。四人一向很好，經常在一起玩，過年也不例外。在江仁家，三寶就提議玩色子，因是過年，大家荷包都豐滿，三郎就說：「光鬥色子沒勁兒，不如玩銀子的。」

雙胞胎一向是精打細算的，而且他家有家規，不能賭博，不然就要挨揍的。三寶三郎聽了都說：「這事兒誰還到姑丈（姨丈）跟前說去，只管放一百個心。」二人都答應保密，絕不外洩。三寶還吩咐屋裡丫鬟閉嘴，不准去外頭說。

雙胞胎仍是有些猶豫，三郎三寶都說：「不玩大的，咱們就用銅板玩兒。」好吧，剛開始是銅板，結果，四個小混蛋偷偷摸摸連續賭博三天，以雙胞胎把三郎三寶的過年紅包全都贏光告終。那三郎三寶的壓歲錢，半點不比雙胞胎少啊，雙胞胎把他們的壓歲錢都贏到手，頓時覺得腰又粗壯了不少。

雙胞胎得此甜頭，就有些貪心，一日在家就提議兄姊一道玩色子，阿曦對於賭博類遊戲一向沒興趣，她也不願意跟雙胞胎這樣的小奶娃子玩。最後就剩家裡最窮的人阿曄了。雙胞胎想著大哥最不富，可蚊子再小也是肉，於是，雙胞胎就攛掇著大哥同他們一起玩。

阿曄早知道雙胞胎贏錢的事兒，先是佯作不應，雙胞胎說了無數好話相求，阿曄此方應了，命侍女把他屋裡放銀金銀錁子的錢匣子拿來。

去的時候是一個侍女，回來時就是兩個侍女了，錢匣子太沉，一個侍女抱不動。阿曄命侍女打開，滿滿的，金燦燦，亮閃閃的，一匣金錁子，一匣銀錁子，雙胞胎瞧得兩眼直冒綠光，跟餓狼見著肥肉一般。

其實雙胞胎真不算餓狼，家裡又沒短過他倆的花用，而且他倆一向很有私房。只是，那個沉醉的小眼神兒，阿曄這自詡小君子的人，也想不出什麼好的言詞來形容雙胞胎。

阿曄稍稍展示了自己的財力，雙胞胎驚得小嘴巴圓張著有些合不攏。

阿曄笑，「口水要滴下來啦！」

雙胞胎抬袖子擦口水，發覺被大哥騙了，阿昀顧不得說大哥騙他們的事，感慨道：「大哥你是真人不露相啊！」還以為大哥最窮，原來大哥只是低調。

「是啊是啊！」阿晏附和，很實在地誇他們大哥：「哥，你可真有錢！」

阿曄哼一聲，不給兩個小東西開開眼，這兩個小東西就要尾巴翹上天，他閒閒地問：「要不要玩？」雙胞胎現在瞧著金銀錁子，就覺得這是他們的錢，異口同聲道：「要！」

「你倆有錢嗎？」阿曄問。

阿昀道：「哥，你少瞧不起人！」

阿晏幫腔道：「我們雖不及大哥錢多，也還攢了幾兩銀子！」

兩人吩咐各自侍女去取銀子，雙胞胎財力當真不容小覷，侍女一人抱了一匣銀錁子。阿曄漫不經心掃了一眼，問雙胞胎：「怎麼只有銀錁子，金的呢？」

雙胞胎還是相當保守的，道：「金的在屋裡，這些足夠了。可不是我們說狂話，大哥你要是輸了，可不能不認啊！」

「你們把自己的銀子看好就行！」小小年紀，還不說狂話，這都狂得沒邊了！

阿曄與雙胞胎把私房銀子都抬出來要賭大的，早有侍女過去知會阿曦與江念何子衿夫妻了。阿曦來得很快，她沒想到她拒絕後，雙胞胎竟然打上了大哥的主意，這不是老壽星吃砒霜，嫌命長嗎？何子衿和江念過年應酬多，在家歇著養元氣，他倆一來，孩子們都站起來。江念扶何子衿坐一旁的軟榻上，何子衿擺擺手讓孩子們只管坐著，笑咪咪地道：「哎喲，我得瞧著些，看你們誰財運更好。」

江念眼睛掃了掃四個錢匣子，想著兒子們都很有錢啊，看阿曄還淡定，倒是雙胞胎有些小心翼翼看向他，怕爹生氣翻臉。他們明明很小心的，怎麼還驚動爹啦？江念平日和氣，外頭也沒人說不好，不過，他教兒子也一向有規矩，不准賭博就是其中一條，要是犯了，可是得挨板子的。雙胞胎怕挨揍，而且，大哥這錢眼瞅就在跟前，倘爹爹不允，豈不錯失這發財的機會？雙胞胎這點小心思，江念哪裡看不透，他將手一擺，「只管耍，過年時不禁這個。只一樣，誰輸了都得輸得起，不許以後鬧脾氣。」

雙胞胎搶著道：「爹放心，我們跟大哥就是隨便玩一玩，藉著過年的喜慶熱鬧一下！」阿晏這小子心眼多，還說：「爹，您要是看誰好可以下注，只當取個樂子。」還想把他們爹拉下水，省得他們爹以後哪天想起來秋後算帳。

阿昀不愧與阿晏是雙胞胎，這兩人簡直是心意相通，阿晏勸爹，阿昀就勸娘：「娘，您押我，到時贏了銀子，您占大頭，算兒子孝敬娘的。」

江念與何子衿才不會押這個，阿曦也不押，於是，雙胞胎與阿曄的賭局正式開始。

這擲色子比大小是極快的，阿曄與雙胞胎玩得還比較大。自午飯後開始，到吃晚飯的時候，阿曄就把雙胞胎的兩匣銀錁子都贏到手了，阿曄還笑咪咪地問：「不是屋裡還有金子嗎？再搬些出來，接著玩。」

雙胞胎一副被人割了肉的落魄模樣，彼此對視一眼，一齊搖頭道：「不玩了。」輸銀子輸得，連說話都有氣無力了。

相對於雙胞胎的無精打采，阿曄則是春風滿面，「待什麼時候，咱們還玩啊！」

雙胞胎才不想再跟大哥玩了，眼瞅著銀子被收走，他倆心疼極了，晚飯都少吃了一碗。據服侍雙胞胎的丫鬟說，當天晚上，雙胞胎睡覺都是眼角掛著兩顆大淚珠入睡的。

雙胞胎輸了銀子，好些天打不起精神來，可也沒別個法子，銀子已是沒了。再者，先時他們得罪過大哥，大哥是絕對不可能再將銀子還給他們的，何況輸都輸了，哪裡能把輸的東西再要回來？雙胞胎儘管一向愛財，自問也沒那厚臉皮。

雙胞胎經此一慘，就越發摳門了。

倒是三郎三寶安慰他們：「算啦，千金散去還復來！」

雙胞胎道：「合著輸銀子的不是你們？」

「我們怎麼沒輸啊，不都輸給你倆了。你倆也是個不存財的，又輸給阿曄哥了。」三郎一副怒其不爭的口氣，「你倆不是自詡玉面小財神，還說過年時吃到了財運餃子，我看你倆吃的是破財餃子吧？你倆長幾顆腦袋就敢跟阿曄哥賭，阿曄哥搖色子，我大哥都不是對手！」

阿昀連忙同三郎打聽：「還有這事兒？怎麼沒聽你說過？」

以前我也不知道來著。三郎心說，他這是在雙胞胎險把褲子輸給阿曄哥時同大哥念叨起來，大哥隨口說的。重陽是這樣說的：「這搖色子得有天分，別看阿曄年紀小，他搖色子就特別厲害，雙胞胎跟他比色子，這不是傻嗎？」

三郎問大哥道：「從不知阿曄哥會搖色子啊？」

「你不知道的事兒多了。」重陽問雙胞胎輸了多少，三郎如實道：「說是把從我跟三寶這裡贏的全都輸沒了，他們自己的家當還輸了一半。」

重陽聽了，哈哈大笑。

宮媛聞知此事，也覺得有趣，「阿曄瞧著斯文，還會搖色子啊？」

「他就是跟大寶似的，愛裝個樣兒。」重陽抱著兒子，手指頭點兒子的肥下巴玩，「咱們小郎以後可別跟那兩人似的，要是成天在我跟前裝樣兒，我可受不了。」

宮媛笑，「我看小郎性子像你，他這相貌，剛生下來時跟我多像，現在越長越像你。」

「這話說得，我是他老子，他不像我像誰啊？」重陽一臉得意，事後見著阿曄，還勸阿曄把銀子還給雙胞胎，「現在雙胞胎成天無精打采的。」

阿曄笑，「馬上他們就有精神了。」

阿曄的法子很簡單，雙胞胎輸了銀子不是心疼嗎？他說了，他出銀子，聘請雙胞胎做他的小書僮，做一天有五百錢，一百天就是五十兩銀子，一年便是一百八十五兩半，阿曄給他們湊個整，給他們二百兩，問他們可願意，二百兩正是雙胞胎那天輸的銀子總數。

不過，這種給大哥做書僮，雙胞胎覺得有些沒面子。阿曄便道：「就是不為錢，我吩咐你們給我幹活，你倆還敢不聽我的話？」給雙胞胎一個臺階下。

雙胞胎得此臺階，果然就坡下驢，給大哥做起小書僮來，每天不說做牛做馬吧，也要給大哥使喚一兩個時辰。阿曦看在眼裡，悄同她娘道：「我哥可真狠，雙胞胎這兩個傻蛋，被我哥拿下了吧？虧他倆先時牛氣哄哄的，現在都去給我哥做書僮了，把六喜的差事都搶了。」

何子衿覺得好笑，卻是不打算插手，「隨他們去吧。」

人家雙胞胎可不覺得有啥不好，給大哥做書僮半點不累，兩人還知道對外宣揚他們兄友弟恭的好名聲，不知曉內情的都說：「看人家江按察使家的兩位小公子，多懂事啊，對待兄長那般恭敬知禮，以後定也是謙謙君子。」

君子不君子的，反正每天雙胞胎數錢數得很開心，一人一天二百五十錢雖然不多，可積少成多啊，他大哥一個月給他們一人七兩半銀子，比家裡發的月錢多三倍不止。

算清這筆帳，從此雙胞胎就心甘情願成了阿曄的有償小跟班。及至期滿時，雙胞胎還想續約哩，奈何阿曄沒這意思，雙胞胎只好遺憾地與大哥解除了書僮合約。他倆還問自己爹缺書僮不，江念道：「書僮倒是缺，只是出不起七兩半的月銀。」

一看老爹這麼摳，雙胞胎不打算免費做工，書僮之事就此作罷。

阿昀私下還說：「我就知道咱爹沒錢。」

「爹的錢都是娘收著呢，他一分錢的主都做不了，都是娘給他一兩他花一兩，給他二兩他花二兩。」阿晏道：「咱爹這就是懼內啊！」

「有什麼法子呢？我算過了，要依咱爹的俸祿，不要說吃飯了，家裡丫鬟小廝侍衛管事的月錢都不夠。唉，咱家都指著娘做生意來錢養家呢，要不怎麼都是娘說了算？」阿昀總結一句：「咱爹真像外頭說的那吃軟飯的。」

因為江念不肯雇傭雙胞胎做小書僮，於是，在雙胞胎的談話間，江念這威嚴爹就成了個吃軟飯的懼內爹。當然，這是雙胞胎的私房話，不然叫他們爹聽到，屁股要挨巴掌了。

上元節的時候，朝雲道長知曉了雙胞胎賭錢險些破產的事，是阿曦同朝雲道長說的，阿曦一邊吃著湯圓，一邊說雙胞胎的慘樣：「好幾天都無精打采的，吃肉都不香了。」

朝雲道長問：「今兒瞧著挺好的呀！」雙胞胎早早吃過湯圓去花房玩去了。

阿曦道：「他倆現在是找到了賺銀子的營生，我哥雇他倆做書僮，待開了學，每天放學要給我哥做牛做馬，我哥一個月給他們一人七兩半，一年一人一百兩，這樣就能把輸的銀子再掙回去，他們這才好過些。」

朝雲道長與羅大儒哈哈大笑，朝雲道長見著雙胞胎還問雙胞胎是不是把他給的壓歲錢也都輸沒了，雙胞胎很是慶幸道：「祖父給的沒輸，都存著呢。」朝雲祖父大手筆，向來是給金錁子，雙胞胎看金子看得緊，沒拿出來跟大哥賭。

朝雲祖父這顆矯情的心臟很是受用了一回，與無數溺愛孫子的長輩沒什麼差別，朝雲祖父也屬於那種完全沒原則的人，想著雙胞胎破了財，便要一人一個金桃補償雙胞胎一回。不想一向貪財的雙胞胎沒要，阿昀道：「雖然是輸了一點，不過還有一年就能掙回來了。哪有輸了錢就找祖父要補貼的，這說出去，我們就沒面子了。」

阿晏跟著點頭，但他把朝雲祖父的金桃預定了，道：「祖父，您把金桃留著，我們過生辰時再給我們吧。」算是生辰禮。

朝雲道長笑，「現在不要，過生辰時就沒有了。」

雙胞胎猶豫極了，最終兩人割肉般，沒要朝雲道長的金桃，阿曦道：「這才像話！」

朝雲道長笑阿曦，「越發有大姊的樣子了。」

「那是，我不管著他們，誰管著他們啊？」阿曦打小就特別會管教雙胞胎。

這件事的結局是，在給阿曄做書僮滿一年後，由於江念是個吃軟飯的懼內男，雇不起雙胞胎，然後此事叫朝雲道長知曉，朝雲道長何其有財氣，立刻雇了雙胞胎放學後給他打工，他出的銀子比阿曄還要多三成。

雙胞胎樂顛顛地應了，很理所應當地又被姊姊鄙視了一回。

參之章

大寶癡戀苦無果

剛過了上元冰燈節，何老娘與沈氏就開始收拾東西。俊哥兒與杜家的親事前年就定了，成親的日子就在春闈後。定在春闈後，也是為了不影響俊哥兒科舉的意思，不然成親的瑣事多，俊哥兒又初經女色，怕是會分心。

這大戶人家議親，在何子衿看來，果決得很，如余家如杜家，看準了親事，當初何冽只是秀才，俊哥兒先前也就是個舉人，余家和杜家一看合適了就將親事定下，沒有任何拖拉。

雖說先時捎了銀子過去，請沈素幫著料理，可俊哥兒成親，父母不在跟前，何恭沒啥，他與小舅子一向要好，長子也是個周全人，次子的親事當無大礙，沈氏與何老娘心裡卻很是放心不下，覺得有些委屈俊哥兒，這就又收拾東西要著人給俊哥兒送去，當然，裡頭還有給長子一家的東西，更有給弟弟一家的東西，但大部分是給俊哥兒的。

殊不知因此次送東西，還引發了何冽同余幸的一次小小拌嘴。

事情是這樣的，何子衿一向有家底，她因是在帝都成的親，老家準備的東西沒用上，但她是長女，又是嫁給江念這麼個沒家沒業沒爹沒娘的，父母就她一個閨女，給的嫁妝也是盡了父母最大的能力，再加上何老娘給的添妝，不比弟弟們成親時的聘禮少，何子衿又是過日子的一把好手，這些年積蓄頗豐。當初何冽成親時，何子衿就給了何冽一千兩，是姊姊給弟弟的補貼。如今俊哥兒成親，何子衿自然一樣對待，就讓她娘一併給俊哥兒捎去。

對自家丫頭這般有情有義的行為，何老娘很是感慨，與兒媳說了好多回：「咱們丫頭就是有良心，像她姑媽。」何老娘總是將一切美好品德往自己身上引。因何老娘沒個嫡親的娘家兄弟，庶出的倒是有，就是蔣三妞的祖父，何老娘與這個庶出弟弟像仇人一般，所以，何老娘就將這品德延申到自家閨女身上。自家閨女知道娘家在北昌府為官，每年都會打發人來送東西，更是給過何老娘不少私房銀子，這些事何老娘是誰都沒有說過，現在還是保密階段，卻不妨礙何老娘誇自家丫頭時順帶誇一誇自家閨女。

沈氏道：「是啊！」大姑姊當然很好，但她還是覺得閨女更好。閨女這銀子，要不是閨女的確有錢，她都不能接，畢竟閨女有閨女自己的日子要過。

沈氏命人將這銀子一併送到帝都，讓長子把錢給次子，結果這事被余幸知道了。

余幸說：「姊姊待二弟可真好。」她不至於去吃這個醋，她出身官宦世族，其父已是三品侍郎，杜家雖位居大理寺卿之位，但家底是絕對沒辦法與余家這樣的家族相比的。何況，余家還是謝太后的親戚家，故而，在余幸看來，二弟妹出身是不及自己的，所以，想著大姑姊興許是瞧著小叔子娶的媳婦不及自己的出身，方補貼小叔子一些。

不想，丈夫隨口道：「都有的，當時咱倆成親時，姊姊也給了我。」

余幸初時沒覺得如何，就是想，大姑姊可真是一碗水端平。再轉念一想，不對呀，余幸問丈夫：「我怎麼沒見過這一千兩銀子？」

何洌自知說漏嘴，立刻啞口。

余幸剛成親時手面大，簡直是有多少花多少，但自有了長子阿燦，如今又有次子阿炫，余幸就很會節儉著過日子了，想著給兒子攢家業。

余幸這麼一問，何洌顧左右而言他：「快看娘的信裡還說了些什麼？」

「沒什麼事了，你快說，為什麼我沒見過那一千兩銀子？你不是說私房全都交給我打理了嗎？」夫妻倆關係融洽後，何洌看妻子也會過日子了，余幸受母親的指點，才知道男人還有私房一說。余幸跟何洌要私房銀子時，何洌就將自己的幾百兩私房給妻子一塊打理了。

今余幸這麼問，何洌支支吾吾的，最後只得把一千三百多兩的私房都給了媳婦，還得了一頓數落，余幸道：「瞧著老實，實則一點都不老實，上回竟然還糊弄我。你說，糊弄我做什麼？是不是有什麼外心？」

「真個冤死了，妳還不知道我有沒有外心啊？」何洌陪笑，「真是忘了。」

「忘什麼忘，我還不知道你？」余幸道：「我要這銀子也不是自己用，姊姊都補貼二弟一千兩，咱們不好同姊姊比，兩個弟弟，一人五百兩如何？」

何洌深覺媳婦會辦事，其實他也這樣想，就是怕媳婦不同意，就想用私房補貼弟弟。

余幸冷笑，「我雖是婦道人家，這點見識還是有的。咱們雖不富，弟弟們又不是外人，自來家和萬事興，我焉會在這上頭小氣？」她成親時兄姊也都私下有補貼給她，見大姑姊給二小叔子銀子，她與丈夫是做長兄長嫂的，她如何能在這上頭摳門，她也不是摳門的性子。

抽出一千兩銀票，余幸把剩下的三百多兩還給何洌，「這三百兩你收著做個零用吧。」

「我還收這個做什麼？每天出門前妳都把銀子給我帶身上的。」何洌推還給媳婦，「妳拿著就是。」然後，翻了翻，翻出個莊子的地契給媳婦，「這莊子妳也收著吧。」實在是今天媳婦說給弟弟補貼的事叫何洌心裡舒坦，且媳婦真心同他過日子，他就將私房都拿了出來。

余幸原本不大氣了，一見地契，又氣了幾分，「竟還有莊子不交代？」

何洌道：「這莊子是姊姊給我銀子後我在北昌府置辦的，妳也知道北昌府地方大，地價便宜，這原是個小莊子，後來莊上收成了，又置了些地，湊了兩千畝，這些銀子就是莊子上的出產。行了，都給妳吧，以後莊上再送來出息，我就叫他們都交到妳這裡。」

「你少糊弄我，姊姊給你一千銀子，北昌府地價便宜也得三兩銀子一畝上等田吧，不過這幾年就能增到兩千畝？還能得一千多兩的出息？」余幸當家這些年，不是好糊弄的。

「也不止是姊姊給的，還有阿仁哥、三姊姊給的，合一塊置的莊子，都在這裡了。」何洌一副實誠臉，「我要不是實心，哪裡會把這莊子拿出來，妳又沒搜到，是不是？」

余幸眉梢微微上挑，露出個「你還算知趣」的模樣來，道：「本來就該給我收著，又不剋扣你銀錢使，別成天想著藏私房。這是頭一回，再叫我知道可沒好。」

何洌忙又陪了無數好話，方把媳婦哄高興了。

余幸回娘家同她娘說起這事，好笑道：「再老實的人也有心眼呢，您看相公，平日裡瞧著多實誠，竟還會背著我藏私房。」

余母道：「男人嘛，都是如此。女婿不是個亂來的，妳平日裡不要管他太緊。」

「我哪裡會管他太緊，他就是小心眼，覺得我是個摳門的。」

「妳倒不是摳，妳是以前總亂花亂用，也不怪女婿對妳不放心。」余母不偏幫女兒。

余幸笑道：「那會兒不是小嗎？您看我現在多節儉，衣裳都是在家裡讓丫鬟做了。」

余母道：「過日子就當如此。眼下阿燦已經上學念書了，孩子轉眼就長大了，到時議親娶妻，哪樣不是銀子呢？」

余幸拿塊栗子酥放嘴裡吃了，點頭道：「是啊！」

余母問：「妳家三小叔子今年下場不？」

「三弟信上說準備得還不充足，就不下場了，不過，他在家裡也沒什麼事，說二弟成親時他過來吃喜酒。」

余母就打聽：「你三小叔子親事可定了？」

「還沒定呢，要是三小叔子親事定了，我們太太沒有在信上不提的。」余幸問：「娘，您是不是有什麼好親事要說給我們三弟？」

余母打發了丫鬟下去，悄聲道：「這原是我自己想的，妳覺得，妳姑媽家的表妹，與妳三小叔子可還般配？」

「姑媽外任這些年了，我也好久沒見過表妹，哪裡曉得般不般配？」

「門第呢？」

「姑丈現在也是一地知府，又是揚州那樣的好地界為官，要論門第，自然配得上。」

余母嘆道：「妳姑媽家啊，要不是先時受了他家那不知好歹的敗家小叔子的連累，你姑丈官職何至於此？」

「娘，您不說我還忘了，這事兒您不要提了，就李家那事，當時險把我大姑姊禍害了。只要一提表妹的出身，我公婆多半就不能樂意。」余幸道。

她都忘了此事，要不是成親後偶然知曉，她還不知道公婆家與姑媽家很有些矛盾。說來她姑媽當年也是嫁得名門李家，其公公李終南是祖父的至交好友，曾官至正二品蜀中總督。

後來李終南折戟總督之位，皆因生了個不肖子李六郎。當年李總督在蜀中時，那李六藉著其父的名頭與太宗皇帝的愛寵趙美人的娘家人合謀，以宮中選美的名義，不知騙了多少蜀中閨秀，甚至騙到何家頭上。何家當時不過秀才門第，卻很有些不同凡流的見識，一家子都不願意叫閨女進宮，李趙二人行騙不成，竟以勢相逼。也是李六作孽作到太歲頭上，彼時誰知道朝雲道長的身分呢，只以為是個尋常道士，那時何家也不清楚朝雲道長的來歷，可大姑姊何子衿天生有這段福緣，就入了朝雲道長的眼，還拜了朝雲道長做師傅。李六作孽做到朝雲道長那裡，真是報應到家。朝雲道長雖則家族敗落，但他畢竟是輔聖公主唯一的兒子，方家勢敗，輔聖公主過世，太宗皇帝都沒捨得殺了他，而且朝雲道長身邊一直都有朝廷的人服侍，這李六真是找死。朝雲道長必要追究，何況這種打著朝廷名義騙良家閨女的事兒，太宗皇帝也不能背這鍋啊，李家就此一敗塗地，要不是後來獻女和親，李家四郎娶的是余家姑娘，而余家余老太太正是謝太后的姑媽，彼時謝太后還是謝王妃，正因有這個關係，李四郎方能在官場坎坷前行。相對於被庶出六弟連累的老爹和其他兄弟，李四郎委實算是命好的。她媳婦余瑤是余老太太嫡親的閨女，余瑤算是謝太后的表姑媽，其實她年紀比謝太后還要略小些，只是輩分在那裡，少時時常去王府陪還是謝王妃的謝太后說話。有岳家和妻子的關係，李四郎在官場上才算穩得住，不然就憑他家裡那樁案子，他這前程也算完了的。

余母一提，余幸想到這番前緣，就同她娘說了自己的看法。

余母想了想，也是這麼個理，何家現在甭看何恭官職依然不高，看何家這形勢，三個兒子，一個進士、兩個舉人，俊哥兒還定了大理寺卿家的千金，哪怕俊哥兒這科中不了，依舊是年輕舉人，再拚三年也拚得起。何家眼瞅著蒸蒸日上，與李家也沒有特別的交情，又有先時舊事，哪裡會應這親事？

余母笑，「也是我一時話趕話說到這兒了，是啊，我都忘了妳姑媽家那事了。唉，過了這些年，再叫人想起來也是恨得慌，妳姑媽家原多好啊，就他家老太爺，以前多明白的人，非弄個窯姐兒，這不，敗家破業，一輩子的家業，都給那孽障禍害了。所以說，當初妳祖父相中了女婿，來信與我同妳父親說起這親事，就女婿家不納小這一樣，我就願意。如今看來，女婿這樣本分的人，多麼難得。」禍害了李家的李六郎是當年李總督外室所出。

余幸笑，「我哥也不是胡來的人呢。」

「這倒是，咱家人都本分。」余母道。

余母又問起閨女家的二小叔子成親時閨女給備的賀禮，生怕哪裡不妥當。余幸與母親大致說了說，就又說起丈夫那私房來：「我們大姑姊真是大方，我與相公成親時，大姊夫只做縣令，也才剛過起日子來，就給了相公一千兩銀子，說是成親補貼給他的。」

余母笑，「這就是女婿那私房吧？」

「不是，他精著呢，置了個小莊子年年有出息，這些年的出息攢了一千多兩。」

余母好笑，「看不出來女婿還挺會過日子的。」

余幸笑道：「可不是？阿燦就像他，四五歲上打會數數的時候起，就很會數自己的金銀錁子。以前都是我給他收著，打他上學，沒幾天就找我要了去，要自己收著。眼下他們還沒學寫字，他也認字，自己歪歪扭扭還記帳呢。」

余母聽得大笑，「還有這事？」

「是啊，這以後倒省得被人哄騙了去。」余幸說著也覺有趣。

余母道：「比妳這大散漫的好。」

「我現在也不散漫了。」余幸道：「我與相公說了，二弟成親，除去賀禮不算，私下給二弟五百兩，叫他收著好過日子。這畢竟是在帝都，又不守著公婆，我家二小叔子是個極要臉面的，就怕他萬一手頭緊又不好意思說。」

余母點頭，「這倒是，你們做大哥大嫂的，是要多顧看著些。」又道：「不過，俊哥兒成親時如此，待妳家三小叔子成親時，也要一般才好。」

余幸道：「我曉得，我跟相公商量過了，都是一人五百兩。」

「這就很好。」余母語重心長道：「妳是咱家的小女兒，自小被嬌慣著長大，以前只想著幫妳尋一戶相宜人家的小兒子嫁了，小兒媳比起長媳來就輕鬆多了，不想，妳卻就是做長媳的命。妳婆家眼瞅已是興旺了，女婿也是個周全沉穩的性子，我沒什麼可擔心的。如今妳二小叔子娶親，以後就有弟媳婦，這妯娌間必要和睦方好。不為別個，妳們和睦了，兄弟間便和睦。這家啊，都是家和萬事興。」

「我都曉得，您跟我說一千八百多回了。」

「哪有一千八百多回，頂多是念叨幾回而已。」余母笑著，看時辰差不多就道：「得去接阿燦放學了吧？叫小廝把阿燦送來，再知會女婿一聲，讓他落衙也來，咱們一起吃晚飯。」

余幸笑應，在帝都的頭一樁好處就是，隨時隨地可以回娘家串門。

何子衿倒是不知給弟弟送銀子，讓何洌把私房都給暴露了，她想都不會想到何洌會自己藏私房。在何子衿心裡，自己的大弟弟何洌一直是溫厚穩重的人。

這事兒，何子衿後來知道還是俊哥兒來信時說的，俊哥兒這張嘴就沒個把門的。

何子衿見著俊哥兒的信，還笑了一回，沈氏也笑，「阿洌這小子，還有這個心眼。」

何老娘道：「先時他媳婦那般大手大腳的，孩子自己就得有個算計。如今媳婦好了，也該把私房給媳婦收著了。」何老娘說得板正，結果轉頭就悄悄問兒子可有藏私房，如果兒子有藏私房，可是得藏好。要是有藏不好的危險，要不要讓老娘幫你保管？何恭哭笑不得，他好不容易與沈氏成親，還沒三天半，就把私房交給沈氏了，從此成了沒有私房的男人。

何老娘很細緻地問兒子，卻發現兒子當真是沒有私房，把何老娘鬱悶得，私下都同自家丫頭說：「妳爹可真是個實誠人。」

「實誠還不好？阿念就跟我爹似的，從來不藏私房。」

「這倒是。」甭看兒子沒私房，何老娘覺得兒子實誠過了頭，這孫女婿不藏私房，在何老娘眼裡便是一等一的大好人。

何子衿見何老娘這兩種原則兩種對待，不禁暗笑。

何老娘又說起俊哥兒的親事來，只擔心自己不在跟前，俊哥兒的親事有什麼不周全。

何子衿寬慰道：「成親本是兩家喜事，兩家歡歡喜喜的就好，哪有什麼不周全的？何況杜家不是什麼刁鑽人家，阿洌信上說杜大人很是寬厚。俊哥兒雖是要考功名，卻愛舞刀弄棒，聽說與杜大人很是透脾氣。」

「這倒是。」何老娘笑，「這做女婿的，想娶人家閨女，先得入老丈人的眼才成。」

說一回俊哥兒的親事，何老娘拿出十兩銀子來叫自家丫頭幫著卜一卜俊哥春闈可順遂。

何子衿收了銀子，就說擇吉日幫著卜一卜。

待何老娘得了何子衿的卦，已是二月初了。

何子衿因不是整生辰，並未大擺排場，她家本也是低調人家，只是江念身居高位，排場不大，禮卻是收了不少，而且有很多是不需回禮的。

這就是做官的好處了，江念當真不是貪官，就是拿銀子，也只拿自己分內的那些，但平日裡非但節下有衙門發的各式節禮，尤其江念與何子衿的壽辰，不能說不收禮不成吧，也差不多這樣了。似前番柳知府故作清廉樣，多少官員都不痛快呢。

何子衿收過生辰禮，興哥兒收拾停當，代表家裡去帝都參加二哥的成親禮。

不過，俊哥兒眼下卻是顧不得親事，因為眼瞅就是春闈了。

何老娘花銀子請自家丫頭卜了一卜，心就放下泰半，又拿出五十兩銀子，帶著沈氏各寺廟燒香，待這燒香好，貢士榜單也出來了。俊哥兒倒是榜上有名，只是名次不是很好，二百名開外了，何恭和江念都有些擔心俊哥兒的殿試，生怕他落到三榜同進士。

好在貢試榜單後就是進士榜，見著進士榜，何家人方放下心來，俊哥兒好歹上了二榜，卻是未能如何冽那般考入庶起士，而是入六部當差。俊哥兒來信說自己是想謀外放的，不過因要娶親，怕媳婦思念娘家，就決定先在六部熬上一任，再說外放之事。

俊哥兒既中進士，又是喜事在望，委實是雙喜臨門，縱未能入翰林，也算人生得意了。就是杜家，得個進士女婿，也不算配不上杜家的門楣了。

俊哥兒的事安定下來，就是龍鳳胎的生辰，紀珍又打發人給阿曦送了許多東西，以及一封比江念寫的書還厚的信。阿曦看了信，與她娘道：「珍舅舅也在帝都得了差使，說是陛下看他已經十七，賞他的。」

何子衿笑道：「這可好，是什麼差使？」

阿曦很是神氣，「給陛下做侍衛，聽珍舅舅說，可威風了，還說他穿上侍衛衣裳，陛下誇他是玉樹來著。」

江念吐槽道：「說不得是宮裡守大門，天天風吹日曬，不光玉樹，還臨風呢。」

阿曦哈哈大笑，「我給珍舅舅回信時一定加上這句，問他是不是在給陛下守大門。」

接下來，何家卻有一樁難事。

因為江夫人親自上門，替紀珍提親了。

幸而只是私下裡言語上提了提，但江夫人說得無比懇切：「阿珍十五上時，我與將軍就想為他定下一樁親事，他那時就在信裡說與阿曦青梅竹馬，很中意阿曦，只是彼時阿曦還小，此事實不好提。如今阿曦大了，阿珍已經得了差使，帝都裡打聽他親事的人不少，我想著，現在阿曦也懂事了，雖議親早些，我還是想來問一句，不知你們可相得中阿珍？我曉得你們疼閨女，成親什麼的，晚幾年倒也無妨。倘你們中意，咱們兩家先把親事定下來。」

江夫人又道：「原本將軍是想同我一起來的，奈何他不好輕動，不然就要驚動了北昌府的各位大人。我就先過來，問一問妳。」

江夫人有幾分不好意思，她一向將何子衿當女兒輩看待的，她兒子卻相中人家閨女。

面對江夫人的話，何子衿一時啞口了。一則江夫人此時提此事，令何子衿有些意外。二則江夫人實在太會說話，連他們想閨女晚幾年成親的話都搶先說了。

只是，這……這也忒著急了吧。

還有，她家與姚節可是有口頭親事的，雖然這些年兩家一直沒有同齡般配的孩子，可這親事畢竟先時是口頭定下的。江夫人啊，雖知您老一向牛逼，但咱們這樣是不是不大好？

其實何子衿與江念早對紀珍細細分析過，夫妻倆都不是道學先生，就這麼一個閨女，自然要給閨女尋一門知根知底的人家。夫妻二人並不反對這樁親事，紀珍小時候在何家住過好幾年，挺不錯的孩子，何況紀家家境門第並不遜於自家，閨女嫁給紀珍也不會吃苦。

然而，何子衿身為親娘，閨女的親事自然要顧慮多些。

何子衿就先說了與姚節江贏有口頭親事之事。江夫人親自過來，顯然是帶著誠心的，這事兒她早就知道。江贏與何子衿原就要好，兒女親事什麼的，沒有不與她娘提的。江夫人做了準備，與何子衿道：「我過來是阿節護送的。」

姚節挺想跟子衿姊姊做個兒女親家，只是兩家興許真是沒緣法，自他媳婦生了長女，就定給了好兄弟何冽家的次子。姚節又喜歡子衿姊姊家的雙胞胎，就先給未出世的次女定下，但阿曄畢竟年紀大了些，跟次女年紀不相宜。沒想到，跟子衿姊姊這兒女親家一定，姚節就開始生兒子，如今都連生兩個兒子了，還沒見著次女的影兒呢。如今雙胞胎已經七歲，這還咋做親啊？而且，子衿姊姊家就阿曦一個閨女，子衿姊姊也沒能再生下小閨女。現在小舅子相中了人家阿曦，姚節也不好因自家這還看不到影兒的親事耽擱了小舅子的姻緣，夫妻商量過後，他就同岳母一塊來了。

姚節能一起來，就是對小舅子親事的一個表態，他道：「阿珍這眼瞅到了年歲，他又是岳父長子，這娶媳婦也是大事。子衿姊姊，眼下咱兩家都沒適齡的孩子，就先說阿珍阿曦的事吧，咱們兩家的事以後再說。」他可沒把話說死，反正妻子又不姓紀，要是以後有合適的姻緣，姚節也是不想錯過的，到時他們就各論各的。

何子衿見姚節這裡鬆了口，卻又有一樁難事，與江夫人道：「我家與阿節的親事，因著一時沒有合適的孩子，倒可暫且放下。只是，阿節與我弟弟阿冽已是給孩子們定了兒女親事，夫人與我提親，這輩分以後如何算呢？」

姚節自認放達之人，此刻也不禁有些為難了。不想江夫人真是牛人中的牛人，她能親自前來，完全是做好了萬全的準備，這時更是鎮定自若，「說來，我們兩家交好，多是出自舊時緣法，並無血緣關係。再從阿贏阿珍這裡論，他們姊弟都是我所出，只是阿贏生父姓馮，她因隨母姓，方同我姓了江。阿珍則是紀將軍之子，他的生父姓紀。」

雖然早知丈母娘經歷不凡，但親自聽丈母娘說起還是頭一遭，姚節縱然早知，也頗覺在丈母娘面前，他們都是一介凡人。

神人丈母娘江夫人繼續道：「不要說他們姊弟只是同母異父，要真是同父姊弟，我年長妳幾歲，與妳說說我的經驗。遇到合適之人時，半點不要猶豫也不要錯過，孩子們的事亦是如此，如阿節當年倘猶豫了，他不能與阿贏有這番姻緣。如我當年猶豫了，就不會與李五爺和離，也不會遇到將軍。妳只要想阿珍是不是合適的女婿人選，將來他們各論各的即可。」

何子衿思量片刻，方道：「我與夫人認識二十幾年了，咱們彼此知根知底，那些搪塞的話我也不與夫人說了。阿珍這孩子，小時候看他很好，他與我們阿曦也是相識於幼時。這些年他們雖有書信往來，面卻是從未見過。別的倒還好說，我只擔心兩個孩子彼此眼中還只是少時玩伴的印象。阿珍中意的，也只是少時印象中的阿曦。自他去往帝都，阿曦就上了女學，脾氣性情也不是當初的孩子樣。咱們兩家一向要好，正因如此，我才覺得親事更當慎重。」

何子衿的話完全是為兩個孩子考慮，眼下還沒成親，慎重些沒什麼不好，畢竟六七年未見，在書信裡兩人要好，可萬一一見面，發覺彼此不合適，倘二人皆不願，這還好說，退親就是。倘一個願意，一個不願，即便解除了親事，兩家的交情也就完了。

江夫人想了想，道：「既如此，我與將軍商量一二。阿珍去帝都這好幾年，還沒回過家來呢。不若讓他回來些時日，也與阿曦相見。倘他們彼此性子相合，便定下親事，如何？」

江夫人是個爽快人，也不容人糊弄，她把兒子自帝都叫回來，就是奔著親事來的。

何子衿道：「此事我一人做不得主，晚上我同阿念商議一二，再給夫人回覆。」

也就是何子衿與江夫人了，把親事談得跟談判似的。

江念傍晚落衙回家，何子衿與他說了江夫人過來提親之事。

江念想都不想，道：「阿曦年紀還小，急什麼？」

「咱們自是不急，但江夫人急得很，好像立刻要為阿珍定下親事似的，我猜這其間必有緣故，只是她未與我說，今天也只是略談了談，你再去問一問她才好。」何子衿道。

江念略略點頭，問子衿姊姊的意見：「妳覺得紀家親事如何？」

何子衿道：「原也不錯，咱們與江夫人本就相熟，與紀將軍也是同鄉，阿曦嫁了阿珍，以後便是出外做官，將來回鄉也能團聚。再說，阿珍小時候在咱家住過，這又是一重情分。只是還得與他家提一提，咱們阿曦可不嫁那等三妻四妾的人家。」

江念微微頷首，他也是這個意思，又問：「那當初姊姊怎麼與阿節定下兒女親事？」

何子衿道：「我當時沒多想，要是阿節有閨女，咱兩家做親也不錯，而且，雙胞胎是娶，咱阿曦是嫁，自然更當慎重。」

夫妻二人商量一番，此事暫未漏與他人知曉。江念傍晚宴請姚節，何子衿就在內間宴請江夫人，外頭就是阿曄跟著他爹待客。裡頭何子衿和阿曦帶著雙胞胎陪江夫人，江夫人其實也有幾年沒見過阿曦了，雖想著江念與何子衿俱是出挑之人，他家的閨女必然不錯，但也沒想到阿曦出落得這般美貌。

雖然仍帶著幾分小女孩的稚氣，但阿曦那眉眼哪怕在江夫人這見多識廣人的眼裡也是一等一的出眾了，那膚色像最上等的羊脂玉，這種細膩白皙除了天生麗質還要有後天的細緻養育。江夫人和何子衿都是美貌之人，但說起來，二人都是寒門出身，便是她們少時亦不如阿曦的美麗。江夫人當即就想，兒子這眼光委實不錯。江夫人一見阿曦就笑了，何子衿與阿曦介紹了江夫人的身分，阿曦行過禮，笑道：「老夫人好。」

江夫人一下子長了阿曦兩輩，江夫人倒也未介意，何子衿與江贏平輩論交，她自然要再長一輩。江夫人笑道：「小時候妳與阿珍去我家，那時還是小娃娃，一晃眼都成大姑娘了。以前妳母親去我那裡，我就常說讓她帶妳過去，無奈妳在上學，不好耽擱功課，以致於咱們娘兒倆今日方見。」又問起阿曦上學的事來，阿曦挑著有意思的說了一些，也問候了江夫人的身體。江夫人看她腰間繫著個輕紫色的荷包，笑道：「這是妳做的？」

阿曦解下來拿給江夫人看，還很謙虛道：「是今年新繡的，繡得不是很好。」

江夫人道：「在妳這個年紀，有這樣的繡工已是不錯了。」還指點了阿曦一二。

於江夫人看來，的確是不錯了，阿曦是按察使家的千金，又不是哪家的繡娘，能繡出個外面可以佩帶出去的荷包就是出挑的了。官家小姐要學的不是繡活，略通就是，最重要的是為人品行、人際往來。看阿曦說話落落大方，在她面前並不怯場，江夫人也相當滿意。

待見到何子衿家的雙胞胎，江夫人越發喜歡，笑道：「與我家阿珠年紀相仿，以後你們一起玩才好。」

阿曦還誇雙胞胎：「他們可懂事了，課業也不錯，去年年底學裡獎勵，阿昀得的第二，阿晏得的第一，他們每天放學回家還會同我哥一塊做功課。」在外人面前，阿曦覺得雙胞胎還是還能拿得出手的。雖然貪財，架不住學業好。

雙胞胎也表現出了值得他們姊姊誇讚的品德，看到江夫人給的見面禮時，雙胞胎雖然挺想收的，卻還是看向母親。待母親點頭，他們方道謝接了。

何子衿對江夫人很滿意的是，雖則江夫人是來問詢親事的，但給孩子們的見面禮很有節制，雖則也算豐厚，但沒有太出格。

用過晚宴，江念私下與姚節打聽。

姚節悄與江念道：「原本也不必這樣急，阿珍與阿曦少時就青梅竹馬的，可眼下阿曦畢竟還小，岳父岳母不好上門提親。只是聽媳婦說，阿珍生得好，又在陛下身邊做事，就有許多人相中了他。據說有一位郡主很是中意阿珍，岳父不願與藩王結親，可阿珍到了議親的年紀，一日親事未定，他又孤身在帝都，岳父岳母都很不放心，生怕出了什麼差子，岳母這才親自過來與你們商量。」

江念嘆道：「你這樣說，我自也明白紀將軍與夫人的難處，只是事關阿曦終身，我三個兒子，只此一女，必得慎之又慎。」

「這是自然。」姚節道：「他倆這也好幾年沒見過了，起碼訂親事前當見一見，倘彼此有意，先定下無妨。哪怕阿念哥你想阿曦晚幾年出閣，也是使得的。」

江念笑道：「趕緊趁現在再叫我幾聲阿念哥吧。」

姚節翻個白眼，「以後咱們兩家輩分還真不好論了，不過我想著，還是各論各的，我與阿冽可是兒女親家。」

江念長嘆，「這輩分都亂了。」

「各論各的就是，我媳婦又不姓紀。」姚節很是想得開，正色道：「我真覺得阿珍不錯，不好因我這裡誤他姻緣。倘阿珍是個不堪之人，便是有岳家的面子，我也不能為他說話。」至於阿珍好在哪裡，只看他少時去帝都，這些年都安安穩穩，剛到十六便得了御賜的差使，就是不得了的本事。帝都那個地方，沒些本領，想安穩都不易。

江念問：「那依何名義讓阿珍回來？」

「這得看岳父如何上表章了。」姚節猜測道：「阿珍一去帝都這些年，一直未回過家，就是岳父想他回家盡孝些時日，也不算什麼吧。」

「夫人這般著急，恐怕現在阿珍的親事已頗是麻煩。」江念這些年的官不是白做的，紀家這是想用他家給紀珍脫身。江念倒是不反對給紀家用一用，他只是得進一步知道紀珍在帝都的具體情形，來權衡給紀家用一下值不值當。

江念又與江夫人祕談，江夫人直接道：「是楚王家的一位郡主。」

江念雖與權貴沒啥來往，也做過些了解。第一位楚王是太宗皇帝之子，先帝的四哥。先楚王已經過世，因先楚王與先帝情分極好，在這位楚王過世後，朝廷命先楚王世子平襲楚王之位，並未降爵，仍是親王之尊，這在先帝諸位兄弟裡可謂是獨一份的恩寵了。楚王太妃與謝太后亦是多年交情，如今楚王郡主想中紀珍，不要說陛下好不好回絕，謝太后這裡怕也要因著楚王太妃的面子不好說什麼的。

江念道：「這楚王郡主是不是昏頭了？」

「你不曉得其間緣故，先楚王有五個兒子，沒有女兒。到了今楚王這裡，有四個兒子，獨得這一個女兒，自是愛若珍寶。」江夫人嘆道：「因著先楚王的忠心，楚王郡主相中阿珍，皇家便卻不開這情面。只是，我與將軍思量，想來陛下也並不願看我家與藩王聯姻，不然陛下怕是早就賜婚了。」

江念嘆道：「阿珍如何招惹到這宗親貴女？」懷疑紀珍是不是在帝都不大老實。

「這要是阿珍主動招惹，他怕就順水推舟了，他是實在不情願，方來信說與我們，想早些與阿曦定下親事。」江夫人如何聽不出江念的弦外之音，她道：「阿珍的品行你只管放心，我亦知你家是不打算給阿曦尋那等內闈紛亂的人家，阿珍這裡我就能做保，他絕不是三心二意之人，以後也不會納丫頭納小。」

江念聽得此言就比較高興了，不介意給紀家用來做擋箭牌了，反正他與藩王一向無甚交情來往。江念道：「夫人真心為阿珍求娶小女，阿珍也是我看著長大的，只要他們小兒女彼此看對了眼，這親事我便許得。」

江夫人喜道：「我看我們兩家必有姻緣，不然也不能二十幾年前就相識了。」

江念笑道：「原如夫人所言。」紀家門第不錯，紀將軍與江夫人都是牛人中的牛人，而且人家不是對內牛，是對外牛。紀珍也是自小看到大，只要小兒女願意，江念也沒什麼意見。倘自家閨女不情願，江念自也有法子平息楚王府的不滿。

江念與江夫人把事情定下來，紀將軍立刻給朝廷上了摺子，直接就說讓兒子回家相親，給兒子在御前請兩個月假期。

皇帝收到紀將軍的摺子，還笑問紀珍：「不知是何等佳人，還要阿珍你回家相親？」

紀珍畢竟年少情懷，見陛下親問，如玉般的面頰染上幾分紅暈，襯得他面若冠玉，唇若塗朱，俊美不凡。紀珍行一禮道：「瞞不過陛下，家父也著人捎來書信，是臣一位青梅竹馬的妹妹，臣小時候在這位世叔家住過幾載，後來來帝都念書進學，這幾年都是書信來往。家父母提親，世叔說我們只是小時候的玩伴，怕彼此大了不相宜，故而得回去相親。」

皇帝微微頷首，「哦，江按察使家的千金？」

「陛下英明。」

「那你就回去相親吧，親事畢竟是一輩子的大事，不好耽擱，你爹又上了摺子。正好你在帝都這好幾年未回過北昌府了，只管多待些時日無妨，過了年再來，也在家盡盡孝道。」皇帝直接就允了紀珍的假，紀珍再三謝了皇恩，回家收拾一番，留下老成家將看守宅院，就帶著侍衛趕路回家相親去了。

皇帝特意去慈恩宮將事情與謝太后提了一句，謝太后論年紀已是將將六旬之人，面貌仍若四十許人一般，只是鬢邊兩縷白色，平添出幾許歲月滄桑，她聞此事也只是微微頷首，「聽說紀江兩家早就有些交情。」

「是啊，他們都是蜀人，紀夫人好像曾與江太太有恩，紀珍少時還在江家住過不短的時日，與江家孩子們相熟。」皇帝道：「看紀珍那著急相親的勁兒，可見對這親事上心。」

謝太后笑道：「可見人家是青梅竹馬。」

「是啊，朕瞧著也是。」

「紀容駐守北靖關多年，這些年北靖關平順，紀容功勞不小。紀珍是他的長子，少時便孤身來帝都求學，頗是不易，又是在皇帝跟前當差，倘紀珍定下親事，皇帝不若賜婚，也添紀家榮耀。」謝太后道。

皇帝此時當真就將心悉數放下了，謝太后並非他生母，他是謝太后一手撫養長大，與嫡母情分不可謂不好。只是礙於楚王一系與謝太后的交情，皇帝不好插手此事，幸而紀家還算忠心，能與江家聯姻，自是再好不過，而謝太后令他賜婚，皇帝便也放心了。

阿曦可是不曉得紀珍舅舅在帝都還有這些煩難，她見到紀珍舅舅時已是七月了，阿曦放學就見一人站在女學門外，哎喲，那俊美的相貌，那通身的氣度，讓阿曦這見慣她哥美貌的人都不禁多瞧幾眼。可怎麼看怎麼有些眼熟啊，阿曦還在偷偷瞧人家呢，就見這人開口了，笑著招手道：「曦妹妹。」

這一聲曦妹妹，總算是叫阿曦慧上心頭。

阿曦眼睛一亮，連忙奔過去，笑道：「珍舅舅，你怎麼來了？」

女學裡正趕上放學，見到紀珍的人不知多少，他又是這樣的容貌，誰不多看他幾眼呢。不過，阿曦此時顧不得同窗了，好幾年不見紀珍，自是有說不完的話。紀珍是帶著馬車來接人的，兩人一起上了馬上，阿曦直接說道：「你在信裡自吹為玉樹，我都不大信，哎喲，這一見面，我可算是信了。」

紀珍笑道：「臨風不？」

阿曦哈哈大笑，問：「珍舅舅，你怎麼一眼就認出我的，我可沒認出你來。你如何這樣高了，得比我哥高一頭。」

「妳也長高許多。」紀珍道：「就是太瘦了。」

「我現在長個子，自然瘦了。」阿曦道：「我就是手胖。」伸出手來，手背還有幾個圓窩窩，「我這手像我娘，哪兒瘦手都不瘦。」

紀珍連忙道：「可別再瘦了，還是胖些好，再瘦下去，風稍大就能吹到天上去。」

「胡說，我也沒有太瘦，你看我的臉，還是圓的。」

紀珍笑，「這樣就很好。」曦妹妹不過是有些少時未褪的圓潤，卻也是小小巧巧的一張面孔，彷彿會發光。

阿曦笑嘻嘻地問紀珍如何這會兒回北昌府，紀珍道：「回來相親的。」

阿曦瞪大眼睛，「珍舅舅，你要成親了啊？」

紀珍看她沒有半點不悅，心中有些失望，轉念一想，阿曦畢竟年歲小，一時不開竅也是有的。紀珍收拾起失落的心情，笑道：「不是成親，是先議親。」

「是哪家的閨秀？我認不認識？」

「這個不急，以後再說。」紀珍道：「不是說以後別叫我舅舅嗎？我才比妳大幾歲，就成天叫我舅舅，我都被妳叫老了。」

「我管江姨叫姨姨，不叫你舅舅叫什麼啊？」

「我跟姊姊各論各的，妳叫我哥哥就行。」

「你不介意就行，我還不是怕叫低了你的輩分，你不高興嗎？」

「我高興得緊。」

紀珍接阿曦放學回家，阿曦一路上都是哼著小曲兒進的家門。

何子衿笑，「見著妳珍舅舅，這般歡喜啊？」

「可不是嗎？阿珍舅，不，阿珍哥去接我放學。娘，您不曉得啊，阿珍哥在女學門前一站，我們女學裡那麼多同窗，九成九都去看阿珍哥，我也偷著看呢，還說誰家的郎君這般俊俏，阿珍哥就叫了我一聲，我才認出他來。」阿曦那話就沒個完了，一徑道：「以前沒覺得阿珍哥長得俊啊，怎麼突然就這般俊了？」

紀珍遞盞茶與她吃，笑道：「要不說男大十八變呢。」

阿曦眉眼彎彎，問紀珍：「阿珍哥，我變了沒？」

「沒大變，就是長高了些。」

「怪道你能一眼就認出我呢。」阿曦道：「娘，阿珍哥這才回來，晚上得做些好吃的。」又道：「記得阿珍哥喜歡吃香蕈菜心，不曉得現在還喜不喜歡？」

紀珍道：「我這人長情，自是喜歡的。」

何子衿笑咪咪地看紀珍一眼，紀珍努力做出落落大方狀，耳朵卻是悄悄紅了。阿曦一無所覺，又說了幾個紀珍往日愛吃的菜，吩咐侍女知會廚下做去了。

阿曄回家，見到紀珍自也歡喜。阿曄雖然少時常因欺負阿曦而被紀珍訓話，但那畢竟是少時的事了，現在都長大了，又是幼時夥伴，自然親近。就是雙胞胎，先時就見了紀珍他娘江夫人這個大財主，給見面禮很是闊綽，想著以前拿過不少紀珍給姊姊的好東西，且紀珍生得又好，還給他們帶了不少禮物，雙胞胎就很高興了。

不得不說，紀珍去帝都多年，這一回來，為人處事大見長進。

就是一樣，紀珍要求他們都改口叫他哥，令阿曄幾個很不適應，阿曄還說：「從來都只見長輩分的，頭一回見著給自己降輩分的，可是有何緣故？」

紀珍笑，「你不久便知。」他還挺有信心的。

紀珍自此就在何家長住，江念始終看這努力做他女婿的紀珍不大順眼，便道：「我看他不是相親，倒似打算入贅一般。」

何子衿忍俊不禁，「阿曦還未開竅，略等等也無妨。」

江念這種典型的岳丈心理，令何子衿有些哭笑不得，還說人家阿珍在他家住著不走，想當年阿念在何家住多少年啊。

當然，此一時彼一時，江念現在是將要做岳丈的人，自是要將派頭拿得足足的，尤其紀珍過來相親，江念就對家裡要求格外嚴格起來，先以男孩子們年紀大了的理由，把阿曄與雙胞胎遷到前院，獨讓阿曦與父母住內院，至於紀珍，當然也要同阿曄雙胞胎一個待遇了。這個待遇就告示著，待得天晚，就不能在阿曦妹妹房間裡說話了。阿曦妹妹的行程多滿當啊，她可不是紀珍這裡特意請了假回來相親的，阿曦每天都要上學，十日一休沐。

江念這一手，光明正大的就讓紀珍吃了癟。

紀珍鬱悶之下，打算走丈母娘路線，他改口改得快，現在就不叫子衿姊姊，而是改口叫大姨了。紀珍成天大姨長大姨短的在何大姨這裡刷存在感，何大姨笑道：「行啦，不必在我這裡費功夫了，我待你如何，你難道不曉得？」

「我自是曉得的。」就是大姨夫比較彆扭啊，紀珍就同何大姨打聽：「大姨，以前我大姨丈是怎麼跟妳示好的？」

何大姨笑咪咪地道：「我們是青梅竹馬，水到渠成。」

紀珍想著阿曦不開竅，真叫人急得慌。不過，阿曦又很關心阿珍哥的起居住所，連阿珍哥的院子都是阿曦親自挑了，裡面的擺設也是阿曦親自幫著佈置的。這樣的貼心，又叫阿珍哥心裡怪高興的。

紀珍白天見不到阿曦，就去何家、胡家、江家送禮，見一見小夥伴們。他幾年沒回來，重陽已是做爹的人了，大寶與興哥兒是舉人，就連二郎也是秀才了。二寶在準備秀才試中。紀珍回北昌府，大家都很高興，重陽還牽頭宴請了紀珍一回，席間問紀珍怎麼突然回來了。

紀珍笑，「我這些年都沒回來，就請假回來在父母跟前盡一盡孝道。還有個頂頂要緊的緣故，現在不好說，以後你們就知道了。」

重陽道：「還神祕兮兮的。」

大寶私下同重陽道：「阿珍可不像是回來盡孝的，他這也是剛回來，不在北靖邊他爹娘身邊待著，就來咱們這兒了。」

重陽深覺大寶說的在理。

紀珍除了見小夥伴，問候長輩，還特意去朝雲道長那裡問好。朝雲道長一向高冷，並未見他，只是留他吃了一盞茶，就讓聞道打發他去了。

除了出門見一見長輩與舊時夥伴，紀珍就是操心阿曦的事，阿曦每天吃啥穿啥，阿曦每天放學，他必然等在女學外頭接阿曦。不過，紀珍去了幾日，阿曦就強烈要求他不要再去，阿曦道：「我們學裡有好多同窗打聽你呢，你就沒發覺，你總在學校外頭等我，別家來接的都派了強健的大僕，生怕你是個拐子，要拐帶人家女兒呢。」

紀珍哭笑不得，「我拐也只拐妳，又不拐別人。」

阿曦眉眼彎彎，「這倒是，別人也不跟你走啊！」又再三說：「阿珍哥，你明兒別來了，女學本來就離我家近，我幾步路就回來了。」

「咱們好幾年不見，我不是想多跟妳一處說說話嗎？」紀珍也是少年心，難免失落。

「平日只要我回家咱們就都在一處啊！」阿曦完全不能體會阿珍哥的心情，還說：「你在我們女學門口，有招蜂引蝶之嫌。」

二人說說笑笑回了家，見過何子衿後，紀珍就去阿曦屋裡說話了。

阿曦回家洗過臉，頭上的釵子都去了，獨留一支東珠單釵做個點綴，雖是素簡，卻更是將雪白精緻的五官襯出一種眉眼如畫的美麗。兩人坐在榻間說話，阿曦就想到阿珍哥回北昌府的正事，同他打聽：「阿珍哥，你不是說回來是相親的嗎？你是打算娶媳婦了嗎？」

「是啊，就是不曉得人家女孩子樂不樂意？」

「你相中誰啦？跟我說，我幫你參謀一二。」阿曦八卦地問，目光閃閃著追問。

紀珍得此良機，心中一動，慢慢引導阿曦，先道：「青梅竹馬。」

「你小時候認識的？」

紀珍點頭，阿曦一拍手掌，道：「這就更有門了，紀將軍和老夫人願不願意啊？」

阿曦的觀念十分正確，先問紀家長輩的意思。

紀珍對於阿曦妹妹稱他娘為「老夫人」稍有不適，不過也顧不得計較這個，點頭道：

「我爹娘都樂意至極。」

「那人家女孩子家裡樂不樂意啊？」

「岳父雖難捨愛女，卻也還瞧得上我。」

阿曦繼續問：「人家女孩子樂不樂意啊？」

紀珍看向阿曦的目光就有些意味深長，「還不曉得。」

阿曦認真地想了想，方道：「既然你們兩家長輩都沒什麼意見，阿珍哥你也這般長情，就該問問人家女孩子。你們是青梅竹馬，情分不同尋常，要是人家願意，這親事就挺好的。」

紀珍道：「她小，還沒開竅呢。」

「多小啊，不會才五六歲吧？」

紀珍險些被阿曦這話噎死，連忙道：「怎麼可能五六歲？我五六歲的時候就與她相識，她現在都十三了。」

阿曦將手一擺，大咧咧道：「那也不小了，又不是三歲，難不成十三還分不清到底中意不中意阿珍哥你啊？」

紀珍就作好奇模樣，「別光說我了，阿曦妳也十三，妳有沒有中意的人？」

阿曦白紀珍一眼，「胡說什麼啊，我豈是那樣的人？」她正色道：「我要成親，必得父母之命，媒妁之言，還得我相中的才行。」

「那妳到底有沒有相中誰啊？」

「當然沒有啦。」阿曦繼續翻白眼，「怎麼著都得我爹我娘先看過的人選，我才會考慮一二。除了重陽哥他們，我就認識你，外頭的男孩子頂多就是偶爾見一兩面，根本不曉得脾氣性情，說什麼中意不中意。我爹我娘就見多識廣了，他們先替我相看，人品過關我再看。」

紀珍笑道：「妳小小年紀，還挺有心眼的。」

「那是，難不成還像話本似的，隨便哪裡見一書生就情迷三竅啊？那些都是腦子有毛病的。」阿曦自己說著也笑了，又追問道：「我還早呢，我要議親，怎麼也得及笄以後吧？阿珍哥你那青梅竹馬現在如何了？」

「現在啊，現在我就想跟她表白心意，又很擔心她不喜歡我。」

「可你不說，人家又不曉得。再說，阿珍哥你這樣的人品相貌，誰會不喜歡你啊，除非是瞎子。就是瞎子，跟你相處久了，也會喜歡你的。」

紀珍喉嚨忽然有些乾，輕咳一聲，「這樣啊？」

「是啊！」

紀珍道：「阿曦妹妹，那妳覺得我如何？」

阿曦道：「我剛不是說了嗎？都喜歡你。」

「我不是說都，別人喜不喜歡我有什麼關係，我是問妳呢？」

「我當然也喜歡你啦，咱們打小在一處，以前我哥欺負我時，都是你護著我。」

紀珍連忙道：「我不是說兄妹間的喜歡。」

阿曦不解了，這有什麼差別嗎？

紀珍剛要提點阿曦，就聽到阿曄與雙胞胎的聲音，紀珍硬生生將要表白的話壓了下去，阿曄同雙胞胎就進來了。阿曄是來說學裡舉行蹴鞠比賽的事，他是書院蹴鞠隊的骨幹成員，雙胞胎在初級組，一時還輪不到他們上場，阿曄是想阿曦過去看他們休沐日的比賽。

阿曦一口應下，道：「我都與阿冰說好了，還有李家大姊姊、二妹妹都一起去。」

雙胞胎道：「大姊，到時我們先跟大哥過去幫妳占位置。」

阿曦道：「成啊！」

紀珍笑，「我也去。」又問要不要準備什麼東西。

雙胞胎道：「帶些水就行了。」吃的不用帶，反正去了也顧不上吃東西。

被大小舅子們這麼一耽擱，紀珍今日未能就勢表白。

原本休沐日紀珍是想約阿曦妹妹上街逛逛的，這下子只能去看阿曄蹴鞠比賽了。待得那日，阿曄早早吃過飯帶著雙胞胎先走一步，阿曦不急，她等著蘇冰和李家兩位姑娘來找她。蘇冰的二哥蘇二郎也是蹴鞠隊成員，李大娘和李二娘雖無哥哥弟弟參賽，但也都會去看。

待兩家姑娘過來，阿曦就與阿珍哥一塊出門了。

紀珍原想與阿曦同車，不過還有兩家姑娘在場，他這麼個大男人，不好意思去坐車。紀珍便騎一匹黑色駿馬，蘇冰過去與阿曦同坐，蘇冰還悄聲道：「哎喲，妳這位珍舅舅還真不愧是人人誇讚的玉樹，打近了一看，真真跟個玉人一般。」

「那是，阿珍哥小時候就長得很俊。」

「誒，怎麼又叫哥了？」

「我們兩家沒血緣關係，阿珍哥不比我大幾歲，他怕我叫舅舅把他叫老，讓我改口。」

蘇冰聽得直笑。

李二娘也鑽過來，跟阿曦打聽紀珍的事：「這是你家什麼親戚啊，長得可真俊。」

「是我阿珍哥。」阿曦一副低調都低調不起來的得意樣兒，「俊吧？以前妳們總說我哥長得俊，其實我還是覺得阿珍哥更俊些。」

李二娘道：「妳哥也好看，他倆差不多，不知道的還得以為他們是兄弟呢。」

蘇冰也點頭，與阿曦道：「妳是看妳哥看多了，才覺得他不俊，要我說，妳哥主要是年紀沒有妳阿珍哥大，要是到了妳阿珍哥的年紀，肯定也是這樣俊的。」

阿曦想想，亦覺得有些道理。

紀珍騎馬在外，他多年習武，耳聰目明，聽小姑娘在馬車裡嘀嘀咕咕，不禁一笑。待到了官學裡，紀珍就有些不大笑得出來了，無他，阿曦幾人一去，相識的官宦人家的公子忽啦啦圍上一群，而且明明將要做蹴鞠這項運動的小子們，都一副文質彬彬的模樣上前打招呼，姊姊妹妹的嘴甜得不行，連引路都輪不到提前過來幫姊姊們占位的雙胞胎了，有個眉目清秀的小子還極是殷勤地引著幾位姑娘家去坐下。

其實前來看蹴鞠的姑娘家不少，不曉得是不是心理作用，紀珍就覺得，這些小子們待他阿曦妹妹極外親近。紀珍反應很快，一隻手臂虛虛攬在阿曦妹妹身後，另一隻擋在身前，嘴裡還不停道：「曦妹妹小心些，這裡有臺階。」

好吧，紀珍這絕對不是錯覺了，因為他將阿曦妹妹護在懷裡時，多少人眼神不善地盯著他哩。反正如果目光能殺人的話，紀珍已少了半條命。

阿曦笑呵呵地跟人打著招呼，什麼「蘇哥哥」、「周妹妹」的。妹妹倒罷，蘇哥哥啥的，這都是些什麼人啊？

紀珍頂著若干少年的殺人目光，硬是把阿曦一路送到座位上，然後他臉皮超厚地坐在了阿曦妹妹旁邊。雙胞胎連忙過去提醒他：「阿珍哥，這裡是女孩子們坐的地方，男的不能坐，你得坐那邊。」指了指女孩子看臺的對面。

紀珍忙道：「我不在身邊，曦妹妹想喝水吃東西怎麼辦？」

雙胞胎一指侍女，「有丫鬟啊！」

阿曦忍笑道：「阿珍哥，這邊都是女孩子坐的，你坐這裡不大好。」

紀珍只得去了對面，臨去前還與阿曦道：「有什麼事只管朝我揮手，我看得到。」

「曉得了。」阿曦笑咪咪地應了，心情極好的樣子。

阿曦她們這些女孩子一向很受蹴鞠隊的歡迎，一則都是正經人家的女孩子，二則如阿曦蘇冰李家兩位姑娘等好些姑娘都是官宦人家的千金，這些男孩子們哪個不希望在姑娘家面前出出風頭，倘有運道的，說不得以後還能得個好媳婦呢。

比賽開始，明明兩隊人，為啥每隊進了球都要朝女孩子們的看臺揮手啊？紀珍根本不喜歡看這些小子們蹴鞠，他眼睛一直盯著阿曦妹妹呢。誒，阿曦妹妹，妳不要亂朝人揮手啊，妳跟那姓蘇的小子很熟嗎？

事實證明，阿曦的確跟姓蘇的小子很熟。

比賽結束後，蹴鞠隊渾身臭汗，還要休整，紀珍就先帶著幾位姑娘回家了。蘇李兩家姑娘看過比賽很是高興，阿曦也是臉上紅撲撲的，請兩家姑娘去她家玩。今天阿曄請蹴鞠隊的人來自家吃飯，江家有宴席，阿曦相邀，幾位姑娘皆應了。

當晚的熱鬧就甭提了，紀珍也跟著摻了一腳。阿曄跟同窗們介紹紀珍，並未說紀珍是紀大將軍之子，而是說舊交兄長。紀珍因今天守在阿曦身邊死活要做護花使者，以致於蹴鞠隊的人都不鳥他，不過，紀珍拿出在帝都的交際本領來，他本也與蹴鞠隊的少年們年紀相仿，最後不僅聊得高興，還順帶摸清了那位蘇公子的底，原來人家是蘇參政家的二公子。

紀珍一琢磨就曉得了這蘇二郎的門第，簡直是勁敵啊！

紀珍他爹身為北靖關大將軍，正一品高位，較之蘇參政的從三品高五個等級，但要論家勢，紀珍委實不一定拚得過蘇二郎。無他，蘇二郎曾祖是太宗皇帝時的首輔，這位蘇文忠公可不是做了一年兩年的首輔，一做幾十年，一直做到太宗皇帝仙逝，及至先帝登基，蘇文忠公還做了多半年的首輔呢，後因病過世，諡文忠，可見朝廷對這位老相爺的看重。當然，這是蘇二郎祖上的事了，何況蘇二郎曾祖哪怕文忠公也早過世了，但紀珍在帝都多年知曉，蘇文忠公是死了，眼下陛下的中宮皇后也是姓蘇的，論血緣與蘇二郎都不會太遠，而蘇二郎的祖父，就是現在的刑部尚書，已是入閣為相，雖非首輔，卻是正經閣臣。

所以，論門第論家勢，紀珍還有些拚不過蘇二郎的勢頭。

紀珍晚上失眠半宿，就是分析這蘇二郎來著，好在家勢門第拚不過，他卻是與阿曦妹妹一塊長大的，這番青梅竹馬的情分，想來蘇二郎是拚不過的。

第二天傍晚，紀珍頂著兩個黑眼圈，還不忘同阿曦打聽蘇二郎時，阿曦用帕子包了煮雞蛋給紀珍消黑眼圈，一邊道：「蘇二哥是阿冰的哥哥啊，我哥跟他同在詩社，他們常在一起作詩，可酸可酸了。」

多狡猾啊，都打入內部來了！紀珍閉著眼睛，如是想。

紀珍琢磨蘇二郎時，蘇二郎也問妹妹：「那個紀公子怎麼同江家妹妹這般相熟啊？」

蘇冰是阿曦的閨密，阿曦每年都會收到紀珍送她的東西，小女兒家，哪怕阿曦一向是個低調的，也難免與閨蜜提個一句半句，蘇冰道：「聽阿曦說，紀公子與她是自小一起長大的，他們小時候就常在一處玩。」

蘇二郎問：「這紀公子是哪家的公子啊？」

「沒聽阿曦說過。」蘇冰道：「不過，阿曦與紀公子情分可好了，以前紀公子在帝都，每年都會著人送東西回來給阿曦。阿曦還說，紀公子因生得好，帝都人都誇他是玉樹。」

玉樹不玉樹的，不就生得略好些嗎？蘇二郎十分討厭紀珍圍在江家妹妹身邊那一副狗皮膏藥似的揭都揭不下來好像與江家妹妹如何親近的模樣。

蘇二郎倒不是對阿曦有什麼男女之情，他今年不過十五歲，只是因他們兩家本就親近，蘇二郎與阿曄交情就好，他略長阿曄兩歲，阿曦與蘇冰很好，有時還會在蘇家住下，蘇冰也在江家住過，故而，蘇二郎也會看顧阿曦一些。當然，隨著年紀漸長，蘇二郎也不是瞎子，阿曦生得那般美貌，哪怕小兩歲，蘇二郎也很願意照顧她的。今天突然來了個紀珍，人前人後守在阿曦身邊，蘇二郎如何能高興得起來。

紀珍與蘇二郎就這麼相看兩相厭了。

因有勁敵在側，紀珍琢磨著要表白就得快，不然怕這姓蘇的要挖自己牆角。

然而，紀珍越是著急，越是沒有合適的機會。

而且，阿曦妹妹，妳怎麼不問哥哥意中人的事啦？

大冷的天兒，紀珍硬是急得上火，嘴角起了一圈燎泡。

倒是阿曦，因天冷，給朝雲祖父做了襪子要送去。紀珍也跟著一起去，還說：「這回我沾妹妹的光，上回我去請安，沒能見著祖父。」他也改口叫祖父了。

阿曦道：「祖父現在上了年紀，時常在家看書，或是與大儒爺爺下棋聊天，鮮少見人了。你沒與我說，你要是與我說，上回我就同你一起去了。」

紀珍微微一笑，扶了阿曦上車，兩人同乘一車，去了朝雲道長的莊園。

朝雲道長見著紀珍仍是淡淡的，略說幾句話就叫他自去消遣。朝雲道長與阿曦說話，看了阿曦送的襪子，笑道：「這繡花已是不錯了。」

阿曦道：「那是，外祖母說我比我娘小時候繡的花要好。」

朝雲道長哈哈一笑，就要把兩雙襪子收起來，阿曦忙道：「祖父一雙，大儒爺爺一雙。繡梅花的是祖父的，繡蘭花的是大儒爺爺的。」

朝雲道長很鬱悶，羅大儒呵呵直樂，一副欣慰模樣，拈著鬍鬚道：「還是咱們阿曦好啊，處處想著大儒爺爺。」

阿曦道：「趕明兒我多做幾雙。現在還不是很冷，這是薄棉襪，待天冷了，我織羊毛襪來穿，那才叫暖和呢。」

與兩位祖父級的人物說會兒襪子的事，阿曦悄聲道：「祖父，我有事同您說。」

這回輪到羅大儒鬱悶了，小姑娘的祕密明顯不打算說與他知曉，朝雲道長笑道：「你就先去歇歇吧，阿曦只說與我一人知道。」

羅大儒起身道：「阿曦，要是這人沒什麼好主意，只管來尋我，我智慧勝他百倍。」

「你小心著些吧，大冷的天，別把屋頂吹翻了才好。」

兩人又鬥幾句嘴，羅大儒方帶著聞道等人退場了。

阿曦這才神祕兮兮地道：「祖父，阿珍哥好像喜歡我。」

朝雲道長：……

好吧，阿曦畢竟年紀小，朝雲道長還以為她早就知道那紀家小子的心思呢。

朝雲道長先是沉默片刻，方一本正經地問：「這話從何說起？」

阿曦道：「阿珍哥親自與我說的，他中意的是青梅竹馬的姑娘，還說那姑娘十三，小時候就在一處，兩家父母也是願意的。您說，這除了我還有誰啊？」

「那妳是怎麼說的？」

「我啥都沒說，裝成聽不懂的樣子。您說，這多嚇人啊，以前我都當他是小舅一樣的，這次一見面，他先降成哥哥輩，接著就是跟我說中意我的話。哎喲，這可怎麼辦呀？」

「這有什麼難辦的？喜歡妳就點頭，不喜歡就搖頭，以後另找一個。」

阿曦罕見的有些害羞，道：「阿珍哥對我這麼好，我又不是木頭人，自然是有感覺的，可我以前都當他是小舅舅一般，又覺得有些彆扭。」

朝雲道長道：「這好辦。」

阿曦正想聽一聽朝雲祖父的主意，朝雲道長問她：「這事妳與妳爹娘說了沒？」

「沒呢，我爹現在看阿珍哥不順眼，處處挑他毛病。我娘就看阿珍哥笑咪咪的，就是問我娘，我娘也會說看我的主意。他倆都不成，我就找祖父來商量了。」

朝雲道長心中熨貼，想著還是阿曦有眼光，知道有事找祖父商議。

朝雲道長道：「妳先去玩吧，這事我來幫妳解決。」

阿曦好奇，「如何解決？」

朝雲道長笑，「妳先去玩，一會兒就曉得了。」

「我現在就想曉得。」阿曦撒嬌。

「好吧。」朝雲道長拿她沒法子，喚了聞道進來，命人將紀珍叫來，然後朝雲道長對紀珍道：「你那心思，阿曦已知曉了，只是她以前一直當你如舅舅一般，陡然間覺得有些彆扭，你覺得這事當如何？」

朝雲道長此話一出，紀珍是狂喜，阿曦是目瞪口呆，然後，阿曦得出一個教訓：婚姻之事，切不可找祖父這樣的老光棍商量，這也忒直接粗暴啦！

阿曦真個悔死了，要是知道朝雲祖父會這樣直接，她才不找朝雲祖父商量呢。

當然，這悔也是以後的事了，眼下朝雲祖父把窗戶紙捅破，叫少女曦多沒面子啊。要知道，她可是一直走淑女路線的人哩。尤其阿珍哥那灼灼目光，越發叫少女曦不淡定。

最淡定的就是朝雲祖父了，朝雲祖父還等著紀珍的回答呢。

紀珍連忙定一定心神，道：「我知道阿曦一時怕是轉不過彎來，不過，我們都還小，慢慢來就好，是吧，曦妹妹？」

曦妹妹哪裡肯理他，臉紅紅地看向別處。

紀珍傻笑兩聲，朝雲道長可不是來聽這個的，將手一擺，「這是你的事，現在不是允你，只是提點你一二。有兩件事，第一，必須請動陛下賜婚，這親事才能成。賜婚的事，你們紀家去辦。第二，婚前乾乾淨淨，婚後乾乾淨淨，明白嗎？」

紀珍立刻點頭，「明白！」這兩字說得擲地有聲，他現在簡直是滿腹情思想與阿曦妹妹分享。朝雲道長把自己的意見表達清楚，便道：「今日不留你們吃飯了，去吧。」

阿曦偏生不好意思起來，道：「我不走，我得吃了飯才走。」

紀珍屁顛屁顛地道：「那我也吃了飯再走。」

阿曦橫紀珍一眼，又橫朝雲道長一眼，想著，阿珍哥現在看一點都不玉樹啦，活脫脫似個狗腿，再看朝雲祖父，一副「我把大事幫妳搞定」的邀功模樣，阿曦內心不由十分惆悵，覺得這世道當真是越來越叫人難以理解了。

兩人非要留下吃飯，朝雲祖父很高興，就讓廚下做些阿曦愛吃的，至於紀珍，他本來就是沾阿曦的光才能見到朝雲道長，在朝雲道長眼裡，這就是個入贅的，沒什麼需要考慮的。

當然，在吃晚飯時，紀珍的表現還挺讓朝雲道長滿意，很會照顧阿曦啊，給阿曦布菜盛湯啥的，一看就是做熟的。

吃過飯，就不能不走了。

阿曦本來想讓阿珍哥騎馬的，主要是阿曦是走淑女路線的，他們這事兒，既被朝雲祖父說破，在阿曦心裡，這事兒就是定了的。那啥，當然不好同坐一車了。

她剛要開口，紀珍就打了個噴嚏，阿曦想都沒想，忙忙道：「阿珍哥你快上車。」

紀珍先扶阿曦上去，待兩人都坐車裡了，車壁掛著琉璃燈，雖燈光不大明亮，阿曦也看得清楚紀珍那笑咪咪的模樣，就知道自己上當了，不由輕哼一聲。

紀珍哄她道：「妳本是個大方人，如何扭捏起來？」

「我這是扭捏嗎？不要說親事還沒定下，就是定了，咱們也得遵禮法而行。」

「那是。」紀珍表示同意，卻還是道：「曦妹妹，妳早就曉得我的心意，如何還裝作不知呢？我這些天急得一宿一宿睡不著覺。」

阿曦有些理虧，也有自己的理由，「這怎麼好意思說啊，我還想再問問我爹我娘呢。」

「不用問了，岳父岳母早就同意了。」

「快閉嘴，八字還沒一撇，如何就敢這樣叫？」阿曦嗔他一句。

「大姨、大姨夫。」紀珍立刻改口，態度認真又懇切，要是阿曦妹妹是那樣隨便的人，他也不會喜歡了。紀珍道：「妳放心，我爹我娘早就跟大姨大姨夫說過的，咱們兩家長輩都覺得這親可做，就是大姨他們擔心咱們這些年沒見，不知咱們的情分可還似以往，我就跟陛下請假回來了。曦妹妹，我問一句，我待妳如從前，妳待我呢？」他還挺會說的。

阿曦卻是個認真的人，雖年紀尚小，卻邏輯清楚，不好糊弄。阿曦道：「以前我都當你是個小長輩，咱們那會兒都小，難不成你那會兒就對我有意思了？」

「剛開始我就當妳是妹妹，後來慢慢長大，我要去帝都，就特別捨不得妳。到了帝都，我誰也不認識，時常想起妳。咱們寫的信，我都留著呢。我比妳年長幾歲，開竅也比妳早，妳也知道，我爹我娘都是三十幾歲生我的，我又是長子，十五歲時父母就想為我議親了。那會兒我就覺得，我這心裡時時放不下妳，可妳年紀比我小，我怎麼能提這事呢？我就跟爹娘說了，再等三年，等妳及笄才好提。沒想到，這才第二年就險出事。」

「什麼事啊？」阿曦問。

「我也不曉得是何等緣故，我自認舉止言行皆在禮法之內，就是在御前做侍衛，也都是恪盡職守，不曉得為何，楚王郡主忽然就對我有意。」

阿曦驚呼一聲，「還有這事？」將阿珍哥仔細看了一回，覺得阿珍哥生得這般俊俏，也不怪能入人家郡主之目。阿曦挺擔心的，生怕郡主對阿珍哥不利。這就是青梅竹馬的好處了，小時候的情分都在呢，自然就多一重關心。

「可不是嗎？我初聞此事，都不能相信。」馬車有些晃，紀珍是想攬著曦妹妹的，知她害羞，便不好動了。紀珍先同曦妹妹說楚王郡主之事，他道：「咱們倆自幼相識，我也是到十四五歲上才曉得自己對妳的心意。妳說那郡主，我與她從未相識，對彼此性情一無所知，她便說對我有意，這豈不荒謬？或者，她是看我生得比他人略好些，可這好模樣又能有幾年的光景，人總有老的時候，或者以後有了生得更俊的人，她是不是就會再相中他人？我委實不知如何是好，只得處處躲著那位郡主。思來想去，就跟我爹去了信，想著若妳也願意，咱們兩家先把親事定下來。」

阿曦聽到楚王郡主這事，不禁道：「哪裡有這樣的事啊，又不是搶親，就是再怎麼相中阿珍哥你，也得問一問你的意思吧？」

「妳哪裡知道這些宗親貴主們的想法呢？」紀珍輕輕握住阿曦妹妹的手，輕聲道：「唯願執子之手，與子偕老。」

阿曦覺得阿珍哥怪肉麻的，不過，也怪叫人開心的。阿曦就唇角翹啊翹的沒說話，紀珍也只是握著阿曦的手，享受一時浪漫。

不一時，阿曦小聲問：「在帝都是不是很辛苦啊？」

紀珍道：「不怎麼辛苦，就是親人不在身邊，怪孤獨的，所幸後來我交了幾個朋友。」

待回了家，紀珍與阿曦一起去向江念與何子衿問安，說了在朝雲道長家吃飯的事。阿曦三不五時就要去朝雲道長那裡，夫妻倆早就習慣了，就是看阿曦臉上有些羞澀，與紀珍之間有些淡淡的什麼東西不一樣的感覺。江念何其聰明，目光嚴厲地上下打量了紀珍好幾遭，那眼神似是能透骨穿心一般。何子衿笑道：「行了，都回來就好，自去歇了吧。」

紀珍經受老丈人的死亡凝視，沒敢再去阿曦妹妹那裡說話，很乖地回了前院。阿曦回自己院裡休息，江念防賊一般的口氣與子衿姊姊道：「我看阿珍這小子不大老實。」

何子衿含笑望他，「你只說別人，你當年還沒阿珍這麼老實呢。」

「他豈能跟我比？」江念一副「兩人根本不具備可比性」的模樣。

何子衿拉他手，「行啦，明兒阿曦會跟我說，我猜阿珍肯定是把話跟阿曦挑明了。」

江念心中亦是認同子衿姊姊的猜測，只是難免彆扭，瞪眼道：「小子豈敢這般唐突？」

阿曦果然第二日就同她娘說了，還抱怨了朝雲道長一通，道：「祖父也真是的，我是想跟他問個主意，他一下子就跟阿珍哥說了，叫我可沒面子啦！」

何子衿笑道：「妳祖父就是這樣的脾氣，在他看來，這種事直說就是，只要妳點頭，阿珍肯定也願意的啊！」

阿曦扭著帕子道：「一點也不委婉，我還想聽阿珍哥跟我左暗示右暗示叫我猜呢。」

何子衿笑道：「行了，阿珍好不容易回來，妳既也願意，這事就早些定下吧。」

阿曦道：「娘，您說，我要是跟阿珍哥訂親，那個什麼郡主會不會記恨我們啊？」

何子衿沒想到紀珍把這事都同阿曦交代了，可見也算心誠，她無所謂道：「管她做什麼，要是阿珍有意，早在帝都就同她定下了。也不是妳破壞了他們，妳跟阿珍小時候就認識，只要是個明白人，就當知曉世間緣分有深有淺，是半點都怪不到別人頭上的。」

阿曦還有些擔心，「那楚王會不會報復咱家跟阿珍哥家啊？」對了，阿曦想起來，「祖父同阿珍哥說，要讓阿珍哥家請旨賜婚呢。」

何子衿驀然一笑，「這就是了，倘有聖旨賜婚，這親事便是陛下的意思，楚王府如何還敢對我們兩家不利？」隨江念做官這些年，何子衿當官太太也有些年頭了，深知這官場中可不是以身分地位論高下，皆是各憑本領的。何子衿同閨女說了說什麼是藩王宗親，且他們雖尊貴，也有頗多掣肘之處，何況這親事，略明白的藩王也不能叫閨女嫁給守邊大將之子。

阿曦此方放下心來，擔憂一去，還美滋滋地同她娘道：「祖父昨兒還與阿珍哥說了，叫他成親前乾乾淨淨，成親後也要乾乾淨淨的。」

「這話江夫人在提親前就同我和妳爹說過，妳祖父與阿珍提自是更好。」何子衿道：「這自來過日子就是兩個人最好，家中有妾室，雖說是以妻為貴，可做人哪個能沒有私心呢？人一多，事就多，私心也就多了。這上頭妳自己要注意，卻也不要把阿珍當賊看著，妳自己夠優秀，疼他愛他，他又不是木頭，定也會知妳的好，不會負妳。」

阿曦仍有些不大懂，但都記下來了。

好吧，現在就跟阿曦傳授馭夫之術，何大仙也忒著急了吧？

實際上，著急的不是何大仙，而是紀珍。

紀珍見阿曦妹妹點頭，就厚著臉皮同大姨大姨夫商量著訂親的事了，他還得回家跟父母商量賜婚之事。對於朝雲道長提的賜婚的要求，紀珍並不覺得是為難於他，反是給紀珍提了醒。倘他與阿曦妹妹的親事是陛下親賜，一則堵了楚王府的嘴，二則也叫天下人知道，還有北昌府那些毛頭小子們，離他家阿曦妹妹遠些才好。

雖然先時兩家已將這事說好了，只要孩子們願意，就將事定下來。今人家紀珍提及訂親一事，也不算不妥，但原諒江念這做親爹的吧，他可就這一個閨女啊，閨女才十三，就被某家臭小子定下了，這親爹心情如何有好呢？江念若不是礙著面子，都想悔婚了。

紀珍這毛腳女婿是瞧出岳父那彆扭心思了，他是絕對不能給岳父說「不」的機會的，然後他白天在大姨跟前說笑，晚上到大姨夫那裡刷存在感，而且時不時表現出我跟阿曦妹妹如何要好如何青梅竹馬，誰也不能棒打鴛鴦的氣場來，把大姨夫給憋悶壞了。

江念私下與子衿姊姊道：「不曉得岳父當年是不是也與我一樣的心情。」

何子衿笑道：「父親自來當你如兒子一般，我倒覺得，將我嫁你，父親方放心。」

「是啊，我那會兒別看年紀小，卻是極穩重的。妳看阿珍，成天婆婆嬤嬤的，沒點大人的穩重勁兒。我十六上就是探花了，他這會兒功未成名未就的。」總之在誇讚自己同時，就是看女婿問題多多。

何子衿也不吝於誇讚丈夫：「這世上有幾人能與你相比啊？聽說就是當年的薛帝師，也是十八上才中進士。」

江念雖自信，卻也不至於自信到與薛帝師比肩，江念道：「那不一樣，薛帝師當年三元及第也不過十八，我雖早兩年登榜，卻只是探花。」

何子衿道：「這世間再想尋個能與你相提並論的，委實不容易，我看阿珍也不錯，對咱們阿曦多好啊！」

「要不是還有這麼一星點兒的可取之處，我哪裡會同意這親事？」江念長嘆，「要是早知今日，該把阿曦說給重陽。」重陽就在身邊，跟入贅也差不多。紀珍這個，雖然江念時常諷刺紀珍住他家不走像入贅，但也知曉紀珍是紀容嫡長子，對他的前程，紀容當自有當排。

何子衿笑，「你又胡說了，重陽比阿曦大六歲呢。何況，重陽中意的是阿媛那種的，阿曦不是那樣的性子。」

「也是，重陽愛厲害的。」江念唉聲嘆氣好幾日，待入了八月，天氣轉冷，眼瞅就下雪了，也曉得紀珍回來一趟不容易。這爹娘跟前還未盡孝，也不好總在他家住著，江念就打發他回去了，還板著臉同紀珍說了好半日的「君子當克己守禮」的話。

紀珍聽話還是很會聽重點的，「謝岳父允婚，小婿這就回家同父母商議訂親之事。」

江念暗暗翻白眼，心說，你個狡猾小子，你哪隻耳朵聽到我允婚了？到底也沒反駁，只是輕哼一聲，道：「眼瞅天涼了，你就回家去吧。再有什麼事，打發個人過來就是，這麼大冷的天，就別一趟一趟的折騰了。」再加一句：「好生孝順你爹娘。」

紀珍認真應了。

江念原以為說完這話，當天不走，紀珍第二天也得收拾東西，誰曉得這小子屁股沉，光告別就跟阿曦告別了三天，這才磨磨蹭蹭，當然，也可以形容為依依不捨地走了。

紀珍一走，江念心情大好，覺得跟自己搶閨女的臭小子總算不在跟前礙眼了。

每天江念與子衿姊姊一起床，紀珍就挽著阿曦的手過來請安，至於這小子每天早起等閨女梳妝一事，江念更是看他不順眼。話歸原處，早起紀珍過來請安問好，待江念去了衙門，紀珍就陪著何大姨說話，一說說到下午接阿曦放學回家，然後待大姨夫江念落衙回家，紀珍就與阿曦在江念跟前說話，一說說到吃晚飯。吃過晚飯，江念立刻打發兒子們同紀珍去前院睡覺，不然怕紀珍得說到他與子衿姊姊安歇不可。

所以，這些天江念可謂是睜眼就見紀女婿，想想就知道多鬧心了。

如今紀女婿一走，江岳父立刻精神抖擻。

阿曦都悄悄問她娘：「我爹是不是不喜歡阿珍哥啊？記得以前爹還常誇阿珍哥懂事呢，這次阿珍哥回來，爹總看他不順眼。」

何子衿笑道：「等以後阿珍有了閨女，自己將做岳父那一日，就明白妳爹的心了。」

紀珍對於岳父的心態早琢磨一百八十遍了，雖然嘴上不好說，但他覺得，岳父有些小心眼，不如岳母疼他，還暗想，待以後他與阿曦妹妹有了兒女，他一定不這般為難女婿。好吧，這樣的大話，也就是現在想一想了。

紀珍頂著北風回了家，跟家裡報喜，阿曦妹妹總算點頭了。

紀容看長子一副歡喜不盡的模樣，道：「虧你先時牛皮吹天上去，不是說跟人家姑娘青梅竹馬如何好嗎？我還為你住江家不回來了呢。」

紀珍剛去了外頭的狐皮大裘，一襲寶藍色家常棉袍，端的是眉目如畫，再加上人逢喜事精神爽，神采飛揚，也不介意他爹打趣，笑道：「先時曦妹妹當我如親哥哥一般，她年紀小，平日裡哪裡會想著成親嫁人的事，我要懵頭懵腦直接說，嚇著阿曦妹妹可怎生是好？再者，我岳父疼閨女得緊，以往待我多好，就因我這一提親事，岳父就看我多挑剔了。」

紀容其實不大喜歡長子這容貌，長子生得像他，每見到長子這張美貌過人的臉，紀容哪怕已歷練得心若鐵石，也不禁念起些微舊事。只是，長子少時就去江家求學，略長大又往帝都念書，這好不容易回家，他若再板張臉，怕父子就要生疏。當然，這事是妻子提醒他的，原本紀容不大在意，想著這些年一步步的他都是為著長子好，何況一向是嚴父慈母……但妻子硬是看不慣，兩人為此還吵了一架。紀容雖是大將軍，卻是沒吵贏，還被婆娘在脖子上撓了兩把。哎喲，幸虧現在是冬天，都是穿高領衣裳，不然紀大將軍臉面難保。紀珍回家時，夫妻倆剛和好，紀容只得露出個和氣樣，跟兒子說些家常話。

紀珍正是歡喜時候，也沒在意他爹怎麼就轉性了，倒是他娘聽了笑道：「要說別人家兒子稀罕，你岳家可不這般，你岳父三子一女，就阿曦這一個閨女，自然要多疼她一些的。」

紀珍笑，「這倒也是。」又跟爹娘說了提親兼請旨賜婚的事。

紀容眉梢一挑，「賜婚之事是你岳家提的？」

「朝雲祖父提的。」

紀容就不好再說什麼了。

江夫人道：「這主意好，倘有陛下賜婚，不僅體面，楚王郡主也不得不歇了心思。」

紀容自然也知這事兒若能辦成自是好事，只是想陛下賜婚，得尋個妥當法子才好。唉，這方先生聽說不問俗事的，乍一出手就頗見功底啊。

紀珍根本沒把楚王府放在心上，他又不傻，不說他對楚王郡主沒半點意思，就是真有意思，為著家族，也不能與藩王郡主聯姻。兩家便是關係略緊張些，於紀家也不是壞事。

紀珍催著他娘趕緊準備聘禮，明年他還要回帝都，在這之前，可是得把與曦妹妹的事定下來才好，不然北昌府有那些總在曦妹妹跟前獻殷勤的小子們，紀珍著實不大放心。

對於長子在親事上的急切，紀容私下都說：「跟八輩子沒成過親一般。」

江夫人淡定地道：「八輩子有沒有成過親不曉得，這輩子還沒成過親是一定的。」

紀容：媳婦是在說笑嗎？

紀珍回了北靖關，阿曦同朝雲祖父說了一聲。

朝雲道長對於紀珍是走是留不大在意，道：「走就走吧，他是得回去準備一二。」

阿曦想到先時之事，還說一句：「祖父，您真是太直接啦！」

「這直接嗎？」朝雲道長有些不解，「妳相中他是他的福分，我這一說，他只有高興的，而且，紀珍是挺高興的啊！」

好吧，這就是平民思想與權貴思想的區別了。一般平民遇此事大都會想，你樂意，我亦樂意方好，而權貴的思想是：我樂意你，你會不樂意我？

阿曦在研究了一回朝雲祖父的想法後終於明白，為啥阿珍哥那麼不喜歡楚王郡主了。

阿曦這親事，除了自家商議，何子衿也悄悄同娘家提了提，沈氏道：「阿珍也是咱們看著長大的，就是現在阿曦年歲略小些。」不過想想，紀家也是一品大員之家，這世間比紀家再好的人家也不多了，沈氏對外孫女這親事還是滿意的，道：「就是那郡主什麼的事，可得料理清楚，別叫人家記恨。」

何老娘對此的意見是，「嗯，知根知底的孩子，不錯，先定下也好，別叫阿珍被人搶走。我看阿珍生得實在俊俏，他又年長幾歲，打他主意的人家一準兒不少。」又說：「阿曦起碼過了及笄禮才能出嫁啊！」

何子衿笑，「怎麼也要十七才好嫁人的。」

何老娘一副老謀深算的模樣，「先定下來，別看好媳婦好尋，略差不多的人家養出來的閨女都不會太差，這好女婿可是難找，過這村沒這店，何況阿珍這般俊的。」兩次提及紀珍俊俏，對於只愛誇自家孩子的何老娘而言，可見紀珍這顏值還是經得起推敲的。

沈氏笑道：「咱們阿曦也不差，阿曦這模樣，比子衿當年還俊三分。」主要也是外孫女拿得出手，要不紀家也不能這麼早就來提親事，寧可拒了郡主也要娶自家外孫女。

何老娘也很是高興，「我一出門，只要說到咱們阿曦，沒有人不誇的。」

沈氏道：「可不是嗎？杜提學太太就常在我跟前說起阿曦，還有蘇參政夫人。阿曦不是與蘇姑娘也挺好的，那蘇家二郎，聽聞才學亦是不差。」

何子衿當真考慮過蘇家，不過，紀家先來提的親，他們對紀珍的了解也更深，且兩個孩子又是青梅竹馬，江念與何子衿商量後，方才應了紀家。還有一樣，紀家人口簡單，紀大將軍據說是族人現在也沒幾個了，而蘇家是大家大族，人口眾多，勢力複雜，雖族人居高官者眾，何子衿還是擔心閨女到這種大家大族受苦。不說別的，就是大家族那些人際關係，人情往來，也夠費心費力的。不如紀家這樣人口簡單的人家，一樣是官宦人家，雖不比蘇家家族勢大，事情到底略少些的。

阿曦與紀珍的親事，蔣三妞、何琪知曉後都說好。

蔣三妞笑，「不僅門第配得上，最難得的是青梅竹馬，咱們也算看著阿珍長大的。」

說到親事上，何琪道：「我想給隋姑娘說一門親事，也不知成不成？」

幾人都是知道隋姑娘的事，再加上隋姑娘的爹隋夫子是官學的先生，家裡孩子們大都被這位隋先生教導過課業。先時隋姑娘和離，大寶和阿曄等人都幫過忙的，所以，對隋家的事大家都不陌生。蔣三妞就說：「隋姑娘和離在家，她又年輕，能再嫁自然是最好的。」

何子衿問：「不知是哪家的公子？」

何琪道：「是我家隔壁的一位張秀才，媳婦去歲生孩子時難產去了，他傷心得很。我想著他們兩家都是書香門第，倒也配得。那張秀才年紀不算很大，今年整三十，家裡一子一女，姑娘略大些，今年九歲，兒子才不過一歲多。隋姑娘畢竟不能生育，她要是到了張家，好生將這張姑娘和張小郎帶大，這與親生的又有什麼差別呢？那張秀才家裡不算太富，卻也有五六百畝田地，吃穿不愁的。」

蔣三妞道：「這親事倒是不錯。」

何子衿想了想也說：「隋姑娘比張秀才小幾歲，只要張家家裡人好，倒也不失為一樁好姻緣。就是一樣，後娘難當啊！」

何琪道：「誰說不是呢？可隋姑娘這種情況，能遇著張家小郎這樣不記事，而且生母是生產去了的，不能不說是運道。倘是別個人家，孩子們都記事了，那更難做。」

大家說了一通隋姑娘的艱難來，何子衿不禁暗嘆，隋姑娘這情況，不要說擱現下，就是擱何子衿曾生活的年代，能看透的也不多。

何琪是個熱心人，見大家都說這親事可做，心中很是歡喜，說回家就操持的。只是，何琪這樣說過後，就沒再聽到有關隋姑娘親事的消息，倒是阿曦同她娘商量：「學裡管雜務的方嬤嬤病了，紀嬤嬤給了方嬤嬤假，聽紀嬤嬤說，方家人過來學裡稟了，方嬤嬤得了風寒，得將養著呢。學裡少個管雜務的嬤嬤，娘，您說讓隋姊姊來學裡代替方嬤嬤的差好不好？」

何子衿心中一動，「前兒還聽妳何舅媽說要給隋姑娘說一門親事呢，她哪裡有空？」

「沒聽說啊，我只聽隋姊姊說，有幾家媒人往她家說親，只是她不大想成親，更不想給人去做後娘。她在家吧，隋師母一直叨咕她，她就跟我打聽女學有沒有合適活計，她願意過來做。」阿曦與隋姑娘差七八歲呢，兩人硬是能說得來。

何子衿問：「隋家能願意她到女學做事？」

「這有什麼不願意的，隋姊姊之前還做繡活到三姨媽和何舅媽的繡坊去寄賣呢。在女學裡管些雜務，比她做繡活輕鬆，而且是隋姊姊主動跟我提的。」

何子衿沒什麼意見，道：「倘隋家樂意，妳去跟紀嬤嬤說一聲，讓隋姑娘先去見紀嬤嬤。若是紀嬤嬤允准，就讓隋姑娘過來吧。」

待到八月十五，於別的地方，可能是闔家賞月的日子，於北昌府已是滴水成冰的氣候。就這樣的氣候，紀珍打發人送來頗是豐厚的中秋禮，那禮單一看就是按著岳家的例送的。如今尚未成親，這禮江家是不必回的。這也是時人規矩，訂親之後，但凡三節，男方都要給女方送節禮。

阿曄有些奇怪，道：「阿珍哥家怎麼送這樣厚的禮啊，與往年頗有不同。」

何子衿笑咪咪的，也不打算瞞兒子了，「阿珍要和你妹妹訂親了。」

這句話對於阿曄的打擊不亞於一個九天玄雷落下，阿曄大張著嘴，都不能信。何子衿見兒子瞪著眼張著嘴都不會動彈了，連忙喚他兩聲：「阿曄，怎麼了？」

阿曄震驚地問：「到底怎麼回事？為啥我妹要嫁人啦？」

何子衿道：「不是嫁人，就是先訂親，出嫁的事以後再說。」

「那也不該這麼突然啊，胖曦還沒及笄呢，這……這是要做童養媳嗎？」阿曄意見大得不行，虛握著拳頭道：「娘，您怎麼不早跟我說，我好去打聽一下阿珍。咱們好幾年沒見了，萬一他在帝都不老實，學壞了怎麼辦？豈不是把胖曦一輩子都坑了？」

「已經打聽過了，阿珍挺好的，並沒有學壞。」何子衿連忙安撫兒子。

阿曄氣哄哄地哼一聲，「那也沒有這麼早就來女孩子家提親的，誰家提親不是待女孩子及笄之後啊，他這麼急，一看就是有貓膩。」

不得不說，阿曄還是很聰明的，一眼就看出紀家這著急之處來，何子衿便把楚王郡主的事兒告訴了阿曄。聰明人的好處就是不會無理取鬧，阿曄聽母親說了此事，雖有些惱意，卻不會說紀珍招惹楚王郡主的話。倘是紀珍主動招惹的，怕紀珍就不會急惶惶回來找他妹訂親了，想來是那郡主有失禮之處。

阿曄思量片刻，仍是與他娘道：「娘，您跟爹也忒好說話了，再怎麼也該叫他把郡主那事兒料理清楚，這麼趕回來跟胖曦訂親，豈不是明擺著把胖曦當作擋箭牌嗎？」

何子衿笑道：「咱家豈會不曉得這個？已是與紀家說了，必然要請陛下賜婚方好，如此楚王府那邊也沒得話講。」

阿曄這才稍稍氣平，但還是埋怨爹娘草率，早早就把妹妹許了出去。其實甭看阿曄小，他一向以家裡的小男子漢半個當家人自居。他爹平日裡衙門事多，家裡很多外務都是阿曄幫他娘打理的，所以，阿曄也很關心弟弟妹妹，包括對他妹的親事，阿曄是有些想法的。叫阿曄說，紀珍雖小時候相處過幾年，但紀家可真不一定是最好的人家，蘇家與他家交情也不錯，阿曄的同窗蘇二郎，平日裡待他妹也挺好的。

阿曄埋怨他娘一回，又埋怨他爹，他爹那叫一個傷感，他爹道：「唉，該給阿曦招個上門女婿的。」好吧，他爹這種想法也有些偏激了，這世間肯做上門女婿的男人，就沒有不窩囊的，難不成就為了把妹妹留在家裡，便給妹妹配個窩囊男，那也太委屈妹妹了。

阿曄看他爹他娘都不是能商量大事的，只得去找朝雲祖父傾訴家裡的事，阿曄一副愁腸百結的模樣，道：「真是少看一眼都不行啊，我稍不留意，我爹我娘就急匆匆把胖曦許給紀珍了。祖父，您說，這事兒多唐突啊！」

朝雲道長一邊翻看著棋譜，一邊聽阿曄說家事，朝雲道長道：「這不是阿曦相中那小子了嗎？她樂意就成。」

「胖曦能有什麼主意，她一個小女兒家，覺得別人給她寫兩封信，送些東西，就當人家是好人。」阿曄惆悵道：「她哪裡曉得人心險惡的道理？」

朝雲道長：⋯⋯

早熟的阿曄表達了對妹妹親事的不放心，朝雲道長指尖摩挲著一粒黑玉棋子，道：「這有什麼不放心的？將來過得好自然沒啥，要是過不好，再給阿曦尋個好的就是。」

阿曄道：「紀家都在想法子讓陛下賜婚呢，這御賜親事還能悔親？」

朝雲道長不以為然，「別說御賜的親事，就是聖旨還有召回去重寫的呢。」

阿曄有些不能相信，在他看來，聖旨啥的，這就是永遠不能變的事了，怎麼還會有聖旨召回重寫的事。朝雲道長淡然道：「等你再大些，或者就能明白了。」

總之，朝雲道長是半點不為阿曦的親事操心。

朝雲道長同阿曄道：「只要你以後有出息，誰敢欺負阿曦？」

阿曄嘆道：「這道理我明白，只是倘阿曦誤許給勢利的人家，就太委屈她了。」

朝雲道長摸摸阿曄的頭，欣慰道：「長大了。」

阿曄道：「我們家，我少操一點心都不成。」

朝雲道長一樂。

阿曄還是回家教導了妹妹一番，倒不是跟妹妹說紀珍的壞話，親事兩家都定下了，想著紀珍也承諾婚前婚後乾乾淨淨的，還算有誠意，而且訂親後他們就是大舅子與妹夫的關係，他幹嘛在妹妹面前說妹夫的壞話。

阿曄同妹妹說了一通女子當適當矜持的話，阿曄道：「平日裡該說就說，該笑就笑，不要太扭捏，那樣顯得拘謹，沒氣度，但也不要被紀珍占到便宜。我跟妳說，男人都是賤皮子，妳太近，他覺得煩，妳略有些架子，他反覺得妳珍貴。可也不要太高高在上，那樣很不接地氣，就誰都不敢親近妳了。」

阿曦怪不好意思的，「哥，你說啥啊，我跟阿珍哥再正經不過的。」

「提醒妳罷了。」阿曄坐他妹身邊，「看妳這樣兒，就知道他起碼私下拉過妳的手。」

阿曦道：「小時候我們還常手牽手玩呢。」

「小時候還睡過一張床呢，現在行嗎？」

「好啦，我知道你的意思，我又不是隨便的人。」阿曦自知哥哥好意，笑問：「哥，你是不是也那樣啊，近則不遜遠則怒。」

「敢說妳哥了！」阿曄現在很有做哥哥的樣子了，道：「也就是我不曉得，爹娘就把妳親事定下了，要是我曉得，斷沒有這般容易的。」

阿曦道：「我親事定下，你親事也就快了。」

阿曄道：「這不一樣，妳是女兒家，怕耽擱花期，早些訂親無妨。我是男人，自當功名有望，再論親事。」阿曄還是很有計劃的。

阿曦道：「總是望功名望功名的，你以為男人耽擱久了，就能尋到可心的親事了？雖說男人略大些，只要有本事就能找十五六的小姑娘，可你想想，到時你二十幾歲，那十五六的能跟你說到一處嗎？」

「妳還是先操心自己吧，我不急。」阿曄心說，我這深奧的思想與過人才華，本也不是女人能懂的。好吧，阿曄這愛操心的內心深處，其實是一顆很是倨傲的小心臟呢。

吃過中秋節的月餅，再喝過重陽節的菊花酒，對了，順帶給重陽賀了回生辰，大家都說重陽的生辰哪年都不能忘。

剛進十月，陛下賜婚的聖旨就到了。

說來極是體面，這是北昌府有歷史以來第一樁聖旨賜婚呢。

就像先前沈氏說的那般，北昌府關注阿曦的人家不少，主要是江按察使做官做得順風順水，江家家資也頗是豐厚，江太太兩樣生意，一則要紅參護膚膏系列的胭脂水粉，一則是女學，真是賺錢賺海了去，只要長眼的都能看出來。再者，阿曦生得相貌極好，性子也不錯，言談舉止既大方又符合時下審美，這樣的一位閨秀，自然會受關注。

可誰也沒想到紀家下手這麼快，完全不符合時人的規矩好不好？哪裡有在人家閨女未及笄之前就提親的？紀家果然是大頭兵出身，半點規矩都不懂。

無奈人家畢竟是請動了皇帝賜婚，這等手段，便是很有相中阿曦的幾家，面上也不好說什麼的。當然，私底下會不會嘀咕紀家就不知道了。

紀家的行動速度委實一流，賜婚的聖旨一到，姚節立刻護送岳母小舅子過來江家商量下聘的事。紀家已是將聘禮單子都擬出來了，至於下聘的日子，江夫人與何子衿道：「日子就由親家妳來定，給他們卜個大吉大利的日子方好。」

何子衿笑應了，她知道紀家的意思定是趕早不趕晚的。

江夫人與何子衿說著話，紀珍與姚節坐陪。說一時話，何子衿已備好上等客房請江夫人等去休息了，紀珍下午不必人吩咐便去接阿曦妹妹放學。

這訂親之事多是兩個女姓長輩商量，主要是關於聘禮方面的，紀家頗是大手筆，那聘禮單子，現銀就有五萬兩。一般來說，男方聘禮多少，女方嫁妝就要多少的。何子衿雖不比紀家發戰爭財，這些年家底也豐足，給閨女五萬兩陪嫁也陪嫁得起，但何子衿一向是個低調人，就與江夫人商量了，面上別擺這麼多，擺出一萬兩銀子來就是。連帶聘禮，她家面上也出兩萬兩左右的嫁妝，其他的叫閨女做私房，不然兩家都寒門出身，這麼大手筆不妥當。

江夫人沒什麼意見，這上頭男方怎麼都好說，就是女方這嫁妝，是要經官府行大印的，有法可依，以後這就是女方的私產，歸女方自己處置。倘以後和離，或者以後傳與子孫，都可由女方一人做主。像何子衿這種，私下給閨女私房的主意，其實不利女方。不過何子衿是極其拒絕大張旗鼓，而且，她弟弟成親也就一人三千兩銀子的聘禮，她實不想太過鋪張。

這些事江夫人都聽何子衿的，江夫人道：「屆時我將餘下的四萬兩銀子另裝個紅包，私下給妳，妳幫阿曦收著，他們小倆口以後是想置地還是想置產業都隨他們。」

江夫人如此正大光明，直接將銀子私下給女方，而不是說我給兒子收著，可見其誠心誠意。在江夫人看來，親事既是御賜，便是一輩子改不了的。江家是有頭有臉的人家，就這一個閨女，江太太看他家的聘禮單子根本眉毛都沒皺一下，可見江家亦是家底豐厚，紀家自不怕江家會於嫁妝上反悔，反正都是給孩子們的，到底最後也是傳給紀珍這一脈的兒孫，最終實惠還是紀家得的。

兩家商討親事，要擱個刁鑽人家，多半還有得商量，在江夫人與何子衿這兩個俐落人這裡，三天就都商議妥當了。

這幾天，江夫人還抽空拜訪了何家，主要是江按察使的家族就是江家一家人，倒是江太太有娘家，江夫人自家是親戚少的，如今兩家既成了親家，以後當多親近才好。

原本何老娘與沈氏都覺得跟一品夫人說話，不一定能說到一處去，不想，不過一盞茶的時間，大家說笑間便熟絡得好像認識多少年。何子衿都覺得，江夫人真是人才中的人才。

唯一遺憾的就是紀珍了，紀珍原想著，他娘這次過來商議親事，怎麼也要住小半個月，結果他娘只用了五天連訂親帶外交都搞定了。事情辦完，江夫人自然要回北靖關，紀珍只得與他娘一道回去，他娘還問：「你要不要多住幾日？」

紀珍是想多住幾日的，卻仍是道：「我同娘一起回去。」總不能他這親兒子留岳家，反叫姊夫一人送娘回家。叫他爹曉得，定要訓斥他的。

江夫人並未多說，只是聽丫鬟說，他兒子給人家閨女寫了厚厚的一封信留下了。說來，就紀珍這愛留信的毛病，一留就是這樣的長信，挺叫江家無語的。江太太與何子衿都說：「這要是阿珍考科舉，寫文章定是一把好手。」

江念道：「來來來，給我瞧瞧，都給咱閨女寫啥了寫那麼老厚。」

何子衿義正辭嚴道：「哪能偷看閨女的信？」

江念笑，「他要是不想讓咱們看，就直接給阿曦了。既是交到妳手上，便是過明路。」

好吧，江念都這樣說了，何子衿這個沒立場的，還一向自詡開明人，會尊重兒女隱私權的傢伙就把信拿出來了。江念看那厚厚的一封，信皮都鼓鼓的不大夠裝的樣子，懷疑道：「這寫了一宿吧？」信封就三個字：曦妹收。江念評價：「忒肉麻。」不得不說江按察使已經忘了自己小時候一口一個「子衿姊姊」的事了。

讓江按察使喜悅的是，紀珍這信並沒有封口，江按察使笑道：「這孩子倒也懂事。」這就是不怕長輩查看。江念立刻取出來，很大方地讀起來。只讀了一半，江念就把信放回去了，並且立誓再不偷看女婿寫給閨女的信了。這大冷的天，肉麻得他起了一身雞皮疙瘩。

阿曦的親事剛定下來，江仁家就出了大事，據說不曉得因為什麼原因，江仁大動肝火，把大寶打了個動不得。

江仁不是慣孩子的爹，可大寶在江家，自小眾星捧月，據說兩歲才學會走路，就是家裡太過疼愛，成天抱著，捨不得孩子下地。這倒也不難理解，江家原先的情況與何家是有些相似，打江太爺那會兒，男丁單傳，當初何琪生下大寶，江家以為就這一根獨苗呢，而且那會兒正值江仁做生意有了起色，家中經濟大為改善，故而，對大寶那是相當寶貝的。

大寶自幼上學就展現了遠超其父的念書天分，性子亦不似重陽那般淘氣，這一路成長，真是受盡家裡各種疼愛。別說挨打了，大寶碰破塊油皮，江家上下都得心疼好幾日。

何子衿初聞大寶挨揍的事，先是想，江仁這是咋啦，大寶這去歲剛考了舉人，光耀了門楣，江家當他大寶貝，如何捨得打一下？

何子衿懷疑這消息是不是出錯了，問兒子：「你是不是聽錯了，你大寶哥有啥錯處要挨揍啊？」大寶都要娶媳婦的年紀了，就是為著大寶的顏面，等閒也不能去打他的。

阿曄道：「這如何能聽錯，是二寶跟我說的，說大寶哥屁股都被打腫了。」

何子衿問：「二寶有沒有跟你說是什麼緣故？」

阿曄道：「他也不曉得。」

何子衿就覺得，挨揍這事兒八九不離十了，無他，除非是大事，不然江家不至於這樣瞞著。既是大事，何子衿都不曉得要不要去看望大寶了。何子衿怕大寶年輕，惹下什麼禍事，毀了前程，可再一想，江仁與何琪都是明白人，倘真有關係大寶前程的大事，絕不會瞞著。

何子衿思量，應是不好啟齒之事，卻又與大寶前程無干。

晚上何子衿同江念提了一句，江念道：「大寶定是做了什麼不能饒恕之事。」

夫妻二人只是一說，都未放在心上，結果第二天何琪就過來了。何琪眼睛腫得跟核桃似的，何子衿命丫鬟上了茶，便打發她們下去了，勸道：「阿琪姊，妳這是何苦啊。大寶便有不是，好生勸解著些，他一向是個明白孩子。」

何琪說著眼淚就下來了，「妹妹哪裡知道，當真是氣死個人，我都不想活了！」

「到底是何緣故？」何子衿道：「昨兒阿曄回來說二寶與他說大寶挨打了，我有心去看，又擔心他大小夥子，不好意思。」

何琪欲言又止，嘆道：「我都羞與妹妹啟齒。」

「妳就說吧，咱們一處想想法子也好。」

何琪將事一說，何子衿嚇了一跳，不敢相信，「什麼？大寶中意隋姑娘？先時阿琪姊妳不是還說要給隋姑娘說一門親事的嗎？」

「是啊！」何琪拭淚道：「我要說親的事，正同我們老太太、太太說呢，大寶不曉得怎麼知道了，就與我說隋姑娘沒有再嫁的意思，又說張家那親事不般配。他這樣說，我就想，既然人家姑娘不願再嫁，這親事也不好再說。誰曉得，那個孽障那會兒就存了私心。打去歲開始，我就給他相看親事，難得他中了舉人，近來李學差太太與我走得很是親近，她家正好有適齡淑女。我瞧著那閨女不錯，正想問一問他的意思，好定下親事，那孽障就說他中意隋姑娘。他要是中意別人家的姑娘，只要正經人家，我又不一定非要他去娶李姑娘，可隋姑娘，我不是說她不好，就不能生養這一條，眼下大寶正是心熱，覺得人家好，可待過些年頭，別人家都兒孫滿堂，就他還孤單單兩人過日子，屆時生了埋怨之意，豈不是害了人家隋姑娘一輩子？」何琪說著就是一通哭。

何子衿忙道：「這事哭也無用，隋姑娘如何說？」

何琪哽咽道：「我昨兒見了隋姑娘，隋姑娘說，大寶與她提過，她早就回絕了大寶，再不可能與大寶成就姻緣的。人家是個明白的，也不知大寶怎麼就著了魔。前兒就話趕話的，氣得妳阿仁哥都動了家法。」何琪說著眼淚流得更厲害了，可見著實是心疼兒子。

在何子衿看來，情緣一事當真無解。

以江仁之聰明，何琪之堅韌，都對大寶這事毫無法子，蔣三妞就有些懷疑隋姑娘是不是當面一套背後一套，畢竟隋姑娘是過來人了，大寶還是情竇初開的童男子，何子衿道：「隋姑娘在女學裡做事，無事都不出門的。自打阿琪姊與我說過大寶的事，我叫人留意著，這些天也沒有隻言片語捎帶出去。她與阿曦相熟，要是真有什麼要傳遞給大寶的，必然經過阿曦。我看隋姑娘的意思，倒像是當真於大寶無意。」

何琪捶胸，直罵大寶：「這哪裡是兒子，分明是我上輩子的冤家！」

蔣三妞勸道：「師姊何必這般氣惱，原本大寶也是暫不成親的意思。他堂堂男子，晚幾年成親能有什麼？現下不過年紀小，沒什麼見識，一時就對隋姑娘著了迷。先叫他好生攻讀，待春闈得中，在帝都見見世面，時間長了，還怕他忘不了隋姑娘？就是隋姑娘那裡，咱們都幫著尋摸著些，倘有合適親事，再託媒人去隋家提親。隋姑娘一嫁，還怕大寶不死心？」

何琪嘆道：「我看隋姑娘一時半會兒是沒有出嫁的心，隋夫子都是咱們孩子的先生，而且此事畢竟跟人家隋姑娘干係不大，人家明明白白說了不願意。倘她是那等狐媚之人，多少手段我都有，偏生她這般清靜，叫人再惱也惱不到她頭上。」

蔣三妞一嘆，「可不就是這個理嗎？何況，還有一句話，這大寶初動情思，若長輩太過激烈，就怕孩子灰了心喪了志，反是毀了孩子。」

何子衿道：「我說還是三姊姊先時的主意，先讓大寶好生念書，親事略放一放不遲。人家隋姑娘與他無意，他不過是自己一頭熱。少年人的心意，有時來得快，去得也快，說不得什麼時候他自己就想通了。再者，隋姑娘畢竟有些不足，眼下大寶年輕，子嗣不放在眼裡，哪怕他是一片真心真意，也希望他能慎重考慮，將來年紀略大些，想法也成熟了，再說他與隋姑娘的親事無妨。」

蔣三妞道：「大寶樣樣出眾，不是說隋姑娘不好，可叫大寶配她，實在太過委屈了。」

何子衿道：「話雖這樣說，三姊姊可記得當年咱們在帝都聽說的朱總督的事？」

「哪個朱總督？」

「說是與謝太后娘家姻親的朱家，那位朱總督不就是嗎？說是少時鍾情江伯爵，那時江伯爵不過一介孤女，她家裡說來以前也頗是顯赫，父祖都是西寧關駐邊大將，可惜家裡人丁零落，江伯爵少時就父母病亡，族中無人，不得已到帝都依附姑媽家過活。朱總督彼時就是帝都有名的俊才，二十出頭就已是一地同知，他就看中了江伯爵。朱家嫌江伯爵命硬，父母雙亡無所依靠，後來兩人到底沒成，可這位朱大人一直對此事耿耿於懷，據說四五十上方娶了一位寡居的王妃。」

何子衿這麼一提醒，蔣三妞總算想起來了，道：「對對對，我在帝都聽人說過這般奇事。說來帝都奇事也多，就是那江伯爵，據說也是一把年紀方嫁人的。」

「是啊，這事具體如何咱們不得知曉，可我想著，倘是朱大人早放下少時的一段情思，依朱家門第，朱大人之高位，什麼樣的名門淑女不得呢？」何子衿勸何琪道：「所以我說，這事切不可太過激烈，大寶這十七八的男子，正是滿腔熱情的時候，何況人還有這樣的毛病，什麼東西越是求而不得，反越發心心念念。可有時真正放在他掌心，他反覺平常了。我給阿琪姊出個主意，妳不如去隋家提親，隋家應不應的，隋姑娘必不能應。倘隋姑娘不應，妳好言勸一勸大寶，不管他能不能放下對隋姑娘的心意，先將母子之情緩上一緩，何必叫大寶覺得妳跟阿仁哥是棒打鴛鴦的那根大棒呢？」

何琪很是擔憂，「要是隋姑娘應了又如何？」哪怕兒子真要娶個二婚也罷了，可就不孕這一條，何琪說什麼也過不去的。

「前番聽阿曄說，隋姑娘性情剛烈，她先時嫁給姑媽家的表兄，都因身體之故而和離。說來哪怕隋姑太太性子糊塗，可姑表做親，畢竟是親上加親，尚且走到這一步。咱們家，老家遠在蜀中，且大寶少有才名，以後定也前程遠大，要是個聰明人，焉能只看眼前，不想想以後？待大寶見識多了，眼界寬了，是不是會後悔今日之決定，屆時她當如何自處？娘家遠在北昌府，身邊又無兒女，就是咱們再如何寬厚，待她也越不過大寶去。這些她沒個不想，不然先時就不會拒絕大寶。阿琪姊，妳現在先攏住大寶的心，別叫大寶因兒女之事荒費課業，與父母生出嫌隙，至於其他的，不是我說，倘大寶真如朱大人那般鍾情，他一輩子就認定這一個，做父母的，難道能不成全他？倘大寶以後淡了此事，也自有他的姻緣。咱們做長輩的，到底是為了他好。」何子衿道：「莫因這事傷了孩子的心，也莫要因這兒女之事耽誤了大寶的前程。就是那隋姑娘出爾反爾，正說明此人不過一反覆小人，她一個女孩子都不怕，咱們怕什麼？娶親之事上能用的手段多了，她要是個明白人，咱們自是不願意用那些手段，可她倘當面一套背後一套，拿咱們當傻瓜，用手段勾著大寶，咱們難道是任人欺負的？」

不怪何子衿想的多，這以進為退的提親主意是她出的，她就得思慮個萬全。她倒不介意隋姑娘不能生，可到底大寶是姓江的。

有何子衿同蔣三妞給何琪出主意，何琪這當局者迷的傷心親娘總算有了頭緒。何琪一琢磨也是，不管以後兒子是娶誰，先不能誤了兒子的前程。不要說男人，就是女人，沒有本事也叫人瞧不起的，何況大寶還是被家族寄予無限期望的長子。何琪道：「我先跟相公商議，大寶這強筋的東西，要是他過來說什麼，還得妳們多勸著他些。」

何子衿與蔣三妞自是應承，蔣三妞道：「我叫重陽多去開導他。」

何子衿出這以進為退的主意，果然隋姑娘再不肯應承的，江仁與何琪夫婦都放下心來，就是何子衿聽聞隋家拒了親事，也將心擱回了肚子裡。大寶頗是傷心不解，重陽過去看他兼勸他：「你這也忒急了些，人家隋姑娘又不是先時同你有什麼情誼。她剛經了和離之事，於親事自是慎重的。」

大寶靠著軟枕，側臥著身子與重陽說話，道：「我豈是秦家那樣沒有良心的人？」

「你是什麼樣的人，人家畢竟不大了解。你也是，先時怎麼沒看出你對隋師姊有意？」

大寶頗是懊惱，「我先時也沒覺得隋師姊如何，就是她這鬧和離，我看隋夫子家裡人少，小隋也還小，怕夫子被人欺負，就過去幫了兩次忙。有一回，那秦大郎過去送休書，叫隋師姊揪住衣領子，啪啪兩耳光。哎喲，那時我才注意她生得可真好。後來隋夫子隋師姊去秦家說理，我也跟著去了，秦家給她一盤金錁子，說是給她以後再嫁的嫁妝，你猜怎麼著？」說到心上人的事，大寶賣起關子來。重陽卻是早知此事的，大寶同他說了不下十遍，重陽道：「不用猜，你早跟我說一千八百回了，隋師姊啪就將那盤金錁子打翻了。」

「對對，你不曉得，那時她兩眼冒著怒火的樣子，我一輩子都忘不了。自打那之後，我就覺得她越看越好看，她說話我就愛聽，她做的米糕也格外香甜。」大寶一副心嚮往之的模樣，把重陽肉麻壞了，「那你就是喜歡這種愛抽人嘴巴愛打翻銀子的人唄。」

大寶瞪重陽，「我傾慕的是隋師姊的骨氣！」

重陽心說，什麼骨氣，瞧著就是犯賤。

重陽道：「那以後你們要是成了，萬一什麼事情上有爭端，你還不得挨耳光啊？」

「隋師姊可講理了，她燒的菜極好，泡的茶也香。」

重陽道：「不是我說，你還需要慎重些，你看我家小郎，這以後沒個孩子，要如何是好？隋師姊那性子，倘是能容丈夫納小的，也走不到和離這步。」

大寶顯然早想好了，道：「叫二寶三寶他們多生幾個，屆時我過繼就是。」

重陽語重心長道：「以往我覺得自己已是難得的情聖，如今看來，我不如你啊！」

大寶催重陽：「你倒是給我想個法子，好叫師姊明白我的心意。」

「這事哪裡急得來，我勸你也別急，你沒見隋師姊躲你都躲到女學去了嗎？她要是真有意，舅媽親自提親，她能不應嗎？舅媽跟阿仁舅先時不是不應嗎？怎麼突然就應了？」

大寶道：「多虧何姑姑和三姑姑勸了我娘一回，我娘這才想明白了。」

重陽道：「要我說，你找我出主意是捨近求遠，隋師姊在姨媽的女學念書，要是姨媽肯幫你，你還愁什麼？」

大寶一拍腦門，喜道：「你看，我怎麼就笨了？」

重陽揶揄：「你原也不聰明。」

大寶顧不得跟重陽鬥嘴，就想去子衿姑媽家，結果動作大牽扯了傷口，不由齜牙咧嘴。重陽扶他一把，道：「也不急在這一時半刻，你還是先養好傷吧，你不是最愛面子的嗎？」

大寶道：「我這是情義的見證，有啥沒面子的？」

重陽被他噁心壞了，回家同媳婦道：「大寶真是動了凡心啊！」

宮媛坐屋裡瞧著兒子在炕上跑著玩，道：「隋姑娘我也見過，說來，除了那一樣，當真是個不錯的姑娘。」

重陽道：「要不是不能生，哪怕是和離再嫁，阿仁舅再不情願也得遂了大寶的願。」

宮媛問：「眼下怎麼說？」

重陽剛想說，小郎見父親回家，高興地叫著「爹」撲過來。重陽接過兒子，抱懷裡親一口，直親出響聲來，逗得兒子咯咯笑。重陽抱他在膝上坐著，與妻子道：「說來，先時隋師姊說不願意，我還以為她就是嘴裡說說搪塞大寶家呢。不想，舅媽親自上門提親，隋師姊都明說了不嫁人的話，我看隋師姊是真的對大寶無意。大寶卻是一片真心，還要去姨媽那裡，想請姨媽代他跟隋師姊說一說呢。」

宮媛看兒子在丈夫懷裡不穩當，扭啊扭的要下炕玩，便取了一旁炕上暖著的小虎頭鞋給兒子穿上，叫他在地上玩，一邊與丈夫道：「大寶真是個深情的。」

「可不是嗎？這書呆子一動凡心，就動得驚天動地。」重陽道：「他這事有得磨。」將心比心，重陽與大寶自小一起長大，都不願意看大寶娶隋姑娘，不然以後生孩子可怎麼著？就算能過繼，也沒自己生的討喜啊！

重陽瞧著兒子在地上十分來勁兒騎著竹馬，笑道：「該給咱們小郎取個大名了。」

宮媛道：「早該取了。」

重陽在尋思兒子的名字，在這取名的問題上，重陽頗肖乃父。雖說了要給兒子取名，一時之間卻又取不出來。倒是大寶，身上略好，就著急地往子衿姑媽家去了。

何子衿聽完他的來意，與他道：「這事兒啊，我早知道了。只是叫我說，此事你斷是急不得的。」見大寶要說話，便道：「你聽我說。我問你，你與隋姑娘關係近，還是秦家那小子與隋姑娘的關係近？」

大寶道：「我與師姊算是師姊弟，那秦家小子，仗著親戚關係不辦人事，光親近有何用？人與人之間，不在親疏，有些白髮如新，有些傾蓋如故。」

何子衿道：「要論講道理，我自是講不過你這個舉人的，可有一樣，我比你看得清楚。這事並非你心不誠，倘不是看你心誠，你娘如何會願意去隋家提親？大寶啊，這自來做什麼有做什麼的路數，你想考功名，就得用功讀書，可想做一個好丈夫，不只是說你心誠就夠的。你想一想，秦家以姑舅之親，猶有負於隋姑娘，這個時候，她能信你嗎？她會不會想，你是一時的衝動？會不會想，將來數載過去，你不過是另一個秦氏子？」

「姑媽知道，我倘是介意她不生養之事，就根本不會起了娶她的心。」

「我是知道，可你能保證三年、五年、七年、十年，你仍如此心？當以後你變了心，屆時叫隋姑娘何去何從？那時她會不會後悔，當初不若在老家清清靜靜過日子，縱一輩子不嫁男人，到底清靜，也沒那許多苦楚。」

大寶多麼堅定啊，當即道：「不說三年、五年，就是三十年、五十年，我都不會變。」

「隋姑娘還沒看到。」何子衿道。

大寶急道：「姑媽，我就想讓師妹知道我的心。」

「真個傻孩子，現在你這心，隋姑娘已是看到了，可今後如何，隋姑娘還沒看到呢。不說三十年五十年那般遠，就三年五年，叫隋姑娘看一看清楚，你這樣的男人，錯過就真的沒有了。我不信，有你這樣的好男人擺在跟前，隋姑娘能不動心？」

大寶道：「難不成求親還不能證明我的心意？」

「來向隋姑娘求親的人家不少，這你也曉得，你覺得，那些人家是不是真心實意來求親的？」何子衿問。

大寶頗是自信，「他們能與我相比嗎？」

「大寶，不是我說，也就是隋姑娘現下不想成親，倘她真有再嫁的心思，嫁給那些提親的人家做後媽，倒比跟你這毛頭小子可靠。」

大寶氣苦，何子衿道：「行啦，我讓隋姑娘與你見一面，你有什麼話，都說清楚。人家不願意，你不許勉強人家。」

大寶頓時大喜，何子衿再道：「就此一次，以後別來我這裡求著見隋姑娘。我是做山長的人，又不是做媒人的。」何子衿這般說著，大寶已是作了好幾個揖，鞠躬道：「為了侄子的大事，姑媽就是做個媒人又如何？」

何子衿不理會他這討好的話，待女學放學後，請了隋姑娘過來，讓兩人把話說明白。大寶果然失魂落魄回了家，何琪這才放了心，私下與何子衿道：「可見隋姑娘是個正經人。」

何子衿道：「阿琪姊還是把大寶照顧好，我看他真是一片誠心。」

何琪嘆道：「不知是哪輩子的冤孽，要不是因著隋姑娘身體不大好，我雖不喜她是和離過的，大寶這樣喜歡，我也得允了他。」

何子衿道：「倘不是因她身子這事，也和離不了。」

「這倒是。」反正何琪是認定了隋姑娘與兒子無緣。

讓何琪更加感激隋姑娘的是，大寶雖是傷心親事未成，卻沒有被打擊得一蹶不振，還越發發奮起來。就憑這一點，何琪就與江仁道：「咱們大寶還是明白的。」

江仁被長子氣得不輕，道：「他明白個屁，就是欠捶！」

「行啦，小孩子家，難免的。你看看重陽，先時經陸家的不順，後來跟他媳婦多。」何琪道：「眼下也別急著給大寶說親了，還是暫緩一緩，待同隋姑娘這事淡了，再論其他。」

大寶這事剛消停，阿曦的訂親禮就到了。

肆之章

奇葩白蓮招人嫌

阿曦訂親，雙胞胎很為姊姊操心，阿昀說：「阿珍哥家離咱家很遠，得走好幾天吧？」

阿晏道：「要是萬一路上難走，趕不及怎麼辦？」

阿昀也擔心起來，「那大姊豈不是嫁不出去了？怎麼辦怎麼辦？」

阿曦大喜的日子，雙胞胎說她嫁不出去，把阿曦氣得，挽起袖子把這兩傢伙捶了一頓。雙胞胎這兩個小壞蛋，真應了那句話，七八歲狗都嫌，姊姊追打他們，兩人一點不怕，哈哈大笑著一溜煙跑了。

訂親這樣的大事，紀家哪能沒個算計，紀家早在北昌府借了處宅院，江夫人、紀珍與江贏、姚節，領著嫁妝隊伍，提前三天就到了。

紀珍雖不能與阿曦相見，卻是每天都打發人給阿曦送東西夾小紙條。

阿曦白天沒空回，她得上學呢。

紀珍也不急，第二天回也一樣。他有空就清點聘禮，把大雁餵養好，說來這數九寒天，哪裡還有活雁？時人在冬天下聘，也多用木雁以代，紀珍不一樣，他就有活的大雁，還把大雁餵得肥嘟嘟。

大寶都覺得稀奇，跟紀珍打聽在哪兒弄的大雁，紀珍笑，「這事兒可不能輕傳。」

「誒，你這跟我們阿曦訂親了，我也算你大舅哥，小心訂親宴我灌你酒啊！」

「重陽哥可是比你還大呢。」紀珍也不相瞞，「我從帝都帶回來的。」

大寶一聽，頗是感慨道：「不知你這是自信，還是有心。」

紀珍燦爛一笑，「既自信又有心。」

大寶看紀珍笑得跟朵花似的，又想著紀珍與阿曦青梅竹馬，再對比一下自己感情上的坎坷，大寶很是語重心長地叮囑紀珍道：「好生待阿曦，我們就這個妹妹，你們自小一塊長大，青梅竹馬，順順利利，多麼難得。」

紀珍美得跟朵花似的，拉過大寶打聽他家阿曦妹妹的情況，具體就是阿曦妹妹這些天好不好，吃得好不好，睡得好不好……這話說得，阿曦妹妹在自家能吃不好睡不好嗎？

大寶道：「我看你倒像吃不好睡不好。」

紀珍搓搓手道：「我這幾天見不著阿曦妹妹，就愛瞎想。」

「阿曦挺好的，就是還沒選定訂親那天穿哪身裙子，正犯難呢。」

「曦妹妹穿什麼衣裳都好看，就是一樣，待曦妹妹定了穿哪身衣裳，與我說一聲，我倆的禮服都是配套的。」兩人光訂親禮服就弄了三套，阿曦還沒想好訂親禮穿哪套。

大寶看紀珍樂顛兒樂顛兒的模樣，心中既羨慕又酸楚，想著別人姻緣一帆風順，獨自己這般坎坷難行。不過，大寶再如何也不會露出傷感之色來，看紀珍這裡一切都好，還去同阿曦說了一聲，大寶尤其道：「不曉得他從哪兒弄來的活雁，養得可好了。」

這訂親之事，原本排場並不大，但江念畢竟身居按察使之位，家中嫡長女與與紀大將軍的嫡長子訂親，且是御賜親事，就是江家不想大肆宣揚，想過來慶賀的也不在少數。

重陽與大寶年紀都不小了，重陽跟在江念身邊，江念離不得他，阿曄要上學，雙胞胎非但要上學，就是不上學，他倆也沒啥用。倒是大寶自中了舉人就不必再去學裡念書，故而與興哥兒一起過來幫著忙些外頭瑣事。至於內宅準備之類，倒是不愁人手，蔣三妞和何琪一早就過來了，還有宮媛幫忙。

就這樣，也足忙活了兩三天，沈氏笑道：「這還只是訂親，要是成親，更有得熱鬧。」

何子衿道：「成親還早，先不想，到時再說。」

何老娘一身絳紅的錦緞衣裙，今天是重外孫女訂親的好日子，何老娘滿面喜色，「在阿曦嫁人前，先給阿曄娶了媳婦，妳看咱們阿媛，多能幹！」又瞅了蔣三妞，與自家丫頭道：「妳三姊姊就有福氣。」說得蔣三妞與宮媛婆媳都笑了。

蔣三妞道：「她也就是幫著跑跑腿，大事還得姑祖母您做主。」

何老娘道：「這就很好啦，我來北昌府這許久，沒見同輩裡哪家媳婦能及得上阿媛。」

蔣三妞連忙道：「姑祖母，這話咱們自家說說就罷了，叫外人聽到，多不好意思。」

宮媛笑道：「自來孩子都是自家的好，老祖宗看我，自然是千好萬好。可外頭人看人家自己人，想也是如此的。我呀，只要能跟上老祖宗您的一半，我這輩子就算修成了。」

宮媛自來言語爽利，很對何老娘的心意，平日裡又時常買些點心吃食孝敬她老人家，且重孫輩這是頭一個重孫媳婦，何老娘很疼宮媛，見宮媛又拍她馬屁，兩人事業上又有合作，宮媛這吹捧的話，直讓何老娘樂得見牙不見眼，笑呵呵道：「我這算啥，我年輕時吃得苦咧，那會兒咱家也窮，後來才好些。如今你們比我們當年日子好的多，可見到了我這樣的年紀，定比我現在更好才是。」雖不會說青出於藍的話，但何老娘這話就是這個意思了。

宮媛笑，「都聽老祖宗的。」

略說幾句話，宮媛就起身道：「我去瞧瞧阿曦那裡如何了。」

蔣三妞道：「我看這吉時快到了，一時紀家就來了，妳就在阿曦那裡陪她，待紀家到了，打發人請阿曦出來，妳再跟她出來。」

小郎正是纏母親的時候，簡直是他娘的跟屁蟲，他娘去哪兒，他就去哪兒。親祖母蔣三妞都哄不來，宮媛道：「讓他跟我過去吧，他昨兒念叨一晚想來看阿曦。」

蔣三妞道：「那就去吧。」

阿曦的閨房很熱鬧，何子衿特意請了蘇冰和李巡撫家兩個孫女過來相陪，主要是，親戚裡就阿曦這一個女孩子，表姊妹堂姊妹的一概沒有，就一個宮媛是做表嫂的，平日裡宮媛還要幫著忙活訂親的事，阿曦這裡也太孤單了些，何子衿索性請了幾個適齡的女孩子。

宮媛帶了小郎過來，小郎一見阿曦姑姑就兩眼放光，大聲道：「漂亮！」

姑娘們都笑起來，宮媛瞥他，「你倒是好眼力。」

小郎這孩子，自幼就極具審美，現在說話已頗是熟練，跑到阿曦姑姑跟前道：「姑姑，妳能不嫁給阿珍叔嗎？妳能嫁給我嗎？」逗得人笑得前仰後合。

阿曦樂道：「那你可有聘禮給我？」

小郎想了想，把自己隨身帶的竹馬送給阿曦姑姑。

阿曦笑著接了小郎的竹馬，一本正經地哄孩子：「成吧。」

小郎高興得不得了，圍著阿曦姑姑左轉右轉，一時，他想玩竹馬了，跟阿曦姑姑商量著能不能借他玩一會兒，阿曦姑姑便將竹馬借他，於是，小郎開始騎竹馬。

紀家人吉時前就到了，江夫人打頭，帶著兒子閨女女婿，還有媒人。江家這邊也請了個官媒過來，倒不必官媒給做媒，只是一些訂親禮上的流程，得有這麼個媒人張羅。現成的好事，誰人不願。最終何子衿尋了個家裡慣使的，當初何洌與余幸訂親，重陽與宮媛訂親，都是用的這位崔媒人。

崔媒人也很是盡心盡力，紀家人到了，先接了聘單，看過聘禮，交換了訂婚書，就請阿曦出來了。今日阿曦身穿一襲海棠紅繡合歡花的長裙，臉上嫩得實在是無須脂粉，自然便是眉目如畫。江夫人為阿曦簪上一支雀頭金釵，江家這邊還以阿曦做的四樣針線。

當然，紀珍也給岳家見了禮。

崔官媒笑道：「我做了一輩子的媒，今兒才知什麼是郎才女貌，天作之合。」

阿曦模樣自然不差，紀珍也是皇帝金口讚過的玉樹，只是阿曦年紀略小些，不然站在一處，端的是玉樹瓊花，好不般配。

崔官媒嘴裡好話不斷，何子衿和江念再加上何家一家子、胡江兩家子，瞧得紀珍滿心歡喜。紀珍今日特意打扮過，他這衣裳與阿曦的是一套，都是海棠紅繡金合歡，再加上兩人都是好相貌，堪稱是一對璧人。就是先時瞧紀珍不大順眼的江念，說句公道話，亦得承認，紀珍還是勉強能配上自己閨女的。

訂親儀式簡短，阿曦露了一下臉，得婆婆簪一支金釵，待得禮成，宮媛就扶她回房歇著了。等到中午，自然有侍女送上席面給阿曦和她的閨蜜們享用。

蘇冰都說：「我現在才曉得紀家公子就是妳那位珍舅舅。」

李大姑娘溫柔一笑，「當初在咱們書院門前虛虛見過一回，是位俊俏的郎君。」

李二姑娘直率些，道：「我聽說連陛下都讚紀公子為玉樹呢。也就他那相貌了，方不玷汙這兩個字。」官宦人家的小姐，消息亦是靈通的。

阿曦道：「阿珍哥自小就生得俊。」

蘇冰幾人偷笑，打趣阿曦：「妳是不是從小就看上人家了？」

阿曦才不怕人打趣，坦直道：「那倒沒有，阿珍哥雖然俊，我哥也不差啊，雙胞胎也很好看。我跟妳們說，要說最俊的人，我跟李大姊姊李二妹妹都沒見過，阿冰倒是見過。」

李家兩位姑娘聞言都往蘇冰看去，蘇冰道：「不能吧，我二哥多酸啊，我一想到他做的那些小酸詩，就有換牙的衝動。再說，我二哥論相貌還不如妳哥呢。」

阿曦正色道：「我當然不是說的蘇二哥了，我說的是阿冰妳祖父蘇老大人。聽說蘇老大人年輕時號稱玉人，是不是？」

李家兩位姑娘可是頭一遭聽說這等逸事，紛紛問蘇冰：「阿冰，還有這事？」

蘇冰很不好意思，「我做晚輩的，哪裡知道長輩這些事。阿曦，妳是如何知道的？」

「我當然知道啦，我問家裡叔叔的。以前我覺得我哥跟阿珍哥的相貌也算有一無二了。有一回說起來，我一位叔叔與我說，同蘇老大人年輕時沒得比。」阿曦八卦道：「還說蘇老大人年輕時，那一出門，不知多少人爭著送他衣裳鞋襪。他騎著馬在朱雀街上一走，好多女娘抛鮮花香果。還有一回，有個水果店的老闆娘見著蘇老大人，激動得尖叫一聲厥了過去。」

李家兩位姑娘都聽傻了，蘇冰有些不敢相信，「真的？」

「這還能有假？妳想想，蘇老大人現下相貌如何？」

蘇冰道：「雖不好議論長輩相貌，不過，我祖父縱年邁，也頗為儒雅。」

「這就是了，聽說當年朝廷還為蘇老大人出了一項律法。」

「啥律法？」三位姑娘等著聽呢。

阿曦道：「就是說有一年蘇老大人外任回帝都，當時朱雀大街上人山人海，都是出來看蘇老大人的。有一位婦人抓起鋪子裡賣的椰子砸了出去，蘇老大人沒防備，一下子就從馬上被砸下來了。後來帝都府抓人，蘇老大人還為那婦人說情，如此帝都府就沒為難那婦人，將她放了。不過，後來帝都府也說了，不許再隨便拿大果子砸人，容易出事故。」

李家兩位姑娘聽到一半就哈哈大笑起來，蘇冰忍不住啐道：「妳少編排我祖父。」

「哪裡是我編排的，是真有其事。妳要不信，只管回去問蘇大人。」阿曦正色道：「所以說，有蘇老大人這般珠玉在前，誰還敢稱美貌呢？」

李二姑娘道：「那也未必，聽說當年蘇老大人只是帝都雙璧之一，還有一人與蘇老大人齊名的。」這位姑娘也跟著八卦起來。

阿曦好奇問：「還有這事？誰啊？」

李二姑娘道：「聽說是現永安侯之兄，吏部尚書李尚書。說這位李尚書年輕時，相貌半點不比蘇老大人遜色，因他們相貌出眾，才華過人，當時人稱帝都雙璧。」

阿曦問：「二妹妹，妳見過這位李尚書不？」

「我們雖與祖父母在帝都住過些時日，哪裡就能見到吏部尚書呢？」李二姑娘亦頗是遺憾，道：「但能與蘇老大人齊名，可見其人年輕時的容貌了。」

李二姑娘道：「阿冰，妳哥是不是不像妳祖父啊？」

蘇冰不樂意聽這話，卻也沒法，她家就祖父生得最好，出眾相貌完全沒有傳給後人，但有這樣貌美的祖父，蘇冰相貌自也不差，只是離傳聞中蘇老大人帝都雙璧的境界就太遠了。

蘇冰道：「我哥生得像我舅，我生得像我爹，我爹像祖母。不過，我姑姑生得極美，姑姑家裡有兩位表兄，我只見過大表兄，不是我吹牛，大表兄的容貌一點都不比紀公子差。」

李二姑娘感慨：「可見我們見識之淺，真真是井底之蛙了。」

四位小姑娘就在阿曦的閨房裡嘀咕了一通東穆美男史，直至侍女奉上飯食，宮媛過來陪著她們用飯。阿曦這裡是極清靜的，基本上就是自己家裡人過來看看，擔心女孩兒們害羞吃不好飯。最熱鬧忙碌的是前面的席面，男人們就是吃酒說笑，女人們還要求見一見這位金口玉言的「玉樹」紀公子。

江夫人自然是在主桌，聞言笑道：「今天都沒外人，那就讓阿珍過來與妳們見個禮。」

蘇夫人笑道：「這可是聞名不如見面了。」

李夫人亦道：「阿曦是咱們看著長大的，這樣大喜的日子，可是得見一見您家公子。」

紀珍過來敬了諸位夫人太太一杯，諸人都讚：「玉樹之名，名不虛傳。」

重陽等人都打趣紀珍：「以後乾脆不叫你阿珍，喚你玉樹算了。」

阿曄壞笑，「反正阿珍還沒取字，不若就以玉樹為字吧，多雅呀！」

紀珍早就被「玉樹」這兩個字肉麻得不輕，也就是皇帝說的，你只能當讚美。紀珍一向不怎麼重容貌的，連忙道：「這如何使得，萬不敢如此驕狂的。」還有，阿曄你以前可是叫阿珍哥的，怎麼我這剛跟阿曦一訂親，你就阿珍阿珍的喚上了？

阿曄可沒覺得不好，紀珍既與他妹訂親，就是他妹夫，以後就是叫哥也是紀珍叫他。

重陽和大寶要灌紀珍酒，阿曄看他喝的不少，還攔了一攔，眼神中很是關心紀妹夫，待酒宴散了，紀妹夫告辭的時候，阿曄特意吩咐紀妹夫的小廝：「回去給阿珍備些醒酒湯，他今日吃的不少。」還要加一句：「莫要放太多醋，用梅子來煮，加蜂蜜那種。」

江夫人私下與閨女道：「我看阿曄實在是個細緻人，可惜沒第二個閨女，要是再有個小閨女，說給阿曄，當真有福。」

江贏笑，「您這兒子娶人家閨女，閨女嫁人家兒子，豈不成換親了？」

江夫人一笑，「這不沒閨女了嗎？我也只是一說，阿曄這孩子，當真不錯。」連讚兩次不錯，可見阿曄實在合江夫人心意。

江贏道：「雙胞胎也很有意思，我這生孩子就像娘您，自生了大妞，接連都是生兒子，要不，我早與子衿姊姊做親家了，這親事就輪不到阿珍了。」

「要是妳在兒女事上像我，那妳同子衿是做不了親家的。」江夫人難得這般歡喜，「看阿珍，這些天那嘴就沒合攏過，見誰都是笑呵呵的。」

「光那身海棠紅的袍子，我就見他試了三百回，真擔心親還沒定，就把衣裳試壞了。」

江夫人大笑。

親事剛定，第二天紀珍就又往江家去了。他要隨母親回北靖關，過來跟岳家辭行。

何子衿道：「你母親一向事務多的，何況現在你們都過來，留親家一人在北靖關，我們這心裡也怪放心不下的。且眼瞅著就快過年了，早些回去也是應當。」

紀珍陪岳母說了會兒話，待傍晚接了阿曦妹妹放學，就在岳家用的晚飯。用過晚飯，因紀家人就要回北靖關了，紀珍想同阿曦說幾句私房話，何子衿也允了。

紀珍去了阿曦的閨房，兩人甜甜蜜蜜說了會兒昨日訂親的事，紀珍就說到大寶身上：「這幾天看大寶眉宇間似有些鬱色，可是有什麼事我不曉得？」

阿曦在膝上鋪了塊小帕子，拿了個黃澄澄的桔子剝皮，道：「大寶哥很中意隋姊姊，隋姊姊不中意大寶哥，大寶哥可傷心了。當初為著隋姊姊，大寶哥還被江家舅舅揍了一頓。」

紀珍細問此事，阿曦大致同紀珍說了。紀珍道：「大寶這不是單相思嗎？」

「也不算單相思，我覺得大寶哥就是太自信，他覺得他一提親事準成呢，不想，隋姊姊根本沒相中他。」阿曦道：「我覺得隋姊姊挺好的，不過，江家舅舅、舅媽就擔心隋姊姊的身體，擔心大寶哥以後沒孩子。我也不知道該怎麼說，隋姊姊那意思，根本不中意大寶哥。大寶哥又很難受，我想替大寶哥說話，又覺得對不住江家舅舅、舅媽。我娘也說，大寶哥現在年輕，就怕他一時衝動，以後有負隋姊姊，反是坑了隋姊姊一輩子，倒不若將事情放放再說。好在隋姊姊也沒成親的念頭，現在就這麼著呢。」

紀珍別看年紀較大寶略小，他在帝都這幾年，人情世故頗有長進。紀珍道：「不是我懷疑大寶對隋姑娘的真心，這事還真如岳母說的，略放一放的好。隋姑娘的情況與別個姑娘不大一樣，不要說她不能生養，多少能生養的女子，先時男人濃情蜜意，轉眼物是人非也是有的。女子與男子不同，男人在這上頭，縱略有瑕疵，只要有出息，人家都會說瑕不掩瑜。女子不一樣，特別如隋姑娘這樣的女子，倘不能遇到一位能看破世事的鍾情之人，我還真擔心大寶不能善始善終呢。」

「我覺得大寶哥不是你說的那樣人，大寶哥可真心了。」

「十幾歲時的真心，同二十幾歲的真心可不一樣。」

阿曦眯著眼睛，問紀珍：「那你二十幾歲真心就與現下不同了？」

紀珍肅容道：「我豈是那樣的俗人？這些年我在帝都也算有些見識。不論豪門，還是官宦之家，或者平民之家，各種各樣的事都有，有一些是我親見的，有一些是我聽說的。曦妹妹，我要不是想得清楚，怎敢向妳提親？別人看咱們的親事，只覺熱鬧體面，我卻是想得清楚明白，方敢向父母提求娶妳之事的。」

阿曦抿嘴一笑，「這話我記得，待二十幾歲時再問你，你可不許忘。」

「一準兒不忘。」紀珍道。

阿曦遞瓣桔子給紀珍，託他道：「阿珍哥，你不如去跟大寶哥提個醒，鼓鼓勁兒。」

「這事要如何說呢？鼓勵他再繼續追求隋姑娘？」

「不是追求隋姊姊，是讓大寶哥看開些。我看大寶哥白考了舉人，其實笨得很。那種送點心送衣料的路數，只要不是眼皮淺的，誰會為點東西就真個去傾心一個男人呢？看人都是看品行，大寶哥先時幫隋姊姊不少，隋姊姊當時雖拒絕了大寶哥，也真心勸他向上的。大寶哥這人有些死心眼，要我說，即便不做夫妻，他要是真心，隋姊姊好，他也當高興的。眼下就有一樁事可做，都說隋姊姊不能生養，這北昌府最大的名醫就是竇叔叔了，何不求竇叔叔幫隋姊姊診一診？要真是隋姊姊身子不好，用藥調理一二，便是大寶哥的心意。以後縱使無緣，他也為隋姊姊盡過心盡過力了。隋姊姊人很好的，她是那種有一說一有二說二的人，她與我說，倒不是大寶哥不好，只是大寶哥條件太好，她才不敢嫁。要是換個人，大寶哥有這心意，多半早就答應了。哪怕江舅舅家不樂意，大寶哥現在正是心熱，什麼法子沒用呢？隋姊姊就不屑於那樣的事，所以江家舅媽提親，她才拒了。自從拒了大寶哥這親事，哪裡還有媒人敢上門，人家媒人都說，年輕舉人尚不樂意，不知隋姊姊樂意什麼樣的呢。」

阿曦嘆口氣，「大寶哥只想自己的委屈，他也不想想隋姊姊也有難處。他倆都是好的，這事兒成不成的，我還是希望他倆都能好好的。」

紀珍聽得心裡暖暖的，覺得曦妹妹心地真正好，既是曦妹妹請託，紀珍當然會照辦，私下同大寶長談了一回。大寶沉默半晌，道：「以前我總覺得讀書上不輸人，就算出眾了。重陽哥說的沒錯，我其實最是個笨的，我這眼裡總是看到自己多一些，也不怪她不樂意。倒是曦妹妹，比我這個枉稱深情的想得更周全。」

紀珍走之前又寫了很厚的一封信給曦妹妹，這次江岳父根本沒有翻閱的欲望，直接就轉交給了阿曦。兩家因成親家，自然更添一層親近，紀家人回北靖關時，江念要去衙門沒空，何子衿帶著阿曦親自相送。

依依惜別後，紀珍一上車就從袖子裡取了個巴掌大的紅木匣子出來。

江夫人與兒子同車，見這東西不禁問：「是什麼？」

紀珍喜孜孜地道：「曦妹妹給我的。」

「原來是定情信物啊！」江夫人取笑一句。

紀珍道：「娘，我跟曦妹妹都訂親了，這該是訂親信物，怎麼能是定情信物呢？」

江夫人就著兒子打開盒子的手，見裡頭是鵝黃緞子包著個什麼東西，取出來一看，卻是一件簡簡單單的平安扣。說是簡單，是因時人多喜於平安扣上雕些流雲蝙蝠增添吉祥之意，而這枚平安扣只是素淨的玉環。不過，雖則素淨簡單，亦可見刀功飽滿俐落，可見雕得此玉的定是位雕功不凡的玉師，所用玉料亦是上等羊脂玉。

北昌府的冬天多冰雪，今日亦是陰天，車窗閉得緊，壁掛一盞琉璃燈，那平安扣上編著一段簇新紅繩明顯是用來佩帶的。江夫人一笑，拈起紅繩，墜子一晃，見墜子另一邊彷彿有字，再將墜子拈在手裡，湊近琉璃燈，見上面是四個刀削斧鑿的小字：平安如意。

平安扣不大，字大小有限，但這樣小的字，且寫的是平安如意這樣的內容，硬是讓人看出刀光劍影之銳意，江夫人讚嘆一句：「當真好字。」賞玩一番，看兒子眼巴巴望著墜子，江夫人一笑，將平安扣還給兒子，道：「這是塊老玉了，既是阿曦與你的，你好生戴著。」

紀珍心說，他本就是要隨身戴著的。

待他娘把玉安扣仔仔細細看了個遍，紀珍忙接回來，珍而重之地掛在頸間。

江夫人幫兒子整理衣領，笑道：「阿曦這孩子委實不錯。」

紀珍笑，「曦妹妹的好，還不在這上頭。」要緊的是心地好。

江夫人一樂，這些天聽兒子誇媳婦，真真是耳朵聽出繭子來。

阿曦覺得訂親後的生活與訂親前沒什麼差別，她雖然訂親了，因年紀小，依舊在女學上學，平日裡除了學裡課業，就是幫著她娘打理內宅之事，倒是隋姑娘找她說大寶的事：「以前都是竇大夫來我家給我爹診病，這回突然就來了老竇大夫，還給我開了許多藥。」

阿曦道：「竇大哥的醫術都是跟竇伯伯學的，姊姊既有緣遇著竇伯伯，可是難得的機緣。要是別個大夫給妳開藥，我不說什麼，倘是竇伯伯開的，姊姊可得按醫囑服用才好。」

隋姑娘瞧著阿曦，阿曦一副平靜模樣，看不出有何破綻，隋姑娘就直接問道：「妳與我實說，是不是大寶請老竇大夫過來的？」

「誰還為善不欲人知啊？要我做好事，定要叫姊姊知道。再者，這診病不比別個事。」阿曦認真道：「竇伯伯醫術極好，有一回他一見我就問我是不是有些上火，都還沒診脈，他就瞧出來了。我那會兒可不是上火嗎？嘴裡起了好幾個口瘡，疼得很。這好大夫，一望之下就有知人是不是身子需要調理，我看姊姊有些瘦削，吃些補藥沒什麼不好。」

隋姑娘道：「我也略讀過幾本醫書，多是溫補之物，我以前也吃過一些，不怕妳笑話，並無效用。」話到最後，隋姑娘頗是隱晦。

「姊姊既讀過醫書就當知曉，這方子跟方子，縱只差一味藥，藥效就大有不同的。」阿曦也不是什麼拐彎抹角的人，「再說，調理身體又不是治病，無非是看哪裡似欠缺些，補一補罷了。把身體調理好，難不成就只為了以後成親給男人生孩子不成？身體好了，方能將事情做好，不然縱有千般本事，身體不好也無濟無事。」

隋姑娘笑嗔：「這訂了親，越發沒個遮攔了，如何將生孩子這樣的事也說出口？」

阿曦遞個桔子給隋姑娘，「本來就是。其實我早就想勸妳了，就是不曉得當如何說。」

「妳直說就行，咱們又不是頭一天認識。」隋姑娘剝個桔瓣放在一旁的果碟裡。

想了想，阿曦開口道：「我娘說，這世上雖則女人不能為官做宰，但女人能做的事不少。婚姻看起來或者會貫穿女人的大部分人生，其實這也只是很小的一部分。雖說是在家從父，出嫁從夫，夫死從子，可想一想，倘能遇到嚴父慈母、恩愛夫妻、孝順子孫，自然是一輩子的福分，但人這輩子哪裡就有樣樣順利的？這世上被父母發賣、聯姻的女孩子多了去，縱嫁了男子，多少糟糠之妻苦苦掙扎著供養得丈夫出息，轉眼卻被逼下堂。及至兒孫，貧寒之家為著三瓜兩棗，父子成仇兄弟翻臉都不稀罕，便是豪門大戶，所謀之利不過更大而已，所以咱們女人靠誰都不如靠自己可靠。除去人性勢利外，人本身也是庸俗的，這世間自不乏將兒女皆視為性命的父母，但是不是，相對於可隨時用過利益交換的兒女，再勢利的父母都會更加尊重那些才幹出眾，能給父母，能給自己帶來更好未來的子女。相對於只知付出的妻子，再如何善變的丈夫忠誠於不能辜負也不敢辜負的妻子的可能性更高，因為辜負的成本巨大到負擔不起，因此計較得失間，男人就會克制自己。對於兒女，若做父母的不能養兒子養育得足夠出眾，開闊他們的眼界，讓他們明白兄弟姊妹間的情誼比利益更加珍貴的道理，怎能怪兒女鼠目寸光呢？」阿曦道：「所以，我娘說，身為女孩子，當更為出眾才是。因為女孩子面臨的許多處境，都非常容易被犧牲。隋姊姊，何必計較是不是有人為妳請大夫，等以後妳好了，這些因果自能報償。」

隋姑娘心中一震，說是醍醐灌頂可能有些誇張，但江曦的確令她刮目相看。她先時只覺得江曦就是運道好又善與人交往的小女孩罷了，突然間發現，人家不只是運道好，更不只是命好，隋姑娘得承認，她十三歲時還在閨房繡花，在廚下為父母弟弟燒飯，她十三歲時想的不過是相夫教子，倘不是秦家有負於她，她或者一輩子沒機會明曉這樣殘酷又真實的道理。

或者，她已開始明白，不然她不會破釜沉舟與秦家和離。但如果不是阿曦這樣明白說出來，她怕是還要許多歲月方能想得如此清楚吧。

隋姑娘忽然發現自己矯情得不合時宜，她自嘲一笑，「阿曦，妳會不會覺得我很好笑，有人對我好，我還要拿捏著架子，左思右想與妳深究？」

阿曦笑道：「這正是姊姊的可貴之處，換我是姊姊，也會多想。只要是善意的幫持，暫收下又何妨呢？」

「妳說的是。」隋姑娘暗道，有人希望我好，我自己未嘗不希望自己好，今有此機緣，不妨先領此恩德，待日後再做報答就是。

隋姑娘想通這個，她本也不是個扭捏人，就大方受了老竇大夫這樁恩情。去小竇大夫藥鋪裡抓藥時，看這藥算得相當便宜，亦暗暗領了這樁人情。

隋太太對於閨女服藥之事很是看重，雖則閨女在女學住的時候多，也時常要問她的。知道閨女一頓不差在吃藥，隋太太此方放心。隋太太私下同隋夫子說：「雖則這閨女不曉好歹，非拒了大寶這樁好親事，但只要她身子能好，另尋個穩妥親事亦不急。」

隋夫子聽到江家親事不禁微微皺眉，對老妻道：「此事不消再提，初嫁由父母，再嫁自由身。大寶那孩子心性自是不錯，可他到底年少，阿囡的顧慮也有道理。阿囡在這親事上本就坎坷，就是再尋親事，我也不想給她在外地尋的，就在北昌府，亦無須如何富貴人家，就是平平淡淡的小門戶便好。」

隋太太輕嘆，「何嘗不是這個道理，只是這丫頭牛心左性的，先時有媒人上門，她都給推了，弄得現在媒人都不來了。」

「暫放一放又有何妨，既是再嫁，自當慎重。」隋夫子道：「眼瞅快過年了，妳莫總嘀咕阿囡，安安生生過個年吧。」

「曉得了。」隋太太嘟囔：「我也沒有總說。」

「是，也就一天叨咕八百回罷了。」

隋太太硬是被丈夫氣笑。

年來得很快，過了臘八，女學便放假了。

何子衿一向對女學裡的女先生、嬤嬤、女管事大方，就是隋姑娘這剛入職三四個月的都領回了一車年貨，年終獎勵雖較之別的同事少了一半，但也絕對不算少了。

隋太太深覺閨女找了個好差使，再加上閨女氣色較先前在家時更好，行事越發有條理，且年下事多都需閨女幫襯，一時間，隋太太竟忘了叨咕一下閨女再嫁之事了。

隋家這樣的小戶人家過年事務都不少，江仁家只有更忙的。

大寶因有了舉人功名，今年除了親戚間要走動，還有他的同窗以及北昌府文化界的互相走禮。因二寶打算與阿曄一般明年考秀才試，大寶出門時便都是帶著弟弟，也讓弟弟在文化界混個臉熟。大寶也沒忘了去隋夫子家送年禮，原本何琪是想二兒子去的，結果她這剛交代二兒子，二寶就說：「我哥說了，隋夫子那兒的年禮他也要去。」

何琪道：「豈不尷尬？」

相對於大寶自小就是個細緻人，二寶完全不同於他哥，說來，二寶當年降生，於江家簡直是意外之喜，二寶自小也挺慣著的，但二寶的性子完全不似大寶親弟，倒似重陽親弟。他娘這般說，二寶渾不在乎，道：「不就是求親隋師姊沒應嗎？這有啥尷尬的？一家女百家求，哪怕應一家，還得回絕九十九家呢，何況隋師姊一家都沒應，不獨咱家的，尷尬啥？」

何琪被二兒子這話氣得無法，道：「你知道個啥？讓你去就去，哪來這諸多話？」

二寶簡直就是個兩面派的滑頭，無師自通地陽奉陰違，面上應了他娘，背後又把消息漏給他哥，最終還是兄弟倆一起去的。其實是何琪大驚小怪了，便是去了隋家，除了二寶年紀略小，大家都是成年人，難不成大寶還會拉著隋姑娘問「妳為什麼回絕我」不成？大寶很關心地問過隋夫子隋師母的身體，餘者並未多言。隋姑娘知道大寶過來，因著避嫌，只在後頭安排席面，並非出來相見。兄弟二人在隋夫子這裡用過午飯，就起身告辭了。

二寶悄悄問他哥：「哥，你還沒放下隋師姊呢？」

大寶嘆，「如果你將來對誰動心動情，就能明白了。」

世間情緣並不總如人意，今日尚且避嫌不忍相見，怎知明年再見面時，彼此已是一句淡淡的「隋師姊」、「江師弟」，就此擦肩而過。

新春過後，江念任期已滿，簡直不用多想，直接上了任期滿的摺子。帝都的皇帝陛下很痛快地給江按察使升了官兒，正四品宣慰司副使。

江念這種升官速度，整個北昌府也沒誰了。

江念私下都與子衿姊姊道：「這鬧得，我都不曉得我到底做官做得如何了。」

何子衿鎮定道：「你於任上盡心盡力，無愧於心，只管安心就是。」

何子衿接著問一句：「對了，這宣慰司副使是個什麼官啊？」

江念升官升得順利，只是這春節剛過，紀珍就得回帝都當差了。紀珍特意來岳家小住幾日，說來，這訂了親就往岳家這麼住著的也沒誰了。好在紀珍小時候就在岳家一住五六年，他住慣了，並不覺什麼，也不讓阿曦妹妹在學裡請假，依舊是每天傍晚去接阿曦妹妹放學，兩人在一處說說話聊聊天。紀珍走時，阿曦做了好幾個荷包，還有一身春天穿的薄料袍子，許多肉乾啊山貨啊，讓紀珍帶著路上吃。紀珍也給了阿曦那啥，一匣子金錁子，是給阿曦的零用，而且跟阿曦說了，阿曦都是紀家的人了，以後讓阿曦用自己的銀子。這事兒原本紀珍是偷著辦的，不曉得如何叫江念知道的，江念氣道：「我的閨女還用他養？」要不是紀珍先走一路，江念得拿金錁子糊紀珍一臉。

好在紀珍走得快，江念無法，要是沒收，好似他貪紀家銀錢似的，可不收，又氣紀家小子張狂，於是江念跟閨女說：「這銀子只管攢著做私房，不要動，咱家還養不起妳啦。」

阿曦笑道：「爹，您還真跟阿珍哥生氣呀？以前阿珍哥捎東西也常有金銀錁子啊！」

「唉，先時沒看出這小子險惡用心來。」江念這話讓阿曦笑壞了。

在這上頭，阿曄同他爹是站在一處的，雙胞胎則是站在他們大姊這邊，雙胞胎說：「真金白銀比真心還真呢，要是光嘴好，說些甜言蜜語，那才叫滑頭，我看阿珍哥實在得很。」

轉眼就是秀才試了，這些年家裡一直沒斷人科考，何冽、俊哥兒、興哥兒、大寶、二郎都考過秀才試，家裡秀才試的板凳桌椅是有的。說來很是苦逼，舉人試都是在貢院有桌有房的，秀才試卻沒有固定場所，一般都是在官學那大院子裡考，還要自帶桌椅板凳。也就阿曄這本地人，倘是外地學子赴考，得自備桌椅，簡直是要多坑有多坑。

阿曦還說他哥：「哥，你先練練扛桌椅，這雖是簡單樣式的，到時也沒五喜幫你扛，都得你自己扛，你看能不能扛得動。」

重陽也說：「試一試，這是先時興舅舅用的，泡桐木的，你還是別用家裡的，咱們家裡多是紅木的，沉得要命。這泡桐的輕省，很好扛。」

大寶笑道：「有一年考試，咱們北昌府一財主家有錢，那財主家的兒子要去考秀才，為顯財力，扛的是家裡的紫檀案跟紫檀椅，從書院門口到院子那百步遠的距離，累得滿頭大汗，那一年可是把我們笑死了，險捉不住筆。」

大家聽得都大笑起來，阿曦還追著問是哪家的事兒。

何子衿問阿曄和二寶要不要吃及第粥。

阿曄道：「大寶哥他們都是考舉人才吃及第粥，我們考個秀才不用吃，等到考舉人再吃不遲。」阿曄對考秀才還是極有信心的。他剛說完，二寶鬱悶道：「你先叫我說了不成？」然後笑嘻嘻地同子衿姑媽道：「姑媽，不管他吃不吃，我吃。我吃了及第粥，方有自信。」

何子衿笑道：「屆時你住過來，一起吃早飯。」

兩孩子下場前，何琪約何子衿一起去燒香，何子衿覺得阿曄問題不大便沒去。何老娘便跟沈氏同何琪去了，何老娘還抱怨何子衿，道：「妳雖會卜卦，到底沒有菩薩法力深，真個老摳兒，孩子要緊的時候，燒兩炷香妳就捨不得了。要是阿曄秀才試有個好歹，都怪妳。」

何子衿道：「這有什麼可燒的，一個秀才試，又不是春闈。」

自信兒子的背後，絕對站著一位自信的娘啊！

沈氏笑道：「取個吉利也好。」

「可不是嗎？這都不曉得，平日裡挺伶俐的人，關鍵時候犯糊塗。」何老娘拍著大腿，唉聲嘆氣起來，覺得孫女對重外孫這科舉太冷淡啦。

何子衿被何老娘嘟囔得，只得去給阿曄燒了回香，還捐了十兩香油錢，何老娘此方樂呵起來，悄悄同自家丫頭道：「秀才試捐十兩，待舉人試多捐些，捐十二兩、十五兩或是二十兩都成，最多不要超過二十兩。」

何子衿取笑，「合著價碼還不一樣來著。」

「願景不一樣，自然香油錢也不一樣。」何老娘理所當然道：「這祕訣我只傳給妳。」

何子衿笑，「成，我一準兒不往外說。」

何老娘欣慰道：「這就對啦！」叫別人知道，都這樣去拜菩薩，豈不是搶了自家孩子的天機嗎？何老娘在大事上一向很清楚的。

見自家丫頭燒了香，何老娘就放下心來，又問過有沒有準備鞭炮，何子衿謙虛道：「也沒多準備，就準備了兩箱二踢腳、三箱小鞭、四箱煙花罷了。」

何老娘點頭，「這備的不少。」

沈氏道：「這幾天考試定是累的，多給阿曄備些滋補之物。」

「我都把阿曄和二寶的菜單安排好了。」

聞此言，何老娘沈氏皆點頭。

何子衿這裡還是很遊刃有餘的，何琪就是一徑往何子衿那裡送各樣補品，主要是二寶為了每天喝及第粥，就住子衿姑媽家了。

秀才試不似舉人試，闗貢院九天就考完了。秀才試分三場，分別是縣試、府試和院試，說來也難著呢。場次雖只三場，考試時間拉得卻長，起碼半個月二寶乾脆住子衿姑媽家。

不知是不是子衿姨媽的及第粥靈驗，三月底秀才榜一出，二寶當真榜上有名，只是名次不大好，倒數第二，比孫山略強些。阿曄名次不錯，第二名，與當初俊哥兒是一樣的，但阿曄夠鬱悶了，用阿曄的話說，他爹在十四的時候已經是解元，所以與新秀才們聚會時，面對諸人誇獎奉承，阿曄是謙遜得不得了，而且，他不是假謙遜，是真謙遜，他完全不覺得有何好驕傲的，比起他爹，他不要說青出於藍了，就是比肩都差一截呢。

阿曄都與好友蘇二郎道：「你說，給我爹做兒子，壓力多大啊！」把蘇二郎樂得夠嗆，蘇二郎是第三名。

蘇二郎笑，「你這話，聽我祖父說，我爹小時候也這般說過。我祖父當年就是案首，我爹他們兄弟三人，雖皆是進士功名，卻無一案首出身。」

阿曄道：「我這苦衷，看來只有蘇伯伯明白了。」

「我比我爹強，我爹當年秀才試只得第五，我前進了兩名。」

「那以後你兒子慘了，除了案首，就只有第二名可考了。」

蘇二郎笑說：「考得中就好，雖不是案首，咱們放鞭炮的響動可算第一。」打趣得阿曄險些被茶嗆著，阿曄道：「我都說不叫我娘放那些鞭炮了，我娘非得放，也怪下人不會算計，買那麼些鞭炮做什麼？」真的，他家放鞭炮就放了一個時辰，比案首家的響動可大多了。

阿曄跟他娘提意見，他娘還笑咪咪道：「你就讓我高興一下吧。」

何子衿一點都不覺得她兒子考不好，十四歲的秀才啊，這要擱現在也得是個中文系的高才生。兒子這樣的優秀，何子衿高興極了，她一高興，捐了官學五百套桌椅，給以後的孩子們秀才試使，省去學子們扛桌椅板凳之辛勞。

說來好事連連，阿曄與二寶剛中了秀才，何家的誥命下來了，何老娘與沈氏榮升五品宜人的誥命。何子衿聞信前去相賀，笑道：「必得大擺宴席，好生賀一賀。」

何子衿來到時，何老娘都換上五品宜人的誥命服了，一副既歡喜又神氣的模樣，何子衿笑道：「這身衣裳，祖母穿著就是氣派！」

何老娘問：「比妳當年那宜人衣裳如何？」

何子衿正色道：「不能比，就是衣裳一樣，我哪裡有您老人家這氣派！」

沈氏忍笑，何老娘卻是點點頭，一副老封君的派頭，道：「這話倒也在理。」

何老娘這誥命盼得都望眼欲穿了，曲指一算，都快小十年了，終於等到誥命發放。當天何老娘吃飯都穿著誥命服，把過來賀何老娘的親戚們笑得不輕。

有外人來，何老娘就換上平時衣裳，還很謙虛地道：「啥誥命不誥命的，只要阿冽他爹實心給朝廷當差，能有益於百姓也就是了，我得不得誥命都一樣。」

大家紛紛馬屁：「老太太，您品格高啊！」

於是，何老娘更美了，高興得失眠大半宿，第二天與自家丫頭道：「我怎麼覺得，自打我得了誥命，別人看我的眼神都不一樣啦。」

何子衿道：「這北昌府算算，有誥命的太太奶奶們能有幾個？如今但凡聽到這消息的，哪個不羨慕您呢？那都是羨慕的眼神。」

何老娘大方地道：「這回咱家擺酒，不用家裡的銀子，從我私房裡出。」

「哎喲，那我可得多吃兩碗！」

何老娘豪邁道：「只管吃，管夠！」還特意交代沈氏：「家裡採買不要小氣，這是咱們得誥命的酒席，一定要體面。」還叫余嬤嬤取了一百兩銀子給沈氏，「先收著，多退少補。」

沈氏笑道：「定夠的，什麼樣的席面也用不了一百兩銀子。」

何老娘道：「妳那衣裳別總放櫃子裡不穿，這大喜事，妳也試試衣裳合不合身。」

沈氏道：「很合身。」

何子衿偷樂，「我娘定在屋裡偷偷試過了。」

何老娘點頭，「這倒是。」

沈氏得了誥命，說實在的，歡喜不輸何老娘，回房偷偷試穿誥命服的事兒，她做了，還每晚都做，不料被閨女猜了出來，沈氏笑道：「我就在屋裡試了，怎麼著？」

何子衿鼓掌，「試得好試得好。」

何老娘瞥媳婦，道：「喜歡就穿出來，這可怎麼啦，陛下賞給咱們的！」

沈氏笑道：「有這體面就行了，我這輩子當真知足了。」

何老娘語重心長對沈氏道：「當初妳跟阿洌他爹訂親，我就找人給妳算過，那算命的一算就說，妳這媳婦有福，以後能跟妳家小子享大福哩。如今看來，這卦可不就準嗎？咱們碧水縣能有妳這福分的有幾個？」一副妳嫁到我們老何家是沾大光的模樣。

何子衿道：「怎麼沒有啊？我舅現在也是正四品，我舅媽誥命比我娘還高兩級呢。」

何老娘原是想炫耀一下自家來著，忽聽丫頭片子一說，可不就給她提了個醒嗎？是啊，自家兒子雖不差，奈何這做官運道不比小舅子，何老娘翹起的尾巴只得放下些，轉而與沈氏道：「這也無妨，阿素做官比阿恭早。待再過幾年，阿恭定能給咱們掙下四品誥命來。」

沈氏笑道：「都聽母親的。」

何老娘歡歡喜喜同沈氏商量起自家的誥命酒席來。

何家的誥命酒自是熱鬧，何家還請了小戲、雜耍來家，足足熱鬧了一整日方歇。

沈氏有一樁事一直惦記著，趕上閨女來娘家就問：「阿念那個宣慰司副使是個什麼差使，我怎麼聽妳爹說要往北靖關任職。」

說到這事，何子衿也比較發愁，她對於一些官職譬如知府縣令巡撫總督啥的，還有些概念，但具體到宣慰司這種就不大懂了，後來也是跟江念打聽了這才明白，宣慰司完全就是個軍中衙門，宣慰司正使不是別人，就是現在的紀大將軍兼任。如果說宣慰司正使相當於軍區司令，副使就同軍區副司令差不多吧。當然，也就是這麼個名頭，副使職司較之正使，相差不只一星半點兒，何況紀大將軍這樣的實權駐邊大將。

江念原是文官出身，也不曉得怎麼給派了個武職，何況江紀兩家剛成親家，哪有把親家倆安排到同一個衙門的，但皇帝就叫江念去做宣慰司副使，朝廷是他家開的，這也沒法子。

何子衿道：「阿念說是要去北靖關任職的，只是這一時半刻，新任按察使還沒來，這裡得交接了才能去，我那女學也有一攤事兒。」

何老娘雖高興孫女婿升官，但聽說孫女婿要去北靖關任職，擔心道：「我聽妳三姊姊說，北靖關那裡很亂，許多人出去都帶著刀呢，還有一樣，你們要是去北靖關，孩子們怎麼辦？阿曦還好，丫頭家念不念書無所謂，阿曄也考出秀才來了，雙胞胎可是正當念書的時候。」

何冽和俊哥兒都去了帝都當官，小孫子興哥兒年歲也大了，何老娘很有幫著帶雙胞胎的意思，那期盼的小眼神，就差直說了。

何子衿笑，「要是我們過去，雙胞胎自然也一起過去。」

何老娘那叫一個失望啊，還試圖給自家丫頭提醒：「北靖關有好先生嗎？」

那地方荒僻，教育不行啊！

「有啊，不然人家北靖關的孩子就不讀書了不成？一時半會兒也走不了呢。」

沈氏操心的倒不是外孫子，家裡日子越過越好，女婿的官越做越大，家裡好了，外孫就差不了。沈氏另有擔心，她道：「別的都好說，女學可得安排好，裡頭念書的不是名門的千金就是富商的小姐，出不得半點差錯。」

「這些天我也一直在思量這事，想來想去，咱們到底是外任，縱不是今日調去北靖關為官，亦有往他處為官的時候，女學的事早晚得有個安排。」何子衿道：「我與阿念商量著，不若捐給衙門，請巡撫夫人主理，餘者，參政夫人、將軍夫人、按察使夫人、參將太太、提學太太和知府太太協理。」

何老娘頓時心疼，「這樣賺銀子的產業捐給衙門，豈不虧大了？」

何子衿道：「一時間，咱家哪裡吃得下來？」

沈氏腦子比婆婆動得快，片刻間已是想清楚其間利害，她道：「是啊，原本這幾年女學興旺，就有人虎視眈眈，倘是咱們自家人接手，咱們家裡妳爹與興哥兒都沒空打理，我家裡的事還忙不過來，就是三丫頭、阿琪雖都能幹，她倆與官家女眷卻說不上話。何況，這女學不出事還好，倘真有什麼事，怕這些年積攢的名聲都要賠進去。再往深裡想，倘有對阿念和妳爹不懷好意的，說不得還會藉機發難。還是捐出去吧，起碼得個好名兒，也省去是非。」

沈氏說得委婉，就是她，誥命品階不高是一方面，現在女學規模不比當初新辦的時候，便是沈氏想接，都不一定接得下來。這女學的利益雖難捨，沈氏卻是清楚，家裡現在最要緊的莫過於丈夫與女婿的官位，不期待二人做如何高官，起碼不能因著家裡連累到他們。這般一想，沈氏也支持閨女把女學捐了，雖損失些銀錢，必得好名兒，於女婿反是有益。

何老娘剛得了誥命，相對於銀子，自然是兒孫前程更要緊。媳婦和孫女這般一說，何老娘也顧不得心疼銀子了，道：「捐就捐吧，快些將事辦好，這就是燙手山芋。」

燙手山芋這形容雖有些誇張，但自江按察使升任宣慰司副使那一刻起，帝都府關注女學去向的人家，絕對不比關注江按察司升任軍職的人家少。

文官轉武職雖稀罕，但也不是沒有，倒是女學可是北昌府第一個女學，而且江按察使這般一升官，必然要去北靖關赴任，江太太總不能為了賺錢還留在北昌府打理女學事務吧，於是，大家對於女學何去何從猜測紛紛。

當然，誰也沒料到江太太會把女學捐了出去，驚掉大半官員的下巴。如今女學不要說在北昌府百姓的眼裡，畢竟尋常百姓真供不起孩子上這貴族學校，就是在北昌府權貴眼裡，女學跟個金母雞也差不多了。尤其是女學開始招外地生，有了寄宿制外，說句不客氣的話，女學火爆完全不亞於官學。不同的是，官學每個學生一個月一兩銀子束脩，女學一年就要二百兩束脩。當然，這也是有原因的，官學有朝廷補貼，且屬於非營利團體，女學則不同，女學是江太太私辦的，既肩負教育之職，也要賺錢。說句放肆的話，在江太太來北昌府之前，北昌府人民都不曉得賺錢還能賺得這樣文雅。

然而，江太太真不是個凡人，哪怕先時頗為眼紅女學暴利的諸家族也得說，江太太真真是拿得起放得下，尤其在銀錢上，絕非貪婪之人。倒是巡撫夫人李夫人一時為難了，有些猶豫到底該不該接，何子衿很懇切道：「這女學，我要說不為賺銀子，許多人得笑，其實除了賺錢，當初就是為了能給女孩子提供一個念書的地方，希望她們能與自己出身相仿或者不同的女孩子多多來往，拓展眼界，開闊心胸。還有，縱使上不起女學的人家，也希望能在女學的感染下，讓家中女孩兒多識些字念些書，縱不為做什麼才女，能多些見識總是好的。如今我要隨我們老爺赴任，這女學不託給您，能託給誰呢？您便不為我，只當為這北昌府的女孩子們，多盡一份心，多盡一份力。」

李夫人亦是名門出身，自知女學的好處，不然當初她也不會送孫女過去，李夫人道：「這辦教育自來是功在千秋的大事，只是，妳突然這樣一說，我沒個準備，何況這女學之事，我一人哪裡擔得下來？」

何子衿笑道：「我豈不知夫人的難處？我在家也想到了，此事要是直接託給夫人，的確是讓夫人為難，我想著，咱們夫人會這些年不也辦得好好的。將女學託給咱們夫人會，可凡事總得有個打頭的，此事非夫人莫屬。」

李夫人鬆口氣，笑道：「那這事我就有個章程了。」李夫人是正三品誥命，雖亦知女學是極賺錢的營生，可到了李夫人的地位，哪裡會將銀錢之事放在首要。她更非貪圖銀錢之人，她是深知這女學的不易，何況女學賺錢這塊的確令人眼熱，李夫人如何敢貿然接手，倘叫外頭那些小人見了，還得說是江太太在賄賂她呢。

何子衿一向爽快，她既說要捐，就捐得乾淨，連帶當年的獲利也捐了出去，還有這些年女學的帳目，女學裡的東西，皆移交給夫人會。就是女學的地契所有權，在知府衙門與巡撫衙門也都做了變更，歸與夫人會。同時，女學還要受到巡撫衙門、知府衙門、提學司的三重監督，至於獲利，一半歸與夫人會，兩成留作女學固定資金，餘下三成分屬三個衙門。

可以說，女學的交接，完全不比江念按察司事務的交接簡單。

還有一樣，何子衿既要與江念去北靖關，朝雲道長自來是跟孩子們在一處的，紀嬤嬤按理也要一起去北靖關才是。李夫人再三與何子衿商量了，必要紀嬤嬤再留一段時間，待李夫人把女學的事理順，再送紀嬤嬤去北靖關。紀嬤嬤可以說參與了整個女學的酬建，讓她這樣走，她也不放心。何子衿就讓紀嬤嬤留了下來，走時，何子衿問紀嬤嬤：「學裡女先生、掌事嬤嬤和管事我倒不擔心，只是，嬤嬤這裡的事，不知嬤嬤可有合適的人接手？」

紀嬤嬤笑，「我這裡因太太信重，故而能幫著打理女學事務。我之後，只需一輔助之人便可。太太覺得隋方如何？」隋方便是隋姑娘的芳名。

隋姑娘去歲是接替女學一位做雜務嬤嬤的差使，今春那位嬤嬤病癒，女學給的銀錢足，等閒人哪個願意丟了差使，故而身子一好，那位嬤嬤就忙忙回來繼續當差了。隋姑娘交還差使，原以為自己就得回家，不想紀嬤嬤留她下來，在身邊做個助手。

紀嬤嬤處事老道，李夫人既要接掌女學，那麼眼下還需她這位大總管坐鎮，待李夫人熟悉女學事務，所需要的就是一位助手，而不是大總管了。

這無關李夫人心胸，自來一朝天子一朝臣，大到天下，小到一家一室，皆是如此。以後便是這女學再有大總管，也不當是她了。

隋姑娘心性靈巧，做事也努力，難得的是來女學的時間不長卻也有些日子。這樣的人，既與前山長何子衿有些關聯，關聯卻也很有限，更因隋姑娘在女學根基淺，李夫人想要收攏隋姑娘也容易，故而，紀嬤嬤提的是隋姑娘。

何子衿略一思量，笑道：「這也好。」這也是一番機緣，就看隋姑娘抓不抓得住了。

何子衿把女學捐得是人人稱讚，除了何老娘覺得割肉一般，最心疼的還有兩人，要不是這兩人非要發表意見，何子衿簡直是想都想不到。

雙胞胎對於她娘無償捐獻女學，簡直是心疼壞了。

兩人特意找親娘問了原由，何子衿道：「讓你們爹跟你們講一講其中的道理。」

江念摸一摸唇上新留的小鬍子，正色道：「男子漢大丈夫，不說視金銀為糞土，也要少提銀錢之事方好。」

何子衿瞪他，「莫扯這沒用的閒篇！」

江念就簡單問雙胞胎：「咱們這就要去北靖關了，咱們一走，這女學誰人打理？」

阿昀道：「爹，女學一直是紀嬤嬤管著的，不能讓紀嬤嬤繼續管著嗎？」

阿晏點頭，顯然是兄弟二人共同的觀點。

江念問阿曄：「阿曄說一說，這法子成不成？」

阿曄道：「當然不成了，嬤嬤雖好，可對於女學的學生們來說，只是大管事。女學裡有女學生們，除了官家小姐，還有士紳名流家的千金、商賈富戶家的姑娘，你們想想，這些學生們的父母，倘有事，能同嬤嬤說嗎？」

阿晏不明白，「為什麼不能啊？」

阿曄道：「咱們雖視嬤嬤如長輩，這是咱家與嬤嬤的情分，外人是不會這樣看的。對於外頭的人，主子與主子說話，管事與管事說話。嬤嬤自然是將女學管得很好，可咱家一走，嬤嬤一人，斷鎮不住場子的。」

阿昀問：「有外祖父和外祖母幫忙也不行嗎？」

阿曄道：「當初咱娘辦女學時是初辦，學生也少，那會兒咱爹只是五品知府，也把女學辦起來了。如今女學裡除了北昌府這些閨秀，還有外地來的女學生，規模完全不比官學小。你們想，官學為什麼平穩？官學是由知府衙門、巡撫衙門、提學司衙門等三個衙門負責的官辦書院，要是個人，誰能把官學辦得這般安穩？也就是這些年咱爹升官升得順利，不然女學多半早就辦不下去了。」

雙胞胎似懂非懂，反正不一定全明白，但也模模糊糊知道，他家一走，親戚們管不來女學的事，也不能託給別人，不然容易惹禍。此時捐了，還能得到好名聲，倘出事再處置就不好了。反正雙胞胎是明白了一個道理，握不住的東西就要放手。

江太太將女學捐出一事，果然獲得北昌府官員、士紳們的一致好評，紛紛讚江太太品行高潔，不慕錢財，雖做的是女學小事，相對於江太太婦道人家的身分，已很是了不起。

尤其江按察使這回雖是升到軍中任職，也是升職啊。

故而，待何子衿將女學這一攤交接處理清楚，江念同新任按察使交接完畢，準備去北靖關上任時，北昌府的官員真是送了又送。非但有江家親戚，還有江念與何子衿這些年結交的朋友，再者，龍鳳胎、雙胞胎的朋友們也都來了。

羅大儒在車裡對朝雲道長道：「平日看子衿一臉精明相，不想關鍵時候當真捨得。」

朝雲道長瞥羅大儒一眼，淡淡地道：「這就是智慧。」

羅大儒問：「我說的是子衿，你這麼一副老子天下第一的嘴臉是什麼意思？」

朝雲道長道：「我弟子。」

羅大儒：……

羅大儒道：「子衿有一點最好，就是這孩子一點都不像你。」

朝雲道長：……

朝雲道長道：「你是嫉妒嗎？」

羅大儒炸毛，「我嫉妒你？」

朝雲道長唇角微微一翹，認定羅大儒嫉妒他，不待羅大儒辯白，他老人家就閉上眼，倚著軟軟的靠背，閉目養神，把羅大儒氣得都自我懷疑了：我怎麼會跟這種人當朋友？

何子衿大手筆的捐贈讓江家在北昌府走得頗是風光，江念卻是私下同子衿姊姊道：「不知道親家那裡如何？」

「什麼如何？」何子衿哪怕先時不曉得宣慰司是個什麼機構，這剛把江念做宣慰司副使，不，軍區副司令的事消化下去，聽江念這般說，不禁一問。

江念道：「自來文武都是兩個陣營，我這突然轉宣慰司任職，我自己都沒想到，紀親家多半更是沒有想到了。」

「由你來做宣慰副使不比別的文官強嗎？」何子衿沒江念這許多擔心，道：「再說，宣慰司副使又不是只你一人，你不是說副使都是有兩個的嗎？我就不信，北靖關裡上上下下就都是紀親家的人。」話到最後，何子衿聲音壓得頗低。

這事江念已思量許久，見子衿姊姊也這般說，遂道：「我這做官還如以往也就罷了。」

「本就當如此。」何子衿道：「雖則咱兩家是兒女親家，也要你衙門歸衙門，私交歸私交的好。不然咱們本就是親家，就夠招眼的了。公私分明，對咱們兩家都好。」

江念笑，「還是得姊姊時不時提醒我。」

「也不是我提醒你，閨女一訂親，你這心就不安定。」

「妳哪裡曉得我做父親的心，妳說，閨女在咱家千嬌百寵的，要是以後嫁人到了婆家受氣可如何是好？」江念滿腹擔憂。

「阿曦又不笨，再說，你這心擔得也太早了些。不說這日子是人過出來的，就是為了閨女，你也別動什麼私心。靠人品實力說話，比私下的關係有用。咱家是咱家，紀家是紀家，不論何時都不要忘了這一點。咱家有風骨，紀家自然不敢小瞧。你這做爹的想太多了，阿曦這是嫁人，阿曄和雙胞胎可都是要往家裡娶的，難不成以後兒媳婦娘家也要嫁個閨女就聽咱家的，不然咱家就虐待人家閨女？」何子衿話到最後自己都笑起來，「你這探花腦袋成天都在想什麼啊？」江念從來不是笨人，何子衿不信他連這個也想不清，只能說閨女訂親一事讓江念在涉及紀家的事上有些亂了。

江念不愧是探花，不止會胡思亂想，還會強詞奪理。因自己胡思亂想被子衿姊姊笑話了一回，江念硬是延申到子衿姊姊這做娘的不如自己這做爹的疼閨女，被子衿姊姊揪兩下耳朵，這才好了。江念揉著耳朵問子衿姊姊：「妳說我這是不是耙耳朵啊？」

「你這不是耙耳朵，你這是嘴賤。」

兩人說笑一回，江念就問：「閨女呢？」

「去師傅那裡看下棋了，阿曦幫著運算，雙胞胎也在師傅那裡。」

江念道：「雙胞胎術數比阿曦要好。」

「這倒是，天天算私房，熟能生巧，練得多自然就好了。」何子衿笑，「你說，雙胞胎是不是有做生意的天分啊？」

江念握著子衿姊姊的手看她的手指，道：「誰知道，不過我看他倆不會從商。咱們的兒女中，最會算的就是雙胞胎。士農工商，為何士排首位，皆因其得利遠在農工商之前。商賈雖善銀錢操作，得的多是明面上的金銀。士族所得利益，遠非商人可比。雙胞胎要是能算清這個，應是會往仕途上用心。要是算不清，從商亦無妨，只是我不願他們握有太多金銀，以免成了別人眼裡的肥肉。」

江念剛操心完閨女，又開始操心雙胞胎，何子衿忽然說：「怎麼看你有白頭髮了？」

江念立刻摸摸鬢角，緊張起來，「哪兒啊？」

何子衿笑道：「再操心就要長出來了。我只是隨口一說，你想得也太遠了。」

江念鬆口氣，他是很注重容貌的，摸著剛蓄起的小鬍子道：「以後我得開始用姊姊的護膚膏了，不然這年老色衰，怕姊姊會變心。」結果又挨子衿姊姊揪兩下耳朵。

朝雲道長聽著小倆口車裡偶爾傳來的笑聲，被羅大儒連贏兩局的鬱悶都消散了些。

羅大儒笑，「阿念與子衿這老夫老妻了，情分還這般好。」

朝雲道長心說，這不是廢話嗎？

雙胞胎揭他們爹的老底，道：「大儒爺爺，我爹就那樣，每回都要把我娘氣得瞪眼，揪他耳朵，他才會老實。」

雙胞胎這兩人童言稚語的，把羅大儒逗得哈哈大笑，朝雲道長亦是忍俊不禁。阿曦說雙胞胎：「合著你倆總是找事，非招我揍你倆一頓你倆才老實這事兒是遺傳啊！」

雙胞胎現在就處在一種，說他們不懂吧，還稍稍懂些的年紀，總地來說，是個似懂非懂的年歲，然後雙胞胎就說：「娘是爹的媳婦，大姊妳又不是我倆的媳婦，打也是媳婦打，大姊妳以後可不能再打我們，妳去打阿珍哥吧，說不定阿珍哥也喜歡被人捶呢。」

這話一說，雙胞胎現挨一頓熱呼的。

雙胞胎最愛跟姊姊打鬧了，再加上朝雲祖父偷偷使眼色，雙胞胎還很有眼力地一屁股坐翻了棋秤，今日棋運不順的朝雲道長立刻借坡下驢：「罷了罷了，不下了。」

羅大儒：以為我沒看到你對兩個小壞蛋使眼色嗎？

正義小天使阿曦收拾了雙胞胎，又幫羅大儒主持公道：「祖父，您又耍賴。」

「哪裡，雙胞胎不小心的。」朝雲道長一副仙風道骨的可靠嘴臉。

羅大儒道：「耍賴不怕，賭資拿來。」

儘管少輸一盤，朝雲道長到底不是賴子，自袖管裡摸出晶瑩剔透的紫玉給了羅大儒。羅大儒把紫玉給了正義小天使，不忘瞥雙胞胎一眼，意味深長道：「助紂為虐於財運有礙。」

雙胞胎雖然對那紫玉兩眼放光，但自小在朝雲祖父身邊長大的他們才不會被羅爺爺離間呢，雙胞胎異口同聲地堅定道：「我們是祖父的小狗腿！」

羅大儒一口茶噴了雙胞胎滿臉，雙胞胎如同被毀容般慘叫起來，阿昀哇哇大哭，阿曦把紫玉送給他們都哄不乾阿昀的眼淚，阿晏就比較好哄了。

阿晏收了姊姊的紫玉，幫著勸阿昀道：「你就別哭了，這不都擦乾淨了。」

阿昀嗚咽道：「娘說臉上被人噴水就會落一臉麻子長出一臉黃斑，我還沒娶媳婦，變那麼醜，以後可怎麼著啊？阿晏，咱們要打光棍啦！」

阿晏笑道：「那些都是娘騙咱們的，有一回我不小心噴了三寶哥一臉，結果好幾天過去，三寶哥臉上也沒起麻子，也沒長斑。」

「真的？」

「當然是真的。」

阿昀這才擦擦淚，然還不放心地跟羅大儒打聽羅大儒有沒有孫女。

羅大儒問：「幹嘛？」心裡還在琢磨何子衿這是怎麼教孩子的，看把孩子嚇壞了。

阿昀哼吱兩聲，道：「要是萬一我臉上長了麻子長了斑，娶不上媳婦，大儒爺爺就得把您孫女抵給我做媳婦。」

羅大儒哭笑不得，朝雲道長與阿曦都笑到肚子疼。

夫妻車裡，江念和何子衿都納悶，這一會兒哭一會兒笑的，到底咋啦？

阿曄接收到這些接連不斷的噪音，完全不能靜下心溫書，他為自己的秋闈操碎了心，今年秋闈要是沒有好成績，就是被家裡扯了後腿。

阿曦到吃晚飯的時候還說雙胞胎如何幼稚，阿昀振振有辭道：「都是娘跟我說的！」

何子衿笑咪咪道：「以前我還跟你說過睡覺不穿肚兜小雀雀就會被貓叼走，還有，嘴巴裡說不好的話就會舌頭長瘡……哎呀，說的話太多，都記不得了！」

羅大儒險些噴了湯，阿曦說她娘：「以後您別嚇唬他倆了，阿昀現下還當真呢。」

阿昀憤憤地戳兩下盤子裡的蒸蛋，控訴道：「這是恐嚇！爹，您說是不是？」

他爹這沒立場的，解釋道：「你們小時候聽不懂大人講的道理，所以就嚇嚇你們，慢慢長大就得知道父母都是為你們好。」

他娘給他們一人夾個焦炸丸子，雙胞胎漸長大，不受他們娘哄了，阿昀道：「爹，您還做官呢，您可不公正，就知道偏著娘說。」

阿曦看倆小東西不依不饒，兩筷子把肉丸子夾走，還說：「再沒完沒了，把玉還我！」

雙胞胎哪裡肯還，立刻既不追究娘說話恐嚇他倆的事，也不提爹不公正的了，搶回肉丸子後，就識時務乖乖吃起飯來。兩人現在一人能吃一碗飯了，阿曦都怕他倆撐著。

羅大儒倒是很欣賞雙胞胎，覺得雙胞胎的吃相好。

阿曦與雙胞胎道：「吃完別坐著，在屋裡遛達遛達，別積了食。」

雙胞胎苦著臉，「哪裡有空遛達，大儒爺爺報復我們偏著祖父，晚上給我們補習功課，還要給我們留山一樣多的課業。」

阿曦笑，「這就不做祖父的小狗腿了？」

雙胞胎哪裡還有說笑的心，跑去拍羅大儒馬屁，希冀大儒爺爺給少留些課業。

對於雙胞胎這種不愛學習的樣子，江念特意擇日教導雙胞胎，與他們道：「當年秀才試，我是案首，你們大哥是第二名，待到了你們秀才試的時候，自己想想吧？」

江念的意思是，他得案首，長子第二，父兄這般出眾，雙胞胎怎麼也得有點學習的動力吧？不想，雙胞胎反是放鬆了，雙胞胎私下道：「大哥考不過爹，咱倆一定考不過大哥。」

阿晏道：「要是考得比大哥好，那大哥多沒面子啊！」

阿昀深以為然，「咱倆不能太努力，萬一考個案首，不是叫大哥在家裡墊底嗎？」

這等狂話，江念知道倒沒惱，阿曄在才學上用第二秀才的名次將雙胞胎輾壓在地上些爬不起來，阿曄還說他們：「就這點本事，還案首呢？你倆別孫山了就好。」

於是，還沒到北昌府，雙胞胎就被兄姊欺負得不輕。

到了北昌府，因這次江念做的是大官，宣慰司副使。副使是有朝廷提供的府邸的，按規格，也是四進宅院。因著江念是紀大將軍親家，這宅子在江念入住前還修整了一番，故而江家人一到，頗覺住所不錯。當然，這不錯也不能與朝雲道長的莊園相比。

朝雲道長的住所是聞法安排的，原本覺得自家免費住宅不錯的雙胞胎，到朝雲祖父的莊園裡看了一回，回家都不用收拾包袱，直接就讓下人把他們還沒拆封的東西搬朝雲祖父那裡了，從此他倆就跟朝雲祖父一起住了。

以致於何子衿都感慨：論勢利眼，雙胞胎才是得了老太太的真傳啊！

勢利眼的雙胞胎搬了家，江家入住新府邸頗是順遂，一些細碎之事，紀家特意派了個管事過來幫忙，還有姚節、何涵都打發人過來。待何子衿這裡收拾好，先去紀家道謝，又往何涵家和姚節家各去走動了一遭。

幾家人都很高興，紀家沒什麼親戚，江家是姻親，在當下這絕對是實在親戚。姚家與何家都是如此，姚家就姚節一人在北靖關打拚，據江贏說，先時來過兩個堂弟，在姚節家住的時候還是挺好的，平日裡騎馬狩獵覺得北靖關是好地方，待姚節幫他們在軍中尋了個差使，初時兩人嫌是後勤工作沒意思，姚節把他倆換到前線，結果沒兩個月，兩人就回帝都去了。

這事兒是江贏閒話時說起來的，江贏多半也是憋得狠了，不好回娘家說婆家的不是，又不好與外人說。她與何子衿相識多年，何子衿對姚家那些事再清楚不過。

江贏嘆道：「也就是在北靖關了，先時相公留了心眼，沒給他們安排太顯眼的職司，可說來，最初在糧草上，官職雖不高，卻也是不錯的肥缺了。當時我還說，跟宣慰司那邊打個招呼就安排了，相公卻說，一點小事不值當驚動上頭。他是糧草官那邊有缺，使了銀錢，給安排的。銀錢還是小事，做了個三日五晌的，就說不能報效朝廷，相公又給他們換到自己麾下。不是我說，就是將來阿珍阿珠在我父親麾下任職，也沒有這樣換差使的。鬧到最後，人也沒留下，都尋由頭回了帝都去。」

何子衿笑道：「這事也不稀奇，北靖關這裡苦寒不說，別人只瞧見阿節升官升得順，哪裡知道阿節這些年吃的苦。拿性命換來的功勞前程，豈是嬌生慣養的官宦子弟能比的？這就是阿節的不凡了，當初他在帝都，何嘗不嬌慣，卻能為自己掙下前程。」

想那兩個姚家子實在不堪造就，姚節都將人放到自己麾下了，縱打仗辛勞些，姚節前程也是這樣打拚出來了。他們在姚節軍中，倘有軍功，姚節還能不提攜？要是換別人麾下，焉能有這樣的好事？

江贏笑得無奈，「要是為我，我不過是瞧著這樣的人不大喜歡罷了，我是為相公不值，這樣的操心，那兩人回去，怕也說不了相公什麼好話？」

何子衿道：「反正你們盡心了，是非曲直，誰心裡還能沒一筆帳？」

江贏說一回心裡的憋悶事，就覺得痛快許多。她不是沒手段的人，自然也不會憑那二人回老家胡說，只是這樣費力不討好的事，要沒個人說一說，真個要憋死了。

心裡順暢後，江贏與何子衿說起北靖關的官眷來。她於北靖關生活多年，對北靖關官眷頗多了解，很細緻地說了一回，道：「姊姊是四品恭人的誥命，朝廷對武官太太的誥命向來爽快，這北靖關別看地方小，論誥命，真不比北昌府少。不過，雖同是四品，像我其實就不及姊姊。相公是在外領兵的，江姊夫是宣慰副使，正管銀糧。姊姊想想，這北靖關，大小將領有多少，宣慰副使卻只有兩人。」

何子衿道：「所負責事務不同罷了。」

「這麼說也沒差。」江贏道：「還有另一位祝副使，祝副使以前是打仗的，後來轉文職。祝太太是個老好人，見誰都說好。另外就是昭勇、昭毅兩位將軍，都是正三品將領。昭勇將軍姓吳，吳將軍打仗很是厲害，吳夫人比吳將軍還厲害，姊姊在北靖關住一段時間就知道。在北昌府，一般還是平民百姓家有女人打男人的，在咱們北靖關，就是許多將領家也常幹仗的。另一位昭毅將軍姓邵，邵將軍是有名的儒將，家裡夫人嬌柔得很，一年三百六十五天，邵夫人三百六十天都在吃藥，說話都不敢與她大聲，怕把她嚇昏過去。」

何子衿「噗哧」就樂了，江贏也好笑，道：「姊姊住住就曉得了，有意思著呢。」

的確有意思，江家這剛沒來幾天，江念就讓子衿姊姊備些滋補藥材，何子衿得問個究竟啊。江念換了家常衣衫，接了子衿姊姊遞的熱茶，呷一口方不緊不慢道：「吳將軍病了，祝副使叫我一同去探病來著。」

何子衿忙問：「什麼病啊？」

莫不是極要緊的病，不然江念這剛來的，同吳將軍又不認識，如何好直接上門？

江念小聲道：「聽說是出去喝花酒，被吳夫人捶了一頓，跪半宿搓衣板著了涼。」

何子衿道：「你與吳將軍熟嗎，就去？」夫妻打架還被打病了，這可不是什麼體面事。

江念嘆，「姊姊不曉得這裡頭的事兒，我也不想去，祝副使千萬求了我。那日吃花酒，是祝副使請的客，吳夫人連祝副使都惱了的。祝副使要是一人去，怕進不了吳家門就得被吳夫人攆出來，他就求我與他一道去。」

何子衿道：「咱們新來的，便是卻不過祝副使的情面，去了也不要亂說話。你們這麼去探望，吳將軍會不會覺得沒面子啊？」

江念道：「北靖關上上下下都曉得吳將軍打不過吳夫人，這有什麼沒面子的，就當吳將軍讓著吳夫人好了。」

何子衿這裡備好藥材，隔日江念就拎著東西去探病了。

何子衿原以為吳夫人這般厲害，定得是孫二娘似的人物，不料人家吳夫生得人比花嬌，雖今年歲漸長，但看那眉宇間的豔色，就可知這位夫人年輕時是一位絕色佳人。

吳夫人待何子衿極是親近，還狠誇了阿曦一通：「上回在夫人這裡見了江太太，我就想江太太真是難得的美人，今兒見了妳這千金才知道，真真是青出於藍，也就妳家千金這樣的人品模樣，才配得上咱們北靖關的玉樹啊！」

何子衿笑道：「您實在過譽了。」

「哪裡是過譽，我是實話實說。」吳夫人拉了阿曦的手道：「我家裡只有兩個小子，可惜沒閨女。」又誇何子衿會養孩子，把閨女養得溫柔知禮，與紀大將軍結親結得真正好。

另一位邵將軍夫人，的確如江贏說得那般，身形有些嬌弱，面色亦稍顯蒼白，但也沒看出有什麼病容，就是整個人都嬌怯怯的。邵夫人臉色始終淡淡的，彷彿沒聽到吳夫人的話，更不去接吳夫人的話話語很少，眼睛時不時瞟阿曦一眼。

只要眼不瞎，都能瞧出吳邵二位夫人不睦來，何子衿私下同江贏打聽，江贏道：「姊姊不曉得，先時吳邵兩家險些翻臉。」

這事兒叫江贏說，江贏有些不好啟齒，倒不是吳邵兩家的事不好說，只是事情還跟紀珍有些無妄關聯。事情是這樣的，吳夫人家兩個兒子，邵將軍則二女二子，吳邵兩位將軍說來也都是戰場上拚殺出來的，這些年皆居高位，自是有些交情。

原本吳夫人長子吳大郎對邵家的邵大娘子有些心儀，北靖關民風較北昌府更為開放，這裡就是官家女眷出門都多有騎馬的，更沒有那種什麼男女不見面的規矩，何況吳邵兩家本有交情，兩家的孩子打小就認識。吳邵兩家看孩子們不錯，就打算把親事定下來，這其實與紀珍有什麼關係呢？紀珍打小就去了帝都，偏生紀珍那「玉樹」的名聲，不曉得怎麼就傳回了北靖關，反正邵家是知道了。

用江贏的話說，這邵大娘子真是同紀珍完全都不熟，江贏道：「阿珍小時候就去姊姊家念書了，要說與邵大娘子認識，約莫就是小時候大約是見過一兩面，後來問阿珍，他對邵大娘子一點印象都沒有。這阿珍回家就急急往姊姊家去求親，生怕阿曦忘了他，可吳邵兩家說要訂親了，邵大娘子突然就說親不訂了，她另有心儀之人，就是阿珍，這豈不是無妄之災？」

江贏道：「當時把義父和我娘給驚得不知說什麼好了。我娘問邵大娘子這是怎麼回事，邵大娘子說，阿珍回家後，她有幸在街邊見過阿珍一面，就相中了阿珍，非他不嫁。」

何子衿：這北靖關民風不只是開放，簡直是狂放好不好？

也就是何子衿來打聽此事，若此時不與江家說個清楚，怕以後江家得誤會了娘家。江贏說完後，自己都覺得有些過意不去，她道：「要是阿珍是拈花惹草的性子，有這樣的事也不稀奇，偏生他並非那樣的人，就因生得好些，總是有這樣莫名其妙的事，真真令人惱。」

何子衿聞言一笑，「阿珍的人品我是信得過的。自來紅顏多桃花，這也是常事。倘是親家想與邵家聯姻，不過一句話的事，哪裡還要邵姑娘毛遂自薦了？」

江贏嘆，「邵將軍是最早跟隨義父打仗的兄弟，與義父情分頗厚，因這事鬧得挺沒意思。好在邵大姑娘不是邵將軍親女，不然她這樣鬧，叫義父和邵將軍的面子如何過得去？」

何子衿問道：「我看邵夫人的做派並不是尋常人家出身。」

「姊姊是剛來，故而不曉得。邵夫人這事，知道的人不少。邵夫人娘家姓段，原是因犯了事發配來的，聽說那時邵夫人年紀尚小，後來嫁了一位姓趙的百戶。那趙百戶打仗時不幸死了，邵夫人就守了寡。」江贏低聲道：「那時邵將軍只是千戶，因邵太太多年沒有生育，看她老實，為子嗣計，先邵夫人接她給邵將軍做了小，不想她是個有福的，一進門就生了個大胖小子，隔一年又生了個閨女，後來先邵太太一病死了，邵將軍便將她扶了正，又因軍功升了正三品昭毅將軍，她可不就是三品誥命夫人嗎？她前頭夫家沒了人，她就將前頭的一子一女接到邵家住著。為了加重大姑娘的身分，還讓大姑娘入了邵家籍，就成了邵將軍的長女。」

江贏嘆道：「北靖關常打仗，再嫁的婦人不少，可要我說，出身如何就是如何，聽說前頭趙百戶從未委屈過她，如何就將趙百戶之女過繼出去，也就是趙家無人，不然擱誰家誰家能願意？」江夫人還是三嫁，江贏並不就看不起再嫁婦人，她只是不喜邵夫人這行事。就江贏這親爹人品很不咋地，江夫人不過令閨女跟她姓，也沒叫閨女去跟哪個繼父姓去。

要依何子衿說，江贏恐怕連邵夫人這樣自妾室爬上來的都不一定如何喜歡。

何子衿自己也不喜歡，在她看來，妾室扶正，不就是小三轉正嗎？

何子衿聽著邵夫人這事兒，總覺得有些耳熟，一時又想不起來。江念聽聞邵家之事不禁大是皺眉，說紀珍事多，道：「我年輕時也是咱們縣有名的傻小子，後來在帝都還是朝廷探花呢，怎麼也沒這許多煩心事？」

何子衿道：「你那會兒可沒阿珍傻。」

「啥？」江念幾乎懷疑自己的耳朵出問題了，追著何子衿問：「說清楚，今兒一定要說清楚，到底誰更傻？」

何子衿直笑，「你傻你傻！」

江念正色道：「以後也得記得，知道不？」

何子衿笑，「好啦，記得啦。」

何子衿原本只是開玩笑，結果每天早上都要被江念追問「天下男人誰最俊」的問題，簡直肉麻得要命，兩人每天都是說說笑笑起床的。

江太太與江副使的恩愛，簡直不用宣傳就整個北靖關的武將圈子知曉了，吳夫人尤其喜歡何子衿，還同何子衿打聽馭夫之術。在吳夫人看來就是江太太馭夫有方，看人家江副使，一表人才，滿腹才學，這樣有水準有才幹的人，竟然不用抽打就不納小，這不就是江太太有本事的表現嗎？

吳夫人還跟江太太就此事做出交流，吳夫人道：「我家那個就是狗改不了吃屎，要不是我管得緊，什麼髒的臭的不往家裡拽呢！要是弄個小狐狸精，初時來的時候嬌嬌怯怯，殊不知是引狼入室，沒幾年把我治死，到時老娘的家業都叫小婊子消受了！」

何子衿聽著吳夫人似意有所指，笑道：「我看吳將軍不是那樣的人。」

「也就我管得嚴，他不敢罷了。」

「男人要真是變了心，有什麼敢不敢的？我看吳將軍本就是個一心一意的人，說不得，他就喜歡嫂子時不時捶他兩下呢。」何子衿笑，「只別捶太重也就是了。」

「妳還打趣起我來。」吳夫人道：「這男人只要不犯賤，我哪裡會動手呢？」又悄聲問何子衿：「妳是怎麼管妳家那口子的？」

何子衿想了想，道：「也沒怎麼管過，我們自小一起長大，他不是那樣的人。」

吳夫人羨慕不已，「妳可真是命好。」

何子衿道：「吳將軍與姊姊的情分這樣好，他看外頭女人，姊姊自然不喜，反過來講，不也一樣嗎？」

吳夫人正色道：「我就沒注意過外頭的男人，我也不是那樣的人，一般時常來往的不是家裡親戚，就是他營裡的兄弟。」

何子衿笑道：「我是說，姊姊裝著讚什麼人一兩句，妳看吳將軍吃不吃醋。」

「哎喲，這話如何說得出口？」吳夫人委實是個正派人，聞言很是害羞，不過，想著江太太畢竟有學識，法子多，還是忍羞打聽：「這要怎麼說呀？」

何子衿道：「不要刻意說，那樣太明顯，妳就不著痕跡，輕描淡寫讚一句某某長得好，某某哪裡不凡啥的。」

吳夫人別看相貌生得好，她當真是個極本分之人，還問何子衿：「這要是那死沒良心的沒反應怎麼辦？」

「妳自己不能先露餡兒，得裝沒事人一樣。」

吳夫人覺得這念書人就是腦子好使，她回家試了幾回，轉頭悄與何子衿道：「我們那口子總算把那把鬍子剃掉了，妳不知道，現在都不流行那一把鬍子的男人了。妳看紀大將軍、祝副使，還有妳家江副使，現在都是唇上一撇小鬍子，我聽說帝都有身分的老爺們都這樣打扮，偏我家那口子，年紀並不很大，今年還不到不惑之年呢，我說多少回他都不聽，那一把鬍子瞅著彷彿六十一般。這回總算剃了，顯得格外年輕，還讓我給他做幾身鮮亮袍子。」

何子衿笑道：「吳將軍真是個聽勸的。」

「是啊，妳不曉得，妳家老爺一來，半城男人都開始梳洗打扮了。」

何子衿奇道：「還有這事？」

「可不是嗎？大家都說妳家老爺俊呢。我在我們當家跟前誇了好些人俊，我們當家都沒反應，我一誇到妳家老爺，他第二天就把鬍子剃了。」

何子衿：……

何子衿道：「嫂子，妳可別誇我家相公了，叫吳將軍誤會就不好了。」

「不會，老吳不是這樣的人。再說，誰會誤會妳家江副使啊。江副使身邊乾乾淨淨的不說，咱們北靖關的女人，有幾人能有妳這般容貌？」吳夫人道：「聽老吳說，祝副使在家裡設宴，妳家江副使都不叫歌伎近身，都知他是個懼內的。」

何子衿：這名聲傳得，真是誤會啊！

何子衿顧不得自己的名聲問題，先問：「祝副使家裡還有歌伎啊？」

「也不是祝副使家裡的，是軍中歌舞伎，一般哪家有宴會，召她們過去歌舞助興。」

「那樣的女子別人怎麼敢碰呢？」何子衿道：「萬一身子有什麼病症如何是好？」

「她們每個月都有軍中大夫把脈檢查的。」

「這也不保險啊，萬一有什麼病一時沒查出來，染在身上，豈不因小失大？」何子衿嚴肅道：「再者，凡居高位者，朋友多，就沒幾個仇家了？要是有小人，特意弄這麼個有病的，豈不正中小人下懷？屆時毀的人是誰？再者，那些女子多是獲罪入了軍中為歌舞伎，說可憐也可憐，說可嘆也可嘆，不是我說，這樣的女子，身上是非就多，所以，我家相公是從來不碰她們。歌舞是用來聽用來看的，哪就缺她們陪酒說笑了？男人本分些，不獨是為了家裡，也是為他們自身前程。就夫差那樣的大丈夫，還不因西施那美人計國破家亡了嗎？」

吳夫人就愛聽這樣的話，連聲道：「可不就這個理，可惜我不比妳會說，我心裡也是這樣想的。我那樣管著老吳，不知道的總說我厲害，我這不是怕他出事嗎？年輕時家裡窮，他徵兵徵到這北靖關，要不是有些運道，早在關外做了無名鬼。到二十多才攢了些銀子，遇到我這冤大頭嫁了他，這些年怎麼過來的啊？就因不容易，我才怕他學壞出事了，這才管他管得緊些，其實都是為他好。」

「吳將軍定知道嫂子待他的這一片心。」

「他知道什麼呀，不怨我就是好的。」吳夫人笑道：「我們大郎這就要訂親了，妳要是有空，過來吃杯訂親酒吧。」

何子衿連忙打聽：「哪家千金？定的是哪天的日子？」

吳夫人笑道：「軍中范千戶家的閨女，極本分的女孩子，就定下個月初十。」

何子衿道：「我一定過去。」

吳夫人還道：「成親就在臘月，到時讓妳家雙胞胎幫著安床好不好？」

何子衿道：「雙胞胎都八歲了，有些大吧？」

「不大不大，十歲以下都可以。」吳夫人笑道：「要不是妳家龍鳳胎大些，我還想請妳家龍鳳胎呢。」

何子衿笑道：「龍鳳胎小時候也常做這安床的差使。」幫雙胞胎應下了。

吳夫人又跟何子衿打聽：「這生兒子什麼的，我家倒是不愁。」她家有兒子沒閨女，但吳夫人就好奇，「這生龍鳳胎、雙生子，可是有什麼訣竅啊？」

「這哪裡有什麼訣竅？」

「妳莫要害羞，我這不是要娶兒媳婦嗎？到時傳給兒媳婦。」

何子衿道：「妳看我家，以前也沒有雙生子的，我也不曉得因何就總是雙生。我要是有訣竅，再生一對小閨女才好呢。」

吳夫人道：「妳家一對龍鳳胎、一對雙胞胎已是了不得的福氣啦。」

「是啊，孩子都是天意。」

兩人聊得投機，何子衿乾脆留吳夫人在家吃飯，吳夫人問：「妳家閨女呢？」

何子衿道：「祝副使家的姑娘生辰宴，給她下了帖子。」

吳夫人道：「妳家閨女去祝家赴宴，雖然這話說著好像有什麼私心，咱倆投緣，我還是得提醒妳一聲，可得叫妳家閨女小心那邵大娘子，她可不是好纏的，跟她那個娘一個貨色。」

話既開個頭，吳夫人本就是個直來直去的性子，就直接說：「外頭人以為我指不定多生氣呢，我實與妳說，當初生氣是真生氣，可氣過了又慶幸不已，虧得我家大郎還算有運，沒娶那裝腔作勢的東西。要是她早說相不中我家大郎，我家難道是給兒子娶不上媳婦的人家嗎？我家自然另去說親。這眼瞅要訂親了，她不願意了。她要是早與紀公子有什麼情緣，也算她負了我家，對紀公子有情有義，偏生人家紀公子根本不認得她，她就在路邊看紀公子一眼，就相中了人家。哎喲，真真好大的臉！這等水性揚花之人，我家小子沒娶，真是祖宗保佑。妳可得留些心，那對母女素有手段的。當初邵姊姊就是一心軟，硬生生把自己氣死了。」

何子衿道：「不是說現在這位邵夫人是先邵夫人納進府去的嗎？」

「哪個女人腦子有毛病去給丈夫納狐狸精啊？邵姊姊就是想要生子，外頭本分女孩子多的是，何苦給丈夫弄這麼個小寡婦，叫不知底裡的還得說弄了個命硬剋夫的。」吳夫人道：「她這事做得雖機密，我卻是聽邵姊姊說起過的，那女人早就是會勾引男人。那女人原是家裡獲罪發配來的，先是勾搭了個小百戶，沒幾年就鬧得那百戶家雞犬不寧，後來那小百戶打仗時死了。墳頭上土還沒乾呢，就跟邵將軍有了首尾。她給先頭那百戶生了一兒一女，家裡公婆都在，原是想她守著的，她哪裡守得住，死活要出門，邵姊姊知道這事時，那女人已是有了身孕，邵將軍清明了大半輩子的人，就栽在這子嗣上頭了，一聽說有了身子，立刻就要接了她來家裡。邵姊姊能怎麼著，原就無兒女，在邵將軍面前就跟矮半頭似的，可這兒女也不是說有就有的。先時邵姊姊也懷過身孕，就因伺候邵家那刁鑽老婆子，給累得流了產。男人啊，哪裡有長情的，先時說邵姊姊都是為了邵家，裝出副不肯納小的模樣來。那女人有了身子，立刻把這話都忘到腦後了。這女人一進門，邵姊姊沒兩年就過世了。妳不曉得那副作態，我以往可是見過的，說自己不吃葷腥，就愛吃個炒青菜。妳說他媽的大冬天滿城下大雪，哪裡去弄青菜給她吃？這要真是個吃素的，蘿蔔白菜不是菜？說自己不吃腥，我看她雞湯喝得也起勁兒著呢。對了，人家那雞湯必得細細撇去湯上那一層油花，弄個澄澄澈澈的方能入口。初時還喝雞湯，後來雞湯都不能入口，邵將軍託人去南邊買回來的，這麼大的海參肉貝，每天燕窩魚翅供著。邵姊姊就是這麼給氣死的，要擱我，我死前得先宰了這狐狸精。」

何子衿道：「那先時怎麼妳兩家還要訂親？」

「哪裡是我，要擱我，我哪隻眼睛看得上。是邵將軍親自跟我家那口子提的，我本不願意，奈何我家大郎也是個沒見識的，被那小狐狸嬌怯怯三言兩語就籠絡住了，就說相中了人家，我打了他兩回也不改。那是我親兒子，也不能真打死，何況我們兩家素有交情，就說把親事定下。結果，來這麼一齣。這也好，我們大郎現在可清醒了。」吳夫人很慶幸地說：「他以前最喜歡斯文懂詩書的女孩子，現在最見不得那等假惺惺的，這范姑娘就很好，兩人也是打小認識，小時候為吃糖還打過架。初時大郎因著邵家那事覺得丟臉，出門喝醉酒，跟外頭人打架，遇著范姑娘，虧得范姑娘救了他，還著人送他回家。極懂事爽快的一位姑娘，大郎這回的眼光可是極好的。」

何子衿笑道：「這也是他命裡有妻運。」

「我也這樣說，我還特意去平安寺求了籤，極好的上上籤。」

吳夫人極是歡喜，用過午飯方得告辭。

吳夫人剛走，阿曦就氣哄哄回來，一回家就說：「真是氣死我了，我去祝姊姊家吃飯，那姓邵的見了我就姊姊長姊姊短的，她已經及笄了，比我還大一歲，叫我姊姊是什麼意思？」

何子衿一聽也來氣，道：「妳就這樣讓她叫？」

「我當然沒讓她叫了，我說了，妳姊姊可不是我，後來她還非要跟我說私話，我沒有理她。我看她那樣子，定要給阿珍哥做小的。」阿曦氣得不行，道：「娘，您說，世上怎麼有這樣厚臉皮的人？」

「天下之大，無奇不有。她以後再犯賤，妳就說，既要做小，就先立規矩，妳坐著，叫她跪著，妳吃著，叫她跪著，妳跟人說笑，還叫她跪著。」

阿曦道：「她爹不是官大嗎？我怕給爹惹麻煩。」

「這妳別管，這樣的賤貨，妳越客氣，她當妳好欺負呢。」何子衿道：「我見了邵夫人自有話說。她不能管教好自家的閨女，就別怨別人幫她管教。」

阿曦得她娘這簡單粗暴且特解氣的法子，心情大好，「娘，您說，怎麼會有這樣的人？她又不是找不到男人，以前要訂親的也是吳將軍家的長子呢。給三品將軍家做長媳，難道不比給人做小妾好？」

「吳大郎命好，不然娶這樣一個甘為妾室的東西，才真是倒了八輩子楣！」

江家母女說邵大娘子甘居妾室，殊不知人家根本沒想當妾，邵夫人正淚天淚地與丈夫商量著：「我有什麼法子，這事兒已是人盡皆知，大姑娘那裡，不求她進門能與江姑娘比肩吧，江姑娘畢竟是御賜的親事，咱們大姑娘讓她為大，做個平妻，尊她為姊，總可以吧？」

邵將軍擺擺手道：「這事暫且不要提，江家剛來北靖關，還不曉得江家什麼性子。原已得罪了吳家，難不成再去得罪江家？」

邵夫人滿臉淚水，抽噎道：「將軍是正三品之身，咱們的長女退一步做平妻，難不成還委屈了江家女？」

邵將軍到底腦子還在，憑邵夫人眼淚成河，這事也沒應。

邵將軍沒應，邵夫人就親自去與何子衿商量了。邵夫人或者是自恃三品誥命的身分，比何子衿的四品誥命高兩級，邵夫人先是說了閨女的一番深情，然後說出了一番讓何子衿十分懷疑邵夫人來歷的話。邵夫人滿眼淚花，嚶嚶泣道：「我早就知道妹妹妳是個慈悲人，就看在我那丫頭這番深情的面上，也沒有不成全的她的道理是不是？她願意以令千金為先，她們原就是姊妹一般，以後繼續做個姊妹，豈不好呢？」

何子衿真懷疑邵夫人是看了腦殘劇穿越來的白蓮花。

哪怕是穿越來的老鄉，也沒這麼天大面子讓我閨女把女婿讓給妳閨女吧？

何子衿按捺住怒火，微微笑道：「好不好的，我說不好。我家也只是與紀親家訂親罷了，至於女婿納不納小，不要說現在兩家還沒成親，就是成了親，我家做了岳家，也管不到女婿屋裡事的。邵夫人別來同我說，不如去問江夫人吧。紀珍姓紀，又不姓江，他的事，妳怎麼同我商量起來呢？」

邵夫人彷彿聽不出何子衿的不悅，拭淚道：「紀夫人與我說，此事必得您家點頭。」

何子衿笑道：「那就勞您去同紀夫人說一聲，我家可是管不到女婿納不納小的事。」

邵夫人如聽天籟，立刻去尋紀夫人商量，還口口聲聲說江太太已是應了的。

紀夫人心說，這女人不是腦子有問題吧，何子衿怎麼可能答應這事？紀夫人了解何子衿比邵夫人要深的多，何子衿少時就同紀夫人做過生意，後來嫁給江探花，兩人小日子過得和和美美的，怎麼可能答應紀珍納小？紀夫人不必想就知道邵夫人必是扯了謊，紀夫人倘不是看在邵將軍的面上，真不耐煩這個女人。憑邵夫人如何滿面期待，紀夫人直接正色道：「我與江太太認識多年，邵夫人，要不要請江太太過來對質？」

邵夫人立刻就啞口了，邵夫人反應也快，道：「當真是江太太說這事兒您做主就好。」

紀夫人肅容道：「那我就給邵夫人一個答覆，阿珍絕不可能納小。」不要說她沒有給兒子納小的意思，就是有，也不可能納邵氏女，真個不知所謂！

邵夫人臉色瞬間慘白。

紀夫人可不是邵夫人這種背著丈夫行事的人，她直接正面地回絕了邵夫人，還與紀大將軍道：「同邵將軍說清楚，再叫那個蠢女人在我跟前賣弄聰明，下回可沒這樣客氣了！」

因近來紀夫人脾氣見長，紀將軍的性子倒顯得好了，紀將軍道：「成，我與阿邵來說。當初我就勸他，這女人做個側室也就罷了，他非要扶正。」

紀夫人怒道：「簡直不知所謂！自己是個蠢人，就以為全天下都是蠢人了！明明沒咱們阿珍的事，我還得一回又一回跟江親家解釋！」

紀大將軍忙勸她：「江親家一向明白，定能知曉咱家難處。」

「叫誰家誰家願意啊？剛訂親，女婿就這麼多爛桃花！」

紀將軍忙又勸了她一番，其實跟江家解釋的也不只是紀夫人，紀將軍也私下跟江念提了一句，紀大將軍道：「我已同邵將軍說了，讓他趕緊給閨女尋個老實人家。」

江副使笑，「這邵將軍刀槍血雨都見識過，不想竟拿這麼個入籍繼女沒法子。」

「他是英雄難過美人關。」

江念也不再多說，紀將軍同江副使打聽竇太醫的事，紀將軍道：「你幫我問問，有沒有治女人脾氣不好的藥。」

江念納悶，紀將軍道：「阿吳讓我問的，他不好意思與你說。」把鍋給吳將軍背了。

江念道：「吳夫人那還用問嗎？不是說早就那樣脾氣嗎？我看是絕症。」

「不是，以前性子還好，就是這上了年紀，尤其近幾年脾氣越發壞了。」

紀親家親自拜託，江親家只好道：「成，那我幫著問問。」

紀親家鬆了一口氣。

紀將軍一出馬，邵家立刻消停下來，就是邵夫人，在紀夫人那裡碰了個大釘子，也是好幾日沒好意思過去紀夫人那裡說話。她不去，紀夫人也不請她，紀夫人煩透了這個婦人。相對於邵夫人這等不知所謂的人，紀夫人更重視江親家，紀夫人道：「我是懶得再見她，自作聰明到我跟前胡說八道，還說妳都點頭同意讓她那找不著人家的閨女進門給阿珍做小。這幸而是咱們相識這些年，要換個不知根底的人家，好端端的親事都得給她攪和散了。」

何子衿道：「這也是她的看家本領了，要是沒這點本事，她怕是還扶不了正呢。」

紀夫人搖頭，「總之我真是夠了。」她是一品誥命，又不是受氣包，更不是任人愚弄的傻子。邵將軍再怎麼得紀將軍看重，邵夫人也不可能無底線忍讓邵夫人。

何子衿總覺得對邵夫人其人其事有些耳熟，紀夫人的身分地位，對邵夫人自是秒殺，何子衿卻不會太小看這位邵夫人，一則她們剛來北靖關，邵將軍卻是在北靖關經營多年；二則邵夫人肯定有些本事，不然也不能由犯官之後爬到三品誥命的位置。

何子衿處事，一向先著眼於細處，邵夫人既然嫁過一位趙百戶，百戶間的事，何子衿就去何涵家找李氏打聽了。李氏道：「要說別人我不曉得，她我還是知道的。」

何子衿道：「我總聽著覺得這人耳熟，就是想不起來。」

李氏道：「也難怪妹妹不記得了，這事兒頗久遠了。妹妹記不記得，先時我同妹妹說過我一位堂兄娶了個犯官之女嗎？成天在家要吃要喝，就是那雞魚肘肉熬一鍋湯，然後用高湯涮小青菜吃，裡頭的好料都給丫鬟吃……」

何子衿終於想起來了，何子衿道：「怪道我總覺得耳熟，只是妳堂兄不該姓李嗎？怎麼說她前頭丈夫姓趙呢？」

「這又是我族裡的事了。」李氏道：「當初為什麼我爹娘想把二郎過繼給我哥，就是因我這位堂兄並不姓李。那會兒我們家裡窮，我爹與我那位大伯少時早早就沒了父母，後來大伯是入贅到了我那位伯娘家裡，說是入贅，趙家人很好，我爹就是在趙家長大的。後來娶媳婦什麼的，大伯大伯娘幫了不少忙，到我堂兄和我哥的時候，家裡就好些了。北靖關的男人多是當兵，那時家裡有些家底，他們小時候都練過些拳腳，識些字，後來在軍中也謀了差使，做到百戶。我哥命薄，早早過世了。我堂兄當時不知道著了什麼魔，娶了這麼個禍害。我堂兄在戰場上一出事，熱孝剛過，她就出門走了。我大伯大伯娘因堂兄之死，也是生氣，過幾年就都沒了。我原想著把兩個孩子接到家裡來的，相公也同意了，偏生那女人過來又是哭又是求。妹妹不曉得，外頭好些人在，她撲通就跪下。這麼鬧下去，如何是個常法？我也得為相公考慮，她又是孩子親娘，就叫她把孩子帶走了。這不，去歲剛出了一樁醜事，她這樣的婦人，哪裡會教導孩子呢，把個丫頭嬌慣得很不成體統，勝哥兒也不愛與我家來往。」

何子衿道：「按理，她是犯官之女，如何能嫁給趙百戶呢？」

「她運道好，剛到北靖關沒幾年，趕上老皇帝過世，先帝登基，天下大赦，她原就是被家裡連累，罪名不大，就赦了罪名，成了平民，不然我堂兄再如何也不敢娶她為妻的。」李氏嘆道：「可結果還是被這女人禍害得不輕。倘真是個本分的，安安分分守著孩子們過日子，我大伯大伯娘不至於那麼早就去了的。」

何子衿道：「不瞞嫂子，近來有一事與這位邵夫人有關呢。」

李氏連忙問何事，何子衿就將邵夫人想讓長女給紀珍做小的事說了。李氏聽了，登時氣得不行，道：「這等賤人竟這般糟賤孩子，好好的孩子叫她教成什麼樣了？正三品大員的嫡長媳不做，竟叫閨女做小，還是……」李氏都聽不下去了，還是插足紀珍跟阿曦的親事。

何子衿反是勸了李氏一回，道：「嫂子何苦生這沒用的氣，她一個親娘都這般，嫂子做堂姑的，又能怎樣呢？」

李氏眼圈微紅道：「我是心疼我大伯、大伯娘、堂兄，也不知上輩子哪裡欠下這賤人的，當初攪得家宅不寧就不說了，現在連孩子也被她給禍害了。」

何子衿道：「聽說這邵夫人娘家姓段，不曉得老家是哪裡人？」

「聽說娘家是帝都人，具體的我也不大清楚。我實在是與那人處不來，那會兒她也不大看得上我家小門小戶，妹妹若想知道，我叫妳阿涵哥幫忙打聽。」李氏拭拭眼淚道。

何子衿想了想，低聲道：「此事莫聲張，邵將軍畢竟身居高位，也不必查別的，就是查當初她來北靖關登記的文書就好。」

「妹妹放心，我曉得。」江念是宣慰司副使，邵將軍為正三品昭毅將軍，都是北靖關大員，此事自然要小心。李氏道：「等相公回來我就與他說，有了信兒我著人知會妹妹。」

何子衿沒想到真在李氏這裡打聽到了邵夫人的些許底細，回家就見阿曦正與阿珠在校場射箭呢，何子衿笑道：「這天眼瞅就黑了，費眼睛，明兒再練吧。」

紀珠跟何子衿見過禮，道：「江嬸嬸，我放學才過來的，剛跟阿曦妹比了一會兒。」

阿曦道：「我不用看都能百發百中，這樣靶子好射得很。」

「那你倆就摸黑玩吧。阿珠晚上在家吃飯，我做好吃的。」

紀珠很高興地應下了。

何子衿也不曉得阿曦怎麼跟小叔子這樣好了，待晚上何子衿才知道，阿曦道：「阿珠說近來紀伯娘心情不好，總訓他，我就讓他到咱家來。阿珠可好了，也不似雙胞胎淘氣。」

何子衿道：「那妳就跟他玩吧。」反正閨女在北靖關沒學上，都成失學兒童了。

紀珠對小嫂子的觀感超級好，還跟他爹說「阿曦姊的功夫可真好，我看大哥也不一定比得上阿曦姊」，要不就是「阿曦姊請我吃好吃的了」，不然就是「我請阿曦姊去吃啥啥啥」，總之，連紀將軍都跟妻子道：「怎麼阿珠跟阿曦這麼好啊？」

紀夫人不以為然，「他倆年紀就差個兩三歲，現在還小，尚能玩到一處。」

紀將軍道：「要是阿珍在，說不得得吃醋呢。」

「胡說八道！」紀夫人笑斥一聲，心中倒是樂意小兒子能跟阿曦多多相處。兩個兒子在一起的時間太短，如果以後能有阿曦在兩個兒子之間做橋樑，兩個兒子情分肯定能更好。

紀夫人對長媳越發滿意了，不僅兒子心儀，還這麼會照顧小叔子。

阿曦卻是遇到了人生第一樁陰謀，以後許多年，阿曦想起來，都頗覺慶幸。

阿曦剛來北靖關，她爹是個大官，她娘還開辦過著名女學，是北昌府一帶極有名氣的女山長，她又跟紀珍定了親。故而阿曦一來就是北靖關的名人。北靖關的閨秀對阿曦很是接納，像祝副使家的千金，還有幾位千戶將領家的小姐，有什麼遊戲之事也愛給阿曦下帖子。阿曦本人也不是個矯情人，時常出門，這一日是一位林千戶家的千金派的帖子，林姑娘生辰，請大家去吃生辰酒。

阿曦還問新交的朋友祝姑娘準備什麼禮物，又問：「邵家那個去不去啊？」

祝姑娘生得圓潤潤的，天生一副笑咪咪的模樣，勸阿曦道：「妳理她呢。她又不是邵叔叔的親閨女，咱們也不過是看在邵叔叔的面子上有什麼事叫她罷了，誰心裡還真看得起她？就她辦的那事兒，北靖關沒這樣的。妳不用理她，難道她去妳就不去了？妳是誰她是誰啊？何必跟她一般計較，沒得失了身分。」

阿曦道：「我是煩她見我就叫姊姊。」

祝姑娘笑得不得了，「我沒想到她真叫得出來。紀公子雖好看些，也不至於就倒貼。」

「就是啊，自己安安分分找一個多好，非得看別人的眼紅。」阿曦道：「我就奇怪，世上怎麼會有人願意做小？要是那些窮苦人或是希圖富貴的不稀奇，可妳看她，既不窮苦，家裡也不缺富貴，怎麼就這樣上趕著？」

「她的心思咱們要是摸得透，不都得去做小啊？」祝姑娘兩隻小胖手互相捏啊捏的，「先時叫她遇到吳大郎那冤大頭就是運道了，我都沒想到她這般野心，竟敢覬覦紀公子。」

祝姑娘生得圓潤，說句實在話，也不太美貌。那邵大姑娘就是迎風能飄三尺的纖細人，兩人情分，這麼看著，很是一般。

祝姑娘勸了阿曦一番，還道：「我先時就因吃的多些，也沒少受她嘲笑呢。我還是想去哪兒就去哪兒，吃的多怎麼了？有一回明明我家轎子放在前頭，她非要跟我搶路走，我一屁股就把她撞飛出去了。」說到這個，祝姑娘還提醒阿曦：「妳可別跟她碰手碰腳的，那回我也沒使勁兒撞她，妳說多稀奇，她跌出去就躺地上不動了，害我娘說我粗魯。」

阿曦同仇敵愾道：「妳還不一屁股坐她肚子上，屎給她坐出來，看她動不動！」

祝姑娘哈哈大笑，覺得十分解氣。

祝姑娘又跟阿曦說了自己給林姑娘備的禮物，與阿曦道：「妳剛來，同阿林也不熟，咱們女孩子家，本也不走重禮，就挑些簡單的送就行。阿林是個愛看書的，我送了她一本書，妳就挑個筆墨紙硯的，隨便送她一樣就行。她以前是個極爽利的人，後來跟邵大娘似的，扭扭捏捏的。不過，她都給咱們下帖子了，去就去吧。屆時我來找妳，咱倆一道去。」

就是在林千戶家出的事，阿曦與祝姑娘一起去，她倆的爹都是宣慰副使，諸閨秀裡也就是邵大姑娘能跟她們相提並論了，偏生邵大姑娘只是邵家繼女，出身上就略遜些，所以，多有閨秀在兩人身邊說話。

阿曦也是交際慣了的，先送了林姑娘生辰禮，就與諸閨秀說起話來。

邵大姑娘果然也來了，見阿曦就笑道：「妹妹也來了。」

阿曦才不理她，道：「我可沒姊姊，妳也別給我這樣叫。」

邵大姑娘臉色就是一白，泫然欲泣。阿曦看她這樣就掃興，索性與林姑娘道：「先時在祝姊姊那裡見妳，知道今日是妳芳辰，特來相賀。妳們好好玩，我就先回了。」

林姑娘忙拉了阿曦道：「不過一些口角，妳素來大方，今日就看在我的面子上，莫說那些不開心的事了。妳這樣走了，豈不是說我招待不好？知道妹妹是南面來的，我特意備了南邊的嫩藕，一會兒妳可得嘗嘗。」

林姑娘這樣相留，阿曦就沒走，笑道：「我是怕擾妳興致。」

「哪裡話，妳留下我就高興。」

阿曦就坐下來繼續說笑，彷彿沒看到有邵大姑娘這個人一般。她可不信這邵大姑娘突然就能改邪歸正，索性不來往才好。

時下已進七月，天氣漸冷，因近午日頭好，林姑娘就邀眾閨秀遊園，大家一起去了。阿曦真是冤死了，她明明是與祝姑娘一處的，周圍也有好幾個閨秀，也不知怎麼倒楣催的，那邵大姑娘就站到湖邊，她往下一倒，順手就拽了阿曦的袖子，阿曦被她拽得一頭就朝湖裡跌去。祝姑娘眼疾手快地拉住阿曦，且她頗是機警，跟著腰身下沉，屁股一墜硬生生把阿曦拉住了。可不知怎地，祝姑娘就腳下一滑，跟著往湖裡跌去。阿曦自小習武，反應快，拔下頭上金簪刷地在袖子上一劃，邵大姑娘尖叫一聲，自己扯著阿曦的半片袖子掉下去了。阿曦止住趔趄，腳下一撥就把祝姑娘撥得轉了半個圈跌入了諸閨秀群裡，自己也堪堪站穩。

諸閨秀見邵姑娘落湖裡，連忙大呼救人。

不知哪裡跑出兩位壯士，撲通撲通接連跳湖，三五下就將邵大姑娘撈了出來。林姑娘已是指揮著丫鬟抬了邵大姑娘屋裡去救治，阿曦站在園子裡，打量那男子，問：「這位壯士見義勇為，不知姓誰名誰？」

壯士道：「在下姓解，解名雄。」

阿曦道：「你這名兒取得好，還能救落水之人，德行亦是萬里挑一啊！」

解雄硬是被阿曦誇得不好意思了，阿曦問：「這麼多姑娘在遊園，你怎麼在這附近啊？」

解雄忙道：「我剛向千戶大人回稟軍中之事，出門時聽到有呼救之聲，顧不得多想，就唐突了諸位小姐。」

「非得你相救，邵將軍的千金可就沒命了。」阿曦問：「你在軍中任何職啊？」

「我現任百戶之職。」

阿曦這才問：「剛不是還有人也下水了嗎？那人呢？」

阿曦出來，帶的丫鬟亦是機靈之人，道：「剛聽有丫鬟喊那人作二公子，那二公子渾身濕漉漉的，已是換衣裳去了。」

「這林府好生無禮，如何不請這位見義勇為的百戶大人換衣？」阿曦道。

解雄連忙道：「我並無妨礙，回去再換是一樣的。」

阿曦道：「今日非同往日，你救了邵將軍家的千金，就憑你的品行，也該以禮相待。」然後吩咐丫鬟：「叫車夫去外頭買兩身合適的棉衣來送予這位百戶大人。」

解雄生怕哪裡得罪了這些貴女，就要告退。這本就是內花園，他的確不好多待。阿曦並不為難他，讓他走了。

一時，祝姑娘來問阿曦，「咱們走不？」

「走。」阿曦命丫鬟去裡頭稟了林家人一聲，就同祝姑娘坐車回家了。

結果第二天竟傳出阿曦推邵姑娘下水的事來。

阿曦氣得在家擺了個龍門陣，把北靖關大大小小的閨秀都請遍，當然沒有邵姑娘，邵姑娘還在生病呢。阿曦問林姑娘道：「當初阿林的生辰宴，妳伴在我身邊，可見我推她了？」

林姑娘忙道：「都是子虛烏有的事，妹妹切莫因這些小人之言動怒。」

「我非但沒推那姓邵的，她往水裡掉還死拽著我的袖子不放手，我還有半片袖子落妳家裡，妳可有給我找回來？」

林姑娘看阿曦這話極不客氣，面上很有些尷尬，道：「近來家中事情多，我都沒顧得上，我回家就幫妹妹問一問。」

阿曦看向諸閨秀，「姓邵的自己往水裡掉，要不是祝姊姊拽著我，我就要被她拉下水了。祝姊姊原本拉住我們了，不知道誰在祝姊姊腳下做了手腳，祝姊姊說腳下踩住了不知是珠子還是什麼，腳下打滑，拉不住我。我幹嘛要跟姓邵的一起跌水裡啊？能救我自然會救她，要救不了，我難道不先顧我自己？我用金簪割開半片袖子，這才沒掉下去。我告訴妳們吧，以後走水邊都要小心著些。當時姓邵的落了水，立刻就有兩個男人跳下去相救，一位是營中的解百戶，解百戶說是向林千戶回稟軍中之事，出去時聽到有救命之聲，跑來相救。還有一位是阿林家的二公子，我不曉得這位二公子是哪位，又是什麼緣故就守在花園外頭聽救命的。不過我提醒妳們，誰要掉進湖裡，被什麼男人這麼水淋淋救上來，想一想妳們的名節吧。哪怕這北靖關民風開放，妳們還想嫁到門當戶對的人家去？」

「我犯得著去害她，我不過剛來北靖關，妳們這些人我還認不全呢。就是林家，我也頭一遭去，我怎麼會知道林家就有湖有水，更不知道林家就有大男人能在有女子落水時跳出來恰到好處地救人！」阿曦冷冷地看向林姑娘，「是非曲直，妳心裡清楚，莫把別人當傻子！虧得我會些武功沒叫妳們害了，要是我有個好歹，我告訴妳，妳以為姓邵的就能如意？還是妳家那齷齪心思就能如意？」

林姑娘被罵得臉色慘白，剛要回嘴，阿曦一個茶盞砸過去，怒喝：「把這不安好心的賤人給我打出去！」當下幾個健壯僕婦上前，拿著棒槌將林家主僕打了出去。

阿曦與剩下的人道：「誰都別把誰當傻子，今兒就散了吧，有空再尋妳們來說話。」

阿曦一發火，把北靖關的閨秀們嚇得不輕，都說：「先時瞧著似是個斯文人，不想這般厲害哩！」簡直太簡單粗暴啦！

不過，想想阿曦說的話，哪怕有些年紀小的閨秀們懵懂，閨秀們的爹娘們只要智商沒問題的，也都看出這裡頭的門道來了。這些人當下便叫家裡禁止再談論林家發生的事，但也沒說邵林兩家的壞話，這些人都在等江、邵、林三家的動靜。

三家突然都沒動靜了，連帶慣常嬌怯的邵家母女都病倒在了家裡養病。

直到八月中秋節，皇帝突然下旨申斥了邵將軍，責他竟收養功臣烈士之女為己姓，使功臣無後繼之女，身後荒涼。再者，納夫孝期女子為妾原不為大錯，但這等女子豈堪為誥命夫人，竟奪了邵夫人的誥命。對邵將軍便沒什麼責罰，就是令他勤修己身，莫負皇恩罷了。

整個北靖關的官場先是失聲，繼而是一片譁然。北靖關多武將，這些武將可是都沒想到啊，怪道說文人的嘴，殺人的刀啊！

整個北靖關的官員都沒料到江副使竟然拿邵大姑娘入籍的事做文章，不，現在是趙姑娘了。是啊，趙姑娘她爹可是為朝廷死的，戰死在北靖關外，當時朝廷還給了撫恤呢。要是別人家的閨女入你邵家籍也就罷了，你怎麼能讓烈士遺孤入你族籍呢？你倒是多個閨女，為朝廷戰死的趙百戶在地下就少個閨女啊，你於心何忍？

還有，北靖關婦人再嫁都是常事，過了熱孝就嫁人的也大有人在，人稱娶荒親，但這娶荒親一般也就是平民之家這麼幹，官宦之家這麼幹的比較少。先時邵將軍納妾倒沒什麼，朝廷管得並不嚴。一個妾嘛，阿貓阿狗一般，可這樣的女人，連為朝廷戰死的丈夫的孝期都不肯守，堪配做誥命夫人嗎？今倒不是為趙百戶不平，江副使完全是為邵將軍擔憂啊，倘邵將軍有個好歹，怕仍是熱孝一過，此等婦人便擇高枝而去了。

江念就是抓住這兩點，狠狠參了邵將軍一本。當然，奏章裡還提了北靖關的情況，婦人改嫁是得支持，但不能荒廢禮法。江念是探花出身，那奏章寫得大義凜然。人家說了，為不使禮崩樂壞，請陛下下旨，以糾不正之風。

江副使這真是不出手則已，一出手驚死個人，直接通天一參把邵夫人的誥命參沒了，當然，現在不能稱邵夫人，得稱邵太太了。夫人可是三品以上誥命方可用的尊稱，就是邵大姑娘，現在也得改做趙大姑娘了。連那位曾水中救美的解百戶，不曉得如何這般靈光，閃電般的娶了媳婦。

阿曦深覺出了一口惡氣，她與朝雲道長道：「人真是勢利得沒了邊，先時都在說我壞話，我把她們召到家裡訓了一通，當著她們的面把那姓林的打了出去，那些人就不敢再胡說八道了，可她們也不敢跟我來往，就祝姊姊還常找我說話。如今我爹把邵家那女人的誥命給參沒了，那一個個的又都貼了上來。」

朝雲道長笑道：「人大都是如此的，妳年紀小，以後見多就不稀奇了。」

阿曦哼一聲，「我才不理她們呢。我把架子擺得高高的，先讓她們巴結我些日子再說。難不成她們一跟我說好話，我還對她們那般和氣啊？想得美，我算是看明白了，人要是太好說話，容易被欺負。」阿曦甭看年紀不大，其實頗有心眼。

朝雲道長笑問：「這事算完了吧？」

「沒呢，我爹參邵將軍一本，他也不是乾坐著吃虧的，一準兒得對付我爹。不過，我這裡暫時沒事了。」阿曦道：「邵家人心眼窄不說，人也陰毒。當初就是邵大姑娘上趕著叫我姊姊，被我罵了兩句，她就下這樣的毒手。這回被我爹參了一本，丟這樣大的臉，能甘休才怪呢。不過……」阿曦一轉折，「紀伯伯大概是不願意看到我們兩家槓上，要在家裡擺酒，請我爹過去吃酒，也請了邵將軍。」

朝雲道長道：「紀將軍是北靖關的最高統帥，自然希望手下人和和氣氣才好。」

阿曦將手一攤，露出無奈模樣，「誰不希望和和氣氣的，我看紀伯伯是白費心思。」

朝雲道長但笑不語，成年人有成年人的處事方式，阿曦尚小，不能完全理解也在情理之中。不過，他這位阿曦的靈魂導師也不準備把事情點破，許多事不是靠教，而是靠悟的。

朝雲道長問了些阿曦生活上的事，譬如出事後紀家有沒有著人去看她之類，阿曦道：「去了，紀伯娘叫阿珠帶了好些東西給我，還說外頭的話都是造謠，叫我別為那話生氣。」這話說著，又道：「哪能不生氣啊，我簡直氣得不輕，要不，祖父您看我這樣溫柔的人，我至於動粗嗎？我以前多斯文啊！」

朝雲道長忍俊不禁，「妳娘小時候比妳還斯文呢。」

「是吧，我娘也這樣說。」

「妳娘小時候同妳曾外祖母一起出門，遇著有人說妳家壞話，她倆就把說壞話的那兩人打一頓，跑回家去了。」

阿曦先是目瞪口呆，繼而哈哈大笑，原來她那不大斯文的基因完全是遺傳啊！

阿曦在朝雲道長這裡吃過午飯又吃了晚飯，傍晚才回的家，回家就見她娘一臉倦意，阿曦還說：「我哥秋闈的行李不是都收拾好了，娘，您別太累啊！」

何子衿道：「幸虧妳今兒沒在家，邵太太過來哭哭啼啼大半日，看她哭也累啊！」

「她來幹什麼呀？」阿曦依舊對邵家無好感，「娘，您就當看戲就行了，誰有她那樣的本事啊？一言不合就嚶嚶嚶，跟誰欠了她似的。」

相對於邵家那黏乎乎的母女二人，阿曦更關心她哥的秋闈，「我哥什麼時候啟程？」

「明天看過妳祖父就走。」

何子衿也要跟去幫兒子做及第粥的，家裡的事就得交給閨女，難免再叮囑閨女一回。阿曦都應下了，末了又去瞧她哥，叫她哥別緊張，就是落榜也沒啥，這不還年輕嗎？

阿曄氣道：「還沒考呢，就給我念喪經！行啦，妳守好家裡，等著聽我的好消息。」

第二日送走她娘與她哥，紀夫人特意著人請阿曦過去說話，知道她一人在家，怕她會寂寞。阿曦倒沒覺得什麼，她反是比較擔心她爹，她的任務就是把自己和爹照顧好就行，還得關照一下雙胞胎，雖然阿曦看不出雙胞胎有什麼需要關照的。

紀夫人看阿曦說話爽言脆語就覺得舒服，留她在家用了午飯，阿曦方告辭去了。

伍之章

探花出手滅奸狡

阿曦在北靖關的好朋友不多，就一個祝姑娘，一個姚姑娘，姚姑娘是姚節的長女，名叫姚章。姚章年紀尚小，很喜歡跟姊姊們一塊玩，但阿曦跟個小丫頭不大能說到一處去，祝姑娘就比較同阿曦合拍了。

祝姑娘總往江家跑，弄得祝副使都說：「兩人好也別總在一處，君子之交淡如水。」閨女啊，江邵兩家可還沒分出勝負呢！

祝姑娘道：「我跟阿曦又不是君子，幹嘛要守君子那一套啊？」接著就跟她爹說阿曦的好處：「我一看就知道她是正經人，我就能同阿曦說到一處去。」

祝副使道：「先時妳不是跟趙姑娘挺好的嗎？」

「好什麼呀，她一個繼女，就因認邵叔叔做繼父，處處拔尖，壓我一頭。我就見不得她那假惺惺的樣兒，她哪有阿曦實誠？我跟阿曦平起平坐，在北靖關的閨秀群裡我倆最大。」祝姑娘與趙姑娘先前因閨秀圈裡一姐之爭，矛盾不小，如今阿曦來了，祝姑娘得一盟友，再加上阿曦她爹江副使出手把邵太太給收拾了，祝姑娘簡直是對江家充滿好感，而且，她也不怕邵家，還說她爹：「爹，您也是正四品大員，怕邵家做什麼？阿曦以後可是要嫁紀公子的，我提前幫爹您搞好關係還不好？」

祝副使笑斥：「胡說八道，妳們小姑娘家的交際還能影響軍中大事啊？行了，去就去吧，少說這些有的沒的，還指點上妳爹了？妳也不小了，小姑娘家好生在一塊玩笑罷了，有什麼可爭的，還誰一誰二的？」祝副使都想不通，咋小姑娘都這般好勝啊？

祝姑娘可不覺得是小事，道：「不爭饅頭也得爭口氣，叫我讓著阿曦可以，叫我讓著姓趙的，她是老幾啊？親爹明明姓趙，為著榮華富貴，硬是入邵家的籍，姓氏都改了，這樣的閨女，生來有什麼用，還不如不生呢，她親爹地底下多半都得恨不得沒生過她！」

祝姑娘這話，代表了很多人的想法。

當然，這年頭為了榮華富貴往上爬，認個乾爹乾娘完全不稀奇，但怎麼說呢，如果是兩家交好認個乾親還好，如果是為了身分地位，自然也有許多人想認還認不到，可這種舉動，起碼是受一些清正人家鄙視的，尤其是趙姑娘入籍這種。若是邵將軍單純照顧妻子的前夫子女，不入籍難道就照顧不到了嗎？這一入籍，就是完全自禮法上改換爹娘啊！

趙姑娘這娘沒換，就是換了個爹，偏生她爹是烈士，偏生此事連皇帝都知道了。

哎喲，這回北靖關議論趙姑娘改姓的事比當初議論阿曦推人入水可熱鬧多了。

邵家反應不可謂不快，邵將軍先是在紀將軍的調解下，同江副使喝了言和酒，紀將軍還親自為邵將軍解釋，與江副使道：「阿邵成天軍中的事還忙不過來，都是婦人擅作主張，結果竟釀出誤會來。好在如今誤會解了，大家各讓一步，如何？」

邵將軍與江副使自然不會不給紀將軍這個面子，大家吃酒吃得一團和氣。

邵將軍先是與江副使言和，然後甭管邵太太如何嚶嚶嚶，將趙大姑娘改回原姓，入籍的事自然是怎麼入的又怎麼退了回去。就是趙家兄妹，邵將軍也另給安置了房舍，不令他們再住到邵家。紀將軍私下點了邵將軍一句：「大丈夫何患無妻？」

邵將軍十分猶豫，「阿可畢竟跟我這些年，又為我誕下一雙兒女。」

紀將軍低聲道：「我豈是生離你們夫妻的意思，只是朝廷既有旨意，她畢竟名聲有礙。

阿邵，咱們當初如何屍山血海掙來的這份前程？你也知道，我不是看不起段氏二嫁身分，只是她如今對你實在有所妨礙。她一向懂事，就是退一步又何妨？」

紀將軍的意思是讓邵將軍另娶賢妻。

邵將軍道：「容屬下好生想想。」

紀將軍拍拍邵將軍的肩，讓他回去了。

紀夫人還是三嫁呢，紀將軍也沒嫌棄過妻子，可這段氏完全是腦子不清楚，狗膽包天，險鑄大錯，要是害了阿曦，紀將軍都不能饒了她，更別提趙姑娘這蠢才，害人不成反搭進了自己，江副使一怒之下都要將邵太太自誥命寶座上拉下來才甘心。也就邵將軍憐香惜玉，倘換個人家，早在邵太太被旨意申斥之時就送她往生了，真不知邵將軍還猶豫什麼。

紀大將軍不禁對這個屬下有些失望，但很快紀將軍就不止是失望了。

前番皇帝下旨申斥段氏不堪為命婦之事，邵太太嚶嚶病倒，邵將軍得寫個自辯摺子遞上去。因江副使參他參得刁鑽，這自辯摺子裡全是認錯的話，哪怕是幕僚代寫，邵將軍看得也頗是憋屈。可邵將軍抓住了江副使的把柄，說來這還是江副使長公子給邵將軍提的醒兒。

何子衿同阿曄去北昌府秋闈，主要是為了就近照顧兒子，再去娘家看看父母祖父，拜訪一下北昌府的親戚朋友。何子衿這一去就是十來天，待阿曄秋闈結束，何子衿方回北靖關。阿曄沒回來，他不少同窗在北昌府，這次秋闈結束就住外家，打算與朋友們聚些日子。

就是秋闈給邵將軍提的醒，邵將軍正憋一口惡氣，雖則紀將軍的意思是雙方各退一步，都別再追究了，但邵將軍如何甘心？如今他亦是堂堂正三品大員，妻子叫人這樣欺負，這就是直接打他的臉，這虧豈能白吃？他在北靖關多年，也有自己的關係網，他就不信江副使在北昌府這些年能沒有把柄，結果查了一個多月，江副使還當真沒把柄給人抓，江副使不貪不占不接受賄賂，連個愛女色的毛病都沒有，兩袖清風，家庭幸福，官還升得極順溜，在北昌府風評也極佳。其實在查到江家那些關係網時，邵將軍就想，要不然忍下這口氣算了，只是突然之間，江副使長公子秋闈得中的消息傳到了邵將軍耳朵裡，人人都誇江公子少年俊才，哪怕北靖關流行英姿勃勃的武少年，見著江公子這樣的美少年，也是有不少姑娘傾心的。

邵將軍自這裡得到靈感，就想到你江副使在北昌府當官，兒子自然可以在北昌府科考，但你那兩家商賈親戚不是北昌府人氏吧？他們的兒子怎麼能在北昌府科舉呢？

邵將軍當然不會上摺子舉報江副使公器私用，邵將軍只是上摺子說不法商人賄賂當地官員，使其子弟異地科舉。雖然邵將軍身為武職，好似管到了文官的事，但畢竟這也是一把柄不是？而且是江副使家親戚的把柄。

就這麼著，江胡兩家登時吃了官司。

這事江副使還沒反應，李巡撫先大是不悅，自有軍政雙方各有默契，如同他鮮少管北靖關之事一般，你紀大將軍的手也不好伸到我北昌府來吧？

什麼，不是紀將軍幹的？姓邵的難道不是你紀大將軍的手下？

在李巡撫看來，這說不得就是紀容的授意。怒火之下，李巡撫都直呼其名了。

李巡撫不方便來信質問紀容是不是管過界，畢竟信件什麼的太容易被人當把柄做文章，李巡撫是派了個心腹過來，不陰不陽地同紀將軍說了句：「有勞紀大將軍這般關心我北昌府內政之事了。」

靠！紀將軍那叫一個憋屈，這事兒倘是他幹的，那沒啥說的，他不會不認，更不會如此被動。關鍵是，真不是他授意邵將軍做的。好在紀將軍反應極快，掌軍之人更不缺決斷，他與李巡撫那心腹道：「我與江副使乃兒女親家。」他有病啊，去指使屬下禍害親家。

李巡撫那心腹頓時將陰陽怪氣的臉孔一收，客客氣氣正色道：「還請大將軍指點。」都這個時候了，紀將軍自然不會再站乾岸，將李巡撫那心腹請進書房，說明了自己的立場。那心腹知道紀將軍不會護著邵將軍，也就把心擱肚子裡，回去覆命了。

回北昌府後還道：「紀容當真能人，當斷則斷，半點不含糊啊！」

李巡撫道：「不然北靖關那麼些將領，怎就他一介流犯最終掌北靖關大權？」

文臣從來不怕武將，尤其是邵將軍這樣沒腦子只會打仗的武將。在文臣看來，這樣的人實在太好對付。文臣會忌憚的，永遠是武將中的政治家，如紀容，這位北靖關大將軍。哪怕當年余巡撫在位，也是與北靖關井水不犯河水的。故而，姓邵的管到北昌府的事務來，李巡撫就是氣個半死也得先著人去紀容那裡問句話，不然還以為李巡撫天生客氣啊？實在是，李巡撫也不願意與紀容發生衝突。如今紀容不打算再保邵將軍，那就很好操作了。

李巡撫不打算在這件事情上費心，這是江副使捅出的婁子，還得江副使來堵這窟窿。

江念剛操持完兒子中舉的宴會，江仁就過來了。

江仁雖來了，卻不怎麼著急。當初江念既然敢讓大寶幾個在北昌府科舉，自然做好萬全準備。也就邵將軍這等人認為拿住了他的把柄，江念當時在沙河縣做縣令時就曾為安置退伍老兵想過不少法子，且因北昌府人少地多，江念還頒布過為北昌府引進人才的措施。這些措施曾被余巡撫採納，上疏朝廷，最終得朝廷允准，成為北昌府引進人才的法令。

譬如，外地商賈過來經商，開始會給些優惠。譬如，若有良民願意落戶北昌府，可給荒地開墾，當然這也是有條件的，起碼三十年內，戶籍不可遷走。

當初江念就是憑著這道政令，把胡文與江仁兩家的戶籍遷到了北昌府。

邵將軍查江副使的老底，不會這般不細心，邵將軍之所以會入坑，實是沙河縣是什麼地方啊，那是江念的老巢，江念在沙河縣經營六年，那裡的莊典史就是江念一手提拔的，現在莊典史還年年向江念拜年呢。邵將軍會入坑，太正常不過，莊典史家四小子在江念身邊當差，有人到沙河縣查江念的老底，怎麼可能不入坑？

江念就這麼把邵將軍給坑了，坑得邵將軍灰頭土臉。

江念親自將江胡兩家之事的因果寫信告知李巡撫，因為當初邵將軍參的是江胡兩家，江仁胡文都是商賈，並沒有上摺自辯的資格，這事兒就得李巡撫來查。

李巡撫複查之後還罵一句：「這小子，年紀輕輕的，做事如此老道。」

同時江念還把江胡兩家這些年給北昌府捐銀子的事在信裡都同李巡撫說了，還說這是義賈善行，咱們衙門可不能冤枉一個好人，不能讓義商義賈寒心。

各種吹噓，把江胡兩家一通誇。

不過，實在也是這兩家不是那等吝惜銀子的主，每年捐銀子都不手軟，更沒有偷稅漏稅之事。兩家把善事做在前頭，又有江念這裡，自然不會叫他們吃虧。

李巡撫把自己的調查與各種證據再加潤色，往朝廷一遞，佐以各種資料說明，邵將軍那封摺子自然不了了之。也就是今上待武將寬厚，沒說什麼，不然憑邵將軍這武將伸手管文官之事，本就是逾越。你要是告倒了這沒得說，結果證明是誣告。

朝廷雖沒說什麼，但可想而知，對邵將軍絕沒什麼好印象。

邵將軍氣得，據說在家砸了一套最喜歡的琉璃盞。可就這般怒火中燒，邵將軍還得去紀將軍那裡解釋一二。他誣告未成，此刻最需紀大將軍庇護。

紀將軍嘆道：「你自有單獨上摺的權力，只是上摺子之前怎麼不與我說一聲？咱們武官本不好管文官之事，此事何其逾越？那北昌巡撫李大人雖是寒門出身，其內弟卻是今上姑媽壽宜大長公主的駙馬，何況李大人如今已是連任九年巡撫。我並非為江副使說話，你此舉先得罪了李巡撫，那可不是好相與的，不然你覺得江副使有這樣天大的面子讓李巡撫為兩個商賈這般美言？無非是與我們賭一口氣罷了。」

邵將軍聽得冷汗都下來了。

邵將軍道：「我就是難嚥那口惡氣，故而，一時魯莽。」

紀將軍目光越發憐憫，道：「這有什麼難嚥的，阿邵啊，事情是你那內子與你那繼女起的心思，你說說，要是當時被她倆算計了江姑娘，不說江副使那裡，就是我這裡，你如何交代？你可曾想過我的難處？」別看紀將軍沙場征戰，殺人無數，其為人無半點血腥之氣，相反，近來上了年歲，他對下屬越發溫和。

邵將軍滿面愧色，起身單膝跪下，沉聲道：「屬下知錯了。」

紀將軍雙手扶起他，溫聲道：「你較我年輕，我總有致仕的那一日，當初你那繼女有意阿珍，你以為我為何不應此親事？阿邵啊，你我倘為姻親，你焉能再接我的位置？你呀，你不懂我的心呀！」

先時種種，邵將軍多為情勢所迫，不得不來紀將軍這裡求援。唯紀將軍此言一出，邵將軍當即眼眶一熱，哽咽道：「屬下辜負大將軍栽培！」

紀將軍看他虎目含淚的模樣，心中亦不好過，令他坐下，為他思量對策。

紀將軍道：「李巡撫那裡，我來與他說，他扳回這一城也就罷了，如果再抓住此事不放，我也不會任人欺負我的手下。江副使那裡，你莫要再耿耿於懷了，咱們這些年的交情，江副使呢，又是我的姻親，阿邵，別再令我為難。」

邵將軍苦笑，「只怕江副使不肯放過我。」

紀將軍雖面露難色，依舊道：「豁出我這張老臉，我來與他講。」

邵將軍感激涕零。

何子衿因紀將軍為邵家說情一事，深為不悅。

何子衿私下都說：「要早知紀容這般行事，當初就不該結這門親。」——姓邵的三番兩次來尋釁，何子衿的意思，必要痛打落水狗的，這時候就當一鼓作氣把姓邵的幹掉。不想紀容反來說情，請江家莫要再追究邵家，何子衿焉能嚥下這口氣？

江念悄聲道：「勿惱，我看紀容怕是要下手了。」

「下什麼手？」

「姊姊怎麼不想想，姓邵的先是背著紀容插手北昌府之事，得罪了李巡撫，之後自己弄了滿頭灰，現在又求到紀容跟前。我已是打聽過了，李巡撫因邵將軍上摺子參奏之事極是不悅，著人來找紀容要個說法。姓邵的要是真參成了，紀容都不見得高興，何況這事兒根本沒成，反鬧沒臉。紀容倘是訓斥姓邵的，這還好說，證明姓邵的尚有一線生機，偏生紀容好言好氣，還親自到我這裡為姓邵的講情。若紀容有心，就不該一人前來，而是該帶了姓邵的一塊前來認錯。結果，紀容是一人前來，若我猜的沒錯，紀容就要對姓邵的出手了。」

何子衿有些不信，眼睛瞪得溜圓，「真的？」

「姊姊只管等些日子就是，姓邵的畢竟是正三品，若是我來出手，一則以下犯上，二則我畢竟是文武轉武職，根基未穩，先時不過取巧給他個沒臉，可要說真正扳倒他並不容易。紀容不一樣，紀容是北靖關統帥，倘他下定決心，姓邵的絕無活路。」

何子衿道：「那紀將軍來咱家豈不是正話反說？」

江念微微一笑，「這樣的事，不正話反說，難道還堂堂正正地說不成？妳知不知道紀容在北昌府有個別號？」他未賣關子，輕聲道：「當初余老巡撫在位時，有一回罵他疤臉狐狸。他掌北靖關大權多年，豈是易與之人？妳想，當年余老巡撫在北昌府何等威望，紀容不過流犯出身，乘勢崛起，論在這北面的根基，哪裡能與余老巡撫相比，連余老巡撫都忌憚他三分。姓邵的犯他忌諱，這回定難善終。」

何子衿輕嘆，「這人實在心機深沉。」

江念一笑，「姊姊著相了，做官的沒點心機早叫人生吞活剝了。如今咱們在說人，說不得在人眼裡，我也是心機深沉之輩。」

何子衿笑，「是啊，要不怎麼咱們兩家就做姻親了呢？」

江念把子衿姊姊安撫下來，總算子衿姊姊沒跟紀家翻臉，不然看子衿姊姊的樣子，定要想法子給閨女退親的。子衿姊姊就信了江念的推斷，等著看紀家將來的表現，這一等，就等來了一波又一波的媒人。自從她兒子中了舉後，媒人就跟不要錢似的往她家跑，只要一來就是捧天捧地對江太太各種奉承巴結。由於閨女太早訂親，江太太這還是頭一遭享受這種被眾家哄搶的感覺。說來，把兒女從一小貓仔似的小肉團，一點一滴養這麼大，還養得出眾，為人父母，誰沒點虛榮心。媒人一撥又一撥上門，江太太心中很有些不能言說的小熨貼，雖然她一家沒應，但架不住這滿滿的為人母親的自豪感，尤其是把兒子培養成搶手貨的母親。

近來何子衿被這些媒人奉承得心情不錯，雖然她一家也沒應下，兒子才十四，實在還不急親事，再者，何大仙心裡已經有個人選，只是人家姑娘還小，現在不好提。

不過，何大仙頻頻接見媒人的舉動，很是引得家裡孩子們注意，尤其是阿曦，她在家陪她娘的時候多。阿曄自中了舉人，因名次不大滿意，家裡擺完慶賀他中舉的酒宴，就約了同窗出外遊學增長見聞了。這也是古代學子經常幹的事，當然，一般都是有錢的這麼幹，就是中秀才或者中舉人後，就依照聖賢指示，帶上銀子外出，開闊眼界，拜訪賢達。

阿曄原本連酒宴都不準備參加的，有個探花爹，天知道阿曄壓力有多大。

阿曦勸他：「你老跟咱爹比做什麼，你也給雙胞胎留條活路吧。」

想到雙胞胎，阿曄不由一笑，「雙胞胎懂什麼，他們還小呢。」

「他倆都說讓你努力做大官，以後大樹底下好乘涼呢。」

阿曄：……

阿曄道：「怎麼辦？壓力更大了。」

阿曦笑得不行，阿曄也笑了，「我倒不是考不過咱爹心裡鬱悶，我就奇怪，我念書也頗為用功，難道我比咱爹笨？怎麼一回考不過他，兩回也考不過他？」

「你這還叫笨，那些落榜的不得找根繩子上吊啊？」阿曦倒杯茶給他哥喝，道：「咱爹那時候沒爹沒娘沒產沒業還急著娶媳婦，壓力大，拿出半條小命來念書，你現在父母雙全，家族和睦，跟爹小時候不一樣。也不知你怎麼總把咱爹當目標，咱爹有什麼好比的，你要真考個解元，我還得為以後小侄子的科考擔憂呢。你就鬆鬆心吧，給小侄子留條活路。」

阿曄的鬱悶被他妹這麼念叨了一回方好了許多，因秋闈名次平平，阿曄也就不著急明年的春闈了，打算約蘇二郎一起出去遊學。年輕人說走就走，年也不過。何子衿有些不放心，江念卻是支持兒子出去轉一轉，看子衿姊姊捨不得兒子，還勸道：「阿曄一直跟在咱們身邊，他又是個好勝的性子，到底眼界窄些，多出去走走也好。見的多了，就知道天下之大，實不必窩在家裡與我這個做老子的比高下。」

關鍵是還比不過，因為兒子考不過自己，江念很有些做爹的優越感。

何子衿在教導孩子方面一向很尊重江念的意思，既然江念也這般說，就去幫阿曄收拾行李了。阿曄去辭別朝雲祖父，朝雲祖父也未攔他，道：「想去就去吧，聽說東面臨海，我年輕時還想去看看，一直沒去，你代我看一看。」

阿曄應了，雙胞胎就不解大哥幹嘛要出去，阿昀拿塊芙蓉糕啃著吃，道：「在家多好啊，大哥，你出去不想祖父，不想爹娘，不想大姊，不想我們嗎？」

阿曄道：「就是出去個一年半載就回來，當初二舅中了舉人不也出外遊學了？」

阿晏道：「外頭有什麼好，能有家裡好，能有祖父這裡好？」他覺得就是他家也沒祖父這裡好，所以，雙胞胎就以祖父這裡做家了。

阿曄看雙胞胎一副憊賴樣，很是擔心家族以後的前程，人家都說富不過三代，看雙胞胎一副啃老裝備，阿曄覺得他家兩代都難。

阿曄看雙胞胎就發愁，私下與朝雲祖父就雙胞胎的教育做了一番溝通，大致就是讓祖父別再溺愛雙胞胎，得督促他倆學習，要是雙胞胎不聽話，說罵就罵，該揍就揍。

朝雲祖父心說，我這親孫子，我捨得啊？

拿阿曄的話當耳旁風。

阿曄看朝雲祖父這漫不經心的模樣，想著祖父一向不是個嚴厲的人，轉而又拜托了羅大儒一回，羅大儒道：「雙胞胎挺好的，除了有點不辨是非，都挺好的。」

阿曄一聽險些炸了，「不辨是非？」這還能好？阿曄剛要細問，羅大儒已絮叨開：「你說雙胞胎怎麼總聽方昭雲的？每天是我教他們功課啊！唉，小傢伙們被那老東西騙了！」

好吧，原來是二老之爭。

阿曄真心覺得二老是指望不上了，乾脆回家叮囑了爹娘一回。他這一去得一年半載，讓爹娘不要放鬆對雙胞胎的教育，然後他娘道：「放心吧，別操心家裡，都快變小老頭了。」

正說話間，有丫鬟回稟某媒人過來請安，他娘就說：「不是上遭與她說了，咱們阿曄年紀尚小，暫不提親事，怎麼又來了？」嗔怪中帶著三分竊喜三分暗爽。

阿曄嚇得一哆嗦，連忙同他娘道：「娘，您可別這麼早幫我定下啊！」

他娘眉眼彎彎，「我都與她們說了你還小，怎麼也要大些再說娶親的事，可這些人總是三不五時就要過來說話，我也不好意思都攆出去，不然以後要用她們時可就尋不到人了。」

媒人搊一邊，何子衿先跟長子談談心，正色道：「剛說什麼，雙胞胎怎麼了？」

阿曄道：「我這一走，您多督促雙胞胎用功念書，祖父太慣著他們了。」

「行，我知道了。」何子衿答應得極痛快。

阿曄覺得他娘還是可靠的，當然，要是少見一些媒人就更好了。

把雙胞胎託付給親娘，阿曄才放心約了蘇二郎一塊帶著行禮書僮及一個侍衛出去遊學。阿曄一走，何子衿見媒人的心都淡了，與江念道：「怪道說兒行千里母擔憂，該過幾年，待阿曄大些，再讓他出門才好，何況這麼冰天雪地的。」現在交通不便不說，資訊也不暢通，萬一兒子出去有個好啊歹的，叫她這做親娘的如何放心得下。

江念就沒有子衿姊姊這番擔心，他道：「有什麼可擔心的？帶著書僮和侍衛，還有蘇二郎做伴，他又不會委屈自己，吃好的住好的，跟遊玩一樣。姊姊只管放心吧，什麼時候孩子們成家，咱們責任盡到了，我就致仕，咱倆今兒在這裡看花，明兒在那裡賞雪，豈不樂哉？」

江念形容得是挺美好的，何子衿卻問：「孩子們怎麼辦啊？」

「孩子們該娶的娶，該嫁的嫁了。」

「那還有孫子呢，咱們離那麼遠，見不著孩子們，得多掛心啊！」

好吧，子衿姊姊這一生兩世的人，還沒人家江念這原裝古人想得開。

江念那些話，完全不能安慰到子衿姊姊，子衿姊姊足念叨大半個月，眼瞅快過年了，才在家事的繁忙中把思念長子的心情略略壓了下去。江念被子衿姊姊念叨得，恨不得派人把長子叫回來。好在過年忙，江家新來北靖關，還有北昌府的關係要走動，要忙的事不少。此時此刻，江念不禁也思念長子了，往常時許多外務都是長子代他去走動的，這回長子出遊，雙胞胎還小，都得江念自己來，偏生他來北靖關的時間短，在衙門還是個副的，一時哪裡有這麼些時間走動年禮。江念尋思著，乾脆將心一橫，把雙胞胎拉出來當壯丁。

雙胞胎不是長子，江念養他們也比較散漫，結果養出個嬌貴不上進的性子，一聽說他們爹叫他們回北昌府送年禮，阿昀一想外頭的天氣就叫苦，「大雪封山，沒法走呀！」

阿晏也說：「祖父那裡不能少不了我們，哪裡出得了外差。爹，您另請高明吧。」

難為兩個小纈賴貨把好端端的話說得這麼一韻三嘆，別提多欠揍了。既然兒子皮癢，江念這當爹的立刻就要挽起袖子給雙胞胎鬆鬆皮肉。說來，雙胞胎不止養出個嬌貴毛病，還十分不耐揍，一見他們爹要動手，立刻變臉，當下就把事情給應下來了，一個去抱他爹大腿，一個掛他爹手臂上，齊聲道：「爹，您有事兒儘管吩咐，兒子們刀山火海，在所不惜！」

何子衿笑道：「肯賣力做事就行，這天兒也的確冷，讓阿曦與他們一道去吧。上回我同阿曄秋闈回去，祖母、爹、娘念叨好幾回阿曦，尤其咱爹，見我沒帶阿曦回去，很是不樂。」

江念道：「姊姊一個人忙得過來嗎？」

「這有什麼忙不過來的，家裡好些人呢。」

孩子們去外家送年禮，江念與何子衿夫妻在北靖關應酬著新的人際關係。如今邵太太已經完全消失在了社交圈，倒是邵家給江家送了一份薄厚相宜的年禮。何子衿將這事同江念說了，江念道：「那就也備一份差不多的年禮，著人給邵家送去就是。」

何子衿道：「我已讓丸子去準備了。」又道：「林家也送了年禮，怎麼辦？」

比起邵家，江念更厭惡林家，與邵家還能說得上是有原因，邵家那婆娘嫉妒他閨女，可跟林家無冤無仇，對方竟敢下這般毒手。

江念道：「明兒就著人把林家的年禮原封不動送回去。」

何子衿此方覺得痛快了些，做人絕不能太憋屈。

林家被江家退了年禮，林千戶簡直是驚惶不安，大過年的去邵將軍那裡救援，邵將軍也不過安撫林千戶幾句罷了。說來，邵將軍看著林千戶也不是很順眼，想想這所有的事跟林家真脫不開干係。雖然段氏出了餿主意，但如果沒有林家的配合，這餿主意也成不了。

要說先時邵將軍還不至於遷怒林家，如今他於官場折戟，惹下諸多麻煩，倘不是紀將軍念袍澤之情，邵將軍現下多半自身難保。落到此番境地，再追究段氏也是無濟於事，邵將軍能不深惡林家嗎？你他娘的算計紀將軍未來的長媳你都不跟老子說一聲，再者，你打的什麼主意？還把自家那不成器的二郎派到湖邊守著，怎麼，還打算來個英雄救美？就是林二郎真救下江家姑娘，紀江兩家是皇帝賜婚的，這婚事還能毀是怎麼著？

邵將軍想到林家就一肚子火，按捺著沒同林千戶發作就已是好性子了。

林千戶在邵將軍這裡求不來援助，暗恨邵將軍無情無義，自家完全是為邵家背的鍋。

林千戶在北靖關多年，頗有些人脈，想了想，又給祝副使祝家送了厚禮，言語間希望祝副使幫著他同江副使解釋一二。

祝副使是個老好人，嘆道：「老林啊，不是我說，這事兒可是你家不厚道，你怎麼能辦出這等事兒來？你要是對江副使有什麼不滿，衝著江副使就是，哪能對人家孩子下手？」

事兒不道地，祝副使都不想管。

林千戶連忙喊冤，不同於林千戶那賊眉鼠眼的人精長相，祝副使頗是圓潤，為人好酒好樂，在北靖關是出名的好人緣。就是江副使這新來的，祝副使也頗多照顧，與江副使關係處得極好，所以，林千戶這才來尋祝副使說情的。

林千戶這冤喊得，祝副使只要有腦子就不能信，祝副使道：「我都聽我閨女說了，別當誰是傻子，你也少扯出老邵來，老邵幹不出這樣的事。他那脾氣我清楚，無非就是他那婆娘腦子不清楚行的歪招，他都不一定知道，可你家的事，你敢說你不知道？你要不知道，那解百戶跟你家二郎是怎麼回事？咱們北靖關有嫌隙的人家不少，老邵那婆娘是有私心，她閨女相中了阿珍，你呢，你家與江家有仇啊？還是你兒子相中了江姑娘？那可是大公子未過門的媳婦，你是不是嫌命長啊？」

林千戶現在也是悔青了腸子，「要是我當真知曉此事，就讓我天打雷劈！」

祝副使看向林千戶，問林千戶：「我帶你去，你也跟江副使發個毒誓？」屁，江副使那等手段，像是能信毒誓的人？再說，聽聞江太太可是個大仙，萬一下個咒，真能咒死兩口子。

祝副使不傻，要林千戶是這樣，他沒那麼大的臉過去幫著說和。

林千戶甭看沒邵將軍品階高，做事可是比邵將軍果斷的多，回頭就把髮妻跟長女送莊子上念佛去了，至於二兒子，畢竟是兒子，林千戶沒提，大概就是拿妻女給江家一個交代。

林千戶處置了妻女給江家交代，祝副使只得替他走一趟，他道：「他百般相求，我實在推卻不過，就過來同你說一聲。」

北靖關的武將們都見識過江念的手段，這位因是探花出身，眼睛毒辣堪比御史，最擅長尋人不是，然後寫篇花團錦簇的文章告御狀。是的，直接上達天聽，可不就是告御狀嗎？因江副使有這般本領，祝副使別看略年長些，平日裡待江副使就是平輩待之，頗是客氣。如今還摸不著江副使是個什麼意思，祝副使不好貿貿然為林千戶說話。倒是江念聽完祝副使的這話，眼中的厭惡消散了些，冷笑道：「林千戶做出這樣的事，年下送我重金，我還以為他看我是缺錢的人呢！」

「他一向糊塗，不然也不能坐視妻女做出這樣的糊塗事。」祝副使也不大喜林千戶，只是在祝副使看來，林千戶把妻女處置了，也算對江家有所交代了。

江副使神色稍緩道：「有祝兄為他說情，我怎麼也要給祝兄這個面子，此事我不再追究，只是我這性子素來如此，要我當沒事人一樣卻也做不到，以後還是莫要來往的好。」

祝副使道：「這也是他自作孽。」

林千戶得此消息，心中先是一鬆，又隱隱有些遺憾。江邵之爭，邵家落敗，江家又是紀將軍的姻親之家，將來必是前程遠大。一想到自己竟然得罪了這樣的一家人，林千戶就覺得當初真是失心瘋，怎麼會讓妻子答應幫著那對蠢母女陷害江氏女呢？還沒陷害成！

倘邵家母女事成，以後興許還能有他家的好處，偏生此事未成，又被江副使參了一本，那沒用的丫頭都改回了趙姓，以後更是連給紀公子做妾的可能都沒了，更害他被江家記恨，不得不處置了妻女，向江家求和。

好在，新年將至，所有喜怒都要先應付眼前的新年，林千戶亦不例外。

倒是祝副使，挨了老妻一頓說，祝太太數落丈夫：「你怎麼什麼事都管？林家這般人品，理他做什麼？當初險些把咱們大妞也害了！」

祝副使道：「過年呢，妳看林千戶那驚惶樣，再不安撫一二，他真要狗急跳牆了。」

「那也是他自作孽，什麼玩意兒啊！」祝太太剝著松子仁道：「他不是會鑽營嗎？我就奇怪了，江家是大將軍的親家，他這麼會鑽營的人，怎麼反倒幫著邵家那對母女了？」

祝副使卻是摸到一些林千戶的心思，道：「大概是覺得邵姑娘勝算更大吧。妳也知道，大將軍這些年對咱們都不錯，老邵又是跟隨大將軍一路上來的人，當初救過大將軍的性命。只要邵姑娘一入紀家，大公子就是看在長輩的面子上，也不會太虧待邵姑娘。」

「這個道理誰不懂？」祝太太拈一粒松子仁，搓去外面細皮，輕輕吹去，放嘴裡不緊不慢嚼了，方道：「可你也想想，大將軍倘有意邵家，何必再去江家提親？先時我覺得江家不如邵家門第高，可如今看看，還是大將軍有眼光。雖則江副使官職不比邵將軍，江姑娘可比邵姑娘強百倍，起碼不是那等心術不正之人。」

「真個婦人見識。」祝副使笑，「江副使今不過三十出頭，就已是正四品，他不比我們武將出身的人，他是正經翰林院過來的，以前還是探花，以後前程哪裡會差？妳看江家公子，才十四，已是舉人了。叫我說，大將軍這才是會結親的人呢。」

祝太太突然道：「你說，把咱們大妞給江家公子說說，可還般配？」

祝副使險些嗆著，擺擺手道：「休要提。」

「怎麼啦？」祝太太不悅，「咱大妞有福相，性子也好，與江姑娘說得來，就是江太太，我看也喜歡她。咱大妞與江公子年歲也相當，咱們兩家都是四品門第，有何不好？」

「不是說門第不好，江公子以後是要走文官路線的人，自然會與文官家結親，何況眼下江公子還小，聽說頗多媒人往江家去，都被江太太回絕了。」

江曄人品出眾，祝副使家有相宜之女，祝副使自然也考慮過他，但想來想去，江家已與紀家聯姻，實在無須浪費長子再與北靖關武官家裡聯姻了。

祝太太被丈夫掃了興，覺得放過這麼個好女婿實在可惜，祝副使安慰老妻：「咱閨女的好處擺在這兒呢，與我打聽咱閨女的人家多著，還怕尋不到好女婿嗎？」

祝太太道：「我主要是愛江公子那一身斯文氣，你也見過江公子吧，非但有學問，那模樣生得更是有一無二，我看，不比大公子少時遜色。」

「這倒是讓我想到一樁韻事。」祝副使笑道：「據說當年江副使春闈，那時還是太宗皇帝在位，太宗皇帝挑出三份考卷，一時難分伯仲，想誰為狀元，誰為榜眼，誰為探花呢？

這三篇文章各有妙處，太宗皇帝就為難了，最後蘇文忠公想出一法子，說不如宣三人御前覲見，再行考校，可分伯仲。太宗皇帝一聽，覺得大有道理，就將三人宣到御前，然後一見之下，心中便已分明，狀元榜眼不好說，探花卻是有了人選的，就是江探花，實在是因他生得太好，不做探花可惜了。」

祝太太聽得有趣，笑道：「還有這樣的事？」

「我也是聽人說的，這江副使一來北靖關，可不就人人誇他生得俊嗎？」

祝太太道：「我看他家長公子比他還俊。」

祝副使道：「說不得過幾年又是一位探花郎呢。」

祝太太一聽這話，更捨不得江女婿了。

祝副使深覺說錯話，連忙又說了件閒事轉移老妻的視線。

年節將至，因今年是在北靖關過年，何子衿就與朝雲道長商量著，大年三十在朝雲道長那裡過年也熱鬧。朝雲道長很矜持地頷首道：「隨妳張羅吧。」

羅大儒感慨道：「我對方昭雲向來不服，但平生最服他這裝腔作勢的姿態。」

朝雲道長對於「裝腔作勢」四字的評語十分不滿，其表現就是，羅大儒大年初一也沒能吃到一個裡面藏有花錢的福氣餃子。

今年依舊是雙胞胎吃福氣餃子吃到的最多，尤其在朝雲祖父這裡，由於朝雲祖父比較土豪，在雙胞胎自己家吃福氣餃子，裡頭就是放新銅板，朝雲祖父這裡不一樣，朝雲祖父這裡是特製的金子做的花錢，非但花樣新穎，含金量也不同。

何子衿說朝雲道長：「以後可不許再用金的了，看把雙胞胎撐壞了。」

雙胞胎一人挺著圓溜溜的小肚皮發表意見：「大年初一，就是得吃得飽飽的。」

阿曦一戳兩人的肚皮，兩人不約而同打了個飽嗝。

雙胞胎哼哼兩聲，不滿姊姊偷襲。

吃過餃子，又喝過餃子湯，俗稱原湯化原食，朝雲道長向來不喝餃子湯的，這是江家的草根傳統。雙胞胎勢利眼，自從發現祖父不喝後，他倆也就不喝了。愛喝不喝，沒人勉強。看著爹娘喝著餃子湯，雙胞胎就想念起大哥來了，阿昀很是思念大哥地道：「大哥走時，我一點都不覺得想他，他這一走，我就想了。」

阿晏道：「尤其過年的時候，咱們都在，就缺大哥一個。」少個人發紅包。

雙胞胎這樣一說，何子衿就更思念不知道在哪兒的長子了，餃子湯也有點喝不下去。

阿曦一撂湯碗，說雙胞胎：「你倆是少收一個紅包才想大哥的吧？」

雙胞胎哪裡會認，齊聲道：「大姊胡說，我們就是想大哥了！」

阿昀猶豫了一下，道：「大姊，妳跟大哥是龍鳳胎，要不，妳替大哥發一個算了。」

阿曦道：「我怕美壞了你們。」

「美不壞美不壞。」

阿曦才不理這兩個小財迷，雙胞胎沒從大姊這裡再磨一個紅包，心中給大姊貼了個摳門的標籤。至於他們娘，那點想念長子的傷感，早被雙胞胎這又財迷又好笑的小心思逗得笑了起來，何子衿道：「你倆記個帳，叫你們大哥回來補給你們就是。」

雙胞胎齊聲道：「說了不是為紅包。」心中卻都覺得他們娘這主意不錯，「娘，您就很會開玩笑。大姊就不懂玩笑，剛剛跟大姊說笑，大姊竟當真了，我們是那種愛財的人嗎？」

他們娘險被餃子湯嗆著。

阿曦笑，「你倆就放咱娘一條生路吧，咱娘不會那口是心非的話。」

雙胞胎不幹了，「什麼口是心非啊？大姊，妳又誤會我們啦！」

好吧，經過摳門且愛財的童年時期，新的一年，雙胞胎進入了口是心非的少年時期。因長兄不在家，雙胞胎再憊賴也得擔起兒子的責任，跟著父親出去見客人，說著拜年的話向長輩們拜年，還有適時展現自己的學問。雙胞胎不比長兄上進，在同齡人中也是出挑。

雙胞胎來了北靖關一直很遺憾北靖關的書院過年考試沒有獎勵，他倆雖然考得好，只是得先生一句誇，沒有實質性的獎賞，讓雙胞胎少了一筆收入。雙胞胎遺憾今年的收入少於去年，所以兩人見客人時表現得越發賣力，尤其穿得一模一樣的小胖子，官客那裡羨慕江副使生兒子效率高，一次就是倆，不知可有訣竅。堂客那裡，只要是中老年，就沒有不喜歡大胖小子的。兩人雖不算太胖，也有些小胖。

遇到中老年，雙胞胎那些個甜言蜜語就來了，如祝太太這種，被他們逗得笑壞了，連吳夫人這種家裡不缺兒子的都覺得雙胞胎招人喜歡，不過，如今雙胞胎如今年紀漸長，一般時候何子衿都不讓他們到女眷這邊來。去歲雙胞胎以八歲高齡去給吳家做了壓床童子，吳夫人家長媳有了身子，吳夫人特意要求見一見雙胞胎，希望能給長媳帶來好運。

總地來說，北靖關的新年與北昌府的新年沒什麼不一樣，都是吃酒看戲這些事，要說有不同的就是，在北昌府時去外家拜年，幾步路的事，如今就是闔家收拾行李坐車走親戚了。

別看年前讓他們頂風冒雪送年禮不樂意，這過年拜年雙胞胎甭提多樂意了。

今年大寶和興哥兒過了上元節就要去帝都準備春闈了，自去年何江兩家就開始給大寶及興哥兒的春闈燒香，也拜托了何子衿做兩個提升運勢的金牌，給兩人加持春闈運勢。

何家對春闈什麼的早就習慣了，這幾年何冽與俊哥兒接連春闈，可對於江仁家可是頭一遭，江家簡直男女老少出動燒香，大年初一都是吃的素，大寶都說：「本來沒啥，你們這一折騰，倒叫我緊張起來了。」

何琪道：「你不用緊張，這也不是為你吃素，以後咱家初一十五都吃素。」

大寶覺得壓力更大了。

何琪怕兒子壓力過大，拜託何子衿再轉託江念給大寶做個心理輔導。

江念覺得好笑，「你有我當年壓力大嗎？我當年要是考不中春闈，就要打光棍了。」

大寶根本不信，「我聽我爹說，姑丈那會兒早跟姑姑訂親了。」

「這你就不明白了，要是春闈落榜，雖可以娶，到底不美。」江念道：「何況那時咱家淨受欺負，你們哪裡知道無權無勢的滋味。這點壓力都扛不住，以後敢指望你們什麼？」

大寶心說，姑丈哪裡知道我的心呢？

姑丈還真知道他的心，悄悄問大寶：「你還惦記著隋姑娘啊？」

大寶相當鐵齒，「沒有的事。」

江姑丈一笑，一副過來人的模樣，「放心，我又不會同別人講。」

大寶就不說話了，江姑丈道：「你要是覺得在家裡沒有話語權，就更當上進。你小孩子說話，家裡自然會幫你考慮風險，你要是長大了，能自己做主，家裡就不會替你操心了。」

大寶看向江姑丈，江姑丈道：「以後你有了兒子，兒子不過十七八歲，突然間相中了一位二十出頭和離在家，而且是因不孕和離的姑娘，你願意兒子娶這樣的姑娘嗎？」

大寶低聲道：「我唯有看到她才會開懷。」

江姑丈輕笑，「做父母的，哪個會剝奪兒女的快樂？這世間父母會先我們而去，兒女如同小鳥，長大自會離巢，最終執子之手，與子偕老的，唯有夫妻。大寶，你當多想一想。」

大寶這幾年長進頗多，聽江姑丈這話，依舊淡定道：「眼瞅春闈，姑丈又亂我心思。」

「我是看你春情萌動，給你提個醒兒。」江姑丈拍拍大寶的肩，抬腳走人。

大寶覺得江姑丈比他爹一言不合就揍人高明百倍。

在江姑丈看來，大寶還真是個長情的性子。

相對於大寶臨考前還兒女情長了一把，興哥兒完全就是一門心思準備春闈了。興哥兒這孩子自小就是個很有目標很踏實的孩子，沈氏還為此發愁，私下同閨女道：「妳說興哥兒這麼大了，對女孩子無動於衷，可如何是好？」

何子衿道：「哪時是無動於衷，興哥兒這不是一心準備春闈嗎？」

沈氏道：「不獨這般。」然後同閨女說了件私密事。說來這事在大戶人家常見，只是何家這樣的小戶人家還是頭一遭，故而沈氏當祕密同閨女說起。大致就是，興哥兒大些了，小廝畢竟不夠細緻，因近些年家境越好，沈氏就給兒子安排兩個丫鬟，做做興哥兒屋裡的針線，收拾收拾屋子，打掃院子。何家一向待下人寬厚，能被安排到興哥兒身邊的，自然是機靈又肯做活的丫頭。其中一個丫頭，不知是不是對興哥兒有了情分，暗地裡挑逗興哥兒。興哥兒沒受挑逗，一副唐僧樣兒，第二日就同自己娘說了。沈氏一聽這還了得，立刻就把那丫鬟調離兒子身邊，安排了個鋪子裡的小管事嫁了。

沈氏覺得奇異，與閨女道：「妳弟弟他們自小就是老實人，自然不會同丫鬟亂來，可我又擔心，妳說興哥兒這麼氣血正盛的大小子，那丫鬟先時我也沒經驗，都是挑著好的給興哥兒安排，相貌不錯，興哥兒自然是個本分人，只是我看他，怎麼對女孩子完全沒感覺啊？」

何子衿哭笑不得，「要擱別人的娘，只有高興的，您怎麼倒擔心這些有的沒的？興哥兒別看不比俊哥兒活潑，心裡也是有桿秤的，說不得是相不中那丫頭，等著娶一賢妻過日子。」

「這也是。」沈氏跟閨女念叨一通這才將心放下，說來這事不過是個引子，她真正想說的在後頭，道：「妳說興哥兒這親事可怎麼著？往高裡說，人家嫌咱家官職不夠高，要往低裡說，我又覺得委屈了興哥兒。」

何子衿問：「您是有什麼人選了？」

沈氏道：「先時李巡撫太太家裡有個庶出的孫女過來，好幾回李夫人同我說起興哥兒，我覺得倒似相中了興哥兒。只是這庶出的身分，我不大喜歡。」

何子衿問：「那姑娘性子如何？」

「見的也不多，哪裡說得上呢？等閒官宦人家女孩子出門，哪個不是溫柔知禮的，當初陸家瞧著一樣好，最後如何呢？」沈氏有些不樂意李家庶女。

何子衿道：「要說李家在女學念書的兩位姑娘，我還是知道的。這個就不大曉得了，只是有一樣稀奇，要說女孩子養在祖父母這裡，也是自小開始養的，譬如李大姑娘和李二姑娘，突然來這麼一個庶出結親的姑娘，豈不奇怪？」

「我也這樣想呢，可我想著李夫人不似那等糊塗人，要是這姑娘有什麼不妥的地方，不見得就打聽妳弟弟，不然就不是結親，而是結仇了。」

何子衿道：「娘莫要著急，便是興哥兒這遭不中，也不過十八九歲，親事不必急。其實李家兩位姑娘的父親李大老爺外任不過五品官，只是因祖父居巡撫位，就顯得出身好些。」

何子衿也不大喜歡庶出的姑娘，如果李家能拿出嫡出的孫女聯姻，就再好不過了。

何子衿這話算是說到沈氏心坎上了，她道：「他家大姑娘和二姑娘都不錯。」

「大姑娘沉穩，二姑娘爽利。」何子衿想了想，乾脆道：「這次過來，我也要去李夫人那裡說話，我看看李夫人的意思，她家大姑娘也到說親的年紀了。」

沈氏高興應了，道：「還有件喜事沒同妳說呢，俊哥兒媳婦有了身子。」

何子衿道：「這可是大喜事。」

「我同妳祖母盼好幾年了，俊哥兒媳婦一直沒動靜，寫信也不好提，怕叫媳婦心裡不好受，今兒可算有動靜了。」沈氏一副欣慰模樣，「我就盼著生個孫子呢。」

何子衿笑道：「阿冽那裡有阿燦和阿炫兩個孫子了，娘還這樣盼孫子。」

沈氏道：「倒不是稀罕孫子，俊哥兒媳婦懷胎艱難，生個兒子，他們心裡就有底了。」

「有些人就是頭一胎生得晚，這開了懷，以後懷孕就快了。」

「是啊，妳就這樣，剛開始怎麼都沒動靜，結果一生就是龍鳳胎。」沈氏說著不由高興起來，「說不得俊哥兒媳婦這胎也是龍鳳胎呢。」

何子衿心說，她那時是有特殊情況好不好？不過還是順著她娘說了幾句吉祥話，聽得她娘樂呵呵的。何老娘見著雙胞胎和阿曦都顧不得同自家丫頭說話了，雙胞胎這對甜言蜜語的傢伙，把曾外祖母哄得都找不著北了。江念初八衙門就得上班，何子衿與江念待不久，何老娘強烈要求雙胞胎多住些時日，雙胞胎開學得上元節後，他倆當下就應了下來。

何子衿要去李巡撫家拜訪李夫人之事，明顯沈氏與婆婆通過氣了，何老娘叮囑自家丫頭一句：「要是李夫人再誇她家那庶出孫子，妳就拚命誇她家大孫女，我看那大姑娘好。」

何子衿笑應：「記得了。」

所以，興哥兒還在準備去帝都春闈呢，家裡已為他的姻緣展開了談判。

何子衿與李夫人許久未見，兩人這些年在北昌府時常來往，何子衿去北靖關，都將女學託付給李夫人，可見兩人交情是極不錯的。何子衿上門，李夫人很是熱情，兩人說些過年的話，李夫人就命丫鬟叫了三個孫女出來相見。李大姑娘、李二姑娘何子衿自然是認識的，就是新來的這位李姑娘不認得，卻也很是溫和，笑道：「聽我娘說您家又來了位水蔥般的姑娘，想來這就是了。」

李夫人笑道：「二娘過來見過江嬸嬸。」

李二娘上前相見，何子衿看她生得眉眼細緻，論相貌較李大娘與李，嗯，剛退居第三位的前李二娘，今李三娘，都要好些，只是眉眼間有些嬌怯模樣。何子衿因邵家母女之事，現在對嬌怯類型過敏，只是客氣讚了一句：「這姑娘生得真俊。」命侍女拿出見面禮，「知道妳過來北昌府，我就預備好了，不要與我外道，只管收著。」

李二娘看祖母一眼，見祖母頷首，方恭恭敬敬將東西收了，就到姊妹那裡坐著。

何子衿雖給了見面禮，並未多打聽李二娘，而是與李夫人道：「我家就是閨女少，滿眼一瞧，淨是小子，我就羨慕妳這福分。」

李夫人笑，「誰不說妳家子嗣興旺，多少人羨慕妳家小子有出息呢。去歲阿曄中了舉人，我看他實在出眾，也就是妳與江副使去了北靖關，不然媒人都得踏平妳家門檻。」

沈氏覺得李夫人是相中興哥兒的意思，其實李家還真沒確定是哪個。興哥兒到了議親的年紀，眼瞅要春闈，但在李家看來，阿曄也很好，江家長子，且江家較之何家門第更好，也更殷實，說來李夫人倒更喜江家，只是自家丈夫官階雖高，奈何長子品階只得正五品，較之江副使差兩階，這親事就不知江家是個什麼意思了。

何子衿道：「在北靖關也有不少人家打聽他，阿曄本就覺得秋闈考不好，也沒心思在這親事上頭，再者，他到底還小，怕還沒開竅，我想著這也不必急，待他大些再說不遲。」

李夫人聽這話就知道江家怕是對自家無意，心中雖有些遺憾，卻也不惱，「阿曄名次也不錯了，咱們北昌府每年秋闈不過取四十五人，他小小年紀得個中等名次，已是難得了。」

何子衿道：「他可不這樣想，他總想他爹當年是解元，一心想追趕他爹呢。」

李夫人聽得直笑，「小孩子家，大都愛以祖父為榜樣。」

「是啊！」何子衿就打聽起李大姑娘、李三姑娘，「去年大姑娘及笄，今年三姑娘及笄，三姑娘的及笄禮可定了？」

李夫人笑，「二娘和三娘同年，只是二娘大兩個月，我想著她倆及笄禮就一塊舉行，定在了八月，你們阿曦也是今年及笄吧？」

何子衿道：「她是六月生辰，到時阿曦及笄，讓孩子們都去，也賞賞北靖關的風光。」

李三姑娘忍不住道：「上回阿曦回來說，北靖關可多打獵的地方了，是不是真的？」

何子衿笑道：「北靖關地方大，每年秋冬都有許多獵手出去狩鹿，阿曦她們小姑娘家，也就是騎馬出去打些兔子野雞，有一回她瞎貓碰到死耗子撞到一頭黃羊，回來炫耀好久。」

李三姑娘道：「阿曦都吹牛說她百發百中了。」

何子衿道：「妳們去就知道了，到時讓阿曦帶妳們出去打獵跑馬。」

李三姑娘很想去，就瞅著祖母撒嬌道：「得聽祖母的，祖母讓我們去我們才能去。」

李夫人笑道：「想去只管去就是。讓妳們二哥送妳們過去，妳們山長家不是外處。」

李三姑娘很是高興，便是李大姑娘面上也添了幾分喜色，唯李二姑娘因是剛來，與江家並不熟悉，只是露出個略帶幾分客氣的微笑來。

說一回女孩子們及笄禮的事，兩人又難免說起興哥春闈之事，何子衿道：「念這麼多年的書，興哥兒這一走，要是春闈不順，家裡為他可惜，倘春闈順利，必要留在帝都的，我們這又往北靖關去了，我娘家該冷清了。」

李夫人勸她道：「誰不說妳娘家兄弟有出息呢，大弟弟和二弟弟都是進士，如今這老三，我看也是個出息人。只要他們有出息，即便一時不能見，心裡也是高興的。」

「是啊，就是我娘想得慌，阿冽家都兩個兒子了，阿燦是生在北昌府的，還沒一歲的時候，阿冽中了進士，就接了他們母女往帝都去了。阿冽家的老二阿炫，生在帝都府，我爹娘都沒見過。如今俊哥兒媳婦也有了身孕，我娘是既高興，又想念得很。」何子衿道：「也就幸而他們各自岳家都在帝都，我舅舅家也在帝都，不然再放心不下的。」

這就是李夫人相中何家的原因了，雖是寒門出身，卻是一家子上進，親戚雖無甚高官在中低階層亦是安穩。李夫人也明白何家的意思，不喜李二娘是庶出，但若是許出長孫女，李夫人委實有些捨不得。

何子衿也只是這般略略一提，就轉移了話題，說到紀嬤嬤的事了。紀嬤嬤年紀不輕，眼下幫李夫人過渡接掌女學，如今是功成身退，想同何子衿去北靖關了。

李夫人道：「我實在捨不得紀嬤嬤，不過，她老人家與我請辭好幾次，她上了年紀，我也不好再讓她操勞，只是以後倘有事，想來還是少不得麻煩她老人家的。」

何子衿笑道：「這是自然。」

李夫人設宴款待何子衿，還與何子衿說了不少女學的事，言語間對何子衿這位女學的前山長很是尊敬。只是阿曦沒來，李三娘有些失望，不過，在聞知阿曦會在北昌府會多留些時日時，李三娘就歡喜起來。

何子衿是午後告辭的，李夫人命幾個孫女送何子衿，都是小女兒家，何子衿也只是讓她們在屋門止步，道：「外頭風大，妳們都嬌弱，莫再送了，我又不是外人。」

待何子衿走了，李二娘同李大娘打聽：「大姊姊，這就是女學先時的江山長嗎？」

「是啊！」李大娘笑道：「山長是極好的人。」

李二娘淺淺一笑，不復多言，同姊妹們到祖母那裡說話。李夫人有些乏，就打發她們姊妹自去玩耍去了。李二娘遂辭了姊妹，回屋歇了。

李三娘看二姊回屋，不由嘟嘟嘴，李大娘道：「好端端的，噘什麼嘴啊？」

李三娘道：「祖母給她安排的好親事，看她對山長不冷不熱的，心裡怕是不樂意呢。」

李大娘道：「別胡說。」

李三娘低聲道：「山長興許也沒看上她。」

李大娘看妹妹這口無遮攔的，忙拉了妹妹去屋裡說話，打發了丫鬟，說她道：「這親事自長是長輩之命，哪裡輪得到咱們說話？妳也該改改這毛病。」

李三娘道：「我也就跟姊姊說，那何家三郎今年就去春闈了，倘能得中，可是少年進士。我聽說何家有家規，子弟都不得納小，他家雖不是高官，以後事情也少，而且姑嫂間就山長這麼個大姑子，山長脾氣多好啊！」

李大娘笑，「那豈不是與山長做姑嫂，尷尬不尷尬啊？」

李三娘想想也笑了，「我就是覺得，姊姊妳是長姊，祖父母論親事也該先說姊姊的。」

李大娘面上一紅，「快閉嘴吧，咱們畢竟是嫡出，她為庶出，眼下倘有她合適的，自然會先提她的，難不成還爭這個？咱倆的親事，自然不會比她差的。」

李三娘道：「這親事給她真是可惜，我看她不似個樂意模樣。」

「樂不樂意，不是咱們說了算的。」李大娘道。

李三娘嘟嘟嘴，沒再多言。

李三娘中同姊姊說庶出，殊不知李二娘也在同心腹丫鬟打聽江山長家的事，丫鬟道：「江山長生得這般美貌，她嫡親的兄弟，聽說也是個極俊俏的舉人老爺。」

李二娘對江山長那極俊俏的舉人老爺的弟弟無興趣，倚在窗前軟榻問：「我聽說就是這位江山長家的千金，訂親給了北靖關大將軍的長子。」

「是啊，這事兒奴婢聽別的姊姊們說過了，說江姑娘前年冬天訂的親，那時還未及笄。訂親時可熱鬧了，咱們老太太，還有北昌府大大小小的官太太們都去了。」

李二娘不禁一嘆，想著江家不過四品官宦之家，一位一言不合就推人下水的粗暴姑娘，就能嫁正一品大將軍之子，想她這般花容月貌，溫柔賢淑，祖母竟要給她說一位五品文官之子，李二娘又是一嘆，深覺自己命苦。

李二娘倘要知道何家根本沒看上她這庶出的，不知又作何感想了。

倒是李大娘和李三娘邀阿曦來家裡玩，阿曦很是令李二娘感到挫敗。李二娘雖說生得比姊妹都好，但她當真比不過阿曦。阿曦今年就十五了，少時稚氣漸漸褪去，她娘又很捨得打扮她，婆家也是富戶，後頭還有朝雲祖父這個土豪，阿曦雖非珠玉滿頭，但那幾樣簡單首飾，無一是俗品，尤其阿曦那明豔中帶了淡淡靈性的相貌，李二娘乍見之下，都不由暗道，怪道這推人入水的性子都能謀到那好親事，果然生得不俗。

生得不俗的阿曦，過來見自己朋友的同時，也不忘讚美一下她三舅的種種好處，鬧得李二娘越發心煩，李三娘越發動心。

何子衿來北昌府一趟，一些舊交家裡都走動了一遍，剛過初五，就同江念回北靖關去，阿曦與雙胞胎留在外祖家要住到上元節。何子衿與江念去的時候帶著三個孩子，回就兩個大人回來，以致於朝雲道長十分不滿，覺得這對爹娘也太不負責任了。

何子衿道：「師傅，您也真是喜新厭舊，有了小的，就瞧不上大的了。」

朝雲道長道：「胡說，我是說上元節這樣的日子，怎好叫孩子們在外祖家過？」

何子衿道：「隨他們去吧，今年興哥兒過了上元節就去帝都春闈，我祖母都想讓雙胞胎留在北昌府念書呢。我是怕她老人家太嬌慣雙胞胎，就沒應承。」

朝雲道長道：「這是，孩子跟誰都不如在父母身邊好。」

甭看朝雲道長是原裝古人，教育上很有些超越時代的眼光。

當然，朝雲道長是不會提雙胞胎在他這裡長住的事。

無奈，上元節只得四個大人一起過。江念完全不介意兒女去住岳家，在江念看來，岳家跟自家也沒什麼差別。沒了電燈炮們，江念晚上與子衿姊姊手牽手逛燈市，甭提多高興了，沒有小傢伙在邊上一會兒要這個一會兒要那個，江念與子衿姊姊買了一對鴛鴦燈，一人一個提回去，羅大儒都打趣：「這不是鴛鴦燈，這是蜜糖燈啊！」甜死個人。

夫妻倆都是厚臉皮，江念笑，「先生您說是就是。」

朝雲道長還惦記孩子們呢，問：「孩子們該接回來了吧？」

何子衿道：「不必接，他們自己就能回來，留了車又留了人。」

朝雲道長覺得，他的女弟子絕對是世間最心寬的母親了。朝雲道長可沒這樣心寬，還著聞法帶人去接了一回。阿曦覺得，朝雲祖父太操心啦，雙胞胎則深覺有面子，回家也沒進自家門，直接又往祖父那裡住去了。當然，也有一種說法，阿曦認為雙胞胎是過年收了大紅包，不想洩露自己的私房，所以把私房都放祖父那裡。

阿曦是長女，較之雙胞胎可靠百倍，她回家跟父母說了些外祖家的事，還有三舅興哥兒和大寶哥去帝都科舉的事。之後就是何子衿準備長女及笄禮的事，家裡就阿曦一個女兒，又是及笄禮這樣的大日子，自然要慎重以待。

一般時下女孩兒都是過了及笄禮方議親的，不過，阿曦這個親事早就定下了，算是比較提前的。何子衿提前四個月就開始讓阿曦選及笄禮穿的禮服，用什麼料子，什麼樣的繡花，什麼樣的款式，蔣三妞專門派了個繡莊的管事給阿曦，蔣三妞說：「咱們幾家人，就阿曦一個女孩兒，要多做幾身禮服。」

不得不說，自從阿曦到北靖關，蔣三妞與何琪的繡坊銷量都直線上升。在北昌府時，阿曦就是只穿姨媽繡坊的衣裳，她本就生得好，會打扮，在女學的同窗，皆是非富即貴的女孩子，甭看阿曦念書不算上好，倒是很會引領女學風尚。相對於慣常愛模仿帝都樣式或江南樣式的繡坊，阿曦經常說：「適合自己的才是最好的，那些帝都或江南傳過來的衣裙，也不見得都是好的。」

及笄禮之所以要提前預備，就是因有些衣裙要刺繡，不是一時半刻能做好的。

紀夫人那裡也很關心阿曦的及笄禮，兩位親家見面時，紀夫人還格外問了一句，何子衿笑道：「禮服已在做了，屆時也就是些親戚朋友過來。」

紀夫人很有些猶豫地問起婚期，實在是她兒子已經十八了，而且，紀珍還是紀夫人與紀容將將不惑之年生的兒子。何子衿甭看平時好說話，人也和氣，在這上頭是寸步不讓的，還同紀夫人普及了女孩子太早成親的壞處，一則於身體不利，二則於生育不利，風險太大。

何子衿道：「阿珍現下正好趁年輕用心當差任事。」

何子衿這樣說，紀夫人也沒法子，畢竟當初江家早就把不希望閨女太早成親的話說在前頭了。只是難免同閨女念叨幾句，江贏道：「這也急不得，與其早成親讓何姊姊擔心，倒不若晚兩年，何姊姊那裡也高興，咱們這裡也省得落埋怨。」

紀夫人嘆道：「我跟妳義父都一把年紀了。」

「您也別急，要我說，您看何姊姊一生就是雙生胎，義父家裡，不是說義父當年也有個龍鳳胎的妹妹嗎？阿曦雖要晚兩年成親，可到時說不得一生就是倆呢。」

紀夫人道：「妳義父這事不許再提。」繼而又笑道：「要是應妳這話，我給平安寺的菩薩都重塑金身。」

江贏寬慰了母親幾句，想著自己自從生下長女後連得三子，再無閨女，先時丈夫與江家訂親的親事，怕是沒緣法了。

紀夫人雖有些遺憾江家不捨阿曦太早過門，不過，及笄禮是大日子，特意命人送了兩匣子寶石給阿曦，讓她挑著用。

阿曦覺得太過貴重，親自過去謝了婆婆一回。紀夫人笑問她及笄禮的準備情況，「那也不獨是給妳及笄禮使的，未及笄前還是小女孩兒，隨便打扮都行。這及笄就是大人了，衣裳頭面都要穿戴起來，以後打首飾的時候用得著呢。我這些東西，早晚是要傳給你們的。」

阿曦有些害羞，還是道：「伯娘的東西多存些給阿珠吧，阿珠還小呢。我娘早就教我說，好男不吃分家飯，好女不穿嫁時衣。伯娘疼我，我也一樣疼阿珠呢。」

紀夫人與阿曦說些話，中午留阿曦在家與她一道用飯，阿曦下午方回的自家。

阿曦除了準備及笄禮的事，她自己的事也不少，阿曦手上是有一些自己的私房產業的。何子衿從來不介意兒女拿私房做些投資什麼的，當然，現在投資也單調得很，無非就是買房置地，至於開商鋪的事，阿曦短時間內還沒什麼打算，但阿曦自己也有幾百畝田地呢，春耕秋收什麼的，雖有管事，阿曦自己也要操心呢。

三月三，阿曦收到阿曄託鏢局送來的禮物，一對沉香木的如意簪，還有給家裡的信，信中說這如意簪是給阿曦的及笄禮。阿曄信上也說了不少自己路上的事，信寄出來的時候，阿曄與蘇二郎已到了魯地，魯地臨海，據阿曄信中說，吃了許多海中魚蝦，其滋味之美，把雙胞胎饞壞了。

雙胞胎也收到了兄長的禮物，阿曄親手用貝殼給雙胞胎拼的一艘大船。據阿曄說，這些貝殼都是被他吃掉鮮貝後收集起來的，非常有紀念意義。

雙胞胎表示：「送些干貝來也好啊！」他倆又不喜歡大船。這叫什麼大哥喲，送的禮物一點不合心，還不如補送兩個過年紅包呢。

阿曦原本想用阿曄送的如意簪做及笄禮的簪子，結果紀珍也在阿曦及笄禮前送了一對桃花簪。這桃花簪是用一塊白玉雕成，說來也巧，那白玉一端微染胭脂紅，雕成桃花簪，正得相宜。紀珍還在信裡說這簪子如何如何難得，如何如何寄託了他的一番情誼，肉麻得不得了，以致於阿曦都懷疑紀珍是不是跟她哥學作小酸詩了，才多久不見，肉麻功力大漲。

阿曦就有些為難了，用哥哥的，覺得有些辜負阿珍哥，用阿珍哥的，叫大哥知道，一準兒說她見色忘兄。阿曦正為難呢，興哥兒與大寶兩個新科進士都錦衣還鄉了。兩人錦衣還鄉的時間有限，在家待不久的，怕是不能參加阿曦的及笄禮了，不過，也給阿曦準備了禮物。好在兩人準備的不是簪子。興哥兒送的是自己畫的仕女圖，據說是畫的阿曦，但由於當下時人審美的原因，一直將審美停留在素描階段的何子衿是看不出這仕女圖哪裡像阿曦來。據江念說，畫得很不錯。興哥兒的畫，大寶題的字，算是兩人合送，阿曦當天就掛自己屋裡了。

興哥兒既得中進士，就得開始議親了，為他這親事，何子衿還特意回了趟娘家，幫著預備興哥兒訂親之事。這事說來也好笑，原本李家是想李二娘與何家聯姻，何家不喜李二娘庶出身分，相中的是李大娘子。結果誰也沒料到，最終是與李三娘成了。

何子衿聽說這事兒一時都不能信，倒是阿曦道：「這也不稀奇啊，我去李巡撫家做客，他家三姑娘常與我打聽三舅舅的事呢。」

何子衿問：「都打聽什麼？」

阿曦道：「就是三舅舅平日裡愛吃什麼做什麼，還悄悄問我三舅舅屋裡有沒有通房丫頭。您不是與我說三舅舅再正經不過的人，我就把三舅舅逐丫頭的事與李三妹妹說了，她當時就說三舅舅是個正經人。當初我還以為她是為李家大姊姊問的，原來是替自己問的。」

何子衿笑道：「他家三位姑娘年紀都相仿，這三姑娘也好，爽利大方，妳三舅舅性子有些悶，說個爽利的，正相宜。」

阿曦道：「就是我以前都叫她妹妹，以後要改叫小舅媽了。」

何子衿莞爾。這年代人們生育的子女多，這樣的事還當真不稀奇。

何子衿笑道：「當初妳還叫江姑娘小姨呢，如今可不改口叫姊姊了。」

阿曦素來大方，對於親事什麼的，其實並不如何害羞。她又問什麼時候去外祖家，小舅舅這既是回家，肯定要趁著進士之喜把親事定下。

何子衿道：「家裡事安排安排，妳就與我同去。」

江念離不得衙門，只得讓妻女先過去，待定了訂親日，屆時再請假去岳家吃訂親酒。

回了娘家，果然裡裡外外一派喜慶，沈氏與何老娘都是一副喜上眉梢的模樣，何老娘還悄與自家丫頭道：「李家三姑娘好爽利，興哥兒也很是高興。」

說到興哥兒，何子衿都覺得稀奇，先時如老僧一般，都不多看姑娘家一眼的，這定了李家親事，興哥兒就彷彿開竅了。何子衿私下問了興哥兒一回，興哥兒還覺得他姊問得稀奇，興哥兒道：「先時又沒成親的意思，我得一門心思念書呢，等閒無事看人家姑娘做什麼，多不尊重啊。如今爹娘給我定下親事，我自然歡喜。」

好吧，興哥兒這想法當真是這年代最正統的士大夫的想法了。

按興哥兒的意思，先時不議親，看姑娘也是白看，今親事已定，他也認得李三姑娘，主要是李三姑娘與外甥女是同窗，興哥兒多少也見過幾回。雖則輩分上要變一變，興哥兒心中還是很滿意父母給自己定的親事。

說來，興哥兒這親事還頗有些坎坷，沈氏笑道：「李夫人約我去廟裡上香，她帶了家裡三位姑娘，我帶了興哥兒。她家三位姑娘，李二姑娘生得最好，我猜度李夫人可能是想著妳弟弟少年心性愛美色什麼的，不想興哥兒倒是同李三姑娘看對眼。別看興哥兒平日裡話不多，心裡有數得很。」很欣慰兒子沒相中李二姑娘，覺得兒子有眼光。

何子衿道：「這也是他們的緣法。」

「是啊，先時要去廟裡，我就同興哥兒說了李家大姑娘穩重，不想他更喜歡活潑的。」沈氏道：「興哥兒當真是個穩重性子，要是換了俊哥兒，說不得就看中二姑娘了。」

「俊哥兒眼光只有更高的，當初在北昌府給他說了多少閨秀，難道沒有生得好的？他總是不樂意。」何子衿猜當初俊哥兒應是受何冽的影響，或者想大哥娶得名門貴女，自己自然也想娶個差不多的，不然俊哥兒的親事當初何以耽擱許久呢？

沈氏道：「他們三個，阿冽最是穩重，俊哥兒性子好強，興哥兒是個心裡有主意的。」

興哥兒與李三姑娘這親事，李家其實也有些沒想到。

自從興哥兒中了進士，李家就有些願意拿大姑娘來與何家聯姻了，只是誰也沒料到是李三娘與興哥兒看對了眼。

兩家有了聯姻的默契，親事自然要男方提，何家一提三姑娘，李家都有些懵。就是李三姑娘也懵，阿曦先時的話本沒錯，李三姑娘當初與阿曦打聽興哥兒，就是為自己大姊打聽的啊，她可沒有與大姊搶男人的意思。倒是李大姑娘自來溫和，笑與妹妹道：「我哪裡用妳操心呢，這說來也是你們的緣法，妳不是一直說何家公子品行極佳嗎？」

李三姑娘道：「他雖好，我可是從來沒想過，我一直是想大姊妳的。」

「傻丫頭，妳待我的心，與我待妳的心是一樣的。」李大姑娘柔聲道：「我還真沒想過何家的親事，我總覺得何家公子有些悶了。記得咱們去找阿曦玩的時候，見過這位何三公子，他不與咱們說話的。他這樣的穩重人，就該配妳這樣跳脫的。妳自己都沒留意，一道去廟裡上香，他哪裡與我和二妹說話的，都是跟妳絮叨，真難得他這樣的人原來也挺會說的。」

李三姑娘道：「妳跟二姊姊都不說話，我怕冷場，才理他幾句的。」

李大姑娘笑道：「要不說妳倆性子相合呢。要是我，我本就寡言，他也不愛說，還不得活活悶死啊！」

李三姑娘也笑了，嫡親姊妹倆，也沒得推讓丈夫的理，既然大姊沒有太喜歡何三，李三就沒客氣。說來，兩人在家族裡都是行三的，還真是一樁緣法。

興哥兒親事一定，何琪就開始火燒火燎著急長子的親事。

要說興哥兒先時不近女色是為了念書，今書念出來了，興哥兒於親事上開竅開得多快。大寶卻是不同，自從先時與隋姑娘有那樁未了緣法，大寶除了與阿曦這樣的自家姊妹來往之外，於其他姑娘都鮮少看第二眼的，把何琪急壞了。

這親事雖說是父母之命，可也沒有完全不徵求兒女意思的。更有如大寶這樣，鐵口不想成親的，你就真把親事給他定了，屆時一對怨偶，兩相耽誤。

何家正為興哥兒訂親事操持，何琪不好去何家說大寶的事，私下同師妹蔣三妞說起來，真是一顆心都操碎了。何琪道：「他怕是還惦記著隋姑娘呢。」

「師姊不是說這些年兩人沒有來往嗎？」

「雖說沒有來往，可大寶這孩子長情啊！」何琪微微哽咽，「我每每想他這般願意，我做親娘的如何不成全他？可一想到隋姑娘那身子，我就替大寶委屈。我想給他娶一個健健康康的媳婦，讓他以後兒孫滿堂。」

蔣三妞勸道：「師姊，妳這也鑽牛角尖了，大寶現今都是進士老爺了，他想要什麼樣的媳婦，自然會跟家裡說的。哪怕就是依然願意隋姑娘，他說了，家裡縱使不願，也得考慮下他的意思，他如今並沒有說，想來不是因著隋姑娘，或者就是命裡要晚幾年再成親的。要依我的意思，孩子不願意，咱也別勉強，不說別個，大寶向來順遂，以後也不怕沒前程。他這就要往帝都做官了，帝都的氣派非北昌府可比。大寶在帝都多住些日子，眼界開闊了，心胸也就開闊了。妳看俊哥兒的姻緣，誰能想到他的姻緣在帝都呢？當初孀子也是給俊哥兒在北昌府說親，說了多少家都不成，也是把孀子氣惱得不行。這各人的緣法，都是說不定的。說不得大寶的緣法不在北昌府，妳也別太急了。」

何琪深深一嘆，「不是，他這孩子我是知道的，他心裡就是還記掛著隋姑娘。」

蔣三妞道：「以往大寶在北昌府念書，與隋姑娘低頭不見抬頭見的。如今他就要往帝都去了，見得少了，說不得情分就淡了。」說著，又勸何琪：「只是師姊，我也得勸妳一句。若是大寶在帝都，與隋姑娘情分淡了就淡了，這是兩人無緣。倘是大寶念念不能忘，妳也得有個準備，說到底，孩子高興了，咱們做父母的就高興。那隋姑娘這幾年我見的不多，可也常聽人說起她的事，她在女學頗得巡撫夫人重用，如今在女學管著一攤事兒，也是個能幹的。」

「妳說的我何嘗不知道？」何琪拭淚道：「這幾年我是常打聽著她的，真是個好姑娘，要不是她不能生養，哪怕她和離過，我也不是那不講理的人。妳不曉得，先時我就一意留心她的事，她那個前夫家，聽說如今已是一子一女了。」

蔣三妞不由一嘆，看來這不能生養當真是隋姑娘的問題。

何琪有些疲倦，強打起精神道：「不說大寶的事了，隨他吧，倘在帝都他依舊難以忘情，只要他們願意，我也沒什麼不願的。到底是他自己的日子，父母該做的都做了。哪怕先時攔著他們的親事，我也是為了他。若他就相準了隋姑娘，只要人家願意，我就願意。」

何琪真是把滿心酸楚放在心裡，江仁看妻子這般，還與長子談了一回。江仁比妻子看得透，他道：「愛娶就娶吧，以前他年紀小，現在有了功名，能養活自己了，娶誰都隨他。」

家裡鬆了口，大寶這事兒也沒成，不是大寶不願意，隋姑娘不願意。隋姑娘深思熟慮三日，依舊是回絕了大寶，隋姑娘道：「女學的事我剛上手，委實沒有考慮兒女私情的心。」

這回江家是真的信了，人家隋姑娘是當真對大寶沒意思。

大寶這事暫且不提，眼下就是興哥兒的訂親禮了。

大寶面對隋姑娘的回絕，表現得比前番成熟多了，雖有些失落，也沒有頹廢，還與興哥兒一道去往李家送聘禮。

待興哥兒訂親後，大寶與興哥兒就得回帝都去做官了。臨走前，大寶與隋夫子深談了一番，還與小隋說了不少話，便帶著行李，與興哥兒往帝都去了。

興哥兒訂親之後，轉眼就是阿曦的及笄禮。

阿曦這及笄禮，啥都準備妥當了，最發愁的就是用誰送的簪子了。

因家裡親戚大都在北昌府，故而及笄禮這樣的日子，阿曦光簪子就收到了整整六對，把雙胞胎羨慕壞了，只恨自己當年沒投個女胎，卻也帶來一個問題，用誰送的簪子啊？

其中有大哥阿曄送的如意簪，阿珍哥送的桃花簪，三姨媽送的八寶簪，江舅媽送的雀頭金簪，以及外祖母送的赤金嵌寶簪，以及曾外祖母送的當年曾外祖母及笄用的百福金簪，據說這金簪還是曾外祖母壓箱底多年，連早逝的曾外祖父都不曉得的曾外祖母的私房。

雙胞胎看大姊過個及笄禮收這麼多寶貝，天天看著就羨慕得兩眼放光。

至於用哪個簪子，在雙胞胎看來沒啥差別，反正都是好東西。

雙胞胎這不懂欣賞的，還同朝雲祖父說：「大姊好東西太多，竟然還愁用不過來。」時常聽人說有人家重男輕女，怎麼他家都是反著來？他們家大姊最富了。

朝雲道長就隨口問了一句，雙胞胎便爭先恐後把大姊收到的及笄禮裡的簪子繪聲繪色學了一遍，然後朝雲道長取出了一支赤金雙鸞鳥牡丹簪。

這簪子論工藝不算上佳，色澤還有些暗淡了，可見是時久未用。說來，收藏這簪子的是一只細長的沉香匣，用雙胞胎的眼光來看，匣子都比簪子值錢。

朝雲道長道：「用這支，這是當年家裡長輩及笄時所用。」

阿曦年少，哪裡知道朝雲道長的長輩是誰，把朝雲道長給的簪子拿回去跟她娘一說，她娘險閃了腰，接過阿曦手裡的匣子，將簪子小心取出來。這簪子用何子衿現在的眼光看，也看不出有何出奇之處。何子衿想著，朝雲道長他娘輔聖公主出生時，太祖皇帝江山就打了一半，頗有家底。輔聖公主及笄時已是長公主身分，斷不會是這支簪子。這支怕是當年程太后及笄時所用，程太后只是小富人家出身，當年程家為給愛女及笄禮，特意打這樣一支金簪，是極有可能的。只是，先時自己少時及笄禮朝雲道長給的就是那支，那這支是誰的呢？

何子衿賞鑒了一回，想不論這簪子曾屬於誰，何子衿唯希望阿曦一生平平安安。她將簪子珍而重之放回匣中，與阿曦道：「這是妳祖父的心意，就用這支吧。以後妳可要收好，這是可以傳與後人的珍寶。」

阿曦的及笄禮頗是隆重，雖然其父官職不算太高，但在北靖關也是數得著的，更兼阿曦與紀珍訂親，這次請的給阿曦加笄的正賓就是紀夫人。

親戚們基本上都到了，何家人、江家人、胡家人，再加上阿曦以前在女學的同窗，請了李家三位姑娘和蘇冰，如何洌、俊哥兒、興哥兒三個舅舅，人未到，禮也到了，還有沈素也著人與何洌、俊哥兒一道給阿曦備了份及笄禮。沈素信中說，家裡可能是受了不生閨女的詛咒，沈素四個兒子都成親了，依舊是只生兒子，所以，沈素對於沒孫女這事一直遺憾得不得了，阿曦這算是甥外孫女，所以，沈素特意送東西以賀阿曦及笄。

另則就是何山長辦女學累積下來的人脈，知道何山長就這一個閨女，能來的都來了。隋姑娘也送了阿曦一份禮物，只是她在女學事忙，抽不出身，請蘇冰帶了過來。

幸而江家寬敞，親戚朋友不愁沒住的地方。

何子衿看著閨女梳著加笄，自己先感動了一把，應該說又自豪又感動，感覺就是一眨眼似的，閨女就這麼大了。那種吾家有女初長成的感覺，真的只有在做了父母後方能體會。

江念悄悄握住子衿姊姊的手，眼眶微濕，以致於來賓們都有些看不懂了，長女及笄，你們夫妻倆至於嗎？反正，這就是很容易感動的夫妻二人組啦！

及笄禮後還有宴會，熱鬧非常，江念一不留神險些喝多了。待得晚間，客人或辭去或是歇息了，何老娘也在自家丫頭給準備的屋裡歇著喝紅棗茶，不由又想到從前，很實誠地與自家丫頭感慨道：「當初妳的及笄禮，家裡也是盡心盡力操辦，可那時不過族人鄉鄰過來參加，看阿曦這及笄禮，真叫人高興。」不僅人多熱鬧，更重要的是，說明家裡日子興旺啊！

何子衿以前覺得清清靜靜過日子也無妨，可自從有了孩子，她就世俗了。她不會在孩子身上多麼奢侈，她不是想把什麼世間奇珍給孩子，可如果是很正常的，別人家孩子有的，自家孩子沒有，她做娘的心裡不好受。尤其孩子漸大，議親科考，何子衿就越發俗氣了，她就樂意給兒子說那人品行事門第相貌樣樣出眾的女孩子，她就樂意給閨女尋一個配得上閨女的好女婿。有時何子衿都禁不住想，我可真是俗人。

何子衿笑道：「可見這些年沒白操勞。」

何老娘下巴抬得高高的，「那是！」接著說起老何家的歷史來，「你們老何家，自來就是個種田的。當初那短命鬼去我家提親，我真沒看中老何家的出身，族人雖有些個，沒一個出息的。我們老蔣家不一樣，我們祖上可是出過大官的。當初也就是看那短命鬼心誠，就是沒料到那般短命。好在我們老蔣家那點文氣總算是傳到了妳爹頭上，妳爹可惜就是生在老何家，那會兒家裡窮，也沒名師大儒的指點，就是跟著縣裡許舉人念念書，耽擱了妳爹，要不，妳爹不至於三十多才中舉人。」

何子衿笑，「那是，不光我爹，就是阿冽、俊哥兒、興哥兒，也都是虧了祖母您身上帶來的文氣兒，不然他們哪能這般會念書？」

「可不是嗎？」何老娘聽這話就歡喜，正想再吹一番牛，就聽自家丫頭道：「也有我娘的功勞，人家都說外甥像舅，我舅也很會念書。」

何老娘不自覺一撇嘴道：「妳舅家祖上就妳外公一個老秀才，再往上，清一水是種地的。妳舅這種屬於突然之間開了靈根，不然哪裡有這般靈光，祖上沒這樣的人哩。」

何子衿道：「要不，當年祖母您一眼就相中我娘了呢，是不是？」

何老娘現在早把當初反對兒子親事的事給忘了，「當初我一見妳娘就覺得長得有福氣，這可不就是嗎？在咱們縣裡，最有福的人，除了妳，就算妳娘了。」

何子衿道：「我有福都是在祖母您老人家的指點下才有這大福呢，都是虧了您。」

「那是，當初我一見阿念就知道他是個好孩子。」何老娘也把當初遊說江念去鋪子裡打小工的事給忘了，「如今看來，他不止會做官，更重要的是人品好，不然他做天大的官兒，成天叫妳生氣窩火，那樣的日子，縱是一品誥命，又有什麼意思？」

何老娘唯對一事不大滿意，她問自家丫頭：「如何給阿曦用那麼一支老釵？雖分量足，也該去炸一炸，都不鮮亮了。」用自己給的那簪多好啊，一樣是純金的。

何子衿道：「朝雲師傅給的，我看師傅的意思，很想阿曦用這個。」

好吧，一聽是朝雲道長給的，何老娘就不說什麼了，忙叮囑一句：「那可得叫阿曦收好，她小孩子家毛手毛腳的，不然妳幫她收著，別弄丟了。朝雲道長給的，定是好東西。」

何子衿笑道：「我與她說了，她仔細著呢。」

「這幾個孩子，要說仔細，還是雙胞胎，那兩個小傢伙，一看就會過日子。」

何子衿道：「是啊，都說他倆是得您老人家真傳哩。」

何老娘得意地翹起下巴，「那是！」

阿曦這及笄禮之後，胡家與江家都未久待，兩家人都有北昌府的生意，一時放不下。江念與胡文、江仁不知道說什麼事，好幾天都在書房待著。及至兩家人告辭時，蔣三妞把二郎留下了，二郎去歲秋闈失利，跟家裡商量，要留在北靖關追隨羅大儒繼續攻讀文章。

沈氏與何恭亦是不能久待，何恭衙門裡還有差使，餘者親戚朋友也都告辭離去。何子衿留祖母在家住些日子，原本興哥兒去帝都後，何老娘就覺得家裡冷清，老人家喜歡熱鬧，何子衿這樣一說，何老娘就應下了。沈氏知道婆婆一向是喜歡跟自家閨女住的，還是道：「母親在子衿這裡，家裡豈不就剩我與相公了？」

何老娘道：「妳倆就妳倆唄，只管好生過日子，我住幾天就回。」

沈氏沒法子，只得與丈夫先回北昌府。沈氏回北昌府路上還與丈夫說：「孩子們小時候就盼著他們什麼時候長大，這一長大，都各去過各自的日子了，家裡反是冷清了。」

何恭笑著拉過妻子的手握在掌心，「冷清什麼，我就盼著咱倆過日子呢。」

沈氏笑嗔丈夫一眼，「什麼年歲了，倒說這樣的話。」

「什麼年歲都是妳相公。」何恭神色溫和，「當初咱倆剛一成親，我就想著趕緊生兒子，好叫娘高興。好不容易妳有了身子，生了咱們子衿。娘那會兒一門心思盼孫子，為這個，妳還沒少動氣呢。」

沈氏想到自己年輕時的性子也笑了，「那會兒年輕，其實我也盼第一胎生個兒子好叫娘高興，可閨女也是親生的啊，那樣嫌棄咱們子衿。」說著又是一笑，「後來也奇，沒過兩年娘就轉了脾氣，總是給閨女買點心吃。那會兒我還說呢，那飄香坊的點心多貴啊，我都捨不得，娘隔三差五就給閨女買來吃。」

何恭笑道：「娘就那性子，嘴硬心軟。」又與妻子道：「如今兒女都娶媳婦嫁人了，也該咱們兩人過些清靜日子了。」

於是，北昌府街頭就出現了最恩愛夫妻二人組，不管是沈氏去鋪子裡選胭脂，還是去花市看花草，或是休沐時驅車往荷花湖攜手散步，都是夫妻相伴。沈氏還會偶爾準備宴會，就請幾家相熟的朋友小聚一二，連李巡撫夫人都同丈夫道：「看何家，雖非大戶人家，何親家夫妻卻是這樣的恩愛，咱們三丫頭有福。」

李巡撫笑道：「是啊，不盼別的，就盼他們小夫妻二人能與何親家這般就很好。」

李夫人微微一笑，覺得給三孫女這親事結得好。

李家三位姑娘與蘇冰留在江家做客，阿曦帶她們參觀北靖關的風光，介紹她們與自己在北靖關認識的新朋友祝姑娘。祝姑娘約上人，一道去草場打獵。

北靖關民風比北昌府開放的多，不過，閨秀們出門，總有兄弟陪伴的，像阿曦出來，雙胞胎和小叔子紀珠也要一起玩的。紀珠時常在給大哥的信上說，與嫂子玩這個了，與嫂子玩那個了，鬧得紀珍在帝都都擔心他弟會不會看上他媳婦，這可是亂倫啊！

大家一起打獵，連何老娘也跟著來，當然，何老娘不騎馬也不打獵，她老人家坐車，在帳子裡歇著，與余嬤嬤指揮著丫鬟們做些餐前準備。待孩子們帶獵物回來，定要烤肉吃的，何老娘道：「這肉啊，就得現殺現烤才香。」她老人家牙掉了幾顆，如今都換成了鑲貝的，並不耽擱吃肉。

余嬤嬤點頭，「是啊，既是鮮，烤出來也香。」

與何老娘坐等的就是李二姑娘，這位姑娘不懂打獵，就在帳子裡留守了。李二姑娘望遠處群山蒼茫，天空白雲朵朵，詩興大發，很想作一兩首詩，只是轉眼一看，除了何老娘和余嬤嬤這兩個半文盲老太太，就是準備吃食的丫鬟小廝，她就是作出詩來，這些人也聽不懂。

李二姑娘只得將一肚子詩興憋回去，相對於李二姑娘的掃興，何老娘很是喜歡這地方，同余嬤嬤道：「這地方好，夏天不冷不熱，還這樣的寬闊，咱們丫頭那處宅子雖是四進，我瞧著這裡四進宅子比北昌府的四進要寬敞似的。」

「是啊，我瞧著是大四進。」

何老娘帶著余嬤嬤四處遛達，道：「多好啊，花是花，草是草的。」

李二姑娘聽這文盲話都不曉得說什麼好，哪裡的花是草草是花嗎？

李二姑娘悄悄吐槽一回，何老娘遛達一圈，回頭就瞧著丫鬟們煮的湯，還有準備的石頭啥的，何老娘就問：「這石頭是用來做什麼的？」

那丫鬟回道：「老太太，這北靖關獵物多，許多人都是打獵後直接就烤來吃的，烤的時候便要用這石頭。」

「是放在石頭上烤嗎？」

「不是，是用石頭壘個四方的石鍋一樣，把獵到的羊啊雞啊放裡頭，外頭點火，半個時辰就熟得透透的。」

何老娘研究了一下，點頭道：「這法子好。」

何老娘還很關心地問李二姑娘：「二姑娘喜歡吃烤肉嗎？」

李二姑娘笑得矜持，「我不挑食的。」

「不挑食好，我們丫頭也不挑食，不挑食的人有福。」何老娘笑呵呵的，「妳這丫頭生得文靜，念過不少書吧？」

李二姑娘道：「略識得幾個字。」

何老娘有些失望，「沒念過書啊？」原本瞧李二姑娘斯文，還想送幾本自己的著作呢。何老娘現在自覺半個文化人，不大願意同文盲打交道，便語重心長道：「女孩子家還是要多念念書的好。」

李二姑娘很鬱悶：老太太，我就是謙虛那麼一說，我其實詩書滿腹，才高八斗！

待得下晌，阿曦等人騎馬帶回獵物，何老娘吃了石鍋燜烤出來的鹿肉和羊肉，回家後都念念不忘，與自家丫頭道：「再沒這樣肥美的了。」

何子衿笑道：「現剝皮現烤，石頭保溫好，烤出來不用別的調料，沾點鹽巴就好吃。」

「對對對。」何老娘道：「再洗些大葉子青菜將肉一包，放嘴裡，要多香有多香。」

總之何老娘是吃得高興，還悄悄與自家丫頭道：「幸虧興哥兒沒定李家二姑娘，先時李家與咱家說那二姑娘如何如何有才學，我今兒問她，她說只認得些許幾個字，原來學都沒上過啊，不如李三姑娘自小就在咱家女學上學的。」

何子衿：人家說認得些許幾個字是謙虛吧？

何子衿道：「人家謙虛才那樣說呢。」

何老娘就不理解了，「可明明念過書，幹嘛說只認得幾個字啊？」

「小姑娘家害羞，就這樣說。」

何老娘長嘆，「都不懂現在的小姑娘了。」第二天問阿曦：「妳書念得如何了？」

阿曦道：「不敢說上知五百年下知五百載，也還成啦。」

何老娘哈哈直樂，心說，這才是咱們老何家的人！

李家姑娘與蘇冰住了十來天方告辭，阿曦怪捨不得她們呢，李大姑娘道：「再住下去，祖母就要著人來接了。」

李三姑娘也說：「有空我們再過來。」還與阿曦道：「我與二姊的及笄禮在八月，阿冰的及笄禮在十月，妳可得來啊！」

阿曦道：「一準兒去。」

女孩子有女孩子們的交際，祝姑娘聽說李家三位姑娘與蘇冰要回北昌府，也過來送她們一送，還有吳將軍家的長子夫妻與次子也過來了。因吳大郎成親是雙胞胎做童子壓床，吳大奶奶成親後與也時常同婆婆一處來江家做客。吳大奶奶有了身子，已是頗為笨重了，知道幾位姑娘要走，特意過來相送。

何老娘一直住到中秋，阿曦參加李家二姑娘和三姑娘及笄禮回來，何子衿的意思是，就讓祖母在自家過年。何老娘是不肯的，她過年一定要在兒子家過年才成，結果沒等到過年，剛吃過中秋節的月餅，何恭就讓江仁來北靖關時接何老娘回去，無他，沈氏有身孕了。

何老娘乍聽聞此事都不能信。

何子衿也覺得阿仁哥不會是傳信傳錯了吧！

江仁笑道：「千真萬確，初時姑姑也不信呢，請小竇大夫診了脈，小竇大夫說已是三個月了。還說，再過兩個月就能診出是男是女了。」

何老娘連聲道：「兒子閨女都好！」大笑數聲，雙手合十念好幾聲佛，與江仁道：「你有空也去拜拜北靖關的菩薩，可靈啦！」

江仁道：「那我一定得去。」

聽說兒媳婦有了身孕，何老娘哪裡還在孫女這裡待得下去，當下就讓余嬤嬤收拾東西，待江仁這裡的事辦好，她就同江仁一道回北昌府，照顧兒媳婦去。

何子衿怪不放心的，她娘這都五十的人了，在現代也是高齡產婦，何況這個年代……何子衿私下都說：「爹也真是的，怎麼不小心著些。」

江念偷笑，「真沒想到岳父大人平日裡瞧著斯文，其實龍精虎猛啊！」剛說完，挨子衿姊姊一下子。江念笑道：「姊姊不放心，不如同祖母一起去瞧瞧岳母。」

何子衿肯定不放心，索性連重陽禮備好，準備跟祖母回家看她娘去。江念道：「多帶些滋補的藥材，岳母那裡妳寬一寬岳母的心，這畢竟是喜事，再請小竇大夫時常看著些，該補就補一補，也不要過多滋補。」

何子衿道：「要不，把娘接到咱們家來，有老竇大夫，我覺得更安穩。」

江念道：「接來倒是無妨，只是怕岳母不願意。」

何子衿一想也是，她娘定不肯到閨女家生孩子。

何子衿跟祖母回去看她娘，沈氏見婆婆還好些，見著閨女委實尷尬，埋怨道：「妳可來做什麼，又不是什麼大事。」

何老娘歡天喜地，回家茶都顧不得吃一口，就瞅著兒媳婦那還未顯懷的肚子了，「怎麼不是大事，簡直是大喜事，我來前去平安寺給妳求的籤，上上好籤。」

沈氏面上微窘，「真真是再想不到的。」

何老娘道：「咱們家的大喜事。」兒子回家還誇兒子：「真能幹！」把何恭誇成大紅臉，何恭輕咳一聲，眼尾都笑得飛起來，「媳婦這有了身子，家裡這些事就得娘您多操心了。」

何子衿想著祖母也上了年紀，她娘又懷著孕不能多操心，索性道：「阿曦在家也沒事，我叫阿曦過來搭把手，也讓她歷練一二。」

何老娘將手一擺，「不用她，不就是家裡這些事嗎？有我有余嬤嬤就成。」不過，轉念一想，自從興哥兒往帝都去，何老娘就一直想重外孫重外孫女過來陪陪她老人家，雙胞胎被朝雲道長霸占了，一時搶不過來，今有此機會，何老娘立刻改了口，捶著老腰往引枕上一癱，裝出個勞累樣，道：「唉，這上了年紀，眼也花了，耳也聾了，人也不中用了，妳娘現在又得養著，沒個幫著管事的當真不成。叫阿曦來吧，我院子都想好了，就叫阿曦同我一道住。她有什麼不懂的，我也能教一教她。」

何子衿看祖母這變臉速度，也是無語了。

看過她娘後，何子衿回北昌府就把閨女派到娘家去幫忙了。沈氏都覺羞得不行，再三與丈夫道：「還是叫阿曦回去吧，哪裡有外祖母生產，叫外孫女伺候的。」

何恭笑，「又不是叫她伺候妳，咱娘就是想要個孩子在家裡，也熱鬧不是？」

沈氏道：「你說我這一把年紀還懷孕，我都不好意思出門了。」

何恭對於妻子懷孕之事是格外高興的，男人可能會有這方面的成就感，不過，何子衿也跟她爹普及了一下高齡產婦的危險，何恭高興之餘多了幾分小心，勸妻子道：「這有什麼不好意思的，這是天意，可見咱們與這孩子有緣。」

沈氏道：「我就盼著生個小閨女，閨女省事又貼心。」

何恭現在又不缺兒子，點頭道：「閨女好，妳這話定準的。」又問沈氏可有想吃的東西，沈氏道：「這回懷胎也奇，就想吃點瓜菜。」

何恭道：「家裡暖房地窖都有，想吃什麼就跟我說。」

沈氏到底上了年歲，這有了身孕就容易乏倦，白天都要小睡一覺。好在何家條件好，吃用上皆遵醫囑，待得年下，沈氏雖身子略笨重了些，倒也一切安好。

臨年前，阿曄與蘇二郎終於遊學回來了。

阿曄剛一回家，就趕上邵家出大殯，以及林家被抄家的事。阿曄打聽，何子衿道：「說是林千戶與北涼走私軍械，邵將軍剿匪時被林千戶出賣，不幸戰死了。」說著嘆口氣，心說紀家果然出手了啊。

這兩家都與自家有仇，阿曄自然沒什麼傷感。

他這剛回來，何子衿也不欲說那些晦氣事，正要問兒子些遊學之事，江念突然回家來，一進屋先打發了丫鬟，與子衿姊姊道：「快些給我收拾衣裳，我這就要去帝都。」

何子衿一驚，忙問：「什麼事？」

江念搖頭，眉心微擰道：「不曉得，皇帝下祕旨，宣我立刻去帝都覲見。」

何子衿這心裡就不知道是個什麼滋味了，說慌亂倒不至於，阿念一直做官順風順水，那位皇帝陛下對江家並無惡念，只是這時候突然召阿念去，何子衿著實不放心。顧不得多想，何子衿立刻喚丫鬟過來，吩咐找出厚衣裳皮襖，再者去廚房準備路上吃的乾糧。

何子衿問：「這就要走嗎？」

江念道：「立刻就得走。」

阿曄遞杯熱茶給他爹，道：「我陪爹一塊去吧。」

江念這才看到兒子回來，鬆口氣道：「回來得正好，你不用陪我，有三喜四喜就行。你守好家，照顧好你娘和你妹妹弟弟。」他吃口茶，略緩了一緩，與妻兒道：「你們也不要太擔心，我思忖著不是差使上的事。」

何子衿道：「你路上可一定得小心，帶幾個侍衛才好。」

江念拍拍妻子的手，「于鏢頭我帶走，你們在家只管關起門來過日子。」

因是騎馬，行李不能帶太多。東西收拾停當，江念就與前來的御前侍衛換了軍中快馬，連夜離開北靖關，一路往帝都而去。

陸之章 皇帝急召傳驚變

阿曄覺得有些奇怪，不要說阿曄這樣機敏的孩子，就是在許多外人看來，江家也自有其怪異之處。最怪異的不是江副使三年一個臺階的升遷問題，最叫人不明白的就是，先時品階低暫可不提，但江副使當年升五品時，任期圓滿時該依規矩當去帝都述職，吏部考核後再論升遷之事，可江副使一次都沒去過帝都，看遍北昌府，升職最順遂的就是江副使了。

阿曄是略懂些官場上的規則才知道自家是在規則之外的，還有朝雲祖父，阿曄小時候一直以為朝雲祖父是他爹的親爹，後來才知道朝雲祖父是他娘的師傅，與他家雖有祖孫之情，但沒有血緣關係也是真的。再者，朝雲祖父那個神祕奢華的莊園，阿曄一度覺得，朝雲祖父肯定是個特神祕特有背景的大人物，自家肯定是沾了朝雲祖父的光，他爹升官才這般順遂。

然而，朝雲祖父平日裡除了他們一家，根本不同北昌府其他官員們來往，更不與其他人家來往，就是他外祖何家，朝雲祖父也是鮮少打交道的。要是朝雲祖父是不得了的大人物，不說別個，就是朝雲祖父不想見那些官員，那些官員也應該如蜂子見了蜜般時常上門請個安問個好吧？可這些都沒有。

隨著阿曄年紀增長，他又覺得朝雲祖父不像手握權柄的樣子，不然不必對比別家，就是他爹，不算什麼高官，家裡也時常有人過來拜訪呢，朝雲祖父卻是一個都沒有。

不，有一個。阿曄的記憶裡，有一次帝都好像有個欽差去過朝雲祖父那裡，後來他爹還同那欽差一道出使北涼，可也就這一次。

阿曄當時年紀尚小，因要上學，對此事也記不大清了，但在如今的阿曄看來，朝雲祖父如果是權貴，那麼朝雲祖父肯定是世間最清冷的權貴了。

阿曄對這些事一直百思不得其解，不過，這年代孩子們家教都嚴，阿曄儘管心有疑惑，也沒同人說過，更沒有問過父母。如今見他爹這十幾年沒去過帝都的人一朝被急召至帝都，阿曄不禁有些擔心。不過，家裡還有婦孺，阿曄自覺身為長男，他爹這一去帝都府，他就負有家中頂樑柱的責任，故而雖是擔心，仍強自鎮定，不露出來叫他娘看到，他想了想，猶豫地問道：「娘，要不，我去祖父那裡問一問？」

江念走的這一時的功夫，何子衿心裡也琢磨出了個大概，皇帝陛下不會對江念有什麼惡意，他們一家人這些年在北昌府做官，一向是穩穩當當的，這樣急召江念到帝都，定是皇帝陛下有什麼急事。可是，能有什麼急事呢？

江念官做得不大，文安邦武定國，都是太虛頭的話。如果是朝廷的事，皇帝有那許多重臣呢，也不至於千里迢迢召這些年一直未曾相見的異父兄長過去。可如果不是朝廷的事，那就是私事，私事的話，阿念與皇帝陛下之間就一個共同的媽，那媽還早就殉葬了，難不成當初阿念的親娘沒死？

何子衿腦洞過大，懷疑阿念親娘可能當初沒死，想想也有道理啊，殉葬的旨意是先帝下的，先帝一死，今上登基，立刻就是一朝天子一朝臣。這可是親兒子，要是親兒子不想見親娘殉葬，暗裡把親娘偷出來，用個宮人代死，也不是不可能。

何子衿起身道：「是得過去同師傅說一聲。我去吧，你這回家半日也沒顧得上吃飯，叫廚下給你下碗麵。」

阿曄道：「我同娘一起去。」哪有讓娘操勞，自己在家吃飯的道理。

看兒子堅持，何子衿就帶著阿曄去了朝雲道長那裡，她這一路上就在琢磨要不要把自己的推斷告訴朝雲師傅，朝雲師傅待自家這樣好，不說這也太沒良心了。可是，謝太后是朝雲師傅唯一的親人了，謝太后又是今上嫡母，要是今上背著嫡母藏起生母，叫朝雲師傅知道，不僅讓人生氣，更是影響謝太后與今上的情分。

直待到了朝雲道長的莊園，何子衿都是猶豫不決。

朝雲道長與羅大儒正在用飯，見母子二人過來，朝雲道長問：「怎麼這會兒來了？」看母子二人不像吃過飯的樣子，又道：「來得正巧，一起吃吧。」

母子二人就先淨了手，坐下吃午飯。何子衿看朝雲師傅不像知道的意思，就想著，先吃過飯再說，不然現在說了，朝雲師傅多半就沒吃飯的心了。

何子衿當真是一片體貼之心，好在朝雲道長與羅大儒兩個都是歷經坎坷之人，最不缺耐性，雖知何子衿這時過來必是有事，大家還是將飯吃畢，移往花廳吃茶時，何子衿方與朝雲道長說了阿念被急召至帝都的事。朝雲道長令聞道等人退下，道：「這事我聽聞道說了，妳也將家當收拾一二，陛下多半會召阿念回帝都任職。」

何子衿就有些不明白了，「怎麼會回帝都？」這位皇帝陛下嘴上不說，心裡其實並不很願意看到江念這位同母哥哥的，當然，江念也不是很想見自己的皇帝弟弟。就是有召，依何子衿的推斷，也就是讓江念去見見「臨終的親娘」罷了。

朝雲道長嘆道：「陛下龍體不大好。」

何子衿臉色立刻變了，她沒想到不是皇帝召阿念去給親娘「臨終關懷」，而是皇帝自己身子不好了。如果只是尋常的發燒感冒，肯定不會召阿念相見，朝雲師傅嘴裡這「不大好」，想來是「大不好」了。何子衿立刻又開了腦洞，難道是臨終託孤啥的？

何子衿都不知要如何反應了，她出了會兒神，方道：「那我就先收拾行李，師傅，您也一塊回去吧。」

朝雲道長點頭，「這也不急，總得年後方能動身的。」

何子衿輕聲一嘆，竟不知心裡是個什麼滋味。

朝雲道長的心情也不大好，何子衿不知帝都形勢，朝雲道長是知道一些的。謝太后無親子，撫養今上長大，母子之間一向情分深厚，朝雲道長對皇室一族沒有什麼感情，只是擔心外甥女。今上六子，年紀皆不大，各有其生母，一旦今上有不測，謝太后當何去何從呢？

何子衿先時開錯腦洞，好在她腦子不慢，第二個腦洞開得就很有道理，今上既是身子不大好，召阿念去，除了想見一見這位同母異父的兄長外，或者還有臨終託付之意。繼而，何子衿就想到謝太后的處境。謝太后的地位是需要何子衿仰望的，哪怕有著一生二世的經歷，何子衿在眼界上自是不錯，但要說政治上，她哪怕一生二世，也無法與謝太后這樣的人比擬一二的。這位太后娘娘可不是靠著男人一路寵愛登上皇后、太后寶座的傻白甜，據阿念說，先帝能登上帝王之位，多虧這位髮妻輔佐。

這樣的一位女士，何子衿能想像出這位太后要面臨的局面，今上一旦過世，謝太后必然要升階為太皇太后。先不提尊號，尊號有時僅僅是一個名號。不說別個，謝太后與新君的關係能否像與今上這般融洽，就是最大的問題。

而阿念，他們一家因一向與朝雲師傅親近，雖不是血親卻勝似血親。朝雲師傅又是謝太后唯一的舅舅，謝太后娘家就這麼一個舅舅在世了，何子衿略加思量，就知道今上為何要召阿念相見了。不獨因兄弟之情，或者更因他們一家與朝雲師傅的情分。這世間能影響謝太后的人裡面，朝雲師傅肯定是算一個。而另一方面，阿念與今上同母，有這層血親，偏生又不是皇族，這樣的身分，讓阿念與諸皇子有著天然的關聯，卻又與皇位無礙。甚至，於阿念自身的利益而言，今上兒子在位，對江家就是最大的保障。

今上一旦有個好歹，阿念的確是充當即位新君與謝太后之間的再好不過的調和人選。

再者，願意見到今上後繼之君與謝太后關係平衡的人裡面，阿念絕對算一個。

只是，如果今上是這樣的打算，何子衿擔心的就是，連今上這位同母弟弟，與阿念的情分也不深，至於今上那些出身尊貴的皇子們，又有幾人能將阿念這樣一位連身分都不能宣諸於口的叔叔放在眼裡呢？人家知道你是老幾啊？

一連串的問題在何子衿心中閃過，好在讓何子衿放心的是，她與阿念一道長大，深知阿念為人，知道阿念不是聖父，想來若有不合常理之要求，阿念是不會答應的。

電光石火間，何子衿腦中已想過諸多可能。她想的雖多，也知現在得聽天由命了，她還是先安慰朝雲道長道：「師傅也不必太過擔心，我聽說帝都有個姓夏的神醫，還是咱們蜀人，陛下吉人自有天相，說不得就好了呢。我就是先時不曉得是因什麼緣故，阿念走時也說不清楚，故而有些擔心。既是知道，我也就放心了。眼下還得先過年，東西不急著收拾，師傅您也放心吧，我去廟裡給陛下燒炷平安香。」

朝雲道長難得迷信一回，令聞道取一千兩銀子，道：「也替我添些香油錢。」

何子衿點頭應了，看來師傅也是盼著陛下平安的。

阿曄做了回旁聽生，心中疑惑更多，回家忍不住悄悄問他娘：「娘，陛下龍體欠安，為何要召我爹去帝都啊？」

何子衿不是那種事事都瞞著兒子的，何子衿看屋裡也沒旁人，悄與阿曄說：「你是家裡長子，眼下也大了，告訴你也無妨，只是你不准說與別人聽，就是雙胞胎和阿曦也不能說。」

阿曄連忙應了，何子衿就簡單將阿念的身世與長子說了，阿曄驚得都不曉作何反應。何子衿嘆道：「這都是長輩舊事，你心裡知道就算了。這些年咱們在北昌府一家子和樂，皇帝就是皇帝，皇室就是皇室，與咱家是兩碼事，明白嗎？」

阿曄點點頭，他並不是喜攀附的性子，想來也知道這事關乎他親奶奶與他們一家子的名聲，就問：「娘，那我親祖父現在在哪兒呢？」

「誰知道，你親祖父親祖母都不是啥好人，你就當沒他們就行了。」何子衿道：「就他倆那人品，真是負負得正，生出你爹來。你哪裡知道你爹當年受的苦，你祖母放下五百兩銀子就把你爹丟下不管了，你爹辛辛苦苦考中探花，就想見見親生父母。見親爹，親爹說，我就這種人品，咱也不必相認。見親娘，親娘也沒好話。」

阿曄聽到他娘對親祖父親祖母的評價以及親祖父親祖母的所作所為，也是無語了。

阿曄問：「那萬一以後見面怎麼辦啊？」

何子衿道：「先帝過世時已令你祖母殉葬了，你祖父這些年也沒消息，擔心這個做什麼？就是見面，他認得你嗎？他知道你是老幾呀？他從未與你爹相認，你也沒見過他，沒與他相處過，他對你而言，就如同路人甲一般。你以往未與他相識，以後也不必相識。這不是咱家冷情，亦是他所期盼。」

阿曄年紀尚小，一時難以理清這複雜的情感關係，只得點點頭。

何子衿感慨一回，阿曄問：「那爹和今上感情深嗎？」

何子衿道：「我們都沒見過皇帝，可說句掏心窩的話，咱們這些年在北昌府順順利利的，一則你爹當差用心，從未有過紕漏，二則陛下對咱家多少有些照顧。雖從未相見，也得領陛下的情。」可要說親也談不上，無非是兩兩相念，互不相見罷了。

阿曄點頭。

何子衿擺擺手，不提這些心煩事了，笑道：「你這回來也沒好生歇一歇，去休息一下吧。你那屋子自入冬我就讓人把炕燒上了，就是被褥得換一換，想來這會兒也換好了。」

阿曄聽他娘的話，就去歇著了。

這回來不過大半天的時間，對阿曄的衝擊不可不大，阿曄被這一樁又一樁的祕聞鬧得，哪裡還有歇著的心啊？他回屋光想自己家裡的事了。自他爹可憐的身世想起，阿曄覺得，他們家能有今天，絕對是當初他爹眼光好，娶了他娘的緣故。

阿曄歇了一宿，第二天才知曉外祖母有了身孕，阿曦去北昌府照顧外祖母。

何子衿把給娘家和親戚的年禮都備好了，與長子道：「你歇好了就把年禮給你外祖母家送去，你這一出去就是一年，曾外祖母外祖父外祖母都惦記著你呢，還有重陽他們都念著你。也別忘了去看看你三姨媽和阿仁舅，這裡還有給李巡撫和蘇參政家的年禮，你都送去吧。」

阿曄應了，道：「我爹去帝都的事，要不要跟外祖母說？」

何子衿想了想，道：「私下同你外祖父說一聲就是，就說是陛下祕旨相召，不好宣揚，別讓人往外說去。」

阿曄又在家歇了一日，因二郎也要過年回家，兩人就一起去北昌府。

江念被急召至帝都，別人家，如紀家就不是擔心，而是各種猜測了。

這事哪怕皇帝祕旨相召，也沒有不叫紀將軍知道的理。事實上，這祕旨先是到紀將軍這裡，畢竟江念是紀將軍手下，紀將軍兼著宣慰使一職，副使出缺，正使得有所安排，以免引人猜疑，故而紀將軍是知道皇帝這道祕旨的，他也知道皇帝病久矣，這在朝廷並不是什麼祕密，如紀將軍這樣的身分，自然能知曉。

紀將軍奇怪的是，這樣的時候，為何皇帝會召江副使覲見？

紀將軍就與妻子說：「先時我就覺得奇怪，江親家才學才幹自是沒得說，看他為官，先時在帝都做了三年翰林，後來外放沙河縣，做了六年知縣，因守縣有功，連升兩級任北昌府同知，之後就是知府、按察使、宣慰副使一路升上來，三年便是半品。他這樣的升遷，在文官裡極是罕見，可見陛下對其愛重。可陛下這般愛重，江親家做官多年，卻從未去帝都述職，這件事，非但是我，想來北昌府官員們也有諸多人不解。」

紀夫人也是個敏銳的，道：「那依你的意思，如何這回陛下急召，可是有什麼緣故？」

紀將軍輕敲几案，「就是這才想不通。要說重臣，朝中多少陛下心腹之臣，江親家這種十幾年未曾面君的自然不能與朝中大員相比，可偏生在這種時候，陛下召江親家去帝都。」

紀夫人尋思一二，道：「這事兒的確奇異，若陛下龍體欠佳，就是相召，也當是你或是李巡撫這樣的邊關重臣吧？」

紀將軍搖頭，「夫人這話就錯了，倘陛下龍體有礙，我們這樣的守關之臣是再不能動的。我就是想不通江親家這樣不上不下的中階官員，北昌府北靖關可以說是一抓一大把，我一直覺得這裡頭定是有什麼咱們不知曉的緣故。」

「你先時不也說何余兩家聯姻聯得稀奇嗎？」紀夫人道。

「這自然是稀奇，現在何家不過五品文官之家，聯姻之時，何家不過從六品門第，彼時余氏女，父親為侍郎，祖父為一地巡撫，那是嫡長女，說與這麼一個寒門出身的低品官員之家，自然稀奇。」

紀夫人道：「何家雖官階不高，人品都是極好的。」

紀將軍道：「這我自然知曉，咱家與何家也一向交好，只是，我就事論事，那高官之家難道就沒人品好的了？」然後又沉吟道：「要說以往猜不透這其中緣故，若我所料不錯，這緣故定在江親家身上。」

「難道不是因那位道長？」紀夫人給丈夫提個醒。

「雖有道長緣故，卻並非主因。」紀將軍道：「道長雖是謝太后的親舅舅，余老夫人還是謝太后的親姑祖母呢。若我猜的不錯，當初余家想聯姻的也不一定是何家。」

「可要依你這般說，余家為何不與江家聯姻？就是那時江家孩子們尚小，待得幾年，如今阿曄也大了，再往下還有雙胞胎也都是招人疼的孩子。」

「這就是我想不通的地方。」紀將軍雖是坐在榻間，依舊是身姿筆挺，「何家實在沒有聯姻的理由卻聯姻了。江家這裡，余家反而也未曾太過親近。」

紀夫人道：「要依你的意思，那就是余家對江家必然要處在一個想親近，卻又不能過度親近的位置，故而，余家不聯姻江家，而是聯姻與江家關係極為親密的何家。」

紀將軍突然道：「當初太宗皇帝晚年，立先帝為太子後，聽聞太宗皇帝忌諱謝太后母族為輔聖一脈，幾番猶豫太子妃之事。當時有一種說法是，太宗皇帝遇到親家母，說是親家母當年還進過宮，太宗皇帝極喜她人品……」

紀將軍這八卦還沒說完，就被紀夫人直起身子斥了去：「胡說八道，咱們家與江家相交多年，親家母什麼樣的人品，我還是曉得的。」

「妳聽我說啊，我並非那個意思。」紀將軍忙遞了盞茶過去安撫妻子，「妳忘了，當初妳隨我去帝都述職，還見過江親家他們呢。那會兒他倆年紀尚小，就好得跟什麼似的，自然不會有那事，可親家母有兩個瓔珞，一個是當初還是皇子妃的謝太后所賜，另一個是太宗皇帝生母胡貴太妃所賜。我想著，當初親家母曾進宮之事，不一定是空穴來風。只是有一點我想不通，如果說當初親家母於謝太后有益，偏生先帝在位時，江親家官運平平，待得今上登基，江親家官運順遂非常。」

紀夫人道：「會不會是今上繼位，太后娘娘說的話，今上不敢不聽？」

「那不能。先帝臨終都要為太后除去今上生母，先帝對太后的情分不是常人能比的。」

紀夫人道：「那事情就不是因親家母的緣故。」而後，輕聲道：「相對於親家母這樣父母雙全，身家清白之人，江親家無父無母，身上不解之處豈不更多？」

紀將軍冷峻的臉上不由浮現一絲凝重。

江念去帝都之事，知道的人不多，但只要知道的，且身居高位的，都各有自己的一番解讀。北靖關如此，帝都城更是如此。

北靖關到帝都，正常一個月的行程，被江念一行人日夜兼程半個月即趕到了。

這座巍巍皇城，十幾年再來，江念有種不自覺的時光恍惚感。

留給江念恍惚感慨的時間不多，既是皇帝祕旨特召，他就得直接隨這些侍衛入宮覲見。到帝都的時間是上午，江念得以陛見已是在下午了，好在宮中對於等待陛見的人都有一份午餐，江念還不至於餓著肚子等。

江念初時是以為皇帝事務繁忙，他排號排到下午陛見。待到陛下寢宮，那濃重藥香讓江念行過大禮後不禁抬頭往御座上望了一眼，那一眼讓江念瞬間明白，陛下怕是到現在方能勉力支撐見他。

以前江念都覺得，對皇帝這種不能訴諸於外的血緣親人，委實淡薄得可以，他將皇帝視為皇帝，並無兄弟之情，可如今見御榻上的男子消瘦憔悴，江念先是震驚，繼而心中驀然湧出巨大的酸楚。這種酸楚竟令一向自制力出眾的江念難以自抑，頃刻間覆頂而來。

「生老病死，人之常情，兄長不必如此傷感，我也只是較常人先走一步罷了。」

這虛弱而平靜的聲音似是喚起江念的理性，江念驚覺時已是淚意難抑，眼中落下淚來，只是他也明白，不要說在皇帝面前落淚合不合適，哪怕對著病人，這樣落淚也會引得病人傷感。江念側頭拭去眼淚，輕聲道：「臣失儀了。」

「坐。」皇帝指了指御榻旁的一張繡凳，待江念過去坐下，方察覺皇帝眼中亦似有微微濕意，顯然皇帝雖年紀較江念略小幾歲，但論及情緒的控制，是遠勝於江念的。

江念輕輕別開臉，低聲道：「我一直以為陛下很好。」

有些人你也許一生一世不願相見，但依舊是盼著他能好的。

皇帝對於江念就是這樣的一個存在，不同於皇帝有著皇族這些血親，江念的血親，除卻兒女，也唯有這麼一位同母兄弟罷了。

皇帝這一生聽過無數好話，唯獨這樣一句「我一直以為陛下很好」，讓他動情。皇帝輕嘆道：「我生於王府，長於錦繡，後更是坐擁萬里江山，雖與生母緣淺，也不算不好了。」

這個時候能說什麼呢？起碼情緒收斂後，江念是不曉得說什麼合適的。

皇帝道：「我小時候一直以為我就是母后所出，後來漸漸長大，方知我另有生母。皇室之中，唯有生母出身低微，方會將子女交由別的妃嬪養育。我是另一種情況，生母在生我時已是王府側妃，只是她不願意撫育我，母后不忍我無人照看，遂將我抱至身邊養育，之後我就一直留在母后身邊。生母對我非常冷淡，這種冷淡當然是有原因的，她很早就看出王府形勢，母后無子，偏生父皇對母后極為敬愛，到後來更是不染二色，這就表示母后會對將來的太子人選產生巨大的影響。我身為唯一養在嫡母身邊的庶出皇子，雖則在兄弟中排行最末，卻因這個原因受到許多清流支持，只是我畢竟不如王兄們年長，儘管是養在嫡母身邊，但我因年紀的原因，終是最後一個入朝當差的皇子……」

沉默許久，皇帝方繼續道：「父皇病中仍是在我與大王兄中難以抉擇，最後父皇問生母與大王兄的生母蘇昭容，他百年後當如何？蘇昭容未明白父皇之意，生母則立刻答，願陛下百年後相殉，隔日父皇立我為太子。」

江念頭一次聽說這等皇室祕辛，一陣徹骨寒意自脊背升起，竟不自覺打了個寒噤。

皇帝彷彿未覺，道：「有時朕時常想，朕生於這宮闈，未必有兄長生於民間更快活。」

江念道：「收養我的人家很好，比我跟在她身邊要更好。」

皇帝唇角微微勾起個弧度，道：「母后待朕也很好，她縱使留朕在身邊，依她的性子，也不會待朕如母后那般好的。」

兄弟二人又是一陣沉默，有一種感情是不能訴諸於口的，如同二人的生母這樣的存在，這真不是一個合格的母親，甚至其所作所為如果被剖開放到太陽底下，不知有多少人會批判這樣道德上有失的女人。如兄弟二人，各有機緣，最終一為帝王一為官員，甚者在他們的生命中，各有合適人選充當了他們母親的角色，可是，親生母親的欠缺，是不是在他們少年時的偶然的一點不經意的時光中會不會想起，如果我的母親，我的生母當年肯養育我，我的生活會是什麼樣子？哪怕沒有現在的權力地位，但跟著生母，會是何等樣的人生？

這樣的想法，對於有恩於自己的養母自然不公平，可這種骨血裡的牽絆，是真真正正存在過的。沉默之後，仍是皇帝率先開口，皇帝道：「父皇是看透了她。父皇過世後，她哀求於我，不欲為父皇殉葬。如果我那時年輕些，怕真會允了她。」

「少年人與成年人眼界是不一樣的。」皇帝似是感慨什麼，良久方道：「我原以為我總較兄長小幾歲，想來今生不必相見的。如今我恐不久於人世，不得不召兄長相見了。」

江念微微欠身，「臣實在惶恐。」

「兄長不必惶恐，你不在帝都，怕是不知曉我這裡的事。」皇帝那枯瘦的臉上逐漸浮現一絲帝王威嚴，他的聲音依舊不大，但就是有一種令人俯首的帝王的氣勢，皇帝道：「朕有七位皇子，皇長子為曹淑妃所出，如今不過十二歲，其他皇子更小。皇后有孕，若皇后產下嫡子，朕會立嫡子為太子。若皇后產下公主，朕就需要在七位皇子中選一位。」

皇帝話至此處不由喘息了一時，江念知皇帝接下來的話必是重中之中，不由正色聆聽。

皇帝略歇了歇，又道：「如果皇后產下公主，朕就會立皇長子為太子。皇長子年紀尚小，一直由生母曹淑妃所養育，曹氏柔媚，做后妃還罷，她是撐不起一朝太后責任的，但她身為新君生母，定會成為另一位太后，而且是對新君影響巨大的太后。朕不能像當年先帝處置凌貴妃一般處置曹氏，那樣會有人挑撥母后與新君的關係。母后對朕有大恩，新君是朕的兒子，朕不願看到這種局面。」

江念哪怕一直在北昌府待著，對皇家之事知之不深，到底不是笨蛋，他輕聲道：「皇后娘娘所懷，是一位公主吧？」

皇帝眼中閃過一抹讚許，眉宇間卻又帶著深深的遺憾，「如果夏神醫沒診錯的話。」

江念心中就有數了，許多話並不需要訴諸於口，蘇家自太宗皇帝時就是帝都名門，不說蘇文忠公輔佐太宗皇帝一朝，而今蘇文忠公之子蘇不語就是刑部尚書，內閣為相。在北昌府的蘇參政，便是蘇不語長子。就是皇帝的髮妻都姓蘇，這位蘇皇后得叫蘇不語一聲二叔祖。蘇家勢大，蘇皇后為皇帝正宮，皇帝哪怕已知蘇皇后所懷多半是位公主，但是一日公主未落地，一日不能明言立皇長子之事。

江念已將蘇皇后排除在權力中心之外，他的大腦急遽思考，除了蘇皇后所懷為公主，皇帝於皇長子這裡這般躑躅，恐怕還有一點，那就是謝太后與曹氏之間恐怕並不算親近。

江念有些不解，既然謝太后與曹氏不親近，那何不立一位與謝太后親近的皇子為太子？

皇帝似是看出江念心中所想，輕聲道：「兄長亦是為人父母之人，長子並無過錯，以後兄長家族族長之位，難道不傳給長子，而傳給次子嗎？這讓長子以後如何自處？何況，皇室之事千頭萬緒，如果沒有嫡子，讓母后來選，母后亦會選皇長子。」

江念幾乎懷疑自己的判斷，難道謝太后與曹氏並無嫌隙？就聽皇帝道：「母后就是這樣的性子，母后一生崇尚大道直行，讓人說不出一個『不』字。她所做之事，樁樁件件都在這堂皇大道之上。當有一日母后做出選擇，不必懷疑，這就是最正確的選擇。」

江念就更不明白皇帝找他來做什麼了，依皇帝所言，只要有謝太后主持大局就是了。

皇帝望向江念，沉聲道：「不論任何時候，兄長都要記住朕這句話，如果母后做出決斷，不要與母后對著幹。母后於朝廷之事，見解遠勝於朕。帝王至尊之位，更迭再所難免，但朝廷不能亂。朕所言之事，不過是朕所慮之萬一，如果朕之後，這個位置有所動盪……」

皇帝輕輕拍一拍手下飛龍扶手，輕聲道：「那麼，請兄長將此信交予母后。」

一封信遞至江念面前。原本江念初見這位皇帝弟弟時，當真是心潮激動，委實很有一番傷感。如今聽皇帝一說皇家這形勢，先時江念那些澎湃的情緒就平靜下來，尤其聽到皇帝介紹他那可怕的嫡母謝太后，還有這樣的密信，江念真是不想接，覺得這事兒太複雜，自己可能管不過來。只是，那隻握著信的手這樣乾瘦，只餘一層青白皮掛在手骨上，江念心中輕嘆，這不僅是皇帝，還是自己的同母弟弟，他不能拒絕這樣的託付。

江念起身雙手接過密信，道：「只希望此信再無可用之機。」

皇帝微微頷首「北昌府雖好，帝都方是風起雲湧之處。兄長在翰林做過編修，如今你身居正四品，翰林侍讀也是四品銜，皇長子身邊還缺一位皇子師，兄長覺得如何？」

江念道：「臣於帝都之事一無所知，陛下安排，便是最好的。」

皇帝又道：「兄之長女，賜婚紀氏。朕聽聞兄長在北昌府，與蘇參政關係亦是不錯。」

江念道：「臣曾與蘇參政同地為官，要說來往是有一些，但僅限於同僚之間的來往。」

皇帝道：「蘇氏乃名門，不瞞兄長，我的皇后亦是出自蘇氏，當年還是皇祖父所賜親事。聽聞蘇參政長女閒雅閨秀，與兄之長子年紀相仿，朕欲再為媒人，不知兄長意下如何？」

江念心知皇帝這是想自家與蘇家聯姻，不過江念並未一口應下，他道：「先時阿曦親事，也是她與阿珍少時相識，我們看阿珍長大，他們亦算是青梅竹馬。蘇家自是名門，只是不曉得蘇家意思，臣實在不好說，這親事還得兩相情願方好。」

「兄長這話自是在理。」皇帝面露溫和之意，道：「母后還未見過兄長，兄長多年未曾來帝都陛見，不若去向母后請個安吧。」

江念起身告退。

雖只是短暫相見，江念實覺這位皇帝之深不可測，他原以為此為祕密相召，皇帝卻直接讓他去向謝太后請安。此等行事，遠超常人。若說先時江念還存著皇帝是靠謝太后扶持登上皇位的念頭的話，此際已是真正承認這位皇帝能登上皇位，除了謝太后的扶持外，必與其身之出眾習習相關。

這並不是位兒皇帝，這位皇帝自有心機城府，那麼，為皇帝這般推崇的嫡母謝太后，這位自太宗年代起，與先帝並肩從太宗皇帝嫡子悼太子手中奪得儲位，進而登上太子妃、皇后乃至太后寶座的娘娘，當是何等風采？

謝太后居於慈恩宮，慈恩宮歷來是太后居所，這座宮殿太祖皇帝的母親程太后住過，太宗皇帝的母親胡貴太妃住過，先帝生母在先帝做皇子時就過世了，故而無緣慈恩宮，如今住在這裡的是謝太后，這位於江念來說，已是傳說中的人物。

謝太后的傳說很多，當然，傳說這種東西，活得久了，自然就有了。

不過，謝太后不一樣，謝太后年輕時就是傳奇人物。

謝太后的傳說之多，江念這種久居北昌府的人都聽得一二，至於真假，難以考據。可以考據的有兩件事，第一件，這位太后是太祖皇帝開國以來，第一位自皇子妃、藩王妃、太子妃、皇后、太后做齊全了的人。東穆開國時間尚短，而今歷經四帝，就是太祖、太宗、先帝和今上，這四位皇帝的母親，如太祖之母程太后，亦是一流人物，太祖皇帝自己活著時都說了，沒有太后，就沒有東穆江山，可見這位太后對於東穆江山所做功績。這位太后也是歷經兩朝，一直執政到太宗朝方過世。這位太后自然是位牛人，但因丈夫沒做過皇帝，故而只做了太后。太宗皇帝之母胡貴太妃是做過太后的，卻沒有做過皇后，至於太子妃這種更是沒影兒的事。這位貴太妃據聞出身很是尋常，為人亦不討其婆婆程太后喜歡，能做太后，完全是因為肚子爭氣，生了太祖皇帝唯一的兒子太宗皇帝。及至先帝，先帝生母早逝，故先帝在位時，宮中並無太后。再至今上，就是如今居於慈恩宮的謝太后了。端看這四位太后，論福分亦屬謝太后為首，此乃第一可考之事。

第二可考之事就是，為何太宗皇帝生母只得一胡貴太妃之名，要知道這位貴太妃可是做過太后的，當初太宗皇帝甫一親政，就將生母封為太后尊位。胡氏與謝太后不睦，連遠在北昌府的江念都能聽聞，可見並非祕事。這位太后其實一直到先帝登基，還做了十年的太皇太后，及至先帝崩逝，太皇太后前後腳跟著閉了眼。人們要籌備太皇太后喪事時，謝太后拿出當年程太后遺旨，程太后遺詔裡啥都沒寫，就一句話，胡氏卑賤，不可尊為太后。要說程太后的遺旨怎麼在謝太后手裡，那就是小孩兒沒娘說來話長了，具體如何，江念也不清楚，但就因此道遺旨，胡貴太妃這做了三十幾年太后十年太皇太后的女士，現在皇室的皇子王孫，幾乎皆負有胡氏血脈，就是這樣的一位皇室長輩，硬生生被謝太后拉下太皇太后的尊位，最終以太皇貴太妃的位分下葬妃子園，而非與太祖皇帝合葬帝陵。

這兩件可考之事，讓江念在邁進慈恩宮之前，多了一分警醒與恭謹。

今上與嫡母關係融洽，慈恩宮修葺得自然雅致氣派。

江念是頭一回來慈恩宮，雖則行止端謹，仍用眼角餘光掃過慈恩宮一二建築。讓江念意外的是，慈恩宮的建築並不如何富麗堂皇，反而是大氣簡樸為美。那樣的紅簷黑瓦，形成一種獨特的赫赫威儀。江念站在廊下等待宣召，未見梅樹，卻似有淡淡梅香襲來。

江念並未久待，一時就有內侍出來，宣江副使進去說話。

慈恩宮非常暖和，暖若三春。一進室內，梅香更濃。

江念行過大禮，一個溫和的聲音道：「江副使起身吧，賜座。」

有宮人搬來錦凳，江念躬身坐了。

「江副使什麼時候到的？」

「臣上午進宮，下午面聖。」

謝太后微微一嘆，揮手示意，宮人便悉數退下。

謝太后方道：「不論皇帝有什麼事有什麼話，你都要應下。」

江念沒想到謝太后會說出這樣的話來，就是親母子，在此權力交接之時，怕也要心裡多轉幾個彎。謝太后只是養母，卻能說出這樣的話，看來皇帝所說嫡母待他極好並非虛言。

江念連忙道：「陛下吩咐，臣自然遵旨。」

謝太后看他一看，道：「那就好。」

謝太后道：「當初我因緣見過子衿，只是沒見過你，這些年聽說你在北昌府當差很好，也算沒辜負陛下所望。」

江念謙虛客氣一句：「都是臣職責所在。」

「皇帝既召你回帝都，想是願意你留在帝都任職的，陛下可說讓你轉任什麼官職？」

「陛下的意思，令臣轉任翰林侍講，補皇子師之位。」

謝太后頷首，「這也好。」又道：「既然要補皇子師之位，如今皇子們也該放學了，不如就見見諸皇子吧。」

江念這才知道，原來幾位皇子現在都在一處念書，不禁微微放心，如果皇帝讓他單獨做皇長子的先生，未免太過著眼。

謝太后這一吩咐，幾位皇子來得也快，最小的七皇子今年也入學了，一塊來的還有兩位公主。皇子皇女們向謝太后見過禮，謝太后問他們今日下雪可冷，又問了幾人功課。江念很敏銳地注意到，謝太后竟然對皇子皇女們的課程一清二楚，而且，她還會提問幾句，問得還頗是地方。這一聽就是內行，只有熟讀經史之人，方能問得這般恰到好處。若有皇子皇女答不太明白，謝太后還會為他們加以講解，引經據典，隨口拈來。

不說對謝太后的恭謹，一見謝太后這等學問，江念立刻都有回府備課的衝動。

待問過皇子皇女們的功課，謝太后方道：「教阿煊和阿熠的李學士因守孝回鄉，皇子師便空出一位。」與兩位皇子道：「這是翰林院新來的江侍讀，江侍讀是太宗年間的探花，最有學問不過，以後就是教你們史書的先生了。」

兩位小皇子瞧著個頭年紀都差不多，江念與兩位小皇子見了禮，兩位皇子齊聲道：「江侍讀不必多禮。」

謝太后與江念道：「這是皇長子煊，這是皇次子熠。他們同齡，打小就是一起入學，一起念書的。」又說兩句讓江念好生教導皇子讀書之事，就讓江念退下了。

江念起身告退，謝太后道：「今天有雪，天也晚了。」接著吩咐宮人取一件玄狐氅，與江念道：「這是皇帝常服，剛剛皇帝那裡打發人送過來的，你們身量相仿，拿去穿吧。」

江念鄭重謝過太后厚賜，恭敬地捧著狐氅退下了。

江念離宮就回了自家在帝都的家，如今是何洌和俊哥兒、興哥兒在住，江念一到，把三個小舅子嚇一跳，何洌忙接了姊夫進屋，余幸已命人打來溫水供江念洗漱，又有侍女捧來新茶點，余幸連聲吩咐廚下上些吃食。

江念道：「還不餓，待晚間一起吃就好。」

余幸道：「姊夫還是先墊補些，這天兒冷呢。」

知道江姊夫這般突然來了帝都必是有事，余幸把這些事安排好就帶著丫鬟下去了，讓他們男人家自去說話。俊哥兒與興哥兒都聞訊過來了，俊哥兒道：「姊夫怎麼突然來了帝都，先時沒得著半點信兒。」

江念端起熱茶喝了兩口，「陛下祕旨相召，如今我已轉任翰林侍讀。」

三兄弟被這事驚得更是摸不著頭腦，這也忒突然了，他們姊夫好端端在北靖關做宣慰副使，突然就回帝都轉任了翰林侍讀。三兄弟都做了官，如今連興哥兒也知道一些官場規矩，譬如帝都官員外調，一般都會升半品，就是說，你七品帝都官外任，就能謀個從六品的缺。換句話說，要是從六品的地方官轉任帝都，一般會低半品，補個七品缺。先說江姊夫這個，在外正四品，回帝都還是正四品，這就挺稀奇的。

何洌在翰林當差，對這侍讀一事消息就格外靈通，道：「自李侍讀回鄉守孝後，盯著李侍讀留下的位置的人不知多少。先時李侍讀還是皇子師呢，姊夫，陛下有沒有說皇子師的職司怎麼著啊？」

江念道：「陛下讓我一併兼了。」

何洌鬆口氣，「那就好。」起碼說明他姊夫是實實在在的高升。

俊哥兒道：「姊夫，你十好幾年不來帝都陛見，都四品官了，也該來了。」

興哥兒問：「姊夫來得這麼急，家裡可好？」

一說到家裡，江念就把皇家那點事拋諸腦後了，有些低鬱的眉眼添了幾分暖意，想到妻兒，心腸都柔軟起來，溫聲道：「我來得急，也沒顧得上多安排，如今我既要在帝都為官，子衿姊姊必得過來的。岳父那裡，還是得想個法子，一道回帝都府的好。」

何洌很是贊同這事，「就是，一家子團聚，方得熱鬧。」

江念笑，「還有件喜事你們都不知道呢。」

「什麼喜事，莫不是我們又要做舅舅了？」

江念笑，「倒不是做舅舅，你們是要做哥哥了，我呢，又得做一回姊夫了。」

三人差點驚掉下巴。

江念爆料了一回岳父岳母的喜訊，遂起身道：「我這剛來，還得去義父那裡請安。」

何洌道：「如今這也到了晚飯的時辰，姊夫不如吃了飯再去，不然這會兒過去，舅舅定也是要留飯的。」

「是啊，吃過飯，咱們一塊去。」俊哥兒也道。兄弟幾個都與舅家十分親近。

江念想了想，道：「這也好。」

江念還是頭一回見俊哥兒的媳婦杜氏，杜氏已育有一子，笑著與江念見了禮，江念連忙還禮，杜氏笑道：「阿烽還小些，沒抱他過來，明兒個再叫他來向姊夫請安。」

江念道：「明天暖和些再見是一樣的，外頭冷，別折騰孩子了。」

俊哥兒與姊夫道：「你說也怪，媳婦武功厲害得很，捶我時很是捨得下手，對阿烽那真是恨不得含在嘴裡。」

杜氏氣笑，「別胡說，我哪裡有捶過你？」

大家都是一樂。

余幸讓長子次子見過姑丈，江念是見過阿燦的，阿炫是頭一回見，不禁感嘆：「當初阿燦與你們來帝都時還抱著呢，如今也是大小夥子了。」

何冽感慨：「何嘗不是如此，看著他們，就覺得自己老了。」

江念挑眉，「敢在我面前稱老，你才多大？」

江念笑與孩子們道：「來得急，啥都沒帶，讓你們姑媽來了給見面禮吧。」

阿炫年紀尚小，阿燦已是很穩重的小男子漢了，阿燦一本正經道：「姑丈過來，就比什麼見面禮都強，我爹和二叔三叔平日裡可是沒少念叨姑丈呢。」

江念含笑聽了，心中不禁想，皇長子也不過大阿燦一兩歲，這樣小的年紀，怕是轉眼就要接掌這萬里江山，那稚嫩的肩膀，可扛得起這千斤重擔？

一家子高高興興用過晚飯，江念方去沈素那裡。沈素是知江念身世的，一見江念，臉色微變，直接就想到皇帝因病不上朝久矣。今江念回朝，可見皇帝龍體恐怕已不能支撐。

沈素只是問了些路上勞累的話，又問了姊姊一家，見江念面上難掩倦色，就打發江念回去歇息了。因何冽並不知江念要來，也沒是前預備屋子，興哥兒道：「姊夫與我一起住，我正想同姊夫說話呢。」

江念與小舅子也沒什麼客氣的，他連日趕路，實在是倦到極處，幾乎沾枕既眠，只是半睡半醒間，彷彿想到了什麼，大腦敏銳抓住那一瞬間的靈光，繼而驚出一身的冷汗。

他總覺得在慈恩宮彷彿有何未竟之事，一時卻想不起來，如今突然想到，為何謝太后沒有問他朝雲師傅之事？謝太后只這一位嫡親舅舅，謝太后不關心朝雲師傅嗎？

不，絕不可能！

每年一車車送往北靖關的東西，都是上上等之物，可為什麼謝太后不問？

謝太后不問，只有一種可能，那就是，她對朝雲師傅的情況一清二楚，無須問他。

這是不是同樣說明，對於與朝雲師傅極親近的江家，謝太后亦是一清二楚，所以這位太后說：「我聽說你在北昌府當差很好。」這完全不是客套話，謝太后說的「我聽說」，是真真正正的聽說。我聽說，我知道，我對你瞭若指掌。這不是炫耀，這是事實。

你這位皇帝的同母兄長，我早對你瞭若指掌，甚至我的舅舅對你恩重如山。

江念猛地自床上坐起身，一滴冰冷的汗珠順著髮間鬢角緩緩滾落，此時此刻，他終於明白皇帝那句：一旦母后做出選擇，不必懷疑，那必是最正確的選擇。

這句話所代表的是，謝太后無與倫比的自信，以及強大的赫赫權柄。

江念把興哥兒嚇個半死，以為姊夫發癔症了呢。

江念擺擺手，「沒事沒事，就是突然想起一些事。」

興哥兒端盞溫水給姊夫，道：「姊夫想什麼事呢，先睡吧。」

江念喝半盞水，重又躺下，思維一清晰，便歸於理智。朝雲師傅身邊有朝廷的人這太正常了，江念早就同子衿姊姊做過分析的，他家與朝雲師傅走得近，會被關注很正常，謝太后知道他家一些情況，也是再正常不過的事了，何須如此憂慮？

唉，或許真是被謝太后嚇著了。

要是謝太后問一句朝雲師傅近況啥的，他不會多想，偏生謝太后一句不問，他這可不就想多了嗎？江念暗道，就是謝太后知道他家的情況也沒啥，他一向行得正坐得直，沒啥虧心之處，當然，除了偶爾照顧一下親戚啥的，這也不算什麼錯處，誰不照顧親戚啊？

江念自我安慰一番，方睡了過去。

第二日清早晨練時，江念一見著太陽心情就舒展多了，還沒用早飯，紀珍就過來了。紀珍道：「昨天聽換班的同僚說岳父來了帝都，我昨天排的晚班，就早上過來向岳父請安。」

「真個囉嗦，可用過早飯了？」

「還沒呢。」

「正好一道用。」

興哥兒還打趣：「阿珍真是孝順老丈人啊！」

紀珍才不怕人打趣，他與興哥兒差不了幾歲，響亮道：「那是，昨天我就想飛過來！」

江念聽他們鬥嘴，用過早飯就讓紀珍回家歇著去了，紀珍做侍衛是要輪班的，輪到晚班也就是能偷著打個盹兒，全靠白天歇著。江念自去吏部辦就職手續，只是他宣慰司副使的差使還沒交接好呢，就得去翰林當差。

江念惦記著宣慰司的差使未做交接，特意問了吏部侍郎這事，侍郎大人笑道：「江大人補的是翰林侍讀，此差使原也不忙，江大人去北靖關與新任宣慰司副使交接也無妨，只是陛下點了江大人兼任皇子師，殿下們的功課再耽擱不得的。好在新任宣慰司副使還未上任，如今就在帝都，江大人不如與新副使說說宣慰司的差事。」

江念問：「不知新任副使是哪位大人？」

「謝蘭謝大人。」

江念不知謝大人是哪個，侍郎大人道：「就是承恩公府上的謝二老爺。」

江念就知曉是謝太后的娘家人了，連忙謝過侍郎大人的指點。

侍郎大人笑道：「江大人不必如此客氣，以後咱們同朝為官，少不得來往。」江念剛來帝都不清楚，侍郎大人可是知道李翰林留下的皇子師之位有多少人盯著呢，結果硬叫這位外任的江大人搶了先，可見這位江大人雖是外任官，說不得有什麼了不得的背景啊。

吏部侍郎有意相交，江念也不笨，輕輕鬆鬆就接過侍郎大人遞過的橄欖枝，親親近近說起話來。二人熱絡地聊了兩句，尚書大人那裡就有人來知會江侍讀可以進去了。

江念畢竟是轉任四品高官，這任命手續還需尚書大人親自過目方可。侍郎大人道：「我們尚書大人最和氣不過的。」

江念辭了侍郎大人，就去了尚書大人辦事的正廳。

江念沒想到這房間裡還有另一位服紫大人，就坐在吏部李尚書下手吃茶，見他進來很是溫和地微微頷首。此人抬首間，已令人心生讚嘆，真個好儀容。不同於這位吃茶的大人，吏部尚書李大人有些冷淡，只是神色雖冷淡，李大人之形容相貌卻是儒雅非凡，不愧是當年的帝都雙璧。說來尚書大人年紀已是不輕，如今算著也得六十了吧，瞧著仍如四十許人一般，連江念都不禁想，倘自己六十上有這樣的形容氣韻，也算沒白活。

江念心念電轉間就明白了另一人的身分，連忙與兩位尚書大人見禮，另一位就是刑部尚書蘇不語蘇尚書了。

蘇不語道：「你認得我？」

江念道：「下官曾在北昌府與蘇參政同地為官。」

蘇不語哈哈大笑，「這話假，我那幾個兒子沒一個生得像我，他們都長得像母親。」

江念臉上一窘，老實答道：「是下官想到，李尚書原有帝都雙璧之稱，見大人形容氣韻與李尚書不相上下，故而猜出是大人在此。」

蘇不語笑，「這話是真話。」

李尚書接過江念手裡上任的公文，先略略看過，道：「殿下們的功課不能耽擱，今天江大人去翰林就任，再去韋相那裡問一下殿下們的史學功課學到何處了，餘者就按殿下們念書的時候準備好給殿下們講的功課就好。」

江念起身應下。

李尚書在就任文收上蓋了大印，蘇不語將茶盞一擱，起身與江念道：「走，我帶你去韋相那裡。韋相事務繁忙，你要自己去，可是有得等了。」

江念十分客氣，「哪敢勞煩尚書大人？」

蘇不語道：「走吧走吧，陛下要給我們兩家做媒，我總得問問你家小子的境況。」

江念就跟著蘇不語去了，一路上就聽蘇不語問得相當不著調。

蘇不語道：「你家小子長得如何？」

江念做爹的人，給兒女說親都是先問品行的，如蘇尚書這種先問相貌的，著實罕見。江念很謙虛地表示：「不算上佳，比下官略好些罷了。」下官江念因貌美，乃探花出身。

蘇不語看一眼江念，道：「江大人太謙了。」

「不謙不謙，實話實說罷了。」

蘇不語道：「那依江大人看，我們兩家這親事如何？」

江念心裡對這親事其實早有想法，江念道：「要是尚書大人不棄，將蘇兄長女許配與我那長子，著實是我那長子的福氣。」

蘇不語有些漫不經心，「我家中還有孫女，亦是品貌出眾之人。」

江念懇切道：「實在是拙荊看阿冰長大，阿冰及笄禮，還是請我家拙荊做的主賓。其實哪怕陛下不提兩家做親之事，我家拙荊原也有意替我那長子求娶阿冰的，只是還不曉得蘇兄與蘇相的意思。」

蘇不語一笑，「那成吧。」

要說皇帝想做的這樁大媒，蘇不語開始不真不大樂意，倒不是對江家有什麼意見，只是皇帝這麼一說，兩家就得結親，把蘇家當成什麼了？要擱平時，蘇不語真不能應，沒這麼不問人家願不願意就上趕著做媒的。自來親事，倘兩家情願，請皇帝做個大媒是錦上添花，哪裡有這種問都不問蘇家一聲的。當然，要擱皇帝身康體健，也不會提出蘇江二家聯姻之事。皇帝龍體欠安，況縱皇帝的面子能掃，蘇不語不想掃謝太后的面子。他與謝太后是少時的交情，謝太后親自與他提這事兒，謝太后說得明白：「江家子去歲已是舉人，頗有文才，並非不堪之人。他們兩家在北靖關就交情不錯，倘此事實在不合適，我也不會強迫你兩家做親。」

謝太后都這般說了，蘇不語不能不給謝太后這個面子，只是事關孫女終身大事，蘇不語怎麼著也要過來見一見江念。江念相貌還是比較過關的，當年江念探花出身，蘇不語彼時在刑部任侍郎，當時就見過江念，就是對沈素，蘇不語更早就認識的。但這是蘇江兩家親事，沈素什麼的，蘇不語又不是跟沈家結親。江念相貌不錯，再一打聽，其長子生得比他還好，當然，蘇不語有些懷疑是江大人在吹牛了。不過，江念相貌的確不差，江太太亦是貌美之人，他倆的長子，難看的機率不高。

不過，真正讓蘇不語滿意的是江家對蘇冰的求娶，不是隨便哪個都可以的蘇家的女孩，得是知根知底的蘇冰，這說明江家對這樁親事一樣是慎重的，而不僅是為了與蘇家聯姻。

這樣的態度，才能讓蘇家真正願意聯姻。

蘇不語直接把親事應了，叫江念有些吃驚，他一見蘇不語就猜到親事怕要有些不順。

蘇不語笑，「吃驚什麼，只要你家是誠心的，我自然願意孫女嫁個好人家。」又跟江念打聽：「聽說你家沒有納妾的風氣？」

「絕對沒有，我家裡人都專一。」江念道：「過日子雖沒有什麼大富大貴，可都是夫妻白頭，且敬且愛。」

蘇不語道：「這點最好，我家裡也沒有亂七八糟之人。」蘇不語自己在蘇家是庶出，年輕時身為帝都雙璧之一，桃花頗盛，不想成親後卻是個極其專一之人，家中兒女皆為嫡出。

兩人雖輩分上差一輩，不過對婚姻態度極是一致，一路上倒不至於沒有話說。

及至內閣，蘇不語帶江念到休息的一間屋子，「你且坐一坐，我去與韋相說一聲。」

蘇不語亦是閣臣，進內閣自是便宜，江念就得等一等了。

有蘇不語的面子，一時就有人出來令江念過去。韋相如今任內閣首輔，這位老相爺曾是今上帝師，李侍讀歸鄉守孝後，給皇子們講史的差使就由韋相暫且兼著，只是韋相事務忙，他的課時安排得比較簡單。今江念接了皇子師一職，韋相道：「我整日忙於瑣事，於學問上到底生疏了。江翰林探花出身，才學自是好的，只是，兩位殿下年紀尚小，江翰林給殿下講習學問時，務必要細緻方好。」

江念鄭重聽了。

韋相大致與他說了史書講到何章何節，說些給皇子講課的注意事項，就讓江念下去了。

韋相念叨：「蘇不語這手可夠快的，怎麼這江翰林剛任皇子師，他就這般熟絡了？」

禮部葛尚書道：「蘇尚書向來八面玲瓏，朝中比他人面更廣的也就內務司唐總管了。」

韋相一笑，未再多說。

江念見過蘇相就去翰林院報到了，他手續都辦了下來，還是做皇子師的美差，雖然惹人眼紅，不過，江翰林這差使已是到手了，再眼紅也沒用。官場之中，哪個不是識時務之人，不論再如何眼紅，過來交好的更多。

江念就在翰林院做起官來，他原就是翰林出身，如今重回翰林院，有幾位老翰林他是認得的，只是更多的新翰林則瞧著面生，與掌院學士打過招呼，江念就開始當差。

雖則江念幹的是人人羨慕的皇子師的差使，江念心裡想的還真不是這人人欣羨之事，他一門心思想的都是，他回不了北靖關，妻兒怎麼來帝都啊？這麼大冷的天，他擔心得要命。

這麼擔著心，江念回家先跟小舅子們商量，得派人去接妻兒。這些事，小舅子們自然無二話，何洌道：「現下北昌府正冷，不如著人去跟姊姊說一聲，先收拾東西還罷，待過完年再啟程才好，路上也好走。」

江念道：「我也這樣想，我寫封信給子衿姊姊。」與何洌道：「你也給岳父岳母寫封信，同岳父商量一下是不是岳父任期到後回帝都做官。要是岳父答應，咱們這裡好提前備著。」

好差使可不是說有就有的，得提前尋摸著，走走關係啥的。

何洌也應了，姊夫小舅子們一通商量，晚上把信寫好，第二日就著人往北昌府送信去。

江念還得同新任宣慰司副使交接宣慰司的差使，江念不在北靖關，只能大致說說。謝蘭雖出身承恩公府，謝太后的弟弟，正經國舅，為人並無驕奢之氣，很是仔細地同江念打聽了一回。江念聽謝蘭說是要過年再去上任，便道：「我來帝都後，宣慰司的事應該是祝副使接掌。祝副使是宣慰司的老人，謝大人有什麼不明白的，只管問祝副使，祝副使極是和氣。」

謝蘭這裡對宣慰司之事先心裡有個數，見江念與他說得仔細，回家還說：「江翰林委實是個謙遜之人。」

江念自己不曉得，他這一來，雖則官職不高，卻是引得朝中矚目。

不少人都說，這姓江的時老幾啊，就做皇子師？

甭管姓江的是老幾，這皇子師還真就姓江的做了，姓江的還做得遊刃有餘。

待皇帝賜婚的聖旨一下，不少人就覺得自己明白了，想著怪道是姓江的搶了這香餑餑，原來是與蘇家聯姻了。既是這般，大家也就都服氣了。蘇家出手，咱們誰也幹不過。

當然，這是一知半解之人的淺見罷了。

不曉得內情的大佬們普遍認為：江翰林雖是探花出身，但能在朝廷裡排得上號的，探花學歷都是稀鬆尋常。這江翰林到底有什麼特別的本領，能讓家中子女先後聯姻朝中權貴？

大佬們好奇得都想調查一下江翰林的出身了。

不過，現在誰都沒這閒心，因為皇帝的龍體是眼瞅著一日不如一日了。

這一年冬至祭天，皇帝都未能成行，令皇長子代祭，這是一個不大好的信號。

便是江念，對同母的皇帝弟弟感情有限，也不禁憂心忡忡。

憂心的不止江念一個，也不止朝中諸臣，連帶北靖關接到江副使轉任翰林侍讀，宣慰司副使一職由謝蘭接任的聖旨時，紀將軍率先令加強邊關防守。

當然，紀家也聽說了皇帝對江曄的賜婚，賜婚蘇氏女。

紀將軍與妻子道：「江親家看來是不回北靖關了，親家母那裡都是婦孺，就阿曄略大些，不過十五歲，還是個孩子呢，妳過去看看可有需要幫襯的。」

紀夫人道：「我已去過了，我看子衿是早有準備，她都開始收拾行李了。」

紀將軍問：「年前就要走？」

紀夫人道：「不是，說是過了年再啟程。」

紀將軍點頭，「這也好，眼下正冷著，這麼一大家子，天寒地凍的不好行車不說。他們這麼走，咱們就不能放心。」

「可不是嗎？」紀夫人道：「也不曉得江親家在帝都如何了？」

紀將軍道：「這個時候過去必是重用。放心吧，阿珍也在帝都呢，正好叫他這做女婿的好生孝敬一下老丈人。」

紀夫人不由莞爾。

何子衿很快收到江念的信，也接到皇帝賜婚的聖旨。江念信裡將賜婚的原由都與子衿姊姊細說了，何子衿倒挺喜歡這樁親事，與朝雲道長道：「先時我就隱晦地與蘇夫人提過，皆因阿曄不在家，出去遊學了，這才沒正式提及。」

朝雲道長頷首，「這親事倒也做得。」仍是一副矜持樣兒。

何子衿反正是眉開眼笑，與阿曄說時，阿曄就有些彆扭了，何子衿問他：「怎麼，你還不願意啊？阿冰多好啊，你們從小就認得，咱們兩家認識這些年，也算知根知底了。」

阿曄眼睛瞅著別處，道：「別的事還好，就是那丫頭一向瞧不起我作的詩。」

何子衿問：「你怎麼知道啊？」

阿曄道：「我們詩社每次在蘇大人家開詩會，她都看蘇二哥整理的詩冊，還會拿給阿曦看。您說，她們兩個丫頭懂得什麼品鑒詩文，偏生裝出很懂的樣子，批評了這篇，批評那篇，就沒一篇好的，還笑話我們作的詩酸。」

何子衿忍笑，「這麼丁點兒大的事，阿曦也笑話你，你怎麼就不說了？」

「我那不是拿阿曦沒法子嗎？」

「行了，要是就為這麼點小事，不值當的。你說說，阿冰還有沒有別個不好的地方？」

阿曄實在想不出來，他娘道：「你們男孩子哪裡懂得女孩子的心呢？要是瞧不上你，人家女孩子說不定都懶得看你寫的詩，更別提說你的詩酸了。」

阿曄尋思道：「娘，那依您說，蘇冰早就對我有意？」

何子衿笑，「我與你說，譬如一位美人，風華絕代，傾心於她的王孫公子不知凡幾，怎麼才能得到美人的心呢，你知道嗎？」

「投其所好唄。」

「不對，越是這樣的人，她受無數追捧，你想引得她注意，第一，不能理她，別人越追捧，你就要適時的冷淡，這樣她才能看到你。她看到你，你才有機會接近她。如果與那些追捧她的人一樣，美人是看不到你的。」何子衿道：「你想想，你自小相貌出眾，你爹做官也順利，這北昌府的閨秀你見過不少，你記得幾個?倒是笑話你詩酸的阿冰，你就記得了。」

阿曄有些不好意思，「娘，我可不是美人。」

「就是這麼個意思。」何子衿道：「你以為人家阿冰沒人娶呢。先不說門第，就說阿冰自己，相貌人品都是上上好的，何況她家裡人也都是明理之人，你與蘇二郎同窗念書這些年，又一道考的舉人，一道出去遊學。你不願意娶阿冰，難道願意隨便給你說一個不知道底細、面目模糊的閨秀？」話說，何子衿勸人當真是一把好手，拿蘇冰跟不知底細面目糊塗的閨秀一比，阿曄立刻道：「我也沒說不願。」

「那不就是願意嗎？」何子衿道：「你要願意，明兒就與我往北昌府走一趟，商量下聘之事。還得把你爹寫給蘇大人的信帶上。唉，咱家沒有提前跟蘇家商量訂親之事，陛下直接賜婚，到底不大好。」

阿曄道：「蘇家會不會不願意?我聽說，李巡撫似乎也有意與蘇家聯姻的。」

「不會，今年阿冰及笄禮，還是請我做主賓的呢。」何子衿一副很有把握的模樣，阿曄就放心了。何子衿道：「去的時候你好生打扮打扮，扮得俊俏些，叫老丈人家瞧著歡喜。」

阿曄道：「咱們兩家都認識這些年了，我啥樣，他家早就知道。」

「真是個傻小子，原來人家是看同僚家的孩子，你就是沒優點，也得找出優點來誇呢。如今你是做女婿的，沒缺點人家也得擔心你以後能不能待人家閨女好。」

阿曄一副無所謂的模樣，結果轉頭就把過年新做的袍子給穿上了。

何子衿：虧得先時還擺出一副不大樂意的嘴臉，白費那些唾沫星子啦！

阿曄這不樂意是有些裝，蘇家是真的有些懵，一接這賜婚聖旨就懵了，雖然他家也將阿曄列入了女婿人選，但蘇家可還沒定呢，怎麼你江大人跑一趟帝都，就把賜婚聖旨給請下來了，是不是就顯著你家跟皇帝熟啊？我們家老爺子也是御前紅人好不好？我家老爺子非但是御前紅人，還是太后跟前紅人！

蘇參政接到聖旨很是不歡喜，私下說江家張狂，不把他家放在眼裡，請旨壓人。

蘇夫人勸了一回丈夫：「咱們認識江大人這些年了，人家何嘗是個張狂人？要我說，這裡頭定是有些緣故，不然江大人不會做這樣不周全的事。」

蘇參政道：「有什麼緣故能說都不說一聲，就請旨把別人家的閨女許配給他兒子？」

蘇夫人道：「現在就惱，未免輕率，江家肯定要給咱家一個解釋的。」

江家的解釋還沒到，蘇不語的信先到了。

蘇參政見信後惱意就去了七分，蘇尚書在信裡與他說了，蘇尚書在帝都見了江大人，聽說江大人兒子生得很好，比紀玉樹不在話下，因他們幾個兒子生得太醜，蘇尚書定要給孫女尋個俊女婿，就定了江大人那比玉樹還要俊三分的長子江曄做孫女婿。謝太后知曉此事，要做媒人，請陛下賜下親事。

蘇參政看他爹信上說他生得醜，有些不服，蘇參政與妻子道：「我當年也算俊俏之人，只是不好與父親相比罷了。」話說世間有幾人有他爹的相貌啊？要不是生得太好，當年他爹回帝都也不會被女娘用大果子砸暈。就憑這被果子砸的事兒，蘇參政寧可生得平凡些。

蘇夫人笑道：「較之女婿還是差幾分的。」立刻就改口叫阿曄做女婿了。

蘇參政道：「不就生得好些嗎？」

蘇夫人笑，「哪裡是生得好些，你知道多少人打聽阿曄？自他中了舉人，我看李大人家都有意把孫女許給阿曄，只是他家三孫女定了何家三郎，自然不好與江家聯姻，輩分也不對。那會兒江太太就很有相中咱們阿冰的意思，可阿冰還沒及笄，她又不似阿曦一般，非訂親不可。我就說了待阿冰及笄再議親，要不是阿曄與二郎出去遊學，江太太怕早就開口提了。我主要是看中阿曄這個人，這樣的少年俊才，縱門第略差些，只要人品好，有出息，況且江太太早與我說過，她家孩子都不納妾納小。這一點就比李家要強了，李巡撫雖身邊清靜，可李巡撫家幾個兒子，身邊都有二房妾室的。咱們阿冰雖不說千嬌百寵長大，可這是咱們的小女兒，又不指望她聯姻權貴，倒不若江家這樣的清靜人家。再者，江大人比老爺還年輕一些，他這官位也不算低了，如今江大人回翰林院任職，以後不見得前程就差了。」

蘇參政道：「我何嘗小看過他的前程，他此次回翰林任職，還兼任皇子師。妳別忘了，今韋相能做首輔，皆因當年做過今上先生的緣故。」

蘇夫人有些驚訝，「江親家做了皇子師？」

其實這對於蘇家並不算什麼太好的消息，要知道，蘇皇后有孕，皇帝龍體欠安，今年冬祭都是皇長子代為主持。如今滿朝都盯著蘇皇后這一胎，蘇皇后只要誕下皇子，憑蘇氏的門第，蘇皇后正宮的地位，必然會立為太子。這個時候，江念被召回帝都轉任皇子師一職，而且，父親都沒與自己商量就定下了長女的親事，蘇參政不禁有些黯然：蘇皇后這一胎，只怕多是一位公主了。

世間從不乏聰明之人，即便蘇皇后這胎可能是一位公主，但蘇皇后一日未曾生產，是皇子還是公主的結論，誰都不會下。

蘇參政屏棄雜念，在江家過來商量親事時，打起一千兩百個精神考校起女婿來。

蘇夫人則是眉目歡喜地接待了江太太。

何子衿先是帶著兒子回了趟娘家，何老娘與沈氏顯然也聽說了皇帝陛下給兩家賜婚的消息，一家子都是眉開眼笑，沈氏道：「阿冰是好姑娘，跟阿曦也好，再般配不過的親事。」

何老娘跟在一旁點頭，拉了自家丫頭在身邊，壓低了聲音，神祕兮兮問：「我聽說阿冰她祖父在帝都做尚書，是不是真的？」她老人家的眼光一向很實際。

何子衿點頭，「蘇太爺如今是刑部尚書。」

何老娘一拍巴掌，讚道：「咱阿曄果真有福分！」

阿曄忙解釋：「主要是蘇姑娘人品好。」

何老娘笑呵呵地瞧一眼曾外孫，覺得也就這樣的親事才配得起自家親外孫。瞧這小模樣生得多俊呀，還有學問，小小年紀，就是進士。何老娘正得意曾外孫的親事，想他讀書人，又小孩子家，未免臉皮薄，就道：「曉得曉得，她要人品不好，就是公主也不好結親的。蘇姑娘人品好，家裡也好，這不是好上添好，更好嗎？」

阿曄很有些不好意思，覺得曾外祖母市儈，他曾外祖母還說：「小孩子家，就愛面子。」然後自己做一總結：「讀書人都這樣，虛頭巴腦的，不實在。」

阿曄險一口老血噴出來，他……他咋成不實在的人啦？

反正何家人很為阿曄高興，用何老娘的話說，誰家結親不看門第啊，她親曾外孫有才有貌，家裡日子也過得，當然是盼著曾外孫娶好人家的姑娘了。

蔣三妞與何琪過來，說起話也都誇這親事結得好，只是說到江念回帝都做官的事，大家都有些不捨。江念一走，何子衿這一大家子必得跟去帝都的。

何子衿就說起她爹這差使來，沈氏道：「妳爹也正尋思呢，他任期還有一年，不急。」

蔣三妞道：「叔嬸就在北昌府吧，有我們孝順著不也一樣？」

沈氏道：「在北昌府住熟了，真覺得是個好地方，只一樣，我就是想孫子們，阿炫和阿烽都還沒見過呢。」

何老娘與蔣三妞道：「要是回帝都，咱們就一道回。」

何子衿道：「阿文哥和阿仁哥的差使剛下來。」

「什麼差使啊？」何老娘問。

蔣三妞及何琪臉上都帶著笑，蔣三妞道：「就先時不是有個官員參咱家一本，說咱家私自把孩子們的戶籍遷到北昌府來以利科舉。江念跟相公和阿仁商量著，先時家裡不寬裕，就行了商路，如今家裡日子過起來了，倒不若把這生意交給掌櫃打理，正經尋個差使。咱們做糧草生意好些年了，阿念給在北靖關安排糧草上的差使，任命剛下來，明年去當差就可。」

何老娘一聽有這事，先問：「是幾品官兒啊？」

何琪笑，「都是正八品。」

何老娘一拍大腿，「這可是喜事。」與她們道：「這剛開始做官，官位不高，阿念跟阿冽他爹是從七品開始做官的，大寶和興哥兒他們皆是如此。當官雖不如經商來銀子多，到底體面，這經商掙銀子再多，也買不來誥命。叫他倆好生做官，以後妳們也能一人掙身誥命。」

何老娘想著家裡又多了兩個當官的就很高興，「先前也沒聽妳們說。」

何子衿道：「這事兒還沒成的時候，哪能先嚷嚷得半城人都曉得呢？咱家現在正在風口浪尖，還是低調些好，悶頭吃肉就行了，不然叫些眼紅咱家的人提前知道，反是壞事。」

何老娘笑，「妳自小就心眼多。」

「那也是跟祖母您學的啊！」何子衿道：「這事也巧，阿念在去帝都前辦下來了，合該阿文哥和阿仁哥有這運道。」

就江念給胡文及江仁謀差使這事，胡江兩家都是感激得很。

胡家一直是官宦之家，胡太爺多明白的人，不要說是正八品，就是正九品，也願意孫子去做官，而不是做生意。胡老太太陡然知道這事，心喜之餘與胡太爺道：「阿文這孩子，除了少時念書不大通，為人處事，尤其眼光，再沒得說。」

胡太爺也悄聲道：「這孫媳婦娶得好，過日子也旺家。」

「是啊，還孝順。」要說北昌府的氣候是真的沒法與蜀中老家相比，只是在北昌府跟著孫子過日子，真是比跟著兒子痛快百倍。在老家，兒媳婦每個月定時找她哭窮，無非就是惦記著她那些私房。在北昌府，孫媳婦每個月都要孝敬她銀子，她有自己的私房呢，哪能要孫媳婦的銀子。孫媳婦說姑祖母那裡也是一樣的，胡老太太才收了，卻也單獨放著，想著以後補貼給曾孫們。到了胡太爺、胡老太太這把年紀，已不是計較錢財吃喝的時候了，只要小輩們日子過得有勁頭兒，老人家就高興，自己精神頭都好。

胡老太太道：「這眼下要怎麼著，重陽先時都是跟著阿念的，如今阿念去了帝都，你說重陽這裡，咱們是不是得提前商量出個章程來？」

胡太爺拈鬚尋思半晌，道：「我與阿文商量再說。」

胡老太太問：「你是怎麼想的？」

胡太爺道：「重陽這孩子，與阿文就是一個模子刻出來的。孩子是好孩子，就吃虧在不會念書上。阿文有了差使，以後總有一條路走。重陽我自是願意他跟著阿念的，不說別的，這念書上，二郎三郎都還成，他們能考出個舉人，就好捐官了。重陽不同，他也就捐個監生，可又是長子，平日裡也疼弟弟們。如今阿文產業都置起來了，做生意的事有掌櫃們就行，重陽這裡，他先時跟著阿念就不錯，如今阿念去了帝都，就是再過去打個下手也是好的。長些見識，且他還年輕，待年長些亦可謀一差使。」

胡老太太點頭，「是這個理。」

胡太爺笑，「別看重陽這孩子念書不大成，他這性子其實適合做官。」

胡太爺與孫子商量重孫的前程時，胡文道：「子衿妹妹過了年就帶著孩子們去帝都，雖則有道長一路同行，我還真有些不放心，讓重陽跟著也好。還有一樣，二郎我也想讓他跟著重陽一起去帝都，跟著羅大儒念一年書，後年秋闈之年，再回來秋闈。重陽這一去帝都，把家宅置辦好，以後二郎和三郎回帝都也有安置的地方。」

胡太爺點頭稱是，胡文道：「祖父，您要不跟祖母也一塊去帝都吧，帝都天氣好，也能給重陽他們安安心。」

胡太爺放心不下孫子，道：「重陽和二郎雖不大，卻也都是懂事的孩子，他們去了帝都，重陽跟著阿念，二郎念書，我並不擔心。我擔心的是你這裡，你這剛謀下差使，要是先時阿念在北靖關做宣慰副使，倒沒什麼好擔心的。宣慰副使正管軍中錢糧之事，他這一走，縱有紀家與他家為姻親，紀將軍日理萬機，知道咱們與阿念是親戚自然會略照應些，可這做官與做人是一個道理，總指望別人照應焉能長久？再者，一旦出了紕漏，阿念的面子也就沒了。我跟你祖母再住上一年，你這差使上的事，雖軍中與地方不同，想來差別也不大，待你這裡站住腳，我與你祖母再去帝都。」

胡文道：「我這都是做祖父的年紀，還讓祖父為我操心。」

胡太爺笑，「能操心是好事，真叫我什麼都不幹，人就廢了。」兒子是指望不上，可看著孫子日子越過越好，胡太爺也是打心眼裡高興，想著家族興旺之日不遠了。

胡太爺與胡文商量得妥當，再與重陽和二郎說的，兄弟倆都沒意見。胡家統一了方向，胡文和蔣三妞夫妻找何子衿商議，何子衿笑道：「阿念走得匆忙，多虧重陽清楚他手上的事，與祝副使交接時格外清楚。祝副使都誇重陽能幹，就是三姊姊阿文哥不說，我也想問一問你們呢。只是這次阿念是在翰林院，比較清閒，重陽去了，可能真就是跟著跑腿了。」

胡文道：「多跑跑腿沒什麼不好，帝都裡達官顯貴多，跑跑腿也跟著見識一二，他這個年紀，正該勤快些著。我跟阿仁起初做生意，迎來送往的時候也多的是。」

蔣三妞就將長子一家與次子託付給何子衿了，說了自家打算，就說到讓重陽到帝都置宅的事，何子衿還說：「一處住就是了。」

蔣三妞笑，「眼下自是無礙，可也得為以後想想。二郎讀書科舉娶妻生子，還有三郎，子子孫孫的，先置下宅子，也叫他們學著過日子，不然總是跟著長輩們，學不會自立。」

何子衿道：「這也是，二郎眼瞅也大了。」

蔣三妞道：「妳到了帝都，若是見著人品好的閨秀，幫二郎留意一二。妳的眼光再不能差的，只要妳相中的，我就樂意。」

何子衿笑道：「行啊，要是有合適的姑娘家，我倒願意做這大媒。」

不想，何琪也託了何子衿同樣的事。何琪一想到大寶的事就愁得要命，何琪道：「只要正經人家出身，士農工商都可以，只要大寶願意，好妹妹，妳幫我看著些。」

何子衿想著，大寶的事也實叫人愁，便道：「以往咱們離得遠，如今我去帝都，自然要問一問大寶的心事。」

何琪悄與何子衿道：「要是大寶還是想著隋姑娘，妹妹也捎信來與我說一聲。我如今也想通了，千金難買他樂意。只要他喜歡，別的都罷了，我這裡也幫著他問問隋姑娘的意思。」

家裡人團聚了一回，何子衿這裡準備好六樣禮物，先著人給蘇家送了帖子，待蘇家有了回信，何子衿就帶著打扮得光芒萬丈的長子上門拜訪了。

蘇夫人與何子衿本就相熟，如今兩家就要做親，更不是外人了。何況，今日江女婿還特意打扮過。哎喲，江親家就是探花出身，江女婿這相貌更是集爹娘之精華長成的，屬於那種街頭布衣也穿出高大上氣質的類型，本就俊得叫中老年喜歡，這會兒特意打扮出來，蘇夫人瞧著笑意更盛，道：「阿曄過來了。」

阿曄忙端正行禮，道：「見過岳母大人。」他嘴還挺甜的。

蘇夫人眼神都快笑飛了，連聲道：「莫如此多禮。」

何子衿想兒子先時在家還一副不大樂意的模樣，這會兒偏這般諂媚，心中對長子前後不一之舉很是鄙視，面上還是笑咪咪地道：「家裡接到旨意，我就趕緊收拾了帶著阿曄過來。」又把丈夫寫給蘇家的信拿了出來，「這是我家老爺讓我送給親家的，老爺說，在帝都遇到蘇老親家，他很是仰慕蘇氏風骨，咱們兩家認識這些年，孩子們都是看著長大的，老爺就同蘇老親家提了親事，沒能先過來同嫂子和親家商量，真是失禮。」

蘇夫人接了信，因信上寫了是「蘇兄啟」，並沒有直接就看，蘇夫人笑道：「既是我們家老太爺定的，那就更沒錯了。原本阿冰的親事，也要去信跟太爺和老太太商量的。」

蘇夫人沒有半點不悅，或者故意拿捏一下親家，還圓了一下這事，以免使親家臉面上過意不去。說起江親家回帝都轉任翰林侍讀的事來，蘇夫人道：「這也是再想不到的。」

何子衿道：「可不是嗎？來信說讓我們明年都去帝都，我想著，咱們怎麼也要先把訂親禮過了才好，不然豈不委屈了阿冰？」

訂親禮什麼的，江家在北靖關時舉辦，自然會盛大些，如果江家去了帝都，再回北昌府可能性不大，屆時要怎麼辦訂親禮呢？有許多人家，譬如離得遠的，都是交換訂親信物，迎娶前再行下聘，也就是訂親了。如何冽、俊哥兒的訂親，何冽當年是余幸在祖父母這裡訂的親，婆家人齊全，奈何娘家父母不在身邊，未免就覺得委屈。俊哥兒是反過來的，岳家就在帝都，俊哥兒當年是父母不在身邊，訂親成親都是舅家代為操持的，以致於沈氏與何恭現在還沒見過二兒媳。何子衿就想趁著她在北靖關，先將兩個孩子的訂親禮過了。

何子衿又道：「阿曄訂親的聘禮，我早就開始攢呢，他們兄弟姊妹都是一樣，小時候一人一份。就是沒料到阿曦訂親那樣早，阿曄這裡早就準備好了的。」

阿曄聽到他娘與他岳母都討論聘禮的事，難得他厚臉皮，不害羞正豎著耳朵聽，蘇二郎就過來了。蘇二郎也是翩翩少年郎，只是年紀較阿曄年長兩歲，個子較阿曄略高些，不過模樣就不若阿曄俊美了。

蘇二郎與何子衿見過禮，笑道：「江嬸嬸好，我聽說嬸嬸來了，特意過來請安。」

何子衿道：「二郎不是來向我請安的，定是大舅子來看妹夫的。」

蘇二郎臉皮薄些，聞言笑道：「主要是向嬸嬸請安，看小舅子是捎帶。我跟阿曄自小就認識，都在一個床上睡過覺，誰還不知道誰啊？」

何子衿道：「行了，你們年輕人自有話說，不必在我們跟前立規矩。」

蘇夫人道：「二郎念叨阿曄好幾日了，你們自去說話吧。」

蘇二郎主要是來看看江曄咋這麼厚臉皮，敢娶他妹妹。

好吧，對於每個哥哥而言，恐怕就是天上神仙配自己妹妹，大抵也是略有不足的。

阿曄特理解蘇二郎的感覺，就道：「二哥，你這會兒特別討厭我吧？」

蘇二郎與阿曄可不是認識一天兩天，兩人還結伴出外遊學，知道這傢伙心眼多。原本做朋友挺好的，突然之間阿曄要娶自己的妹妹，蘇二郎就覺得，妹妹那樣簡單質樸的性子，嫁給這傢伙，可不得被這傢伙糊弄得團團轉。

蘇二郎道：「你要是待阿冰好，我就不討厭你了。」

阿曄鬆口氣，「當初阿珍跟我妹妹訂親，我也是這樣想的。」他還無師自通找同理心。

蘇二郎道：「你好跟阿珍比？」

「不好比，我都是舉人了，他連個功名都沒有。」阿曄一副惆悵嘴臉，「我都擔心以後阿曦跟著他沒飯吃。」

蘇二郎：我妹夫的臉皮到底有多厚？

阿曄道：「二哥你放心吧，我以後一定是本本分分上進掙錢，給妻兒過好日子。我家還有家規，但凡家裡男子都不納小的，我這個人也很專一。就是，就是我家裡門第不比你家，怕叫阿冰妹妹受委屈。」

蘇二郎才不理這話，道：「那我家門第這麼高，怎麼你先前還同我做朋友啊？你還沒自卑到土裡去啊？」

阿曄厚著臉皮笑，「我知道二哥你不是那樣的勢利人。」

蘇二郎哼一聲，問阿曄：「你家怎麼也沒事前同我家說一聲，就請旨賜婚呢？」

阿曄連忙正色解釋：「咱們認識這些年，我家豈是這樣的人？」又問蘇二郎：「你家老太爺信上怎麼說的？」

蘇二郎聽到「你家老太爺」五字有些不悅，阿曄忙改口：「祖父，祖父。」

蘇二郎道：「祖父說你長得好，可他又沒見過你，哪裡知道你長啥樣？」

阿曄道：「祖父是沒見過我，可是見過我爹啊，而且，二哥你以前也誇我少年俊才，怎麼現在就橫豎看我不順眼了？」

「我真是求你了，那都是虛誇，隨口說的，你也信，你咋這樣實在啊？」

「我家人都實在。」

蘇二郎瞪他道：「別想轉移話題，與我說說到底是怎麼一回事。」

阿曄道：「你想想，祖父在信裡都沒說，我爹能在信裡說啥，就說陛下賜婚，還說這事有些倉促沒同你家提前說好，特意寫了信讓我娘交給岳母呢。我也覺得怪，原本我娘說早就跟岳母委婉提過，就因先時咱們在外遊學，阿冰妹妹還未及笄，就想等我回來提的。」

蘇二郎眯著眼盯阿曄一眼，突然道：「這麼說，你早就打我妹妹主意了？」

「冤枉。我回來，我娘才跟我說的。」

蘇二郎又道：「這麼說，你先前根本沒看上我妹妹？」

阿曄汗都下來了，二舅子先時就有交情，還不算太難說話的。

待見到岳父，阿曄這才明白他娘的話。

岳父蘇參政以前多和氣的人，每次見他都笑咪咪的，一口一個「賢侄」，如今一見他就皺眉，阿曄都不曉得自己是哪裡招岳父的眼。

好吧，蘇岳父純粹是看他這一身穠紫繡花長袍覺得太過花哨，天知道這是江女婿過來時特意打扮的，帝都最流行的料子，繡花其實都暗紋繡，也就衣衫領口繡了一些，並不張揚，結果蘇岳父道：「如今你也大了，就得穩重。」

阿曄連忙應了，坐得筆直。

蘇岳父心說，真個笨的，我是說你的坐姿嗎？是穿戴！

蘇岳父瞥江女婿身上這袍子，聽說現在帝都女眷流行著紫，這花哨顏色，好吧，這花哨顏色也就江女婿這等容顏才能壓得住，換第二個人穿就是俗豔，江女婿硬能給穿出俊雅來。不說江女婿才學，就是這相貌，想來父親見了也定是喜歡的。

蘇岳父看江女婿坐得端正，就考校起蘇女婿的學問來，道：「先時你與二郎出去遊學，不知可曾增長見聞？」蘇岳父正經二榜進士出身，書香世家，學問自然不差，即便撂下書本多年，也直把阿曄考校出一身冷汗，生怕哪裡答得叫岳父不滿意，覺得他沒學問。

蘇岳父其實是越考校越滿意的，心裡忖度著江女婿學問下科春闈可有幾成把握，最後蘇岳父把壓箱底的學問拿出來，才算是把江女婿問住。

待聽到江女婿那句：「還請岳父指教。」

蘇岳父這顆小心臟才算熨貼起來，道：「念書還需用心。」方與江女婿解說起學問來。江女婿被蘇岳父問得，大冬天汗濕衣襟。一時岳母著人叫去用飯，江女婿都有些沒精神了。蘇岳父道：「小小年紀，沒得垂頭喪腦，像什麼樣子？」

江女婿心說：世上簡直沒有比女婿更難做的差使了！

蘇岳父一邊提醒他學問上的不足，還指點他兩本教材，讓他回去多讀，與他道：「你現在的學問就介於二三榜之間。這二榜三榜的差距，不說你也明白。其實就是上了二榜，倘不能入翰林，亦是進士中的二流罷了。眼下還有兩年光陰，好生用功，別在春闈上栽跟頭，不然縱日後為官，也不過是二流人物。」

好吧，雖然被岳父從頭批評到腳，但岳父這些話著實是苦口婆心的良言。

看江女婿態度端正，蘇岳父面色稍緩，心中多了些許滿意。

經過蘇岳父的考校，江女婿見到岳母，才稍稍恢復信心。雖是內外分坐兩席，蘇夫人總是命人傳話出來，一時道：「這個小酥肉是阿曄愛吃的。」又命人送出魚來，囑咐他：「小心刺，別扎著了。」

江女婿笑咪咪地起身道謝：「勞岳母惦記，小婿只恨不得過去親自服侍。」

蘇岳父、蘇二舅子：滑頭！

江女婿一邊感受著岳母的疼愛，還很有眼力地為蘇岳父斟酒，照顧蘇岳父吃菜。

蘇二舅子道：「要不是咱兩家結親，我都不曉得阿曄你有這般殷勤的時候。」

阿曄笑道：「都說一個女婿半個兒，我在家怎麼服侍我爹的，我就得怎麼服侍岳父。」

蘇岳父險些笑場，笑斥：「莫如此油嘴滑舌。」

「這是心裡話。」阿曄還與蘇二舅子道：「二哥，你以後去岳家也莫要拘謹，只當自己家是一樣的。你看，岳父岳母多疼我啊！」

蘇二郎道：「你這話說得，我爹都不敢不疼你了。」

「二哥你別吃醋，岳父早就看我好，現在只有看我更好的。」

有蘇二郎與江女婿說相聲一般，蘇岳父未免多喝了兩盞，險些喝醉，待送走江親家，蘇夫人念叨丈夫：「女婿頭一回上門，看你這做岳父的，女婿沒喝幾杯，你喝得渾身酒氣。」

蘇岳父道：「那小子滑頭得很，我一杯喝完，立刻就給我斟滿，其實我也沒喝多。」

蘇夫人道：「女婿頭一回來，能不熱心嗎？你自己沒個譜兒，還怪女婿？」命丫鬟去取醒酒湯，給丈夫灌了兩碗，蘇參政酸得直皺眉，蘇夫人又抱怨兒子：「你也不看著你爹一些。」讓兒子也吃一碗，蘇二郎連忙道：「我又沒喝多少。」

蘇夫人看兒子神色清明，頷首道：「還好你是個可靠的。」

「行啦，」蘇參政道：「阿曄又不是外人。」對兒子道：「你去歇息吧。」

蘇二郎就下去了，蘇參政才問妻子江親家過來是怎麼商量親事的，蘇夫人笑，「我原想著她家就得過來說親事，沒想到江親家把聘禮單子都擬好了。」說著取出來給丈夫看。

蘇參政細細看了一回，道：「這麼些東西，倒不像倉促間籌備出來的。」魚酒之類的現置辦都來得及，就是一些寶石、首飾、字畫，這都是要積攢的。

蘇夫人道：「親家母多有成算的人，江家雖說是寒門出身，可親家母這過日子尋常人也比不了的。聽說是早就開始攢的，幾個孩子一人一份。」

蘇參政看江家這聘禮也得兩萬兩銀子，與妻子道：「阿冰成親，公中有五千兩，咱們再出一萬五千兩，正好與親家的聘禮持平，妳自己的私房我不干預。」

蘇夫人笑，「這你別管，我有數呢。」又不禁道：「以前我就說親家母會過日子，卻沒想到她家底如此殷實。」

蘇參政道：「親家雖是寒門出身，不過是祖上沒做官的，他家都是本分過日子的人，無非家中吃用，孩子們懂事，並非奢侈紈絝，親戚們也都知上進，自然能存下家底。」

蘇夫人笑，「是啊，說來親家家裡條件已是不錯，難得阿曄他們幾個還努力上進。」

蘇參政道：「此方為興旺之家。」其實如蘇家這樣的書香世宦之家，從來不排斥與寒門聯姻，只是寒門得看什麼樣的寒門，如江家這樣的，蘇家就很樂意。因為江家不論自身，還是親戚，都是明白人，而且家裡子孫教導得明白，一看就不是敗家貨。這樣的人家，蘇家一向敬重。但如果是剛做了官就分不清東西南北的寒門，不要說世宦之家，就是眼光略長遠的好人家，聯姻都會慎重。總之，蘇參政一家都很滿意與江家的聯姻。

蘇夫人見丈夫無甚意見，道：「那就待親家母卜了吉日，趁著親家母還在北靖關，就把阿冰的親事定下來。」

「也好。」蘇參政道：「江親家這一次回了帝都府，怕就一直在帝都任職了。」

蘇夫人嘆道：「是啊！」心裡又很捨不得閨女，道：「我與親家母商量了，待阿冰十七上再成親，親家母也應了。」

蘇參政心裡算了算，道：「大後年是春闈之年，如何定在兩年後？要不就明年，要不就大後年，偏定在後年，那正是春闈前念書的關鍵時候，豈不叫女婿分心？」

「成親哪裡會分心啊？成親之後只有更加上進的，人家不都說先成家後立業嗎？」蘇夫人道：「我嫁你時，你也就是個舉人，一娶了我，立刻就中進士了。」

蘇參政道：「我那會兒念書平平，又考不到一甲，早點成親晚點成親有何差別？我看女婿頗有捷才，他年紀正小，於男女事上素來檢點，何不安心苦讀三年，倘能榮登一甲更好。」

蘇參政提及女婿春闈就只往一甲上想，可見蘇參政對女婿期待之高啊！

蘇夫人道：「不過是訂親，成親的事以後再商量也成，自然是要以女婿前程為要。」

蘇夫人又與丈夫商議：「咱們阿冰的親事有了著落，二郎的親事你是怎麼想的？」

蘇參政道：「妳不是說李家大姑娘不錯嗎？」

蘇夫人道：「咱們兩家，一個巡撫，一個參政，都在任上，儘管兩家要好，這親事好不好結呢？」官場上各種避諱也得考慮到。

蘇參政道：「李巡撫在巡撫任上連任三屆，若所料不差，明年必然要外調的。妳先同李夫人委婉把這事提一提，倘李家有意，我再與李巡撫商量。」想到帝都傳來的有關陛下龍體的消息，蘇參政道：「要是兩相便宜，親事還是早些定下的好。」

蘇夫人點頭，「這也好。」

柒之章　重返京城攬風雲

何子衿帶著兒子辭別蘇親家回娘家，因阿曄吃了幾杯酒，路上冷，就讓兒子與她一起坐車，還問蘇參政都與他說了些什麼。

阿曄道：「岳父就是考校了我學問，讓我用心念書。」

何子衿看他臉有些紅，摸摸他的臉，感覺微熱，問他：「喝了幾杯酒？」

阿曄道：「就喝了三杯，岳父喝的多，我看他快喝醉了。」

何子衿笑，「你也別灌你岳父酒，看他喝多，就該勸著些。酒這東西，適量就好。」

阿曄悄悄道：「我瞧著岳父是一見我這女婿太高興，就多喝了幾盞。」

何子衿道：「沒考得你一身冷汗？」

「開始題目挺容易的，說著說著就深了，我有些不清楚的，岳父給我講了講，還送我兩本書，叫我認真看來著。」阿曄道：「岳父倒沒說我學問不好，就說我現在學問在二三甲之間，還要繼續努力才行。」

「你岳父定不是糊弄你的。」以前是同僚家的孩子，見面誇一聲少年俊才就是，這做了女婿，就格外盡心了。當然，期待也高。一聽蘇參政這話，就知對阿曄春闈頗多期望，起碼三甲是絕對不成的。

阿曄也想著，這眼瞅要娶媳婦了，倘是春闈考得不好，豈不是叫媳婦沒面子，他來岳家也沒面子。可是得好生念書啊，阿曄比較要面子地想。

母子二人回了娘家，何老娘特意問阿曄到岳家順不順利，有沒有被為難。阿曄不好意思說，何子衿接了閨女捧上的茶，笑道：「哪裡會為難他，親家母叫廚下做了一桌好菜，大都是阿曄愛吃的，比我這親娘還盡心呢。」

何老娘與沈氏都聽得眉眼彎彎，阿曦道：「蘇伯母就是這樣和善，以前我去，蘇伯母也細心得很，都會叫廚下做我愛吃的菜。」

沈氏笑，「這跟妳當初去可不一樣，妳當初是客人，妳哥這回是女婿。」

何老娘笑咪咪地瞧著重外孫，「是啊，自來丈母娘看女婿，都是越看越歡喜。」就是她看重外孫，也挑不出一點不好。真是個招人疼的孩子，越看越喜歡。

阿曦上下打量她哥一眼，就說：「哥，你怎麼穿這麼一身啊？阿冰最喜歡男孩子莊重，你可別總穿得這麼花裡胡哨的。」

阿曄道：「我這身怎麼了，哪裡花哨了，繡花也是暗紋。」

何老娘道：「不花哨不花哨，這衣裳也就你哥配穿了，別人都穿不出這樣的俊俏來。」

阿曦道：「我就給我哥提個醒。」

阿曄不領情，「妳這醒兒提得不是地方。」

阿曦氣得哼哼兩聲，結果，阿曄傍晚又去跟他妹說好話，還解釋一句：「我看岳母看我這身衣裳很喜歡，哪裡知道冰妹妹不喜呢。妳說，我能怎麼打扮，總是順了哥情失嫂意。」又哄阿曦：「好妹妹，我知道妳是為我好。」

阿曦自來就是個心大的，她哥一跟她說好話，她就原諒她哥了。然後，阿曄看她高興，就說：「說來，先時我都沒想過我跟冰妹妹能成，我這會兒腦子都有些懵呢。」

阿曦道：「這有什麼懵的，議親肯定是要尋相熟人家，咱娘早就相中阿冰了。」

「妳怎麼之前沒提醒我一聲啊？」

「你不是出去遊學了嗎？又找不到你。」

阿曄道：「我就是遺憾，我跟阿冰妹妹沒有像妳跟阿珍一樣，自小青梅竹馬的。再說，咱們這一走，怕是再回不了北昌府了。」

阿曦雖心大，人又不傻，看她哥這拐彎抹角的，就道：「你是不是想我幫你把阿冰約出來啊，還是想我幫你送信啊？」

阿曄笑讚：「妹妹妳真是水晶心肝兒啊！」

阿曦被她哥讚得渾身起雞皮疙瘩，不由鄙視道：「你自小就是九曲十八彎的脾氣。」看她哥努力拍她馬屁的樣子，還是應了。只是，阿曦跟她曾外祖母說：「我哥也不知從哪兒學來的這些甜言蜜語，就為我幫她約阿冰，把前頭十幾年沒同我說的好話，一下子都說全了。」

何老娘笑得險噴了蜜水，「妳年紀小，不曉得男人都這樣，定了媳婦就跟蜜蜂瞧著鮮花一般。妳外祖父當年去妳沈曾外祖母家裡，就瞧上了妳外祖母，他這心一動，妳是不曉得啊，我們那會兒住縣裡，妳外祖母家是鄉下，離有二十里地呢，坐車都得半天。他念書十天歇一天，只要遇到休息的日子，就往鄉下跑，還騙我說是去找妳舅爺問功課。」

阿曦八卦道：「這麼說，我外祖父和外祖母是一見鍾情來著？」

「是啊，阿曄這脾氣就是像妳外祖父。」何老娘還替阿曄跟阿曦說好話：「反正親事也定了，妳就把阿冰叫家來說說話，叫妳哥看兩眼，他就安心了。」

阿曦道：「我都答應他了，還不曉得阿冰應不應呢。」
何老娘道：「我們阿曦出馬，還有辦不成的事兒？」
阿曦拿喬，「我主要是看不上我哥那有事兒不直說的樣兒，真叫人瞧不上。」
何老娘忍笑，「讀書人就這樣，一肚子的委婉。」
「阿珍哥就不這樣。」
「阿珍又不念書，他家是打仗的，打仗的人都實誠。」
不管怎麼說，阿曦還是答應她哥了。
阿曦與蘇冰是好朋友，她在北昌府外祖母家，沒事時也常往蘇家去，平時就沒少跟蘇冰來往。這回又去了，理由也不是請蘇冰到她家玩，是想約蘇冰一起去廟裡燒香。這會兒兩家就要訂親了，蘇冰肯定不會到何家去的，多不好意思，燒香就能考慮了。
阿曦勸她：「一起去吧，寺裡梅花都開了，咱們去嘗嘗寺裡新炸的油果子，可香了。別的年咱們都去的，怎麼妳今年就不陪我了？」
蘇冰略作推卻，看阿曦這樣，就道：「成吧。」
兩人約了時間，阿曄聽說是去燒香，道：「阿冰妹妹定會帶著蘇二哥一起的。」
阿曦道：「真個笨，蘇二哥又不是不通情理，你去寺裡訂兩間香房，一間早早燒上炭盆，另一間不要燒，到時阿冰一心疼你，不就叫你進去了。」
阿曄對這個妹妹另眼相看，道：「阿曦妳竟有這等智慧。」
阿曦很鄙視地想：這個都是宮姊姊話本裡的老橋段了！

其實哪裡用阿曦這法子，蘇冰又不傻，一聽說去廟裡燒香就想到了。阿曄想見見蘇冰，蘇冰自小在北昌府長大，也不是那等扭捏女孩兒，自也想見見阿曄。故而雖是帶著蘇二郎，也沒耽擱蘇冰與阿曄見面。

就是，人家小未婚夫妻在裡間香香暖暖地說著話，阿曦與蘇二郎只能坐在沒生火的另一間禪房冷颼颼吃茶了。阿曦還好，帶著手爐腳爐，蘇二郎啥都沒帶，一時蘇二郎就覺得冷得受不住了，看外頭太陽好，起身道：「曦妹妹妳坐著，我去外頭看看梅花。」

實際上是出去曬太陽了，結果，這一曬就不知曬到哪兒去了。

原來是李家姊妹來廟裡燒香，大家都在北昌府，早就認識，蘇二郎過去打聲招呼。李家姊妹知道阿曦和蘇冰來了，遂過去相見，見到阿曄，李三娘笑，「阿曦妳燒香也不叫我。」

阿曦道：「咱們有緣，這不就跟下帖子相邀一樣嗎？」

既遇著李家一行，中午阿曦做東請客，大家一起在寺裡吃素齋。

阿曦回家問他哥：「如何？」

阿曄道：「妳這消息一點都不準確，阿冰妹妹還問我如何穿得灰頭土臉，讓我穿得再鮮亮些，也喜慶。」

阿曦覺得奇怪，「以前阿冰明明總說你穿得花枝招展的。」

「有這事？」

「那可不，我怕傷你自尊才沒跟你說的。」

阿曄搔搔沒毛的下巴，感慨道：「看來阿冰妹妹以前說我的詩酸，說不得也是說反話，其實心裡對我的詩才喜歡得不得了。」

阿曦被她哥這自信給噁心到了。隔天她哥買了她喜歡的點心給她，阿曦吃一口點心，阿曄就有事要她去辦。他寫了封信，要阿曦做小信鴿郵遞員。

阿曦感慨：「世上哪有白吃的點心啊！」

何老娘笑，「這就叫吃人嘴軟。」

阿曦替她哥跑腿，還不忘問蘇冰一句：「妳以前不總說我哥穿得花哨嗎？」

蘇冰一邊看阿曄寫給她的信，一邊道：「以前妳哪裡曉得，妳哥一出門就大閨女小媳婦的圍著看他，他還使勁兒打扮，生怕別人看不到他似的。」

阿曦道：「現在他出門也是有許多人看啊！」

蘇冰道：「以前他又沒跟我訂親，現在他都跟我訂親了！」

阿曦噴一口老血，「以前我怎麼沒看出妳相中我哥來？」

「也不能說相中吧，他生得那樣好，只要不是個瞎的，都看得到。」蘇冰把信看完，仔細放袖子裡，「原本這皮相只是外在，我以為除了我祖父就沒有既生得好又本分的人了，沒想到妳哥竟也是個本分人。」

「什麼叫竟也是啊？我哥一直就本分。妳看我爹，我爹生得也好，對我娘多專一，阿珍哥也是這樣的。」別看阿曦在家時常與她哥拌嘴，在外頭可維護她哥了。

蘇冰笑嘻嘻地學著阿曦的語氣：「阿珍哥也是這樣的。」

阿曦大大方方道：「本來就是啊！我早跟妳說過我哥是個好人來著，原來妳還不信，妳這怎麼又突然信了？」

蘇冰還真跟阿曦說了，蘇冰道：「妳看妳哥自然是樣樣都好，可妳不曉得，這世上男人能有幾個是端莊人呢？還有一種人，仗著自己有些家世，有些才學，有些相貌，就做出一副花花公子的噁心嘴臉來。這樣的人，我是最瞧不上的，妳知道我祖父不？」

帝都雙璧的傳說，哪怕自小生長在北昌府的阿曦也是聽說過的，阿曦點頭道：「當然聽說過，我聽說妳祖父當年俊得天昏地暗，日月無光。」

蘇冰被阿曦逗笑，「也沒那麼誇張，但也是挺俊的。妳想想，我祖父年輕時，那時我家比現在還要興旺，我曾祖是太宗皇帝的內閣首輔，我祖父少時就中了舉人，之後春闈就是一甲探花，家裡還是相輔，就這樣的出身，這樣的品貌，我祖父成親後都是不沾二色，對我祖母一心一意的好。那些不知所謂的下流人，論出身，能比得上我祖父當年相府出身？論才學，能比得上我祖父是一甲探花？論相貌，能比得上我祖父當年帝都雙璧的名聲嗎？這樣樣都比不得，偏生還要作出一副風流才子狀，好像不嫖個名妓家裡沒幾房妾室，就配不上他那才貌人品一般，什麼東西啊？這樣的人白給我都不要。」

「我哥可不是這樣的人。」

「我知道，二哥回來都同我說了，說他們出門，還有個江淮名妓看上妳哥了，打發人給妳哥送帖子，請他去喝茶，他眉毛都沒動一下。」蘇冰說到這事，也是挺高興的，覺得未婚夫是個明白人。

「還有這事？」

「是啊，我這才真信了他是個好人。」

阿曦打聽：「江南名妓啥樣啊？」

「這誰曉得，聽我二哥說好看得不得了。」

「她就是個天仙，我哥也不會去的。」

「要不才說他是正經人呢。要是那種骨頭輕的，還不屁顛屁顛趕緊去啊！」

阿曦做起蘇冰和她哥之間的小信鴿，非但負責傳信，還負責傳話，尤其把蘇冰說的話與她哥說了一回，道：「阿冰說你是個正經人。」

阿曄心中得意，「這還用說嗎？我早就正經得很。」

阿曦就跟她哥打聽起江南名妓請喝茶的事，阿曄哪裡能跟妹妹說這個，道：「小孩子家，瞎打聽什麼？」

阿曦道：「咱倆一樣大。」又威脅她哥：「你要這樣，以後休想我再幫你傳信。」

阿曄只得含含糊糊道：「什麼江南名妓啊，長得還不如我呢。」

阿曦：你是因為人家長得不好看，才沒去喝茶嗎？

阿曦覺得，世界觀都被她哥顛覆了。

阿曦認為她哥太會裝了，竟然裝好人裝得這樣像，連她都被騙過去了。

要是別人，被阿曦看穿，肯定要說出來的，但因是她哥，阿曦就沒好意思說，我哥是個大裝貨，阿曦還叮囑她哥：「你以後就是看到比自己好看的也不許亂來，知道不？阿冰最討厭亂來的人了。」

阿曄不以為然，「這世上還有比我好看的？」

阿曦鄙視，「看你這狂樣，阿珍哥就不比你差。」

阿曄道：「我又不喜歡男人，他長得好又怎樣？」

阿曦被她哥噎了個跟頭，回頭就把她哥在江南被名妓請吃茶的事同她娘打了小報告，她娘道：「這個我知道啊，妳哥不是沒去嗎？」

「您怎麼知道的，我哥跟您說的？」

她娘一副高深莫測的臉，阿曦又問：「娘，您知道我哥為啥沒去？」

「為啥？」

「我哥說那名妓長得不如他好看，您說，要是遇上比他好看的，他是不是就去了？」

何子衿道：「世上還有比妳哥好看的女孩子，那就是妳了。」

阿曦深表榮幸，心裡也有些小臭美，「我才不喜歡他那樣成天裝來裝去的人呢。」

何子衿笑咪咪道：「妳哥現在正巴結妳呢，妳也別成天擺架子啦。」

「娘，那是您不知道我哥有多自大，他平日裡在外頭就一副大家都比他好，他謙虛得不得了的樣子，其實心裡狂得沒了邊兒。」阿曦自小就是個實誠孩子。

何子衿笑，「不光妳哥這樣兒，外頭人們應酬起來都這樣的。妳看妳蘇伯伯，以前看妳哥那是從頭誇到腳，自咱們兩家親事定下後，妳蘇伯伯是把妳哥從頭批評到腳。」

阿曦忍俊不禁，「還有這事兒？」

「是啊，以前待妳哥是客人，誰見了客人不是說好話呢？就是妳出門不也是？看人胖就誇人家生得有福氣，見人瘦就誇人家體態婀娜。」何子衿笑，「上回妳哥同我一道去蘇家，妳蘇伯伯考校他學問，把他考出半身冷汗。」

阿曦聽得直樂，知道她哥的糗事後，就繼續為她哥做小信鴿了。

何子衿忙著兒子訂親禮的事，她這邊找了相熟的崔官媒，崔官媒樂不顛兒應下，覺得祈安寺的菩薩果然是靈啊，她這兩年在北昌府的媒人界已是數一數二的人物了。

尤其是自從奉承好了江太太，江太太家長女與紀大將軍長子的訂親禮，就是她做媒人，如今江太太長子要同蘇參政家長子訂親，江太太又找她，崔官媒如何不喜？因兩家親事訂得急，崔官媒裡裡外外幫著張羅跑腿，譬如給蘇夫人送吉日的事，按規矩，何子衿卜了六個吉日給蘇夫人挑，這事就得媒人出面兩相張羅。

兩家都商量好了，蘇夫人自然挑最近的，吉日就定在臘月十二。

何子衿這裡忙，蘇夫人也不輕鬆，急著給閨女做衣裳，蘇冰道：「冬天還好幾身新衣裳沒穿呢，挑一身就行了。」

蘇夫人道：「總不能把過年的衣裳拿出來訂親穿。」找來繡坊掌櫃說做衣裳的事，那掌櫃亦是消息靈通之人，何況江蘇兩家親事是皇帝賜婚，早就傳得整個北昌府都曉得了，自然也知道蘇冰將要訂親之事，一口應承下來，道：「夫人放心，我叫鋪子裡最好的繡娘趕工，定在大姑娘好日子前把禮服趕出來。」

蘇夫人自己出料子，一口氣給閨女訂了六套新衣。甫將閨女訂親禮服的事交代下去，又得準備訂親禮當天的酒席。那天親家母女婿都要過來的，不能怠慢了。

蘇冰看她娘忙得腳不沾地，原本想幫忙來著，蘇夫人道：「妳幫著料理過年的事就是了，這訂親的事沒有妳們女孩兒自己動手準備的理。妳著緊給女婿做衣裳鞋襪，這個都是要女孩兒家自己動手的。」

蘇冰點頭，她前幾天就開始做針線了，好在男人的衣裳鞋襪都簡單，無須繡花，只是要做得仔細些罷了。她現在每天除了做針線，還要回未婚夫阿曄著人遞來的小酸詩。阿曄頗有詩才，反正詩才甭管怎麼樣，阿曄是屬於感情一充沛就要作詩的人。這眼瞅要訂親了，阿曄詩情澎湃，每每作了詩，就要給未婚妻送去。

蘇冰也是一奇人，以前都說阿曄的詩酸乎乎的，自從成了未婚夫妻，蘇冰這審美一日三遷，非但不說阿曄的詩酸了，還會在阿曄的每首詩上寫上評語，其間皆是讚美這詞，把阿曄誇得，兩人之間的感情簡直一日千里飛速前進。

現在阿曄也不必他妹給他遞消息了，自從親事定下，他在這與未婚妻傳情達意上根本是無師自通，都不必專人傳送，他如今就改成了送東西。每天都送，不是什麼奢侈品，就是一盆花、一匣點心。他名目張膽就送東西時送上自己的帖子，帖子裡或是一信或是一詩。

蘇夫人都說：「阿曄這孩子，可真是個細心體貼。」

蘇參政對此道：「有這功夫不如多看看書。」把蘇夫人氣道：「就知道念書，以後閨女就不過日子了？女婿一去帝都，成親前就再難見了。女婿對閨女上心，這是好事。」

一般這夫妻啊，都是開始男人大，但日子過著過著，就是女人大了。如蘇參政，就很不敢掠妻子風頭，連聲道：「是啊，還是妳們女人心細，是這個道理。」

蘇夫人轉怒為喜，「那是。」與丈夫道：「你說也奇，以前說起阿曄來，咱閨女就一副沒什麼興趣的模樣，這眼瞅要訂親，她看阿曄哪兒都順眼。」

蘇參政摸一摸唇上的小鬍子，「這才是咱閨女呢，要是跟外頭那些看到阿曄就跑去圍觀的人一樣，這親就不好做了。」在蘇參政看來，女孩子就得矜持著些，方顯莊重。先時沒訂親呢，就得保持距離，如今這訂了親自然不一樣。未婚夫妻就是情分好，也是兩家樂見的。

這一說一回訂親的事，蘇參政就去看閨女了，他主要是想看看女婿都寫啥詩給閨女了。這一看，酸倒滿口牙，蘇參政捂腮直道：「哎喲，阿曄這詩啊，真是酸！」

蘇冰道：「酸什麼，寫得多好啊！」

蘇參政忙把女婿寫的小酸詩還給閨女，心說，閨女這審美怎麼都扭曲了？好吧，看閨女眉眼間總是喜盈盈的面子上，只要女婿能讓他閨女高興，酸就酸點兒吧。

酸女婿阿曄的訂親禮轉眼就到，其間何子衿又帶著阿曄重陽回了一趟北靖關，專為把阿曄的聘禮運到北昌府。雙胞胎聽說大哥要訂親，也都跟著來了。不知出於啥詭異心理，阿曄訂親，他倆也一人做一身小紅袍子，打扮得紅光滿面，金光閃閃，甭提多搶鏡了。阿曄瞥一眼雙胞胎的小圓臉，確定不會被雙胞胎搶風頭，這才放下心來。

除了歷年積攢的東西，何子衿還置辦了一批上等料子、羊酒茶葉之物，還有必不可缺的大雁。只是這寒冬臘月的，何子衿原想著哪裡有活雁啊，弄隻木雁代替就罷了。這也是時人冬天成親時沒辦法的辦法了，不想，阿曄就神通廣大弄了隻活雁來。

何子衿甚是驚喜，笑問：「哪兒弄的？」

阿曄道：「崔官媒那裡就有，她給的。」

何子衿對於官媒業務的開展真是佩服得緊，不禁道：「當初阿珍那雁，不會也是打崔官媒那裡弄來的吧？」

「那不是，阿珍的是從帝都來的時候就把雁備好了，養在籠裡。崔官媒是從他那裡得了啟發，才開始養雁的。」阿曄對於崔官媒養雁的前因後果很清楚。

何子衿：媒人也不容易啊！

因有崔媒人的雁助力，阿曄送聘禮送得頗是體面。蘇家人見著活雁果然誇讚了一回，直誇這雁好，肥嘟嘟的，一看就有福，是隻福雁。當然，江家送的聘禮也很夠看。

何子衿親自給蘇冰插戴，蘇冰的臉頰紅撲撲的，雖然以前也常往何山長家去，但這回是做兒媳婦，自然不一樣。

崔官媒在一旁不要錢似的說著吉祥話，直說得兩家都樂呵樂呵的。

雙胞胎嘴巴也很甜，齊聲道：「蘇姊姊，妳今天可真好看。」

崔官媒笑道：「以後定是叔嫂和睦。」

雙胞胎預定了崔官媒：「崔嬤嬤這麼會說，以後我們訂親也找妳做媒人。」

崔官媒喜得見牙不見眼，直道：「那就是我的福氣了。」逗雙胞胎：「二爺和三爺喜歡什麼樣的姑娘，跟我說一說，我給你們留意著。」

雙胞胎一向是有目標的孩子，「長得好看，會過日子，人要講理，這就行啦。」讓大家笑得前仰後合。

準女婿阿曄很鬱悶：我訂親的日子，雙胞胎這麼搶戲是什麼意思啊？

阿曄這親事定下，何子衿就準備著回北靖關了，沈氏留閨女道：「就在北昌府過年吧，妳那邊回去也沒什麼事。」

何子衿道：「朝雲師傅說明年過了十五就走，家裡還有許多東西沒料理清楚，有些家具都是後來打的，皆是好木材，扔了未免可惜。賣的話，眼瞅過年了，這麼急慌慌也沒那功夫，我都整理好了，屆時運過來，娘，您拿著使用。要是用不到的，賣了也是好的。」

沈氏點點頭，也就不留閨女了，何老娘道：「妳回就回吧，把阿曦和雙胞胎留給我。」

沈氏問了阿曦的意思，阿曦在北昌府住的時間長，這裡朋友也多，她是願意留在北昌府的。雙胞胎則是要跟他們娘回去，他們喜歡住朝雲祖父的奢華莊園。不過，他倆不直說，這兩人已是無師自通口是心非這一技能，「我們得幫著娘分憂呢，還得保護娘！」

把何老娘感動得不得了，直誇雙胞胎懂事。

雙胞胎能分個屁的憂，阿曄可就是跟著他娘分憂的，重陽想著子衿姨媽近來事忙，也跟著去了北靖關幫忙，何子衿道：「這也快過年了，你就在家陪著阿媛吧。」

重陽道：「現在離過年還有大半個月，我跟姨媽收拾著，年前運一部分東西過來，正好過了年，我再過去。」

宮媛也道：「讓相公去吧，家裡沒事，有二弟跟著父親，我跟著母親，忙得過來。」

何子衿也就沒再客氣，帶著三個兒子和重陽外甥回了北靖關。朝雲道長心懷大悅，還尤其問了阿曄訂親的事，何子衿笑道：「順利得很，把阿曄那份聘禮送了去，待咱們回帝都時能少好幾車的東西呢。」

阿曄：娘，您不會是為了減輕回帝都的行李，才一力要我回帝都前訂親的吧？

何子衿坐著吃茶，雙胞胎已是七嘴八舌跟朝雲祖父說起他們大哥訂親當天的事情來，主要是表現他們倆如何受歡迎，當天吃了什麼菜，還有他倆拍未來嫂子馬屁到位，嫂子還一人給他倆一個大紅包啥的。

雙胞胎說得那叫一個興奮積極，好像訂親的是他們一般。

阿曄道：「你倆現在就這樣，到自己訂親時還不得高興得厥過去啊！」

雙胞胎很欠扁地齊聲道：「大哥，你是不是嫉妒我們出風頭啊？」

阿曄一副你們想多的模樣，「腦子沒問題吧，我會嫉妒你們倆小胖子？」

雙胞胎一拍圓溜溜的小肚皮，「這哪裡是胖，這是有福氣。」

阿曄揶揄：「你倆簡直是渾身福氣。」

雙胞胎已經到了有審美的年紀，很不樂意大哥說他們胖，都氣鼓鼓地瞪著大哥。

朝雲道長笑望阿曄，道：「這衣裳很不錯。」

阿曄一向自詡厚臉皮的人，硬是被朝雲祖父一句話打趣得不好意思起來。他這身衣裳是訂親時蘇家給的回禮，還是阿冰妹妹親手做的。阿曄有了未婚妻親手做的衣裳，立刻就上了身，這不，就穿著來見朝雲祖父了。他原是心中暗爽，沒想到竟被朝雲祖父看出來了。

阿曄臉上有絲可疑的紅色，故作鎮定，「還、還成吧。」

朝雲道長微微一笑，那笑中似有含義萬千，阿曄臉皮再厚也尚屬青少年，歷練尚淺，被朝雲道長這一笑，笑了個大紅臉。

雙胞胎很沒眼色地好奇追問：「大哥，你臉紅什麼呀？」

阿曄輕咳一聲，力圖在弟弟們面前恢復鎮定，「等你們訂親就知道了。」

阿昀撇嘴道：「不就是訂個親嗎？大哥現在就這麼牛氣哄哄的了。」

阿晏也說：「是啊，我們要不是小幾歲，早有媳婦了，有什麼好牛氣的。」

阿曄氣煞：雙胞胎是不是眼神有問題？他是牛氣嗎？他分明是有些害羞！

朝雲道長留母子四人和重陽在他這裡吃飯，原本朝雲道長還想讓何子衿與阿曄都住到他這莊園來呢，何子衿卻是道：「家裡行李還沒收拾好，再者，倘是有熟人過去，找到師傅這裡來，反是瑣碎。」

朝雲道長聽這話就沒再留，雙胞胎反正是住莊園的。

不過，何子衿雖然沒住過來，過年倒是在朝雲道長這裡過的。

待過完年，走動完幾家交情好的人家，何子衿就帶著孩子們回娘家拜年，運了三五趟，才把一些家具及各種用品都送到娘家來。

沈氏念叨：「這些東西都好說，皆是好木好材的，就是賣也能賣得不錯。我就愁妳弟妹這園子，要是咱們都回帝都，她這園子算怎麼著？」

何子衿問：「阿冽信上沒說嗎？」

「阿冽信上是說要有合適買家就把園子賣了。這園子建的時候可是花銷不少，一時哪裡有這麼大手筆的買家？」

何子衿道：「這房產向來是急不得的，要我說，您先找個可靠的經紀問一問。要說難賣，也難賣不到哪兒去。不說別個，時人買房舍，也都看前頭住的是什麼人家。譬如我先時的院子就很好出手，大家都說那宅子風水好，我還小賺了一些。阿幸這園子，就咱家住著，連出三個進士，我爹做官也順當。再說，園子用的都是好工好料，這懂行之人也能瞧得出來。」

沈氏問：「阿冽沒說多少銀子合適，只說能出手就出手，就是略低些也無妨，畢竟咱們這一回帝都，再回北昌府的可能性也不高，妳說定多少銀錢合適？」

何子衿道：「當初建這園子花了多少銀子？」

沈氏想是早就尋思過了，當下便道：「阿幸私房就有五千兩都用進去了，後來她銀子不湊手，就是余老親家接的手，這就不曉得的了。」

何子衿道：「那就定八千兩。」

沈氏問：「是不是高了？」原本沈氏想著五千兩能出手也是好的。

「不高，這園子養了十來年呢。要是新建的園子，可能有人會覺得高，可如今看園中花木皆已長成，宅子保養得也好，當初造價不會低於這個價的。」

何子衿幫著定了價錢，沈氏便尋來經紀把園子要脫手的事說了，何子衿與那經紀道：「就是有買家也提前與他說一聲，這園子要住到明年的，不過，先來瞧一瞧倒是無妨。」

沈氏索性連之前自家買的三進宅子也叫經紀掛了出去。

何子衿在娘家住到初十，就帶著子女們回了北靖關，準備回帝都的事。

阿曦留下來照顧外祖母，她是覺得，她一走，外祖母家就太冷清了，於是跟她娘說，她留下來，待外祖父回帝都時，再跟著回去，把何老娘和沈氏感動壞了。

何恭也說：「女孩子就是貼心。」

沈氏道：「是啊，要不我說就盼著生個小閨女呢。」

何恭也盼著生閨女。兒子考功名娶媳婦，也不是不孝順，但論及細緻體貼，真是十個兒子都不如一個閨女。

何子衿這一走，帶著三個兒子、重陽夫妻和二郎，親戚朋友都來相送。一行人跟著朝雲道長，路上自然樣樣方便，一直出了正月，何子衿生辰都是在路上過的。二月中，方到了帝都城。一進帝都城，雙胞胎眼睛都有些發直，掀著車窗簾伸著腦袋往外瞧，嘴裡時不時哇哇讚嘆，感嘆帝都城的氣派，時不時冒出兩句帶著些許北昌口音的官話，土氣得不得了。

偏生他倆還不知道小聲些，以致於路邊總有人不時瞥他們幾眼。不得不說，倘不是雙胞胎相貌尚可，定要有人出言譏諷的，但看是兩個圓潤潤的富家小公子，且年紀不大，尚存稚氣，人們便是笑的多，笑話的少了。

當然，這些人也不只是被雙胞胎這兩位小土包吸引，大部分人是被在車外騎一匹黑色駿馬的紫衣公子所震憾，有人驚嘆：「不想紀玉樹之外，還有這等美貌玉郎！」

阿曄在北昌府北靖關被人圍觀慣了，原想著帝都地靈人傑，這些人應更有見識才是，不想，原來他這相貌在帝都府也尚可。

豈止是尚可，車隊一進城，就有女娘著人買一籃時令的迎春花，跑去送給阿曄身邊的小廝，直說是給公子的。阿曄的小廝見慣這等情形，板著一張臉拒絕收禮，不然這一收禮，倘叫些女娘圍上來，怕是路都走不成的。

女娘們見玉郎這般冷酷，也不上前送了，直接就挽著花籃，一枝一枝往阿曄身上拋去。有拋花的，還有拋香包玉袋的，直把雙胞胎羨慕得不得了，又覺得這些女娘們沒見識：大哥不就生得略好些嗎？他倆生得也不錯啊，怎麼就都眼瞎的只送花給大哥，不送花給他們？

儘管帝都府的女娘們沒啥見識，雙胞胎還是很喜歡帝府的繁華，他倆險些看花眼。待得到家，都是一臉土包子進城的興奮小模樣。

朝雲道長直接回了自己城中居所，聞法提前收拾妥當，何子衿則帶著孩子們回了家。家裡男人們都當差去了，余幸和杜氏都在家，見著何子衿一行自然是滿面歡喜。

妯娌二人早提前幫何子衿等人預備好了院子，虧得這宅子寬敞，不然還真怕住不開。

何子衿與余幸是早就相熟的，杜氏是頭一回見，先是讓孩子們見過兩位舅媽。余幸望著孩子們就是滿面笑意，她性子如今極是和氣了，大姑姊一家子回帝得了，亦是真心高興，余幸笑道：「這時間過得真快，阿曄都是大小夥子了，雙胞胎也這般大了。」

何子衿道：「當初你們來帝都時，阿燦還不滿一歲，阿炫還沒出生，如今都念書了。」又看過杜氏生的何烽，何烽已滿一歲，學會走路了，話也會說幾句，只是說不清，但叫姑姑還是會的，只是一叫就成了「豬豬」，逗得雙胞胎哈哈直笑。

重陽帶著媳婦和二郎也與兩位舅媽見禮，余幸及杜氏見著小郎都很喜歡，尤其小郎比阿烽略長幾歲，見阿烽這樣小，他還不大樂意跟阿烽一塊玩呢。阿烽見著小郎則是高興壞了，拉著小郎的手叫得得。小郎道：「我爹才是你『得得』呢。」

余幸沒見過宮媛，但信中也知道重陽娶了宮氏女，很是讚了宮媛幾句。

杜氏也誇宮媛：「貌美溫柔。」

杜氏與大姑姊見禮，何子衿還了半禮，笑道：「咱們以前都只是通信，見還是頭一回見。以前離得遠，你們訂親成親的也沒能過來。」

杜氏道：「公公婆婆和大姊夫在外任，是沒法子的事，我也沒能去向公婆請安呢。」

何子衿命丫鬟捧上見面禮，有給杜氏的，還有給阿烽的，還有就是給余幸和阿燦及阿炫的。余幸與杜氏也早備好給孩子們的東西，二人皆出身官宦之家，給的東西都是文房四寶一類，以後孩子們念書都用得到。讓二郎、阿曄有些不好意思的是，舅媽們給小郎、雙胞胎他們也就罷了，怎麼他與阿曄也有？

阿曄與二郎都道：「我們大了，舅媽不要拿我們當小孩子看了。」

余幸、杜氏皆笑道：「沒娶媳婦就是孩子呢。」

二人很不好意思地收了舅媽給的東西。

余幸和杜氏帶何子衿去早就準備好的院子，還有給重陽夫妻和二郎預備的院落。二郎大了，連帶阿曄雙胞胎都是住前院，雙胞胎道：「舅媽，我們跟著祖父住，不住家裡。」

杜氏一時不明白這祖父指的是誰，不是說江姊夫自幼父母雙亡嗎？余幸是知道雙胞胎說的是「朝雲道長」的，余幸笑道：「那也給你們留著房間，偶爾可以回來住住。」

雙胞胎很有禮數地謝過舅媽。

何子衿換了衣裳，洗個臉，略歇了歇，中午就是女眷帶著孩子們一道吃團圓飯。用過午飯，何子衿去舅家看望外祖父外祖母和舅媽一家，自然又有一番熱鬧。大家就都轉移陣地去了沈家說話，沈素之妻江氏還特意讓人去後頭宅子把三兒媳婦和四兒媳都叫了過來見親戚。一堂滿滿當當的人，甭提多熱鬧了。

沈老太太問：「阿曦呢？」阿曦是生在帝都的，小時候離得近，沈老太太有時一天看好幾趟，沒見著重外孫女，自然要問的。

何子衿道：「我們這一走，我娘那裡就冷清，我爹說明年想著調回帝都府，阿曦就留下來了，說明年跟我娘他們一塊回來。」

沈老太太點點頭，又問起閨女的身子。何子衿笑道：「好得很，就是先時前幾個月也不想吐，就是不愛吃肉，喜歡吃些瓜果菜蔬，我娘就盼著再生個小閨女呢。」

江氏笑，「能生閨女的人都有福。」

沈丹在家，過來與子衿姊姊相見，聽他娘這話，便道：「姊姊不曉得，我娘這些年盼孫女都快瘋魔了，去廟裡許願都是求佛祖送個孫女過來。我家也奇，都是生兒子。」

何子衿道：「這才說明家業興旺呢。」

江氏道：「我這輩子就只生兒子了，盼閨女多少年也沒盼來，到他們這裡，還都是生的孫子，這換個樣兒也好啊！」

大家紛紛笑了，一時又說起阿曄訂親的事，沈老太太細細打聽了女孩子的品行，知道是外孫女看著長大的孩子，點頭道：「結親就是這般知根底的才好。」

阿曄待晚上才曉得自家親戚著實不少，雖不能與大家大族相比，外家近支也就這一個舅爺，但舅爺家著實子孫業旺，表舅就有四個，現在表舅家的小表弟們加起來也有六個了，以後只有更多的。母族還有三個舅舅，三個舅舅家目前有表弟三個，可見表弟們長大後，親戚該有多少。至於父族，嗯，父族就是他們兄弟三個，沒別個人了。

男人們聚在一處，一家子團圓自然是高興的，不過，阿曄還是覺得他爹似有心事。只是，他爹的心事眼下是不跟他說的，都是跟他娘說。

江念見著妻兒們過來，唯獨沒見閨女，早就問了，方知閨女留在北昌府。

雖然是閨女對外祖母一家的孝心，但江念很想閨女，他就這一個閨女啊。晚間休息，江念方與子衿姊姊道：「阿曄他們兄弟三個，隨便留一個就是，幹嘛叫阿曦留下啊？」

何子衿洗漱後散著頭髮靠在床間，道：「阿曄不放心我，且路上有他這麼個人，的確事事方便。雙胞胎懂什麼，他倆一對勢利眼，都是跟著朝雲師傅的，就阿曦留下了。自興哥兒來了帝都，家裡著實冷清，祖母很離不得孩子們。」

雙胞胎這對不中用的傢伙，江念直道：「得快些把岳父調回帝都才行。」

說一回兒女，何子衿又說了長子訂親的事，便問起江念在帝都的事來。江念悄與子衿姊姊說了，還把那封信拿出來給子衿姊姊看，當然，她也就看了看封皮，見上頭寫的是「母后親啟」，就知是皇帝給謝太后的。何子衿稍稍放心，沉吟片刻道：「可見陛下待咱們是真心。」一起碼有這信，就不是想讓他家跟謝太后對著幹的。

「是啊！」江念道：「他這樣，我越發不好受，現在滿朝文武就等著皇后生產呢。」

何子衿悄問：「這話怎麼說？」

「倘皇后生下嫡子，便立嫡皇子為儲。倘皇后生的是公主，就是皇長子。」

何子衿倒吸口涼氣，「嫡皇子不過剛剛生下。」一個小奶娃子能懂什麼？嫡皇子年少，必然要有執政大臣的，屆時不是太后專權，就是權臣當道。

「那也是嫡子。」江念輕聲道：「蘇氏世代名門，蘇皇后身為正宮，一向賢良淑德。倘有嫡皇子降世，而立庶皇子，以後讓嫡皇子如何自處？就是蘇家，也不能甘休。何況，太后娘娘素來喜歡蘇皇后，朝中清流也多是支持嫡皇子的。」

何子衿聽這話便問：「太后娘娘不喜大皇子嗎？」

江念搖頭，「我自任皇子師起，偶爾也會被太后問及大皇子和二皇子的功課，太后一向是一碗水端平的，從太后那裡，完全看不出她偏愛哪個，但二皇子是太后親自賜名的，二皇子生母戚賢妃出身戚國公府近支，戚國公府與謝承恩公府有聯姻。」

何子衿想了想，道：「這麼說，如果皇后生下的是公主，太后娘娘更屬意的是二皇子？」兩個皇子一個年紀，生辰也只差半個月，在何子衿看來，這就是一樣大。

江念道：「我也這樣想，只是妳不曉得謝太后的性子，這位娘娘據說從未有過過失。」

何子衿有些不明白，江念悄聲道：「陛下私下與我說，若皇后生下的是公主，太后娘娘必會選皇長子為儲。」

「這是為何？」何子衿都不明白了，都這個時候了，儲位就是帝位，陛下眼瞅不行了，這可不是謙讓的時候。哪怕要表現大公無私，也必得是在儲位定奪之後吧？

「我亦不解。此時此刻，儲位關乎江山權力，頂頂重要之事，哪怕太后娘娘平日裡再如何一碗水端平，總會選一位她比較喜歡的皇子吧？」江念道：「人皆有私心，我絕不相信太后娘娘能大公無私到這種地步。」

何子衿問：「會不會太后一直喜歡的就是大皇子？畢竟大皇子是皇長子呢。」

「不可能。」江念一口否認。

何子衿就狐疑了，「你是不是知道什麼？」

江念壓低聲音：「都是坊間傳聞，不曉是真是假。」

「說說看。」

江念初時不想說還真不是有意要瞞子衿姊姊，他們夫妻素來無話不談的，連皇帝陛下的託付都能給子衿姊姊看，還有什麼不能說的？只是事關舊人舊事。江念斟酌著開口道：「我聽說，當初先帝崩逝，陛下靈前繼位，曹賢妃大概是善煲湯水，每天煮湯水給陛下送。」

何子衿聽了道：「這也很正常啊，做妃子的，自然是關心陛下的。便是爭寵，送湯送水也只是尋常手段罷了。」

「她這湯水，還送了一個人。」

「誰？」

「陛下生母，先凌貴妃。」數年之後，江念再提生母，終於已是心無掛礙。

何子衿沉默一時，道：「這曹賢妃的手也太快了吧？是不是這事叫謝太后知道了？」一個嫡母，一個生母，據說謝太后與先凌貴妃關係一直平平，謝太后知道這事能痛快才怪。

江念嘆道：「要只是這樣倒還罷了，妳不曉得，聽說曹賢妃每次煲湯就做兩碗，一碗給陛下送去，一碗給先凌貴妃送去。」就是沒給正經婆婆謝太后。

何子衿：這、這也算宮鬥吧？

江念頗是無語，抱怨道：「妳說這曹賢妃也是，妳多燉一碗給太后娘娘能累死呀？」

「曹賢妃這手也忒快了，先帝剛死，她就去燒凌貴妃的熱灶。論禮法，謝太后可是先帝元配皇后，論情分，也是太后娘娘撫育陛下成人。她這也忒勢利了，再者，當初不是先帝過世前就定了先凌貴妃殉葬之事嗎？她怎麼還去燒先凌貴妃的熱灶啊？」

「妳想想，當時先帝畢竟是過世了，陛下靈前繼位便是新君。先凌貴妃雖是先帝指定了要殉葬的，可她畢竟是陛下生母，一朝天子一朝臣，聽說當時不少人都覺得，先帝過世前沒賜死先凌貴妃，陛下登基本怕不會對先凌貴妃下手。」江念嘆道：「只是，她是料錯了陛下，陛下初登基，滿朝大臣都看著呢。陛下尚未滿月，就是由太后娘娘接到身邊撫養的，先凌貴妃待陛下一向冷淡，能有什麼母子情分？她這熱灶沒燒兩天，先凌貴妃依舊是奉先帝旨意殉了葬。妳說，這事都能傳到我耳朵裡來，太后娘娘能不知道？」

擱誰誰喜歡這樣啊？關鍵是，倘她得罪的是個包子也就罷了，偏生是謝太后。別看謝太后對著皇子們都是同樣的和顏悅色，據說待妃嬪們也很好。謝太后這樣歷經三朝的長輩，現在朝中站著的，內閣裡數一數，一半的人都是跟隨先帝的老人，這些人與謝太后大半輩子的交情，更不必提，謝太后出身名門，娘家顯赫不是一朝一代了。曹賢妃以前做過這樣的事，謝太后能支持她的兒子為儲？江念都不能信。

夫妻倆商量一時，也沒商量出個所以然，最後何子衿道：「反正你官小，大事輪不到你，安安生生當差就是。除了給皇子們講習功課，你別個都不要管。皇家的事，還得皇家人自己做主，千萬別越俎代庖。」

江念一嘆，「是啊！」

因頭一天過來，何子衿坐大半個月馬車，身上勞乏，很快就睡過去了。

江念空曠日久，好不容易盼來妻子，正想著那啥那啥呢，一看，妻子竟然睡了過去。空曠日久的江侍讀，只好抱著妻子先睡啦。

何子衿帶孩子們來了帝都，要辦的事就不少，安置下來後，何子衿先去朝雲道長那裡看了一回。因何子衿這處宅子地理位置很不錯，離通濟大街很近，朝雲道長的宅子就在通濟大街，故而兩家的距離，都不必何子衿坐車的，遛達著就能過去。何子衿見朝雲道長那裡處處合意，也就放心了。

羅大儒打算給雙胞胎做嚮導，逛一逛帝都城呢。雙胞胎素來愛熱鬧，雙手雙腳同意，羅大儒再一忽悠，兩人已是打算今天就搬過來住了。

朝雲道長微微頷首，羅大儒此舉甚合他意。

何子衿看朝雲道長適應城內生活，沒有再打算住皇陵去，對於雙胞胎要搬過來的事，也沒說什麼。皇陵那裡雖好，但太淒涼了，何子衿還是願意朝雲道長住在城內，沾一沾人氣，別太仙風道骨方好。

何子衿既來了帝都，一些舊交就得開始走動，如唐家，如蘇家，如余家。唐家是何家初來帝都時有的交情，當初兩家還合開了烤鴨鋪子，現在那蜀中烤鴨在帝都依舊很有名氣。再者就是蘇家，阿曄與蘇冰訂親，兩家就是正經姻親，自當拜訪。至於余家，也是拐著彎的姻親之家。以前江念在北昌府時，沒少受余老巡撫的指點，他們來了帝都，當過去請安。再有就是先時江念在帝都的同僚家，只是這些年過去，多是已外放了，留在帝都的並不多。

何子衿先著管事往蘇家遞了帖子，看蘇家何時有空，她好帶著阿曄去拜訪。

何子衿這裡正安排初來帝都的交際，紀珍就聞訊過來了，先向岳母請了安，左瞅右瞅沒見到阿曦妹妹，再一打聽，阿曦妹妹竟然明年，不，今年秋冬才能來帝都，紀珍那叫一個失落喲。向岳母請過安，在岳母這裡吃過晚飯，紀珍就帶著滿腔失望回家去了。

重陽一來帝都就繼續幫江念跑腿，江念說：「初來帝都時沒重陽在身邊還真不習慣。」

重陽小時候在帝都住過幾年，只是如今也印象淺了，一看帝都城這等氣派之地，就知道帝都貴人多，故而跟在江念身邊頗是謹慎低調。

二郎則是繼續念書，而宮媛在安置下來後同兩位舅媽打聽附近可有合適屋舍。如今這宅子雖還住得開，但也是滿滿當當的人。宮媛娘家本身就是鹽商，出了名的有錢，婆家也不差銀子，何況來前就商量好了要置一處大宅，以用於日後家中居所。

余幸問清楚她的意思後，又問她打算置辦什麼樣的宅子，余幸道：「四進、五進都可，至於銀錢，多一些少一些都無妨。我剛在通濟街附近的金銀胡同置了處宅院，離咱家這裡近，待我把咱家慣用的經紀叫來，問一問他，看附近可還有好宅院。」

宮媛謝過大舅媽。

余幸笑，「大寶的宅子在金銀胡同旁邊的飲馬胡同，也近得很。」

宮媛就是想尋這樣的宅子，離親戚們住得近些，走動起來也方便，就是略貴些也無所謂的。待見著經紀，宮媛還問經紀打聽合適的鋪子，如今她這往帝都來了，來前就與婆婆商量好了，在帝都尋個合適鋪面，待得這裡妥當了，婆婆那裡送些繡娘過來，準備在帝都把繡坊開起來，就由宮媛打理。

宮媛打聽鋪子的時候，也幫著何乾媽問了。何乾媽手裡的胭脂水粉生意，在北昌府何其火爆，宮媛就想著，何乾媽興許也要在帝都開個分號什麼的。

宮媛就是這樣處處周到，余幸都私下與丈夫說重陽這媳婦娶得好，機靈又細緻。

何洌道：「關鍵是懂事。」何洌是知道陸家那事的，覺得重陽有福。陸家那事是在成親前發生的，倘是成親以後釀出此事，豈不耽擱重陽一輩子？故而，聽到妻子誇宮氏，何洌也認為這個外甥媳婦娶得好。門第不門第的，先得人品過關才好。

何洌又道：「以後給咱們阿燦說親事，就要說這樣人品好的。」

余幸笑，「那是自然。」誰會給兒子說人品不好的呀？

夫妻倆說一回話，余幸又說起宮媛打聽置宅子的事，何洌嘆道：「小時候都在一處，熱熱鬧鬧的多好。如今一成親生子，人口多了，就要分開了。」

余幸笑著寬慰丈夫道：「是啊，以前咱們都是小孩子，如今你我都為人父為人母，眼瞅著大姊姊大姊夫就要做公公婆婆了。就是咱們，待阿燦十五上也得給他議親了呢，咱們的宅子已是在收拾了。我想著，先同大姊姊透個信兒，別到時突然說搬，叫大姊姊心裡不好過。」

何冽點頭，「是這個理。」

何子衿不知曉弟弟們已置了宅子，打算搬走了，她這裡備好禮物，準備帶著兒子去蘇家拜訪。因是頭一遭上門，雙胞胎都沒帶，就帶了阿曄。

蘇老夫人戚氏以前見過何子衿，只是屈指一算也是十幾年前了，如今再見，彼時戚氏還是蘇夫人，如今已是蘇老夫人。彼時何子衿是何家大姑娘，如今已是江太太了。不過，蘇老夫人雖升為了「老」字輩，仍是眉目溫柔，鬢間不過偶見銀絲罷了。何大姑娘升為江太太，更是保養不錯，瞧著不過二十許人一般。

何子衿帶著兒子與蘇老夫人見禮，蘇老夫人滿臉笑意，連聲道：「莫要如此，咱們可不是外人，快坐。」然後招呼阿曄到跟前，那眼中喜愛之色更盛三分，「那日小孫子回家同我說，帝都來了一俊美公子，俊得不得了，人稱玉郎，也就是阿曄這樣的相貌了。」

何子衿笑謙：「都是外頭人打趣，我看他也就生得略好些罷了。」

蘇老夫人道：「與我家太爺年輕時不相上下。」蘇尚書年輕時號稱帝都雙璧之一，可見其俊美。蘇老夫人與這位以美貌聞名的丈夫生活多年，最有發言權。

蘇老夫人身邊是一位孫媳崔氏在身邊服侍，崔氏道：「先時見著紀玉樹，已覺得是難得的俊美人物，如今見著妹夫，才知道世間亦有不遜於紀玉樹之人。」

蘇老夫人聽這話就笑了，問何子衿道：「不是說阿曄還有個龍鳳胎妹妹，下頭還有一對雙生子，如何沒帶孩子們過來？」

何子衿笑，「閨女在北昌府我娘家那裡，雙胞胎正是淘氣的年紀，您要不嫌他們鬧騰，我下次帶他們來向您請安。」

聽這話，蘇老夫人就曉得這位親家江太太是個仔細人，「我最喜歡孩子們熱熱鬧鬧的，只管帶孩子們過來就是。」

蘇老夫人雖上了些年紀，腦子卻極為清明，問起兩家訂親之事，何子衿道：「我與親家母商量著，因我們老爺回帝都任官，我年後就要過來，正好卜了吉日，有個臘月的絕好日子，就定的臘月十二，給兩個孩子訂的親。」

蘇老夫人點頭，「這很好。」

長輩們說一時話，蘇老夫人就喚了一位在家念書的孫子過來，陪阿曄去前頭說話。待阿曄同蘇公子離開，蘇老夫人與崔氏道：「把姊妹們叫出來，也見一見親家太太。」

崔氏去請姑娘們，蘇家乃書香世宦之家，教導女孩子自有風範。何子衿把蘇家女孩子們挨個讚了個遍，命丫鬟把準備的見面禮呈上，蘇姑娘們道謝後接了，規規矩矩地坐在一旁聽長輩們說話。

蘇老夫人中午留飯，待飯後告辭，崔氏親自送出門。蘇家幾位姑娘在何子衿走後說：「看江家嬸嬸這樣年輕，不過二十許人模樣，真瞧不出她有三十幾歲來。」

有姑娘問：「不是說冰妹夫家還有個龍鳳胎的妹妹嗎？如何不見？」

大家嘰嘰喳喳八卦一回，原本想藉龍鳳胎的江姑娘來揣想一下江家玉郎的美貌，不想竟沒見到江姑娘，豈不遺憾。反正，有人的地方就有八卦就對了。

自蘇家出來，何子衿第二日就去了余家。

余家早就相熟，何子衿是帶著宮媛一塊去的，也是想讓宮媛先熟悉一下帝都官宦人家的做派。宮媛雖是出身商賈，好在是女學念好幾年書，女學專門就有教導禮儀的女先生，宮媛讀書時一向是優等生。待得嫁人後，夫家雖非官宦之家，可親戚好幾門都是做官的，宮媛對官宦之家並不陌生，只是不論何家還是江家都屬於暴家戶的官一代，如余家這樣的世宦之家，宮媛以前在北昌府是去過余巡撫家的，來帝都余府卻是頭一遭，說心裡不緊張是假的。

何子衿提前與她說：「余家以前就常來往，妳也去過的，只管寬心。」

宮媛點頭，決心就跟著乾媽，頂多就是不多說一句不多走一步，以免被人笑話。

雙胞胎就比較放鬆，他倆年紀小，又在朝雲祖父那裡住慣了的。朝雲祖父雖是個溺愛孩子的祖父，但對禮儀的要求是打骨子裡來的，雙胞胎在朝雲祖父那裡都生活得頗愜意，可見雙胞胎這禮儀已是耳濡目染習慣了的。

轉眼近十年未見了，余老夫人顯得有些老態了，不過，精神頭依舊很好。

余老夫人見著孩子們很高興，老人家都喜歡孩子，余老夫人笑道：「當初我們回帝都時，阿曄才剛上學吧，也就這麼點高。」比劃一下，笑道：「雙胞胎那會兒剛學會走路，一轉眼都是大小夥子了。」

「是啊！」何子衿又介紹宮媛：「這是外甥媳婦，也是我乾閨女，叫阿媛。」

宮媛向余老夫人見過禮，余老夫人看著宮媛有些眼熟，便道：「我總瞧著面善，只是怎麼都想不起來了。」

宮媛卻是認得余老夫人的，因她爹與余老巡撫頗有些淵源，長大後但有機會去巡撫府請安，她娘都會帶著她們姊妹。宮媛笑道：「老夫人，我爹就是宮財主。」

余老夫人就想起來了，瞅瞅宮媛，又瞅瞅何子衿，笑道：「這可真是天生的緣法。」一指了宮媛道：「以前妳跟妳娘來跟我請安，妳還是小姑娘呢，如今也是為人母了。」又問何子衿宮媛嫁的是她哪個外甥。

何子衿說是重陽，大外甥。余老夫人不見得知道重陽是誰，但也很高興，給孩子們見面禮時，還特別多給了小郎一個金項圈。給孩子戴的，下面墜一塊長命鎖，這見面禮不輕。

余幸的母親對閨女的大姑姊亦是久聞其名，這會兒早就心服口服了，余母甚至覺得，何大姑姊真不愧是把她閨女降伏了的人，實在太有本事了，看何大姑姊這對龍鳳胎結的親事，閨女嫁給邊關大將的嫡長子，兒子娶了蘇相家的孫女，且都是陛下賜婚，就這結親的本事，余母就很服氣。便是帝都豪門顯貴，想得這麼兩樁親事也不易。

余母就問起阿曦，實在是好奇，讓紀玉樹千里迢迢請假回家相親的女孩子長得何等樣容貌，何子衿就說了阿曦留在北昌府的事。總之，見著何大姑姊，余母與兒媳婦都覺得，初時看余幸這親事有些虧，如今看來，還是太爺老太太有眼光。

何子衿最後一站去的是唐家。

唐老夫人已是九十多的人了，現在少有見客，不過，很賞臉地見了何子衿一面，與何子衿說了幾句話，就讓小兒媳唐夫人招待了。

因小唐大人今任正二品內務司總管，唐夫人是正二品誥命，兩家一直有生意往來，這些年何子衿不在帝都，原說將烤鴨鋪子就兌給唐夫人的，唐夫人不肯收，說了是兩家合夥，只是何子衿不在帝都，唐夫人便讓她讓一成利，如今唐家與江家算是六四分，江家這裡何子衿再分一半給蔣三妞。這幾年鋪子全賴唐夫人派人打理，每年紅利一分不少打發人送去，就憑這一點，兩家交情就差不了。江念都說，唐家人人品出眾。

唐夫人已是四十出頭的年歲，仍是愛說愛笑的性子，眼尾有微微笑紋，極富親和力的一位貴夫人。唐夫人尤其喜歡生得圓潤潤的雙胞胎，直誇雙胞胎有福相。雙胞胎對唐夫人的印象好得不得了，直道：「老夫人，您可真是太有眼光啦，比帝都九成九的人都有眼光。您不曉得，我們來的時候，好多女娘給大哥拋花拋果的，也沒人拋給我們，這些人是不是瞎啦，怎麼就看不到我們呢？」

唐夫人被他倆逗得險些笑岔了氣。

阿曄無奈，「男子漢大丈夫，相貌是身外之物，重要的是內心，內心豐富方是根本。」雙胞胎很實在地表示：「除了老夫人，都沒人看到我倆豐富的內心。」

好吧，有雙胞胎這對話癆在，簡直不必暖場，氣氛好到不行。

待何家告辭時，唐夫人還說：「以後常帶雙胞胎來，我實在喜歡他倆喜歡得不得了。」雙胞胎也很喜歡唐夫人，覺得自己有了除他們娘以外的女性知音。

待這幾家走動完畢，何子衿以為總算能歇一歇了，結果當天江念就沒能回家，因為宮裡要準備立太子之事。何子衿這剛打聽出太子是哪個時，轉天皇帝就駕崩了。

國喪期間，全城戒嚴，待江念回府，已是新君登基以後的事了。

人的視角不同，看到的東西是不一樣的。

如何子衿，聽說皇帝立太子，第一反應就是立的是誰。

如江念，他不曉得自己為什麼會在皇帝寢宮宣文殿外間，他……他論官階，在帝都實在不怎麼排得上號。不過，看到其他幾位同僚皇子師都在，也就心中稍安了。

江念與同僚們在外間，裡間站的是諸皇子、內閣重臣、皇親國戚，蘇皇后生下公主的消息已被送至宣文殿。江念等人是受召入內，裡裡外外公卿大臣有幾十口子，此時此刻卻無一人發聲，江念亦是屏氣凝神，周圍只餘同僚們的呼吸聲。

皇帝的聲音不大，病痛幾欲將整他個人掏空，大家心裡都明白，皇帝能支持到現在，就是在等著皇后生產，如今嫡女降世，今日就是大位將定之時。

皇帝聲音輕且淺，可在這極為肅靜的環境之下，連在外間的江念都聽得一清二楚。

皇帝問：「母后，您看，立儲之事……」

皇帝這話，讓眾人心臟不由自主一提。這其實只是一瞬間的事，謝太后的回答也並沒有絲毫猶豫，但諸人就彷彿經歷了一個天長地久的等待。

謝太后沉穩的聲音傳來：「有嫡立嫡，無嫡立長。」

這聲音不同於皇帝病中聲線的虛弱，謝太后的聲音沉且穩，帶著一種天經地義的篤定，彷彿此言便是天地至理一般。好吧，有嫡立嫡，無嫡立長，本也與天地至理差不多了。

只是，江念在聽到這八個字時，猶是震驚到不能自已，他絕不相信世間有此大公無私之人，抬起頭時，已聽得皇帝問及內閣首輔韋相的意思。韋相哽咽，「臣等謹遵陛下吩咐。」

江念此時才確定，他沒聽錯謝太后所言，謝太后是真的支持立皇長子為儲君。

不知為何，江念心裡卻沒有半分安然，反是感受到一股濃重的危機。這種感覺說不清，道不明，彷彿就是身體本能反應一般。

如江念這般抬頭看向裡間的不在少數，他們都是中階官員，便是望向裡間，國之大事與他們也關係不大，他們影響不了些許微毫，但此時人人皆知，大位已定。

接著，皇帝口述三道旨意，由內閣擬詔，第一道詔書便是立皇長子為儲君。第二道詔書是，皇長子大婚親政之前，由謝太后與內閣共理國事。第三道詔書是給太子賜婚靖南公之女柳氏為正妻。

皇帝這三道詔書，落在諸人心間，可看出這位年輕帝王早對身後事有深思熟慮之考量。皇長子年不過十二，年紀尚小，親政勉強，必然要有輔政大臣。皇帝將國事託與內閣，內裡皇家也要有個主持事務之人，此人非謝太后莫屬。內外平衡，待得三四年，皇長子長大，立可娶妻親政。這段時間不長，只要皇長子用心學習，不論是外臣干政抑或內宮專權，三四年的時間都夠他們攬權，何況皇帝還給皇長子定下一門絕好的親事。

靖南公柳扶風，這位兵部尚書是當朝權貴。柳扶風本就出身公府，卻不是靖南公，而是平國公府。靖南公此爵完全是由柳扶風自己戰功所得，這位東穆當朝公認的軍神，曾大敗靖江逆王，收復江南半壁，由此得賜公爵。給新君找這樣的一把神兵做太國丈，可見皇帝安排之縝密。便是江念，也是佩服得緊。哪怕換一個人，也就是如此了。

安排好身後事，皇帝的身體迅速枯竭，撐著第二天舉行完立儲大典，第三天就不行了。

便是夏青城亦無能為力，江念回家已是新君靈前登基之後的事了。
江念憔悴得很，唇上的小鬍子濃濃密密的遮住上唇，下巴一圈鬍渣，眼中帶著血絲，神色中難掩感傷。何子衿與他一起長大，第一次在江念臉上看到這般憔悴，馬上安排丫鬟端水來給江念洗漱，廚下上了一碗素麵。
江念二話沒說就吃個精光，吃完後長長嘆了口氣，抱住子衿姊姊很久沒說話。
何子衿回抱著他的肩，一下一下撫著江念的脊背，江念良久方道：「怪叫人傷感的。」
特別的傷心沒有，但心中總是有著揮之不去的傷感。
何子衿柔聲道：「人生百年，終有一去，就是咱們以後也有這一日的。活著時盡心活了，也就算沒白活了。」
江念嘟囔：「咱倆得活到白髮蒼蒼，兒孫成群時，才能閉眼。」
何子衿一笑，「好。」
江念同子衿姊姊訴說了一番心中傷感，吃過素湯麵，就準備泡個澡。這些天在宮裡，不要說泡澡，休息都是尋個空隙方能瞇上一瞇的。
江念洗澡時險些睡著，待洗好出來，立刻就上床睡了。何子衿身為誥命，要進宮哭靈。阿曄與重陽每天送夫妻二人進宮，傍晚再接回來。
余幸與杜氏雖不需進宮哭靈，家裡何冽、俊哥兒、興哥兒都要去的。家裡也有一攤事要打理，別個不說，國喪期間，一應人等都要著素衣，下人也要管好，這個時候萬不能出錯。
整整一個多月的國喪，何子衿都累得瘦了一圈，江念更不必說，既傷感同母弟弟過世，他們這些大臣的事情也多，故而江念更為消瘦。何子衿都悄悄請了竇太醫給江念診一診，開了幾劑滋補湯藥給江念補身子。是的，自從竇大夫回了帝都，也就恢復了竇太醫的身分，不過，依舊是在朝雲道長府裡當差。

待得國喪結束，已是初夏時節。

朝廷的秩序有條不紊，江念也順利從皇子師升格為帝王師。

江念一向本分，與先帝的情分主要是因兩人性子都偏於溫和，不肖似生母，故而對同母兄弟有一份惦念，但也就這份惦念了。先帝離世，江念雖傷感，倒也不至於傷心。江念的性子，向來是以自家為第一要務，至於手裡的差使，身上的官位，他做官時皆盡心盡力，清廉自持，算是好官。江念從不會將官位置於家庭之上，可以說，江念是個很顧家的人。

正是因他這性子，他對皇家事並不大關心。

只是，自先帝過世，有些事，江念就是旁觀者也很有些看不過眼，好在他看不過眼也不與別人說，都是回家與子衿姊姊嘀咕。

江念近來在宮裡幫著治喪，參與了一些關於國喪時的禮儀規矩方面的指導建議，對新君生母曹氏很有些意見。江念道：「沒見過樣的，就是尋常百姓家，死了丈夫，做妻子的誰不在靈前守著？先時皇后娘娘坐月子，起不得身，可皇后出了月子，還抱著小公主過來呢。她倒好，先時好端端的哭靈，皇后一來，她立刻稱病，硬說自己病得不輕。那夏青城夏太醫，先時都給太宗皇帝治過病，仁宗皇帝在位時一直很信服他的醫術，就是先帝病重之時，服侍在旁的也是夏太醫。這位太醫性子直，一給曹妃診治，診出她沒病，就直接說了。曹妃臉面掛不住，便說夏太醫醫術不好，氣得夏太醫辭官走了。也就是陛下剛登基，每天哭得傷心，誰也不願意拿這事叫陛下糟心，可這送先帝靈柩出宮入陵寢，誰不去送一送，韋相都私下給陛下提了醒，說曹妃不論如何都要露面的，結果她又給摔著了。難怪先帝活著時就說她當不得太后之位，這都辦的什麼事兒？」叫江念說，這就是個昏頭昏腦的東西。

何子衿不解了，「怎麼皇后出來哭靈，曹妃便病了？」她在誥命堆裡，因誥命品階過低，都是在偏殿的偏殿的偏殿陪哭，消息真不如江念這參加治喪小組的人清楚。

江念嘆道：「這也是我猜的，這哭靈得有排位，先時皇后坐月子，曹妃身為陛下生母，自然是在妃嬪裡排在第一個。皇后出了月子，這是正經的一國之母，先帝元配髮妻，陛下的嫡母，不要說現在還沒封曹妃做太后，就是以後曹妃做了太后與蘇太后並立，她於禮法上，亦要差蘇太後半頭的。我想著，這等沒見識婦人，約莫是不忿蘇皇后排她前頭吧。」

何子衿都覺得好笑了，「這不是無稽的想頭嗎？」

江念搖頭，「國喪期間，韋相等人都顧及陛下顏面，這樣的事，睜隻眼閉隻眼罷了。」

何子衿問：「太后娘娘沒說什麼？」這裡說的是謝太后。

江念道：「太后娘娘正傷心先帝崩逝，哪裡有空管這些？」

江念是煩死這位現在的曹賢妃，以後的曹太后了。

何子衿想了想，笑道：「你不過剛來帝都，在宮裡能有什麼消息來源呢？可這事兒連你都曉得了，你說，除了我這樣實在排不上號的婦人女眷，還有人不知道嗎？」

曹氏自然糊塗，可這事傳得人人皆知也不正常。

江念一拍腦門，「虧得姊姊提醒，我是當局者迷了。」

何子衿道：「這事與咱家不相關，便是有心人想傳，倘曹妃不是做出這樣的事，誰能無中生有，編排她呢？」

說來是曹妃自己骨頭輕，便是生了當朝新君，上頭還有正經國母皇后與正經婆婆謝太后呢。妳要真有本事把兩人幹掉，妳狂便狂了，如今兒子都指望人家輔佐呢。謝太后要與內閣一塊打理朝政，蘇太后倒不必理政，可蘇太后的叔祖蘇尚書亦是內閣之人。這會兒就把人得罪個光，就憑妳是新君他娘？

何子衿搖頭，再三叮囑江念當差必要小心。

其實江念就是在家念叨一二，不然他得憋悶死。不過，他煩歸煩，憋悶歸憋悶，皇家之事可與他半點關係都沒有。先帝喪禮結束，皇室這一大家子，該升職的升職，如謝太后升為太皇太后，蘇皇后升為蘇太后，曹賢妃因是新君生母，也升為曹太后，之後，一應先帝后妃升為太妃、太嬪，然後就是皇親。諸公主升為長公主，長公主升為大長公主。再有就是曹太后母族賜公爵，不過，曹太后之父只得二等承恩公爵。蘇太后因是正經嫡母太后，蘇太后之父升為一等承恩公爵，以示尊貴。

江念對此的評價是：「倒還算有禮可依。」只是，要依江念心中思量，曹太后這種腦子不清楚的女人，做太后都可惜了的，也只配做個太妃罷了。

江念就是私下吐槽幾句，他對新君生母委實觀感平平。

何子衿說：「在家說說就罷了，那些內閣大臣，哪個不是渾身心眼？就拿這賜爵來說，曹太后再怎麼掐尖要強，也沒叫曹家逾越了蘇家去。要是曹太后聰明，就該老實些。她這個位分，安安生生，一輩子榮華富貴。聽你說新君不是不孝順之人，她好了，娘家怎會不好？」

「她要有妳這份通透，大家都得念佛。」江念提到曹太后就要搖頭的。

好吧，自從江念升為帝王師之一，何子衿聽到的皇室八卦就越來越多了。

何子衿身為命婦，初一十五都要進宮向太皇太后與兩位太后請安。帝都這麼些命婦，大部分是走個過場，何子衿四品恭人，排在末尾。謝太皇太后倒還記得她，特意同她多說了兩句話，「多年不見，妳倒並未大變，依稀還是舊時模樣。」

何子衿恭敬道：「先時向娘娘請安，臣婦還未嫁人，如今就要做婆婆了。」

謝太皇太后道：「做婆婆有做婆婆的好，兒媳孝順，將來孫子孫女滿堂，亦是福氣。」

謝太皇太后就問起她家在北昌府的事來，何子衿說些北昌府的氣候飲食、當地的風土人情，尤其讚北昌府冬天雖冷，卻是有各種遊戲，冰上玩耍，或是在暖暖的屋裡煮茶烤火，反正何子衿嘴巧，何況她說的又頗是些有趣之事，謝太皇太后聽得高興。蘇太后亦道：「以前曾聽人說北昌府苦寒，要不是聽江恭人說，都不曉得是這般物產豐饒，民風開闊之地。」

曹太后只淡淡附和兩句。

謝太皇太后笑道：「妳我亦算舊識，以後閒了，只管進宮來說說話。」然後著人賞了六匹時興宮緞給何子衿，便令她退下了。

蘇太后見狀，也賞了江恭人四匹。

曹太后笑道：「我不敢與姊姊比肩。」賞了兩匹。

何子衿恭敬地一一謝賞，就帶著一車料子回家去了。

余幸與杜氏見大姑姊進宮一趟得了一車賞賜，頗是驚嘆。何子衿笑道：「少時來帝都，有幸向太皇太后請安，不想太皇太后還記得我，賞了我幾匹緞子。也是沾太皇太后的光，兩位太后娘娘也賞了幾匹，妳們一人一匹，見者有份。」

二人客氣一二，都謝過大姑姊，一人選了一匹。何子衿又挑了匹鮮亮的給了宮媛，心中想著，另外給沈老太太送了兩匹，舅媽江氏一匹，餘者四匹，舅舅家的幾位表弟媳一人一匹。何子衿自己沒留，都打發了出去。

她自己還有好些料子呢，這些料子一年有一年的花樣，何子衿愛存珠寶字畫，衣料就算了，都是時有時穿的，就給弟妹表弟妹們做個人情。

余幸打聽了一回太皇太后身體可好，她與太皇太后是親戚，對太皇太后一向關心。

何子衿雖得了一車東西回家，卻不是很安心，她倒不是沒見過緞子，也不是財迷，可就曹太后那話「我不敢與姊姊比肩」，何子衿不曉得曹太后是與蘇太后不睦呢，還是怎麼回事。何子衿覺得，這話說得真沒水準，事兒也辦得水準一般。何子衿不認得曹太后，自然不可能跟曹太后有什麼不對盤。曹太后這麼摳摳索索的，總不是針對她，於是，何子衿暫時得出兩宮不睦的結論。至於謝太皇太后，這位娘娘的心思，沒人能看出來。

先時何子衿與江念都覺得，有曹太后給先凌貴妃送湯水的事，這位娘娘必然不會支持大皇子繼位，可結果是「有嫡立嫡，無嫡立長」，這話是從謝太皇太后嘴裡親口說出來的。

用江念的話說：「當時聽到這句話，我都以為是突然沒聽清，或者幻聽了呢。」

想到皇室這一團亂麻，何子衿就覺得離皇室中人越遠越好。

何子衿給江念提個醒，她爹這眼瞅著任期將至，讓江念同何洌商量著，早些走走關係，把她爹調回帝都來才好。

江念惦記著這事兒呢，先同何洌找義父沈素商量了。沈素在帝都二十幾年，想了想，指點郎舅二人去走一走小唐總管的關係。

江家這些年與唐家的關係就沒斷，江念自然認得小唐總管。

小唐總管任內務司總管，說來也是正二品大員，其人雖未入閣，但背景很不一般，他爹老唐大人是做過先帝首輔的。再說門第顯貴，說來老穆家怕也比不上唐家，老穆家頂多就是出了幾任皇帝，而唐家據說千百年前出過神仙。

還有一傳聞，說是老唐大人當年爭首輔之位，當時與老唐大人競爭的是太宗皇帝的老臣秦老尚書。老唐大人論資歷略遜於這位老尚書，結果老唐大人硬生生奪得首輔之位。那麼，怎樣在首輔之爭中獲勝了呢？傳說是小唐大人給自家神仙祖宗燒了半個月的香，說是神仙祖宗保佑，於是秦家出了些不雅之事，秦老尚書灰頭土臉下臺，老唐大人就任首輔之位。

說來，唐家的神仙祖宗，何子衿都不陌生，當初江念與他爹科舉，她與何老娘到州府神仙宮燒香求庇佑，那神仙宮裡供著的神仙，就是姓唐的，便是唐家那位傳說中的神仙祖宗。

總之，唐家頗是有歷史的家族。

但要說小唐總管這人，雖是高官，卻從未在六部任職，正二品內務司總管官階雖高，卻不比六部九卿權柄赫赫。可誰要說這朝中還有比小唐總管更面熟的，蘇參政他爹蘇尚書都要略遜一籌。無他，小唐總管雖然做官做學問的本事有限，但他人脈非同一般。前些年過世的江北嶺大儒，是小唐總管他師爺，那他師傅是誰呢？今吏部尚書李樵。對了，小唐總管還有位同門師叔，便是在江南主持海港事宜的壽宜大長公主的駙馬歐陽鏡。而歐陽鏡呢，便是江家在北昌府時今北昌府巡撫李巡撫的小舅子。李巡撫的夫人李夫人娘家姓歐陽，李夫人正是這位歐陽駙馬嫡親的姊姊。小唐總管還有一位同門師弟，便是如今駐守西寧關的端寧長公主的駙馬忠勇侯彭侯爺。

所以，小唐總管自身平平，但有這麼些顯赫人脈，縱觀滿朝上下，人們都是寧可得罪韋相，也不想得罪他的。而且，倘別人有小唐總管的出身和人脈，還不為當權者所忌？

小唐總管不是，這位總管大人，據說十五歲就跟著仁宗皇帝和太皇太后學當差了，在王府一住多年，完全就是這兩人看著長大的，後來小唐總管成親，這親事當年還是太皇太后給做的媒人，據說太皇太后看他跟看親兒子一般。

他能做到內務司總管，足見深得皇室信任。

沈素這些年在帝都，與小唐總管早便相識，沈素道：「吏部李尚書為人冷淡，尋常人想說情走門路再不成的。他唯與小唐總管相近，倘有小唐總管幫著說情，這事就十之八九了。」一姊夫只是想調回帝都，又不是要做什麼高官，這事當不難操作。

江念做這些年的外任官，亦有些官場經驗，就同義父道：「岳父如今是正五品，非高官，這樣的調任，會驚動尚書大人嗎？」一要按江念的意思，能走侍郎的門路就走侍郎的門路，李尚書他見過，也聽聞這位尚書大人不是很好說話。

沈素道：「吏部正管三品以下官員的升遷變動，以往倒無妨，侍郎那裡操作一二便好。只是你一來帝都就任皇子師，李尚書倘不知曉這些關係，也不會做這些年的吏部尚書了。」

江念聽義父這樣說，就與何洌決定去走一走小唐總管的門路。

可這走門路，總得帶些禮物過去，小唐大人吧，還真沒什麼特別愛好。女人，小唐大人家裡只有一妻，無妾。金銀，端看小唐大人的出身，也曉得這位大人不缺錢。字畫，據說小唐大人年輕時就不喜讀書。最後還是沈素說，小唐大人偏愛玉石，而且，沈素說了，一個人去就行，這種走門路的事，人越少越好。

最後，就是江念去的。

江念現在做帝師了，面子比較大。

江念送小唐大人一對蓮花白玉盞，那玉乃上等白玉，內生雅光，唯蓮花瓣的尖尖上帶一點薄紅，若美人腮，若胭脂雪，精巧可人。小唐大人一見就先賞鑒一番，雖然這玉盞不錯，小唐大人卻是思路清明，與江念坐下說話，道：「你帶禮過來，肯定是有事相求，我內務司與翰林院並無甚干係啊！」

江念便將想把岳父調回帝都的事說了，江念道：「岳父在北昌府十幾載為官，兢兢業業，不敢說辛勞。如今我們做子女的都回了帝都，就兩位老人家與太岳母依舊遠在北昌府，我們做晚輩的，心中十分牽掛。」

小唐大人就明白了，想了想，道：「要擱別人，我是不理的，不過你不一樣，我倒可以幫你向我師傅說一說，只是不知你岳父調回來，想任何職呢？」

江念連忙道：「只要調回帝都，有什麼職司就任什麼職司，岳父一向與世無爭。」聽這話，小唐大人還比較滿意，認為江念還算有分寸，便應了這事，東西卻是沒收，過兩天回覆江念：「白叫我幫你問，太后，啊，不，太皇太后已經交代我師傅了，說何大人在北昌府這些年頗為不易，任期到時讓他回朝任職呢。」又悄悄將何恭的新職位打聽出來告訴了江念，是鴻臚寺少卿，從五品。

江念回家與子衿姊姊道：「只看太皇太后行事就知是非常人啊！」人家都想你前頭去了。謝太皇太后特意交代吏部，自然不是因為何家，何家一介寒門，還不夠太皇太后看的。太皇太后如此，無非是關照江念罷了。而且，倘江念不去唐家走動，怕是根本不會曉得此事，這等施恩不欲人知的手段……

江念越發本分，就是給陛下講書時，也是只管盡先生職責，將書講好便也罷了。在翰林院更是對上恭敬，對下關愛。

便是有槽，也只在家吐，只與子衿姊姊一人說。

江念如此謹言慎行，連謝太皇太后都與李尚書道：「倒不枉先帝待他這一片心。」

李尚書亦道：「是個謹慎人。」

江念這種話不多說一句，路不多走一步的謹慎似乎令謝太皇太后很滿意，或者是何子衿真的入了太皇太后的眼緣，反正吧，除去初一十五的命婦按例請安，一個月總有兩三回，太皇太后會宣江恭人進宮說話。一時間，江恭人入得太皇太后眼緣之事，不說滿朝皆知吧，消息略靈通的人家也都曉得了。

全帝都的貴夫人都想不明白，這江太太哪裡就特別招人喜歡？當然了，要說江太太討人厭，那也是沒有的。現在帝都認識江太太的人不多，但只要認識江太太的人，就沒有說她不好的。只是，帝都會做人的官太太多的是，怎麼就輪到這麼個四品恭人獨得太皇太后她老人家的青眼呢？整個權貴圈都想不通死了。

江太太出身寒門，乏善可陳。其人會種花，尤其是菊花，當初曾種出名品，可這也好些年不種了。對了，太宗皇帝時就很喜歡江太太種的花，可太皇太后又不是花卉的愛好者。

這江太太究竟哪裡好啊？

這讓無數想在太皇太后跟前露臉的貴夫人們百思不得其解。

其實不要說外人了，便是江太太自己也不曉得自己哪裡就入了太皇太后的眼。

她進宮請安，無非就是陪著太皇太后說說話，至於說話的內容也很簡單，太皇太后那裡多是妃嬪過去服侍，女人們在一處無非就是說說衣裳首飾、湯湯水水、養生健體的話題，再不然就是孩子。說來，江太太家的孩子比江太太還有名呢。主要是兒女結親都是先帝下旨賜婚，而且，江太太家一對龍鳳胎、一對雙胞胎的事也不少人知道。

何子衿說些孩子們的事，太皇太后倒是喜歡聽，尤其何子衿比較實在，並不過度美化自家孩子，啥樣就啥樣，何子衿說雙胞胎：「剛插班進了官學，現在有空就在家裡練官話。他倆自小在北昌府長大，雖然從小就教他們官話，還是有北昌府口音，學裡有同窗打趣他們，現在他們知道要面子了，回家拚命練呢。本來就是話癆，現在又搶著說話，聒噪得很。」

太皇太后笑問：「你們在北昌府是說官話，還是說當地人的口音？」

何子衿笑，「開始過去時不會說北昌府當地的話，後來時間長就學會了。在家是說老家的話，要是出門聚會，多是用官話。如果跟北昌府當地的人說話，就是說北昌話。」

蘇太后聞言笑道：「我小時候在老家時，也是說老家的話。第一回進宮向母后請安，也有些老家口音，那時心裡頗是難過呢。」

太皇太后道：「這有什麼，自來鄉音難改。」

何子衿也說：「雙胞胎剛學說話時，一開始在縣裡，我先教他官話，後來我們調到了北昌府，離我娘家近了，我祖母在家裡從來都是說蜀中話，她老人家又喜歡孩子，就成天用老家的話教雙胞胎。等出門，外頭人都是說北昌話。雙胞胎小時候說話，一會兒說兩句官話，一會兒又拐到我們老家那裡的話去，要不就冷不丁蹦出兩句當地話。他倆三歲以前說的話，平常人都聽不懂。到上學的年紀，去了學裡，才慢慢有條理了。」

江太太到太皇太后跟前，說的就是這些雞零狗碎之事，她既不似巾幗侯江行雲那般能與太皇太后商議國之大事，也不似諸位大長公主、長公主這般，與太皇太后早有交情，甚至誥命品階不過四品恭人，在帝都府委實不值一提，但她說話太皇太后就是愛聽，以致於有些酸葡萄的傢伙就說：「大概是太皇太后沒見過村姑，乍見這麼個土鱉，覺得新奇。」

反正不論這些人怎麼說，江太太自己也稀裡糊塗成了太皇太后跟前的紅人。

雖然她覺得自己是去陪聊的，離紅人的距離還有十萬八千里，但……在外人看來，能被太皇太后記住，還能陪太皇太后聊天，這就是妥妥的紅人啊。

好吧，江紅人正與兩位弟妹看何冽他們新置的宅院呢。雖然有些傷感，不過，兄弟姊妹們都成年了，分開是早晚的事。如今住在一起很親熱，但以後孩子多了，還是分開的好。

余幸私下同大姑姊說了置宅院之事，何子衿雖略有傷感，也沒說什麼。何恭調回帝都的事是妥妥的了，余幸那處宅子也收拾得差不多，這是請大姑姊一併幫著看看她給長輩們布置的屋舍可還需什麼添減。說來，余幸這些年委實長進頗多。她是誠心為公婆、太婆婆收拾居所，哪裡會不用心呢？何子衿也挑不出什麼毛病，就是看看弟弟們以後住的屋舍如何，何子衿笑，「我慣常是愛操心的，你們雖要搬出來，不親眼看看，都不能放心，這宅子很好。」

余幸道：「原本梅家賣宅子時我就有些心動，不過，舅舅家要買，這話就沒提。這金銀胡同，一則宅子不錯，另則就是咱們離得近，走兩步就到的。」

杜氏道：「虧得咱們這宅子是提前收拾的，聽說內務司要修建宮苑供兩宮太后住，現在城中不論花木還是磚石，都較先前貴了兩成呢。」

何子衿有些疑惑，「不是就簡單修一修，又不是建新宮室，如何建材都漲價？」

杜氏道：「我聽說是要大修。」

姑嫂三人連帶宮媛坐在涼亭裡歇腳，丫鬟捧上新煮的茶，宮媛起身接了，先一盞奉到乾娘面前，繼而是兩位舅媽的，最後自己取一盞坐在下首聽著長輩們說話。

余幸道：「慈恩宮向來是太后或是太皇太后的居所，說來還從沒有如今太皇太后與兩宮太后並立的盛事呢。兩宮居所按制不能逾越慈恩宮，下則不能遜於鳳儀宮。如今宮裡並沒有這樣的宮苑，大家都猜測，或是在原有宮苑上改制，或是新建宮苑，以請兩宮太后居住。」

何子衿沒想到這麼個居所還有這諸多講究，余幸父親為禮部侍郎，余幸這麼說，想來是真的。何子衿想到宮裡蘇太后說的「萬不許大興土木，虛耗人力」，還有曹太后說的「必要事事節儉方好」，原來人家說的都是客氣話。

宮媛並不懂這些，只是聽長輩們說，深覺大長見識。想著以往在北昌府，覺得巡撫就是天大的官了，來了帝都方知曉何為權貴。像太皇太后、太后這些事，宮媛出娘胎後還是頭一遭聽說，心情頗是激動。

余幸這宅子收拾得很是不錯，姑嫂三人看了一遭，便起身回家去了。

宮媛晚上同丈夫說：「怪道人們都往帝都來，這見識就是不一樣。」

重陽笑道：「自然是不同的，帝都是皇城氣派。」

宮媛點點頭，說起舅舅家的宅院來，道：「我看舅媽收拾得很好，只是咱們的宅子一時半會兒的，經紀也沒過來送信，想是沒有太合適的。」

重陽道：「這也急不得，慢慢尋吧。」其實重陽多是跟在江念身邊，他跟著子衿姑媽家一住反是方便。重陽想著，二弟成親前把宅子尋好也就是了。

尋宅子的事雖沒著落，不過，先時打聽的鋪面可是有著落的，這事倒沒用經紀，是杜氏幫的忙。杜氏有一族兄，做學問的本事略差了些，不過，他是個善交際的人，帝都認識的人不少，他這經紀做得自不與衙門裡那些牙人相同。因杜氏之父為大理寺卿，大理寺是幹啥的，就是審案的，而且，一般民事糾紛還找不上大理寺，得是大案要案方會經大理寺。倘有什麼抄家啊、罰沒家產之事，杜族兄消息就比較快，他消息靈通，亦有人脈，朋友間若有置產置業，或是處理產業之事，就常尋他打聽消息，或是請他幫忙。杜氏是想著大姑姊要置產，就與族兄說了一聲。杜族兄手頭上有合適的鋪面，過來與族妹說。

何子衿特意與杜氏打聽清楚了，必是官司了了的才好。杜氏笑道：「大姊姊只管放心，若不是官司了結，官府也不會發賣的。我父親一向執正，聽說先時官府發賣的田產鋪面價錢低得很，我父親最是眼裡不揉沙子的。無非就是給經辦人些潤手費，與市面價錢相彷，咱們買與別人買都是一樣的。」

何子衿道：「這樣才好。杜親家官聲素好，果然名不虛傳。」

何子衿不差銀錢，尋個鋪面無非就是做生意方便。她不想占人便宜，哪怕是朝廷的便宜也不去占，如此事情光明磊落，也省得叫人說嘴。

就這樣，在杜族兄的牽線下，何子衿與宮媛一人盤了一處鋪面，用來開展生意。

至於田地，何子衿是不急的，她家在北昌府有田產，北昌府的土地較帝都更為肥沃，價錢也便宜，何況還有江胡兩家的糧草生意，莊子上的糧食直接就能走軍糧。何子衿是想著，日後就近置個小莊子，供自家吃用便罷。

如今她這剛來，置產的事慢慢來就好。大張旗鼓買鋪子買地，反招人眼。

何子衿這裡不疾不徐過著日子，雙胞胎苦大仇深地回了家。雙胞胎一向是多往朝雲道長那裡住的，不過他倆也正是依賴父母的年紀，故而，時不時都要回家看爹娘。

何子衿一看雙胞胎都臭著臉，問：「這是怎麼了？」

阿昀氣道：「學裡蹴鞠隊選隊員，明明我跟阿晏踢得很好，就沒選上！」

阿晏也是氣鼓鼓的，「同窗們都瞧不起我們是北昌府來的，說我跟哥哥是土包子。」

何子衿一聽兒子在學裡受氣，心中雖有些不舒坦，卻也按捺住性子，招呼兒子到跟前，給他倆擦擦額間的汗，「來，別急，喝盞蜜水，慢慢跟娘說。」

雙胞胎跑他們娘懷裡抱了抱，與娘擠在同一張榻上，這才你一言我一語說起在學裡的事情來。原本雙胞胎初來時，因說話帶了些北昌府口音，官學裡念書的多是官宦子弟，這些學生們很有些家世不錯的。雙胞胎插班後，因他們的口音就時常被人笑。雙胞胎以前在北昌府從來都是數一數二的學生，也是非常有自信的孩子，見同窗們笑他們，他們自己也覺得自己說話與帝都人不一樣，回家很是勤快地練習官話。這官話剛練好，學裡蹴鞠隊選隊員，雙胞胎信心滿滿的參選，結果硬是沒評上。

這要是技術不成，也就罷了，據雙胞胎說：「就是因為我們沒給曹雙交好處費，他才不叫我們進蹴鞠隊的。」

「什麼好處費啊？」

「娘，您不知道，這曹雙是我們班的老大，他是宮裡曹太后的親戚，現在我們班裡的人都不敢惹他。蹴鞠隊也得聽他的，誰給他好處費，他才叫誰進呢。」阿昀一股腦兒都跟他娘說了，阿晏接著道：「憑什麼給他銀子啊，官學又不是他家開的！我們上學都不用花錢，哼，難道為了進蹴鞠隊還要賄賂他，他算老幾啊？」

憑雙胞胎那素來精明的性子，想從他們手裡索賄，那是做夢！

雙胞胎氣得不得了，阿昀道：「以前我們在學裡念書，論同窗們爹的官職，都沒有我爹官大，我跟阿晏也沒跟誰要過銀子。」

「是啊，那會兒在蹴鞠隊都是誰踢得好誰就進的。」阿晏幫他哥補充，與他們娘道：「我們倒不是出不起那銀子，就是瞧不下這口氣！」

兩人巴啦巴啦竹筒倒豆子般把事情都說了，何子衿道：「曹家不是公府嗎？怎麼他家孩子沒錢花，還跟你們勒索銀錢？」

阿晏道：「那曹雙哪裡是差錢的，他要這錢也不是花的。我見過別的同窗巴結他給他錢，他放學後一出門就打賞給小廝。他就是要在班上壓我們一頭，現在班裡啥事都要他說了算，大家都不敢惹他。」

何子衿問：「就誰都不敢惹他？」

阿昀道：「我們在班裡不給他銀子，現在班裡只有八個同窗跟我們說話，別人都不敢跟我們說話，還有些曹家的狗腿子給我們下絆子呢。」

何子衿生怕兒子吃虧，連忙問：「都怎麼給你們下絆子了？」

阿昀道：「前兒我去交課業，回頭坐我前面的李昊伸腿絆我，想絆我個跟頭呢，虧得我眼尖，我一腳就踩他腳面，他這會兒還在家裡養傷呢。」

雙胞胎也不是包子啊！

何子衿見雙胞胎沒吃虧，道：「這些缺德孩子，明兒我去學裡找你們先生說一說。」

雙胞胎嘆氣，「夫子的官也沒他家官大，夫子不敢得罪他的。」

「那要不跟學裡說一說，給你們換個班？」

雙胞胎跟他們娘傾訴了一回，心裡就痛快了，他們道：「暫時還不用，別的班也有姓曹的呢。不知是不是曹太后的親戚都一樣的仗勢欺人？謝小郎還是太皇太后的親戚呢，也沒見謝小郎這樣啊！」

「就是。」阿昀道：「這姓曹的就是看我們好欺負，那些公門侯府或是家中顯赫的，他就不敢去收錢，也不敢不叫他們進蹴鞠隊。他一點都不傻，就瞅著我們這家裡官職低的才欺負呢。要不爭回這口氣，去別個班也得受這鳥氣！」

雙胞胎是決定不蒸饅頭爭口氣了。

何子衿見雙胞胎似有主意，叮囑道：「別硬著來，處理不了就跟家裡說。」

雙胞胎一向心眼活，何子衿對孩子也一向放心。

一時，余幸就帶著阿燦和阿炫過來了。

余幸道：「我剛知道雙胞胎在學裡受氣的事，阿燦這小子早知道也不與我說。」

阿燦道：「不是我不說，是阿昀哥和阿晏哥不叫我說。」他還挺有信用的。

雙胞胎敢作敢當地表示：「舅媽，是我們不讓阿燦說的。我們先時沒當回事，不想越不理他，這姓曹的越發過分。」

余幸道：「你們哪裡知道這等小人，他只當咱家是好欺負的。你們要是早說，家裡就能早些為你們出頭，省得你們受這氣。」

余幸身為太皇太后的親戚，外甥竟然被姓曹的擠兌，余幸都嚥不下這口氣。

雙胞胎道：「舅媽放心，我們有主意。要是幹不過姓曹的，再來找舅媽為我們出頭。」

余幸看他們一副小大人模樣，笑問：「你們想出什麼主意了？」

雙胞胎賣關子：「這會兒不能說。」

余幸看兩個孩子也沒吃虧，心氣稍平，問兒子們可交過保護費。阿燦年級比雙胞胎要低些，道：「我才不給他呢。我爹官位低，姓曹的都不拿正眼瞅我。」

這話叫他娘剛和緩的心氣又提了起來，余幸心說：這狗眼看人低的！

阿炫道：「我們班沒有姓曹的。」

杜氏也是頭一回聽說學裡有這樣的事，直搖頭，「官學裡真該好生管一管了。」

沒過幾天，雙胞胎就高高興興回家跟他們娘報喜，倒不是他們選上蹴鞠隊了，他們現在不稀罕加入班上的蹴鞠隊了，他們是自己組建了一支蹴鞠隊，隊員都是不願巴結曹雙的同窗裡選的。而且，雙胞胎不收錢，他們說：「咱們都是同窗，誰就比誰高貴，誰就比誰低賤了？以後有本事，科舉考出功名來為國效力，才叫有本事呢。我們也不缺錢，伸手向人要，那是街上的乞丐。」有懼於曹雙不敢參加的，也有不忿於曹雙勒索之事過來參加的。

雙胞胎看誰技術好就要誰，因參加的人寥寥，便是技術不大好的，雙胞胎也收了。

雙胞胎的蹴鞠隊組建好，還大方地拿出私房買了個極好的蹴鞠，在學裡與同窗們踢著玩兒。不僅如此，雙胞胎還去瓦解班裡的蹴鞠隊。他們不是去裡頭挖人，那些賄賂曹雙的，明擺著是巴結曹家，他們的爹不是高官，自家也不比曹家顯赫，那些曹雙的狗腿子才不會轉頭跟他們好呢。雙胞胎也瞧不上那些人，雙胞胎是去跟那些顯赫人家出身的同窗們說話。

兩人道：「我們雖是從小地方來的，無甚見識，可家裡父母也教過我們，沒有伸手跟人要錢的理。外頭伸手跟人要錢的，那是乞丐。你們自不是那樣的人，可你們在隊裡坐視，不知道的還以為是你們坐後頭，指使他出面收銀子，收了銀子你們按人頭分呢。你們既是不得其利，何苦擔這樣的惡名呢？並不是想你們參加我們的蹴鞠隊，可我想著，乾乾淨淨不同流合汙亦是一種品德，你們說呢？」

雙胞胎花言巧語起來，那著實很有一套。

這兩人的行動還頗有效果，沒幾天班裡蹴鞠隊成員就有不少退出的，而且，退出的人都是出身不錯的，曹雙不敢用強的那部分人。

雙胞胎好幾天回家都是喜氣洋洋的，還跟家裡人彙報他們在學裡的成果，余幸忍不住叮囑他們：「你們小心，別著了那些小人的道。你們這裡順利，他們定然看你們不順眼。」

「舅媽只管放心，我們都防著呢。」雙胞胎因為蹴鞠隊的事，在學裡交上了朋友，這些朋友都很敬重他們的品行，也不會嘲笑他們略帶一點北昌口音的官話。

有了新朋友的雙胞胎，每天都是開開心心的。

宮媛就有些擔心雙胞胎吃虧，想著要不要勸乾娘給雙胞胎調個班好了。這曹家畢竟是曹太后娘家，怕是不好惹的。

余幸私下同大姑姊道：「這曹家孩子也忒霸道了些，謝家和蘇家的孩子也沒這樣。」

何子衿不好說曹太后娘家不是，便道：「興許就是小孩子不懂事，家裡怕是不曉得。」

余幸道：「這也是。」

何子衿與余幸完全就當是孩子們的事讓孩子們自己解決了，結果，好景不長，學裡就著人來請江老爺過去，說是孩子在學裡打架。

江念在衙門裡，何子衿問這過來送信的人是跟誰打架了，這人也支吾著說不大清楚，只是請江老爺趕緊過去。何子衿擔心孩子們，連忙換了衣裳出門。

宮媛不放心，也跟著一塊去了。

捌之章

勇鬥權貴做悍仙

何子衿原想著，難不成是雙胞胎把姓曹的打了，心中思量著，這得備些禮物賠禮，結果一到官學，怒火就燒起來了。不是雙胞胎打人，是雙胞胎被打，兩人臉上帶著傷，阿昀臉上特別明顯，明晃晃的一個巴掌印，這會兒都腫了，觀其大小就知不是孩子打的。

做親娘的看到兒子被欺負，心裡是什麼感覺，何子衿現在可算是知道了。什麼優雅、理智、利弊全都不見，何子衿兩眼冒火，恨不得把打他家孩子的王八蛋揪出來活剝了皮。

兩個孩子一見親娘來了，眼睛裡立刻淚光閃閃，何子衿一顆心都疼得要命，趕緊安慰兒子們，抱住他們，摸摸他們的頭，問：「誰欺負你們了？」

雙胞胎似乎就等著他們娘這話呢，娘一問，兩人哇一聲就哭了起來。

阿晏指了一旁的青年道：「是他打我哥的！」

何子衿把雙胞胎往後一送，叫宮媛看著，她上前打量著這男人，又往邊上看一眼另一位青衣小男孩，小男孩年紀與雙胞胎相仿，相貌也不錯，就是眼中那驕橫掩都掩不住，此時一隻眼睛是青的，脖子還被撓了好幾道血印子。

何子衿掃過這一大一小，轉頭問：「哪個是先生？」

先生……官學裡的先生也是個七品職呢，就站在一旁，聽這話，連忙道：「江太太，我是班裡的先生。」又指著另一位官威頗重的中年白胖男子：「這是官學的夫子黃山長。事情是這樣的，曹雙不小心撞翻了江昀的桌子，彼此就撕打起來，這個，這個，唉，就是這樣。」

阿昀可不是吃虧的性子，一聽這話就道：「他是故意撞翻我桌子的，要不是故意的，為什麼我叫他撿起我的文房四寶他不撿？要是我撞人家桌子，我得賠不是，他非但不賠不是，還在我的書上踩了好幾腳！」

何子衿問：「踩的是什麼書啊？」

阿昀不明白他娘為什麼這樣問，還是答了：「是《論語》。」

何子衿問：「書在哪兒呢？」

書做為證據就擺案上了，何子衿瞥那書一眼，道：「論語乃聖人所著，踩論語，就如同踩聖人的臉。曹同學如此不將聖人臉面放在眼裡，也難怪做出那些有辱斯文之事了。」

何子衿上前問那男人：「你怎麼稱呼？」

那男人揚著下巴，看著何子衿，越發鼻孔朝天，冷哼一聲，「姓曹。」

那口氣，彷彿這曹姓是天下至尊姓氏一般。

何子衿長得高，身高都一六八，這男人不算矮，比何子衿小半個頭。

何子衿問：「是你打我兒子的？」

男人道：「尊夫人不將孩子教育好，就別怪外人幫著教導了。」

何子衿伸手就給了這男人兩記耳光，這兩記耳光抽得猝不及防，然後何子衿屈膝一腳踹在此人小腿上。男人立足不穩向後跌去，撞翻了一張書案方停了下來。

何子衿欺身上前，揪起他的衣領又是一頓耳光。這人欲要還手，被何子衿兩拳連擊在小腹，疼成個蝦米樣。

眾人要上前相勸，何子衿已是乾脆俐落地打完了。

黃山長滿頭汗，連聲道：「江太太息怒，息怒！」

男人掙扎起身就要動手，黃山長那圓潤的身材竟相當靈敏，上前一撲，一個餓狗撲食就將男人重壓回地上。由於他體重不輕，將男人壓得險些一口氣上不來，直接厥過去。

何子衿指著男人冷聲道：「你娘沒把你教好，只得我親自教一教你。你再碰我兒子一下試試，看我不抽死你！」

曹姓男人暫時起不得身，何子衿回身坐在一張太師椅上，冷冷盯了曹雙一眼。這種耍橫之人，最是骨頭軟的。曹雙被何子衿這一眼險些嚇癱，嘴巴一癟就哭了起來。

何子衿看向那剛從曹姓男人身上爬起來，整理衣衫的黃山長，道：「這件事具體如何，你我心裡都有數。我不是不講理的人，但也不能讓孩子受這樣的委屈，官學必須給我個交代，不然我定不甘休。」說完，帶著雙胞胎走了。

雙胞胎雖然被揍，但此時此刻，兩人簡直如同打了勝仗一般，挺著小胸脯，跟在他們娘身邊出了官學。娘親真的太威武了！

此事一出，不說各方如何反應，先時那些對江太太因何得太皇太后青眼而百思不得其解的人總算有了答案：在這舉手就能揍翻一個男人上頭，江太太簡直如同得了太皇太后她老人家的真傳啊！

現在帝都城，還有太皇太后她老人家當年揍翻太宗六子的傳說呢。

何子衿是得承認自己是有點仗勢但不欺人的，如果她還是當年在碧水縣的何小仙，估計是不會直接暴揍那欠抽的小子。但她不是當年了，家裡也不是當年無權無勢的平民之家，而且說句狐假虎威的話，現在朝雲道長還在，孩子就要被這樣欺負，那將來日子也不用過了。

何子衿雄赳赳氣昂昂帶著雙胞胎一出官學門就見騎馬趕來的阿曄。

何子衿問：「你來做什麼？」

阿曄與二郎在家苦讀，明年有恩科，阿曄準備下場。官學找到家裡來的事，何子衿沒叫人知會阿曄，不想阿曄還是知道了。阿曄見他娘這氣勢，委實不像吃虧的。視線又轉向雙胞胎，雙胞胎臉上都帶了傷。小孩子撕扯幹架的事，阿曄小時候也幹過，不過，阿昀臉上的巴掌印，觀其大小可不像是孩子打的。但看阿昀那一副洋洋得意的樣子，阿曄又有些想不通了，下馬問他娘：「我聽說雙胞胎在學裡打架，過來看看，怎麼回事啊？」扶他娘上車。

雙胞胎很想立刻就跟大哥講一講娘如何威武如何厲害幫他們報仇的事，不想，他們娘一擺手，「回家再說。」於是，雙胞胎只得把滿腔要顯擺的心情硬生生憋回去，一直憋到家，才能直抒胸臆，簡直太威風了。

雙胞胎第一次覺得，原來平日裡那樣溫柔那樣和氣娘親是個女大王。

雙胞胎七嘴八舌把學裡的事說了，阿曄很生氣，「曹家的小王八羔子，竟然敢打人！」

阿昀臭美道：「他打不過我們，要不是他那個什麼叔的過來，我跟阿晏得揍扁了他！」主要是曹雙外援來得快，阿昀才被打腫了臉。

宮媛接過丫鬟遞上的消腫藥膏，與何子衿兩人，一人一個幫雙胞胎處理臉上的傷。何子衿與阿曄道：「你去學裡打聽這曹雙是曹家什麼人，還有來助拳的那個都打聽清楚。」

阿曄在家罵曹家也沒用，就先出去辦事了。

何子衿幫雙胞胎處理好臉上的傷，又問他們：「身上有傷不？」

阿晏屁股有塊烏青，說是打架時跌地上跌的。雙胞胎完全沒有被欺負後的驚恐，他們娘都替他們欺負回來了。兩人擦好藥，兩眼放光道：「娘，您打人可真厲害！」

何子衿道：「這都是自小練的功夫，早上叫你們練，你們一個個跟懶鬼一樣，如今知道有功夫的好處了吧，起碼打架不吃虧！」

阿昀立刻道：「早上我都是想起床的，就是阿晏總拖累我。」

阿晏哪裡承認，道：「是你賴床比較多好不好？」

兩人為誰賴床比較厲害的事，險些再幹一架。

何子衿問他們：「今天為什麼打起來的？」

阿昀道：「還不是曹雙眼紅我們在班上有人緣？現在班裡好些同窗都願意跟我們玩了，他眼紅，就沒事找事。我們今天下課跟同窗約好放學時要玩蹴鞠的，那姓曹的過來就撞翻了我的書桌，還踩我的書，我叫他賠禮他還不賠，這不就是找打嗎？」

阿晏道：「就是，他一人打不過我們倆，還叫家裡人過來，真沒種！」

阿昀點頭，「就是，特沒種！」

好像說得他倆打一個多有種似的……

何子衿問：「你們不是說曹雙有許多狗腿子，那些狗腿子沒上手？」

雙胞胎自豪道：「我們也有自己的朋友啊！」

哦，原來雙胞胎在班裡人緣還不錯，起碼沒被人群毆。

何子衿問清楚後，又氣那夫子拉偏架，「你們那先生姓什麼呀？」

阿昀道：「姓朱。」

阿晏補充道：「朱先生就是這樣偏心眼，平日裡在課堂上，看誰家裡長輩官大，就看誰順眼。他以前就總誇那姓曹的，一次都沒誇過我們，現在還拉偏架。」

何子衿聽完這事倒沒有直接說朱先生的不是，畢竟這是做先生的，當然，也沒說朱先生的好話：「可見便是尊者也不是全都自持身分的，他這般不自重，你們就以常人待他便是。」

雙胞胎能攢這一肚子怨氣，本也不是對先生多敬重。

反正娘親替他們報了仇，找回了場子，雙胞胎把事情說明白，就逗著小郎玩去了。

待余幸和杜氏聞訊過來，雙胞胎已經跟沒事人一樣了。

兩人看到雙胞胎臉上的傷都是面露驚色，妯娌二人原也以為雙胞胎是打人的一方，沒想到是被人打了的。余幸尤其見不得這個，主要是她文官家庭出身，向來是文鬥不要武鬥的。余幸臉色都白了，直道：「堂堂官學竟有這樣的事？」這不止事關雙胞胎的安危，余幸直接就想到兒子們的安危。官學這樣不安全，那兒子們以後是不是也可能被人這樣欺負？

杜氏就好許多，杜氏家裡雖也是文官，不過，杜氏的父親杜寺卿出身北少林，一身的功夫，就是杜氏，其武功都不在俊哥兒之下。杜氏一見就問雙胞胎：「有沒有打回去？」

雙胞胎搶著回答：「打回去了，娘親把曹雙他叔臉都打腫了！」

然後，妯娌倆看向大姑姊的眼神頗是複雜。余幸是震驚，她、她不知道大姑姊還能揍翻男人好不好？杜氏是覺得，先前收到的消息不準啊，大家都說大姑姊是極溫柔和氣的人，原來身手這樣好啊！

因為自家總地來說沒有吃虧，妯娌倆稍稍平復了些。

何子衿讓雙胞胎帶著小郎出去玩，這才與二人說起今日之事來，何子衿道：「氣得我那火壓都壓不住。孩子們打架是孩子的事，不管是你打了我，還是我打了你，沒見大人上手的。他曹家這樣不講究，就別怪別人不給他家面子。」

余幸道：「這曹家也欺人太甚了。」

杜氏也說：「謝家和蘇家多有子弟在官學念書，從沒有這樣的事。自曹太后被尊太后位，這官學也沒個骨氣了。」她尋思一回，「咱們這裡還需有個對策，以免被曹家反咬一口。」

余幸亦點頭稱是。

何子衿道：「我讓阿曄去打聽曹家小子的底細了，這事兒要沒個交代，我跟他沒完！」

見大姑姊已有準備，二人就沒再多說。

何子衿卻是不知道，她這一出手，一戰成名，成了官學的知名人物。

當天不知多少小學生回家跟家人說呢，雙胞胎的娘把曹雙跟曹雙他叔打死了。什麼？雙胞胎是誰不知道？就是雙胞胎啊，他家還有對龍鳳胎的兄姊，知道了吧？

哎喲，原來是江紅人江太太啊！

啥？江太太打死人啦？

好吧，當天帝都城的新聞是，據說當今大紅人江太太把曹太后娘家侄孫打死了。

這傳聞雖有些誇張，但也不算誇張得沒了邊兒。

主要是何子衿剛把雙胞胎帶回家，準備再跟曹家算後帳的時候，先時被何子衿抽了一頓耳光的傢伙又來了，而且不是一個人來，是帶了一幫下人打手過來的。

何子衿真是開了眼界。

杜氏反應快，立刻就組織起自家的家丁，準備迎戰了。

二郎連忙道：「二舅媽妳先別急，我出去看看。」

宮媛一把拽住他，「切不可出去，外頭小廝們都將門關上了，你爬梯子看看還罷了。」

「我曉得。」二郎道：「阿曄快回了，我得往牆上看著些，他可別撞上來叫人揍了。」

雙胞胎讓長輩們看好小郎和阿烽，也跟著二郎哥去觀察戰況了。兩人的小拳頭捏得緊緊的，小臉兒微微泛紅，心中有些緊張，卻又帶著些微說不出口的激動。

二郎先隔牆將事情與沈家說了，讓沈家也關好門，還有後鄰，原梅家的宅子，如今是沈丹和沈朱兩小家在住。二郎也跟在家的阿丹叔提了個醒，叫阿丹叔去衙門報案。好幾十口強盜圍攻四品侍讀的府上，可非小事。

二郎趴在牆頭，指著下頭圍攻江家門口的一干持槍帶棒的匪徒們，與雙胞胎道：「要是知道敵人強，千萬不要硬碰硬，先忍一時，待帝都府裡衙差們來了，後頭再想法子。」

阿昀問：「衙差來了還不將這些人都抓走嗎？」

二郎道：「這是太后家的親戚嘛，就是抓走，怕曹家也要想法子撈人。」

「那要怎麼辦啊？」阿晏有些洩氣道：「咱家又沒人比太后官位大。」

二郎道：「凡事離不開一個理字，再說，知己知彼，方百戰不殆。這急什麼，要是全憑官大官小決定，世上的事就簡單了。不然你說太后官大，那怎麼曹家小子說話你倆不聽？」

雙胞胎聽不聽得懂的，反正跟著裝點頭。

要二郎說，這種光天化日之下圍攻官員家宅的事，純粹是腦子有病。就真是惡霸，幹壞事前也得找塊布蒙臉上呢，哪裡有這樣明晃晃持槍帶棒就幹的？

沈丹報案還沒回來，就見一隊御林軍馳馬而來，馳馬的是帶頭的玄甲小將，後頭跟著一隊玄甲兵士。人不多，約莫三十來人。這些人來了二話不說，直接將人揍翻，然後綁一串帶走了。至於帶頭的曹氏男子想介紹一下自己的出身來歷，直接就有人卸了他下巴。曹氏男子口水流了一襟，話都沒說得出一句就被綁走了。

御林軍行動之迅速，動作之俐落，看得二郎與雙胞胎都瞪大了眼睛，看傻了。人家根本看都沒看他們一眼，幹完差使就直接走人。

待沈丹這報案的帶著帝都府的衙役們回來，家門口的人都不見了。二郎跑出來與沈丹道：「丹叔，剛剛來了御林軍，把圍攻咱家的強人都逮了去！」

沈丹有些驚訝，「御林軍？」

「是啊！」二郎道：「穿黑甲的，當頭的是一位十八九歲或是二十出頭的年輕小將，就帶了二三十人，將那些歹人都帶走了。」

御林軍一向是皇室專用，如何會來這裡抓些打架鬥毆之人？但既然是御林軍將人抓走，帝都府衙的人便也告辭了。

沈丹沒讓人白跑一趟，奉上豐厚的茶水費，衙門捕頭道：「四爺折煞小的了。」

沈丹笑道：「給兄弟們喝茶。」

那捕頭方道謝收了，說打明日起加強周圍巡邏，也提醒沈丹家裡人出行要小心些。沈丹自然領情，那捕頭就告辭了，心中十分慶幸。這一片都是官宦人家的府邸，一聽說這地界出事，帝都府沒有半分遲疑，立刻派出人手，可心裡也知道，敢在這地界鬧事的，那也不是尋常人。如今事給御林軍解決了，又白得了茶水錢，捕頭著實覺得自己運道不錯。

沈丹問門房，門房也不認得那玄甲小將是哪個，不過，甲衣都是御林軍的。

沈丹沒問出什麼來，也不急著問了，先過去看看子衿姊姊等人，家裡都是女人孩子，這事兒鬧得，那曹家簡直不是人，哪有這樣辦事兒的？啥血海深仇的，你就糾集一幫人過來恐嚇女人孩子，闔帝都都沒這樣兒的。

沈丹還沒進去，他娘出來了，江氏沒敢告訴家裡的老太太、太爺，怕老人家擔心。這是聽說歹人被抓起來了，她帶著大兒媳出來看看。待一行人進去，才知道是怎麼一回事。

江氏道：「就孩子在學裡打架，曹家怎麼鬧得跟咱家與他家有血海深仇似的。」

何子衿道：「不必理那幫渾人，我自有計較。」安撫好家裡人，阿曄這才施施然回來，還是阿曄把御林軍的事給解開的。

阿曄私下與他娘說：「自從祖父回帝都，就有御林軍時常在這一塊巡視了。」

何子衿問：「你去與你祖父說了官學的事？」

阿曄道：「沒，我打聽消息回來就看到咱們門口周邊好些人，沒敢過來。五喜去近了一瞧才知道是有人打上門來了，我就去跟御林軍的巡邏隊說了一聲。這一看就是歹人，倘今日來咱家打砸不拿人，明日就得有人往別人打砸搶了。治安問題，可忽視不得。」

何子衿笑，「你倒是機靈。」

阿曄道：「也就雙胞胎實在。官學裡多少顯貴子弟，不說別人家，謝家和蘇家兩家子弟看著曹家人在官學做老大，心裡能痛快才有鬼。雙胞胎還以為他倆在同窗裡多有人緣呢，說不得不知多少人就等著有雙胞胎這樣的二傻子出頭給曹家小子沒臉。要不，雙胞胎那蹴鞠隊給組建得那般順利？城裡看曹家不順眼的人家不少，他家還真當曹太后上位自家就能效仿太宗皇帝的外家胡家當年呢。要是個明白人家，就是看看胡家主支如今的落敗，也該謹言慎行，倒是他家，渾不將別人放在眼裡。」

何子衿聽著阿曄絮絮叨叨，心中頗是驚訝，好像在自己都沒察覺的時候，長子就長出了一肚子心眼來了。

這事既驚動了御林軍，那就不是能善了的。

阿曄與他娘說起曹雙與另一個曹氏子的底細，阿曄道：「曹雙是曹家嫡系，算是曹太后侄孫輩了，另一個叫曹重，不過是曹家旁支。」

何子衿點頭道：「行了，去念書吧。」

「我去瞧瞧雙胞胎。」阿曄嘆，「可憐見的，本就長得不怎麼樣，還被人打破相，以後媳婦都難娶。」何子衿聽得哭笑不得，「胡說，我們英俊著呢！」

阿曄主要是去給弟弟們長長心眼，說一說這事的利弊。弊端眼下已是不言而喻，畢竟都給人打上門了，雙胞胎在學裡也被揍了，但也不是沒有好處，那些權貴家小孩不提，那些孩子不是身上渾身心眼的，就是受家裡提點過的，都不肯出頭得罪曹家。雙胞胎既然出了這個頭，就得得到相應的好處。別個不提，雙胞胎起碼得弄個「不懼權貴」的美名吧？這就足夠讓雙胞胎以後在官學占有一席之地了。

雙胞胎的性子也不是能去巴結人的，那就得在中低階官員子弟裡占個尖兒，得靠人品行事來攏住這些人，如此不必他們去與頂尖門第的子弟結交，那些人就會主動與雙胞胎交好。

別以為二傻子沒出頭，在阿曄看來，古來能成就大事者，多有些雙胞胎這種愣的精神。

阿曄因開智較早，遇事更趨於利弊權衡，再進行應對。阿曄自身不具備這樣的品質，故而還挺喜歡雙胞胎這種愣的精神，但也不能真叫弟弟們長成二愣子。

阿曄一邊走一邊想，對待笨蛋就得多用心啊。

待家裡男人們回家，基本上就都太平了，只是這事兒再不能這樣算了的。就是江家想算了，曹家想是也不能答應，不然就不會事情發生這許久，曹家也未登門賠禮了。

曹家人不來，江念也不稀罕。

江念是誰啊，別看現在做著人人欣羨的帝師，在江念心裡，啥也沒有家庭來得重要。心愛的雙胞胎兒子被人打了，趁自己不在家，曹家人竟敢欺上門來。要不是門房機靈地閉門求救，萬一打進來，傷了妻兒要如何是好？

江念第二天就上書說帝都匪類橫行，竟有人冒充曹太后娘家子弟率歹人圍攻他家老小，把一條街坊的人都嚇壞了，而後江念又上了第二本，說是官學竟有小學生勒索同窗之事，該小學生因姓曹，就冒充曹太后娘家侄孫。這還了得，這不是給太后娘娘抹黑嗎？

其實大家在帝都城，誰的消息都不慢，基本上該知道的都知道了，知道江侍讀的媳婦把曹太后娘家人抽個半死，曹家人圍攻江家，還驚動了御林軍。

這事兒大家都不大看好江家，不過心裡也都清楚，曹家幹的這事兒委實不講究。只是在諸人看來，曹家不追究江家也就罷了，誰也沒想到，江侍讀竟然直接拿出來說了。

還說得這般正大光明。

大臣們消息不慢，顯然小皇帝就屬於消息慢的那一類人。江念是小皇帝的史學先生，小皇帝對江先生的觀感雖覺得江先生有些古板，但這也是他的先生，尤其江先生探花出身，竟將兩篇敘事奏章寫得花團錦簇，感人至深。小皇帝先是被江先生的奏章感動了一鼻子，繼而想到竟然有人冒充外戚，還打到他先生家裡去，小皇帝立刻命人嚴查此事。

小皇帝下旨下得這般痛快，還慰問了江先生幾句，委實出乎江先生意料之外。江先生恨曹家是真恨，但對小皇帝還真有些香火情，心中暗自思量：看來陛下尚不知曉此事，而且還這般關懷自己。

江念心裡的火就消了三分，溫聲道：「臣只願帝都太平，臣身為朝廷命官，尚不能保全家小安危。臣只怕今日有人敢圍攻大臣之家，明日就有人敢圍攻陛下的皇城。官學更是孩子們念書的地方，若官學都不得清靜，叫孩子們學會欺下媚上，而不能專心念書，豈不辜負了陛下對官學的期望？」

江家遭遇這事，都知道錯不在江家，可敢上前與江念說話的人都少，唯小唐總管不管這些，拉了江念，寬慰他道：「你這事我也聽說了，你莫氣惱，陛下心裡都是明白的。」

滿朝人都說小唐總管人緣最好，在江念看來，這真不是沒有道理的。只看小唐總管完全不避曹家人上前與他說話，就知這是個義氣人。

小唐總管勸了江念一番話，主要是小唐總管知道，這事往深裡一查，怕小皇帝就不肯再查了。說來說去，到底是小皇帝外家。小唐總管覺得，江念恐怕要吃下這個虧了。他覺得自己年長江念幾歲，兩家有交情，故而勸江念寬心。

結果，江念這心還沒寬起來呢，沒過幾日，小唐總管就找到江家，直接大罵起曹太后不知所謂。要說小唐總管怎麼找到江家來說曹太后不是，倒不是因為他與江家關係最好，小唐總管交情好的人家有的是，他來江家主要是，他與江家都受了姓曹的氣，有同理心啊！

這事兒吧，小唐大人說來就一肚子氣。

他身居內務司總管，當差對象就是皇室了，皇室一些生活上的事，多是自內務司走。別看這差使瞧著不比六部權重，但要論親近，內務司與皇室關係最近。小唐總管他爹做過今上祖父仁宗皇帝的首輔，小唐總管本人就是仁宗皇帝與謝太皇太后看著長大的，可見唐家與皇室的淵源。小唐總管做了內務司總管後，當差更是兢兢業業、認認真真，極是用心。他也不是那勢利眼的脾氣，皇室一應供給，太皇太后、太后、皇帝、公主、皇弟們自然都是好的，就是那些無兒無女的妃嬪，一應份例也從不會去剋扣，故而，小唐總管一向風評極佳。

結果，就出了一件讓小唐總管火冒三丈之事。

這事還得從給兩宮太后修建宮室說起。

今上有兩個娘，一位嫡母蘇太后，一位就是生母曹太后。按例，太后都是居於慈恩宮，但因現在住慈恩宮的是太皇太后，誰都不敢讓這位老人家搬離慈恩宮啊！再說，你叫太皇太后搬哪兒去？就是太皇太后搬了，一個慈恩宮也住不下倆太后是不是？

現如今蘇太后還是暫居做皇后時的鳳儀宮，曹太后也是住自己做妃子時的宮室。

今上是個孝順孩子，就想給兩位母親營建適宜太后居住的宮殿。這原是好事，今上為不使勞民傷財，就將此事交給了內務司，一應花用都從內庫出。小唐總管自不會耽擱太后們的事，當天就去聽兩位太后吩咐。蘇太后早有主意，她在太皇太后慈恩宮旁邊選了一處未有人居的朝霞宮，準備修繕改建為永壽宮。曹太后不知是怎麼想的，興許是做妃子時住得不大寬敞，選了熙和宮、玉瓊宮兩處相連的宮室，準備打通了，建為壽康宮。

兩太后都有主意，按理，內務司照著辦就行。

小唐總管真是好心，他在內務司時間長了，頗知皇室規矩，無他，現在後宮，論輩分尊位自然以太皇太后為尊。太皇太后非但輩分高，朝政也是她與內閣同理。太皇太后之下就是蘇太后，這是今上嫡母，先帝髮妻，而曹太后是今上生母，論儀制地位，她也要遜蘇太后三分。在天下人看來，這很正常啊，妳畢竟是妃妾出身，當然，妳生了皇帝，所以咱們把妳尊為太后，但禮不可廢，妳在正室面前，自然是要矮上半頭的。

這道理人人明白，小唐總管管內務司這些年，只有更明白的。

小唐總管一聽曹太后是這樣的改建壽康宮，就私下提醒曹太后了，妳這宮室弄得太大，論規格大小，比慈恩宮和壽康宮都大些這不大好。

小唐總管真是好心，他道：「太皇太后與蘇娘娘自不會多心，唯恐朝中大臣多事，於娘娘聲名有礙。」不說禮部，就是御史台的御史，那可不是擺設。小唐總管曾在御史台任職，御史是做什麼的，就是管著挑毛病的，你誰家哪裡有個不對的地方，御史必要上本。小唐總管完全是認為曹太后這宮修得有些逾制，擔心曹太后被人挑毛病，這才好心提個醒兒。

曹太后當時見小唐總管說她這壽康宮逾制就不大痛快，卻也知道小唐總管是太皇太后跟前的紅人，說一聲「知道了」。這事吧，要是遇到個虛懷若谷的，還不得趁機拉攏一下小唐總管，哪怕不拉攏，你得知人家的情。結果不知曹太后是剛做太后還有些不大適應這身分還是怎地，一聲「知道了」之後，她、她竟然陰陽怪氣說了好幾句。

小唐總管這人其實不大會看人臉色，因出身緣故，多是別人看他臉色，但曹太后表現太明顯，只要不是瞎子，小唐總管也看出曹太后不高興來了。小唐總管一片好心，人家不領情，小唐總管也就不大高興了。

不過，人家是太后，他惹不起，只得不理。

小唐總管一肚子氣，回家跟媳婦說，媳婦也唯有勸他寬心。唐夫人嘆道：「這有什麼法子呢，只能不與之計較罷了。你想想，當初胡家不就仗著太宗皇帝嗎？以後她怎麼吩咐，你就怎麼做，省得好心沒好報。」

小唐總管氣極，「真是狗咬呂洞賓！」

唐夫人道：「這話家裡說說也罷了，莫要在外頭說。」

小唐總管在家說一回，也不能總絮叨，顯得碎嘴。可這事他一片好心，人家不領情。要是別個人不領情也就罷了，小唐總管不見得會當一回事，偏生是曹太后。

小唐總管這樣的出身這樣的年紀，他自太宗年間就開始做官，現在也是四朝老臣，他看得清楚，曹太后再不識好人心，人家到底是皇帝親娘，而年輕的皇帝對這位生母很孝順。

小唐總管不是為自己，他是想到唐家以後的前景，不禁擔憂。

可擔憂半日，還是想不出法子，又心煩起來。就遛遛達達來了江家。

小唐總管想到江家正跟曹家打官司，他亦看曹家不順眼，就把這事同江念說了，小唐總管道：「我還不是好心，你說說，世上哪裡有這樣的事？不說皇室，就單論咱們自家，誰家不是把家裡最好最大的院子給家裡老太太住，她倒好，把個壽康宮修得比慈恩宮和永壽宮加起來都大。我在內務司當差多年，從未見過這樣的荒唐之事。我們家深受皇家三代大恩，就是先帝在位時，也從沒說過我哪裡不好。我要是明知不妥而不言，豈不辜負仁宗皇帝與先帝的恩情？結果硬叫我只管按著吩咐做，這差使真是沒法幹了！」小唐總管氣得想辭官。

江念給小唐總管遞上溫茶，勸他道：「唐叔你也莫生這樣大的氣，免得氣壞身子，要不是忠耿之臣，誰會忠言逆耳呢？」

「你不曉得，這可不是小事。」

江念自知此間利害，道：「不如問一問陛下？」他不是為了曹太后，他是覺得，陛下應該與他愚蠢的母親有一個切割才好。

小唐總管搖頭，呷口茶道：「焉有以疏間親之理？」

江念沉思半晌，也沒什麼好主意。小唐總管這句話說的對，世上沒有以疏間親的，你不能在人家兒子面前說人家娘的不是。就是江念，這做帝王師的，也不能說。

江念道：「那不妨先等一等。」

「兩宮太后的差使，這如何等得呢？」

江念解釋：「我是說，唐叔你不妨就將兩宮太后的意思寫成奏章上呈陛下，看陛下是個什麼意思，別的話自然不要說。」

小唐總管嘆，「也只得如此了。」

江念陪小唐總管一寬心懷，待送走小唐總管，晚上與子衿姊姊說到此事，道：「小唐叔這樣的老臣都心寒，真不曉得那位曹娘娘當年是如何進宮為妃的。」

何子衿坐在妝鏡前梳頭，道：「選嬪妃又不是選皇后，就如同大戶人家給兒子娶媳婦自然樣樣慎重，要是給兒子納妾就隨意多了。說來，這或者也是命裡該有的。大家都說當年太宗皇帝生母胡娘娘糊塗，我倒覺得胡娘娘的做派比這位娘娘強得多。」

江念取走子衿姊姊手裡的桃木梳，親自為子衿姊姊梳理著一頭長髮，「太宗皇帝手握大權多少年，就是胡家耀武揚威也是太宗皇帝親政以後了。如今陛下尚未親政，曹家就這般迫不及待，連小唐叔這樣的四朝老臣都不放在眼裡，不曉得這位娘娘是怎麼想的。」

何子衿鏡中看江念面露憂色，問他：「你是不是擔心陛下？」

江念皺眉，「陛下性子溫和，很能體諒人，這原不是壞事，可同樣的，陛下能體諒別人，自然也能體諒曹家。曹太后要是個聰明人，就當知道收斂。可觀她行事，非但不能成為陛下的助力，反是因她之故，讓陛下頗為難堪。且陛下尚未親政，她就要想壓太皇太后與蘇太后一頭，一旦陛下親政，她的手恐怕就不止在後宮了，還不得伸到前朝來？」

好吧，文人的腦洞就是這樣大。從曹太后興建壽康宮一事，江探花就聯想到這許多，就如同自家受了曹家圍攻，江探花當朝上的那封奏章一般。

江探花得出一結論，曹太后就是皇帝身邊的禍害啊！

江念不由自主琢磨著，要是沒這禍害就好了。

想到此時此地，江念不由打了個寒噤，何子衿忙問他：「怎麼了？」

江念搖頭，「沒什麼？」悄悄附在子衿姊姊耳際才敢把自己剛剛所想說了出來，江念自言自語：「我是不是瘋了？」一個四品侍讀就敢想太后是禍害，還想著要是沒這禍害就好了。

何子衿悄聲道：「這麼想的，怕非你一個呢。」小唐總管都能來江家吐槽曹太后，可見心中對曹太后的不滿。不是何子衿多想，她認為，恐怕除了曹家及其同黨，就曹太后之所作所為，沒人能對這位太后有什麼好感。

江家對曹太后沒好感，曹太后對江家的印象也好不到哪兒去。

自曹家那一夥人被御林軍抓走之後，曹家是上上下下走了不少關係，也沒能將人給撈出來，曹太后之母曹夫人進宮就跟閨女念叨：「這事兒原也不是什麼大事。那江家小崽子兩個人打阿雙一個，把阿雙臉都打破了。阿重那孩子是個心實的，見阿雙被人欺負，他哪能不急？也沒怎麼著。那江太太哪裡是個女人，二話不說就打了阿重，阿重一個大男人，不好同女人動手，就這麼一時的善念，那江太太非但不知阿重是讓著她呢，反是得寸進尺，把阿重的臉都打腫了，後來就說去江家去評評理。沒有這樣兒的，他家孩子先打了咱家孩子，他家女人又打了咱家人，還唆使御林軍把咱們的人抓走，至今沒有放出來，世上哪有這樣的道理？」

曹太后一聽就皺眉，這跟她聽到的不一樣啊，曹太后道：「我怎麼聽說是阿雙在學裡勒索小學生跟人家要錢，才跟江家小子動手的？」

「咱家何時缺過孩子銀錢使？要說別個事我信，要說這事，娘娘信嗎？堂堂太后家的侄孫沒錢用，這事兒可能嗎？」曹夫人道：「咱家雖是寒門出身，可妳爹也是官至江浙總督，娘娘想想，就娘娘小時候，咱家可缺過吃穿花用？咱們家的孩子要去跟別人勒索銀錢？這樣的謊話，叫誰誰信？就是江家想誣衊咱家，也該尋個好理由。」

曹太后問：「那圍攻江家是怎麼回事？總不能好端端去講理，御林軍就跑去抓人吧？」

曹夫人嘆道：「都是誤會，娘娘也想想，阿重正年輕氣盛，乍吃了虧，氣性就略大些。不說別個，當初他爺爺可是為救妳爹死的，他又是為了阿雙才……我看他，從來就跟看自家孩子一般。這樣實心的孩子，如今活不見人死不見屍，倘有個好歹，咱家怎麼跟阿重他娘交代啊！」說著，曹夫人就一韻三嘆哭了起來。

曹太后也是無奈，只得先勸母親收了淚，又道：「罷了，待我與陛下說一聲。只是再不可如此。江侍郎是陛下的史學先生，還是先帝生前欽點的，江太太也很得太皇太后喜歡。本就是孩子間的一點事，倒鬧得這樣驚動朝廷。」

曹夫人拭一拭眼角，道：「我也說呢，江侍讀既是陛下的先生，怎麼他家孩子倒不與咱家孩子親近，反生出嫌隙來？不說別個，就是看著陛下和娘娘的面子，也不該叫御林軍拿人。那江侍郎還在朝上大放厥詞，將咱們曹家臉面置於何地？」

這話簡直正中曹太后心坎，要說曹太后對江家哪裡不滿，就是這裡了。竟將屁大點事兒鬧上朝廷去，置曹家臉面於何地？曹家人失了面子，她這位太后娘娘臉上怎能好？曹太后聽得這話，心中對江家不滿頓時由五分升為十分。

曹太后淡淡地道：「他一個鄉下地方來的外任官，可懂得什麼呢？」

曹夫人又勸閨女：「娘娘也莫與這等人一般見識，叫我說，江家在北昌府那偏僻之地一待多年。我聽說他家孩子也是個土鱉樣，剛來帝都官話都不會講的。以前在小地方任官還罷了，乍來帝都又做了帝師，那江太太也不知走了什麼運道，竟得了太皇太后青眼。這人啊，一時得志便不知進退，也是常見，暴發戶多是如此。」

要說曹太后待娘家，那真是照顧。

曹夫人走後，曹太后等傍晚皇帝兒子過來說話時就與兒子說起此事，小皇帝還說：「母后問一問外祖母，倘是家裡銀錢不湊手，母后這裡適當賞賜些也是好的。」

想著外祖家定是沒錢，家裡孩子才做出這樣沒臉的事。哪裡有勒索同窗的，小皇帝都因有這樣的外祖家覺得臉面上不大好看。

曹太后連忙解釋，說此事是江家誣衊。

小皇帝道：「刑部都去查了，就是江先生說的那般。」

曹太后有幾分小聰明，不然也不能得先帝寵愛，進而為先帝生下長子。

曹太后立刻道：「要是別的衙門查，我也是信的，皇帝想一想，那蘇家與江家可是正經姻親，就是查證此事，刑部也該避嫌吧？」刑部尚書蘇不語，正是阿曄的太丈人。

小皇帝道：「蘇尚書怎會在這樣的事情上扯謊？」

「你年紀尚小，哪裡知道這人心都是偏的呢？再者，你外祖父先時也官至一地總督，就是家裡不富裕，也不缺孩子吃穿的，哪裡就至於勒索同窗？這也太荒唐了。」

總之，曹太后是不信的。曹太后繼而與兒子說了曹重被抓走之事，曹太后道：「就這麼點兒小事，曹家還不是欺負人，而是被人欺負了。如今打了曹家人還不算，還要把人抓起來。我就奇怪，這江家不過剛來帝都，怎麼就能使得動御林軍？」曹太后對江家越發不滿。

小皇帝道：「圍攻大臣府邸本就是重罪。」

曹太后道：「就是看在你外家面子上，也不該這麼把人抓進去。」

小皇帝有些不高興，「那以後要打到朕跟前來，朕也不理？」

曹太后看兒子不高興，便緩一緩口氣，拉了兒子的手，語重心長道：「我豈是這個意思？原本只是兩家孩子間的事，十來歲的孩子在一處打個架拌個嘴本是常事。這樣的小事，如何鬧得這般鬧哄哄的。要是曹家真欺了江家的孩子，也值江家一鬧，可明明是江家打了人，他們還不依不饒不罷手了。皇帝不看我的面子，就事論事地說，你想想，是不是江家仗著江侍讀就欺人太甚？」

小皇帝邏輯還是不錯的，他道：「那照母后說的，曹家怎麼帶一大幫人打上江家去？要是江家欺負人，該是反著來的。」

曹太后嘆道：「那不過是小孩子行事，頭腦一熱，沒輕沒重的。依皇帝你說，他們門也沒進，就被御林軍抓了起來，這要怎麼判？」

小皇帝又不是管判案的，不過，小皇帝想想，也覺得事情不大，母親又為外家說情，小皇帝便道：「好在江先生家眷沒傷著，罷了，我與刑部說一聲，只是母后也當告誡外家人，以後行事切不可如此魯莽。那曹重身無功名的白身，竟敢帶人去圍堵四品侍郎府上，江侍郎還是朕的史學先生，倘換個官小的，沒有江家這樣機靈的，豈不是就要吃虧了？再者，他並不是母后嫡親便如此跋扈，叫別人如何想外家呢？」

曹太后也叫兒子問得挺沒面子，辯白道：「你又不是不知道你外祖為人，曹家家風最是清正不過。只是這阿重不同，他祖父是救過你外祖父性命的，故而我得在你跟前為他求一求情面。要是換了你外家嫡系，他們犯錯，憑國法家規，該如何就如何，你看我為誰說過情？」

有曹太后當面說情，小皇帝就想著，讓曹重過去江家賠禮，此事便罷了。

小皇帝因尚未親政，有事就先與內閣韋相商量，韋相也是先帝臨終前的託孤大臣了。小皇帝這樣一說，韋相也想著，雖曹家跋扈，好在沒傷著人，江家也不算吃虧，再者，曹太后為人雖不聰明，畢竟是皇帝生母。韋相亦是四朝老臣，不同於唐家與太皇太后的親近，韋相原是教導先帝讀書的先生，先帝登基後，對這位師傅很是尊敬，提攜韋相做了首輔。先帝過世，對自己有知遇之恩的學生走了，韋相是真正傷心，原本只是花白的頭髮如今都是半白。韋相為江山亦是盡心盡力，絕對是屬於鞠躬盡瘁，死而後已的類型，與江念那種但凡有事先顧自家的人絕對不是同一個境界。

韋相得先帝臨終前託付大事，對今上也絕對忠貞，正因為這份忠貞，讓韋相心裡有一件不可說之事，這事便是關於太皇太后的。

要說太皇太后此人，韋相也得說，這是個能人。但對於韋相而言，這位娘娘的問題就是太過能幹了。在仁宗皇帝年間，彼時這位娘娘還是皇后，仁宗皇帝對這位髮妻信任非常，但凡國事，必然與之相商。看仁宗皇帝的年號昭明，當時就有人說，明字就代表仁宗皇帝要和自己的髮妻皇后並立之意。反正仁宗皇帝是給予了這位髮妻超乎尋常的信任與寵愛，臨終前都不忘要先帝生母凌貴妃殉葬，對這位髮妻的維護之情可見一斑。

及至仁宗皇帝過世，先帝登基，先帝甫生下就由這位娘娘養在身邊，雖非生母，母子之情亦不是假的。韋相憑良心說，先帝能登至尊之位，與這位娘娘習習相關。

先帝待嫡母至孝，但有國事，亦時常請教。

整整兩代帝王的執政生涯，都有這位娘娘的影子，可仁宗皇帝登基時已近不惑之年，先帝登基時亦是冠禮之後，而今上年不過十二，還是個半大孩子。韋相就擔心啊，太皇太后並沒有自己親生的骨肉，先帝畢竟是她一手養大，有些母子之情，今上卻有自己的生母⋯⋯

韋相擔心的不僅是今上太過年少無法親政，更擔心這東穆江山。

故而，韋相哪怕也不喜曹氏，卻需要曹太后這位今上生母於後宮之中對謝太皇太后產生制衡。韋盯哪怕同樣不喜曹家，這個時候，卻不能讓曹家因此事太傷顏面。

於是，小皇帝的話，韋相是聽進去的。

韋相道：「陛下的話也在理，老臣同御林軍那裡說一聲，把那膽大包天的曹重放了，讓他向江大人賠個禮。陛下看如此處置，可還妥當？」

小皇帝點點頭，與韋相道：「官學裡的事也要查清楚，問一問那曹雙是不是真收了別人銀錢。不論收多少，都叫退回去。」

韋相遵旨，心中覺得陛下年紀雖小，卻是有仁愛之人。同時，韋相也更篤定自己用曹太后制衡謝太皇太后的決定沒有錯。

韋相親自出面，找了御林軍大將軍李宣。

李宣有些為難，道：「倘是別事，相爺吩咐，自然聽從，只是這事有些麻煩。」

韋相打發了屋裡打下手的人，問李宣：「大將軍可是有什麼難處？」

李宣道：「此事我怕是說不上話。」

韋相不解了，這人不是御林軍抓的嗎？李宣就跟韋相說了那隊御林軍為何會去通濟大街附近巡邏的緣故，李宣道：「方先生自回帝都，太皇太后就吩咐我要留意方先生的安危。那一條街，非但有御林軍的人，還有帝都府、五城兵馬司都會加強巡視。你說曹家也真是的，到哪兒生事不行啊，怎麼非要往方先生住的地方鬧騰？」

韋相開始還沒想到是哪位「方先生」，待李宣提起「太皇太后」，韋相就明白了，必是太皇太后唯一的舅舅方昭雲方先生。這位先生的出身輩分都不必提，韋相都要避讓三舍的，可韋相就不明白了，「這裡頭怎麼還有方先生的事？」

李宣道：「這也是旁人想不到的機緣，誰就曉得江太太就入了方先生的眼呢？方先生拿江家孩子當自家孫子一般，御林軍抓人，原是為了那塊治安，不然倘真有人尋出這樣的主意，打著圍攻別家的名義對方先生不利，屆時我們都要吃不了兜著走。御林軍剛抓了人，方先生就著侍衛去御林軍，說是看看這膽大包天打他家孫子的人長什麼樣。現在要放人，我這裡得去跟方先生說一聲吧？」

韋相道：「你與方先生不是外人，不如就去問問方先生的意思。我聽說方先生已是超脫俗事，神仙一般的人物，向來懶怠紅塵。」

方先生論起來是李宣正經的長輩，李宣的娘是太宗皇帝的姑媽文康大長公主，方先生的娘是文康大長公主嫡親的姑媽，故而，方先生與文康大長公主算是嫡親的姑舅姊弟。論起親緣來，李宣得叫方先生一聲表舅。正因知道這一層親戚關係，韋相方欲讓李宣出面。

李宣道：「我倒是奉我娘的命令給方先生送過東西，人沒進得去，東西也沒進得去。」

韋相：……

韋相到底一把年紀，見的事多了，韋相道：「那就勞大將軍去打聽一下方先生的意思。按這位先生來說，要怎麼判此案，咱們就怎麼判。」畢竟沒釀出事故，還要怎麼著啊？殺人不過頭點地，難道還真要把人殺了？要是方先生當真要人命，韋相反倒有話說了。

韋相這一招，也算禍水東引了。

李宣哪裡願意去，韋相勸道：「大將軍，你起碼是親戚，又是晚輩，登長輩的門不算什麼的。倘是我親自去，怕叫人多想。」

看韋相面子，李宣只得去了，然後這回因談的是公事，他終於見到了方先生。

方先生髮鬢皆白，一襲密織的銀灰紗衣迎風而立，湖面拂過的微風吹動紗衣袍角，彷彿天界仙人降臨人世。李宣一時都不曉得這話要如何說，良久方先生方回頭看向李宣。對著那一雙清淡如同秋水的眸子，方先生不說話，李宣只好硬著頭皮將事說了，想問一下曹重的案子要如何了結。

方先生淡淡地回他一句：「我是大理寺？御史台？刑部？」

意思是，我又不管審案，更不管結案。

李宣沒想到方先生如此仙風道骨之人，說起話來卻這樣的不仙風也不道骨，當下被方先生噎了個好歹，索性就都與方先生說了：「因著曹重沒傷著江太太，韋相的意思，是不是讓曹重給江太太賠個不是。」

方先生道：「那找些人到韋相家園上半日，過後再向韋相賠個不是？」

李宣又被噎得半死，方先生看著李宣就發愁，想著當年文康看著智商挺正常的，永寧侯也是個明白人，怎麼他倆的兒子這般笨拙來著。

好吧，笨拙的御林大將軍李宣就被方先生兩句反問噎得晚飯都不用吃就回去了，而且，給韋相回覆的同時跟韋相說，下半輩子別叫他去方先生那裡說話。

韋相：方先生這般難說話？

李宣彷彿看出韋相的心思一般，道：「方先生說了，要是咱們讓曹重去跟江太太道歉，他就招呼些地痞流氓往韋相家園上半日，事後也叫人跟韋相賠不是。」

韋相：好吧，他知道這位方先生有多難說話了。

李宣可算是知道方先生的性子了，他回家還跟他娘打聽了一回。

文康大長公主道：「你表舅啊，再和氣不過的，那時雖則他是最小的，卻是懂事得很，人也聰明，學東西一學就會，小小年紀就很會照顧人了，我再沒見過比他還好的人。」

李宣：他娘說的跟他遇到的是同一人嗎？表舅不會被人換了吧？

雙胞胎近來都沒在上學，不是在自家就是在祖父那裡玩，還管著傳遞消息。這一日，雙胞胎回家就跟他們娘說：「有個大官來祖父這裡說情，說要把來咱家打架的那人放出來。」

何子衿問：「那怎麼著了？」

阿昀一攤小肉手，「不知道呀，我們沒在邊上聽。」

阿晏補充道：「不過，看那大官走時沒啥精神，應該是情沒說成。」

朝雲道長發了話，連李宣這位表外甥都被噎了個半死，韋相就沒上趕著找釘子碰。韋相這人做事還是有一手的，因李宣碰壁而歸，韋相就知道方先生的意思了，便請李大將這按國家律例審斷此事。

韋相這裡呢，去跟小皇帝說了一聲這曹重的事情。得罪了方先生，咱最好還是該怎麼斷怎麼斷，該怎麼判怎麼判吧。小皇帝年紀小，還未到了解皇室祕辛的年紀，故而，他是真不了解方先生是哪尊大佛。

韋相極有耐心，將方先生的來歷原委與自己效忠的這位小皇帝細緻說了，韋相道：「方先生論輩分，是太皇太后她老人家嫡親的舅舅，他的母親是陛下曾祖父太宗皇帝嫡親的姑媽。要說皇室還有輩分比方先生高的，就是文康大長公主了，他倆是嫡親的姑表姊弟，文康大長公主年紀略長幾歲。」

小皇帝問：「曹重不是去江家堵門嗎？」怎麼方先生無故要插手此事？

韋相便又把江家與方先生的淵源解釋了一通，小皇帝便明白了。小皇帝想著，曹重說來只是外家旁支，方先生卻是太皇太后的長輩，也算自己的長輩，不好不給長輩面子。何況方先生只是要求按律審斷，並不過分，小皇帝就與韋相道：「那就依韋相的意思。其實這事原就該按例審斷的，不然倒叫朝臣寒心。」

小皇帝如此明理，韋相甚是欣慰，「陛下說的是。」

待曹太后發現自己求情沒成時，曹重已經宣判了，以「威脅官員府邸家眷人身安全罪」判了十年，流放西寧關服刑。西寧關地處大西北，風沙可大了。

曹太后沒管西寧關的風沙，她聞知此事險些氣暈。她明明跟皇帝兒子說好了，皇帝兒子都是應了她的。待得曹太后問兒子此事時，小皇帝就如實跟母親說了。曹太后一口氣差點上不來，道：「阿重要是去方先生門前放肆，就是砍頭我也不說別個，如今這不過是江家的事，皇帝如何這般耳根子軟？你呀，你是被人糊弄了。」

小皇帝好心過來跟母親請安，不想茶都沒吃一口，先受母親一通責怪。

小皇帝也不是受氣包啊，相反，他哪怕沒做皇帝時因是他爹的長子，也頗受寵愛。要是他娘好生說事也就罷了，偏生都怪他頭上，小皇帝當下就不高興了，「韋相親自與我說的，這還能有假？難道韋相為這點事欺瞞於朕？」

曹太后倒沒這個意思，她道：「原就不與方先生相干！再者，方先生為江家撐腰，曹家也不是沒人！怎麼，哀家是你親娘，你要為個外人來駁你親娘的面子？」

小皇帝不高興道：「那是外人嗎？那是皇祖母的舅舅！曹重又是什麼內人，值得母后為他來質問朕？本就是他犯法在先的，平民百姓就敢圍攻大臣府邸？別說是鬧著玩，一時衝動的話，誰會衝動到圍攻大臣家的？他仗的誰的勢？還不是姓曹的？就因曹家太有人，一個無功無名的旁系子弟就敢打上大臣家門上去！方先生並沒有要砍他腦袋，方先生不過要求按律判決，這有什麼過錯嗎？一個外人竟引得母后責怪於朕，朕看是判得輕了！」

「還有，曹雙真沒勒索同窗嗎？別拿什麼家裡不缺銀錢的事糊弄朕。倘他缺銀子去勒索人還算有情有理，他既夠花用，偏還做這等下流事，總不能就因為姓曹，就說他做的對吧？簡直是丟人現眼！」小皇帝火氣上來，也顧不得別個，直接翻臉。

小皇帝抬腳就要走，曹太后偏拽著他哭了起來，「誰的心不是偏的啊？我不過是為你外家說幾句話而已，既然不成也就罷了！我再偏外人還能偏過你去，你才是我的命呢！你這樣與我說話，你可知道為娘的心都快碎了？」

小皇帝心軟，看他娘一哭，不禁又憐惜起母親來。

母親不逼著他去放曹家人了，小皇帝也就算了。

曹太后守著兒子哭了一回，母子倆終於和好。

曹太后見把兒子逼煩了，母子之間會生分，以後遇事多少收斂了些。

曹太后沒再管曹重的事，曹夫人沒了曹太后的支持，對此事亦無計可施。御林軍坐鎮的是文康大長公主的長子，現永安侯李宣。不要說曹承恩公還沒回帝都，就是曹承恩公尚在帝都，在李宣面前也不一定說得上話。這不是爵位高低的問題，再者，就是論爵位，李宣身為一等永安侯雖比不得二等承恩公，但李宣可是御林軍實權大將軍，相對的，曹承恩公先時還是江浙總督，但因閨女做了太后，朝廷賜爵的同時，也召承恩公回朝，職位不過二品散秩大位，品階不低，論實權只是虛職，哪裡比得上御林大將軍之權柄？故而，別看曹夫人在曹太后面前說得上話，那是因為她生了個太后閨女，在衙門口，曹家真沒什麼優勢。

於是，曹家哪怕咬碎牙，也只得看著曹重被判流刑。其實曹家要是明白，就得慶幸這案子是李宣來判。李大將軍李侯爺一向厚道，倘真是那不厚道的，就把曹重發配到北靖關去。北靖關那是什麼地方啊，江家在北昌府經營小二十年，北靖關大將軍紀容是江家姻親。正因李宣厚道，方將曹重發配到了西北西寧關。西寧關是端寧長公主與駙馬忠勇伯的駐地，端寧大長公主夫婦與江家、曹家皆無關連，如此曹重雖是流放，還有一條活路。

曹重判了刑，官學裡那油滑的黃山長也做出了對打架雙方的處理。黃山長將曹雙轉了班級，另外，以前教學的朱夫子被黃山長打發去管理雜務了，雙胞胎能正常上學了。

對官學這樣處理，江家還是比較滿意的。

哪怕曹家不滿意，這會兒也不敢再多說什麼了。

何子衿叮囑雙胞胎上學小心，以後防著那曹家小子些，就將雙胞胎打扮好，送他們上學去了。倒是朝雲道長說女弟子養孩子太粗放，朝雲道長給雙胞胎派了兩個侍衛。何子衿剛要拒絕說我家可不是那豪門啥的，結果她這話還沒出口，雙胞胎就一臉虛榮地接受了。他倆覺得以後有侍衛大哥相送，簡直威風極了。

何子衿覺得，雙胞胎怎麼一點都不低調啊？

雙胞胎何止不低調，他倆簡直是太愛炫耀了，頭一天放學還得瑟道：「同窗們看我們帶著侍衛大哥，全都看我們！」

何子衿道：「那是看你們傻，你們看誰上學帶侍衛啊？」

雙胞胎不同意他們娘的說法，雙胞胎道：「同窗們可都羨慕我們了。」

何子衿見雙胞胎這在興頭上的勁兒，想著這時要說服雙胞胎別帶侍衛是不大可能的，也就暫歇了這心。小孩子家興頭上的事長不了，何子衿也就不說了，愛顯擺顯擺去吧。果不其然，雙胞胎也就顯擺了一個月，就跟祖父說不用侍衛大哥接送了，有小廝和管家在就行，別的同窗也是這樣。當然，哪天雙胞胎要顯擺時，還要是跟祖父借幾位侍衛大哥充門面的。

朝雲祖父被他們逗得忍俊不禁，叮囑他們在學裡務必小心，出門一定要帶人。

雙胞胎經過打架事件事，已是很懂得關注自身安危。

曹家之事到此為止，何子衿就恢復了以往的溫柔，朝雲道長也重歸於仙風道骨。

（未完待續）

漾小說 213

美人記 9

國家圖書館出版品預行編目資料

美人記/ 石頭與水著. -- 初版. -- 臺北市 :
晴空, 城邦文化出版 : 家庭傳媒城邦分公司發行,
2019.03
冊 ; 公分. --（漾小說 ; 213）
ISBN 978-957-9063-34-0（第9冊：平裝）

857.7 108001414

原著書名：《美人记》，由北京晉江原創網絡科技有限公司授權出版。

城邦讀書花園
www.cite.com.tw

作者	石頭與水
封面繪圖	畫措
責任編輯	施雅棠
國際版權	吳玲瑋 蔡傳宜
行銷	艾青荷 蘇莞婷
業務	李再星 陳紫晴 陳美燕
編輯總監	劉麗真
總經理	陳逸瑛
發行人	凃玉雲
出版	晴空 城邦文化事業股份有限公司 104台北市中山區民生東路二段141號5樓 電話：（886）2-2500-7696 傳真：（886）2-2500-1967
發行	英屬蓋曼群島商家庭傳媒股份有限公司城邦分公司 104台北市中山區民生東路二段141號2樓 客服服務專線：（886）2-25007718；25007719 24小時傳真專線：（886）2-25001990；25001991 服務時間：週一至週五上午09:00~12:00；下午13:00~17:00 劃撥帳號：19863813；戶名：書虫股份有限公司 讀者服務信箱：service@readingclub.com.tw
晴空部落格	http://blog.yam.com/readsky
香港發行所	城邦（香港）出版集團有限公司 香港灣仔駱克道193號東超商業中心1樓 電話：852-25086231 傳真：852-25789337 E-mail：hkcite@biznetvigator.com
馬新發行所	城邦（馬新）出版集團【Cite (M) Sdn Bhd】 41, Jalan Radin Anum, Bandar Baru Sri Petaling, 57000 Kuala Lumpur, Malaysia. 電話：(603) 9057-8822 傳真：(603) 9057-6622 Email：cite@cite.com.my
美術設計	洸譜創意設計股份有限公司
印刷	沐春行銷創意有限公司
初版一刷	2019年03月28日
定價	400元
ISBN	978-957-9063-34-0